我们阅读
WOMENYUEDU
魅丽文化 花火工作室

芫芫

2

九芫 著

江苏凤凰文艺出版社
JIANGSU PHOENIX LITERATURE AND ART PUBLISHING

图书在版编目（CIP）数据

芫芫 2/ 九芫著 . —南京：江苏凤凰文艺出版社，2023.10
ISBN 978-7-5594-7922-8

Ⅰ . ①芫… Ⅱ . ①九… Ⅲ . ①长篇小说 - 中国 - 当代 Ⅳ . ① I247.5

中国国家版本馆 CIP 数据核字 (2023) 第 150243 号

芫芫 2

九芫 著

出版统筹 曾英姿
责任编辑 张 倩
特约编辑 朵 爷 图 南
装帧设计 刘 阳 丹青客
封面绘制 槿 木
出版发行 江苏凤凰文艺出版社
南京市中央路 165 号，邮编：210009
网 址 http://www.jswenyi.com
印 刷 湖南天闻新华印务有限公司
开 本 880mm × 1230mm 1/32
印 张 9.5
字 数 283 千字
版 次 2023 年 10 月第 1 版
印 次 2023 年 10 月第 1 次印刷
书 号 ISBN 978-7-5594-7922-8
定 价 46.80 元

目录

Contents

卷三 任务三

卷四 任务四

卷三
任务三

第一章
不好伺候的殿下

池芫刚从上个位面中离开，系统就把她传送到新的游戏位面。

她刚睁开眼，就被一股大力扔了出去。

是的，她是被扔出去的。池芫感觉自己差不多摔断了两根骨头，整个后背都很痛。她手撑着地爬起来，就这一下，她就痛得忍不住流出了两滴生理性眼泪。

——什么玩意儿？！系统你还活着吗？出来！

系统却沉默着，不知道是不是心虚了。

剧情还没有传送过来，池芫没办法，只能自己先弄清楚现在是什么情况。

池芫飞快地扫了一眼自己身上的穿着，然后一边痛得发颤，一边察看四周的环境。

显然，这是个古代位面。她身上穿的衣服，看着不是多华贵，但布料也还可以……她一摸头顶的发髻，是个双髻，像是丫鬟或者是宫女的打扮。

她所在的地方像是个庭院，再往外看，便是红墙绿瓦、巍峨的宫殿。只是她所处的这个庭院一看就很萧瑟颓败，倒像是冷宫一样的地方。

但冷宫怎么会有男人呢？——池芫发现自己手上还挎着个包袱，因为被人摔了一下，包袱已经散开了，里面除了两件衣裳，便是些男子束发的簪子和一顶镶了金珠的玉冠。

所以，原身是偷了主子的东西被扔出来的？

池芫爬起来，一瘸一拐地走上前，扒着门往里偷瞄了一眼。

只见一个面容病态、神色憔悴又阴郁的男人侧躺在一张躺椅上，身上盖的毯子被拽得往一侧掉下了一些。

他扶着一旁的柜子，艰难地撑起身子，视线如淬了毒的冰刀子一样射了过来。

“滚回去告诉沈昭晨，孤就是死，也不会让他如愿！咯——”

这声“孤”叫池芫心下揣想：瞧这情形，沈昭慕现在莫不是个废王或者废太子？

再看他瞪着原身这怨毒憎恶的眼神，以及刚刚原身拿的包袱，池芫便想象出了虐心的剧情。

原身可能名义上是沈昭慕的婢女，但实际上是眼线或者是被收买的墙头草，估计是大难临头了想另寻高枝，于是胆子不小地偷了沈昭慕的配饰打算跑路，谁知却被沈昭慕发现了……

结果，没想到沈昭慕就算是落魄且又病弱了，但狮子还是狮子，只一下，便将她甩出去了。

该说什么呢？

要完！

只是剧情还没传过来，池芫实在不敢轻举妄动。

走是不可能走了。

无奈之下，池芫只好将包袱里的东西拿出来，一瘸一拐地走过去，放回到柜子上。最后，她还不忘伸出两根手指，强迫症似的将那条要拖地的毯子给沈昭慕盖了回去。

沈昭慕浑身绷紧，在池芫伸手时，一双眼怨毒地瞪着她，哪知她只是飞快地将毯子给他盖好，然后就像躲避瘟疫一样飞快地跑到了角落里。

沈昭慕咳嗽着，浑身没有力气。他不禁闭上眼，重新躺了回去。

池芫隔着一段距离看着，见他似是牵扯到了伤口，眉心微微隆起，却是没有吭一声。

池芫闻到了一股臭臭的血腥气，根据她的经验判断，大概是伤口化脓了。她不禁皱了皱眉心。

这时，系统总算将剧情传过来了。

这片土地叫盛世大陆，总共有十二国，这里是其中之一的天铭王朝。

女主角江月惜是在草原和马背上长大的异姓王府的小郡主。与她有缘的男主角沈昭晨是皇长子，因沈昭晨母妃与人私通而被皇帝冷待，故而从高高在上的皇长子变成冷宫里人人都可以欺辱的皇子。

但实际上，沈昭晨的母妃是被沈昭慕的生母——后来的一国之母陈皇后陷害的，且惨死后被扔在了乱葬岗。

皇帝冤枉了沈昭晨的母妃，导致她惨死，而沈昭晨也因此深受冷待和非议。后来游戏出现了一些故障，导致剧情里的沈昭晨回到了十八岁那年。

这时候的沈昭慕才刚被封为太子，年仅十七岁，还只是个少年郎。

沈昭晨知道异姓王手握兵权，权势滔天，是老皇帝最信任也最忌惮之人，于是，他一醒来，便寻法子前往草原，假借受伤，偶遇了小郡主江月惜，并被天真仗义的她救下，留在草原上当了她的护卫。

沈昭晨一心复仇，甚至不惜假死并隐姓埋名去寻求江月惜父王的支持，刻意接近并顺利地让天真的江月惜可怜孤苦无依的他，并渐渐喜欢上他。之后，江月惜知道了沈昭晨的身世，十分心疼他的遭遇，便请求她父王帮助沈昭晨回到皇宫，替他母妃平冤昭雪，并夺回本该属于他的一切。

江月惜的父王自然不肯，当初他就是怕功高震主，为了安生活命，才带着女儿跑到草原来的。

但沈昭晨知道江月惜的父王生平最大的恨事便是原配早亡。而沈昭慕的母后陈皇后又是个心狠手辣的，沈昭晨便顺水推舟地来了一出栽赃陷害的戏码——他找了一个先前给王妃接生的稳婆过来，让稳婆说是收了皇后身边的嬷嬷给的银钱，在王妃生产时做了手脚，这才导致王妃难产而亡。

沈昭晨将理由也编得很好——皇帝忌惮异姓王权势滔天，怕王妃诞下继承人而助长异姓王对权势的追逐，所以才动了手脚。还说幸好江月惜是个女孩，不然也会死在产房中。稳婆说完，便“畏罪”自尽了。

然后剧情就进入高潮阶段了。江月惜及其父王为了报仇，更加坚定地站在了沈昭晨这边，与他一同回京。而原本风光无限的皇后和太子沈昭慕则开始迎来了噩梦。

池芫过来的时候，是皇后被查出毒杀后宫子嗣，陷害大皇子生母玉贵妃，并害了玉贵妃及其腹中公主的性命，以及贿赂朝臣等各种罪名。皇后为了保全沈昭慕，将所有罪名担了下来，然后撞柱而亡。

沈昭慕年轻气盛，欲为其母开脱，冲撞了老皇帝。

老皇帝在得知正妻如此恶毒，还害死了他的妃子后，一怒之下，将陈家全部发配边疆，同时也对这个从前他宠爱有加的儿子有了嫌隙，可沈昭慕又偏偏往枪口上撞。于是，老皇帝立马废了沈昭慕的太子之位，还打了他五十大板，打得他皮开肉绽，痛晕过去。之后，老皇帝又命人将他抬到了废弃的宫殿中关禁闭。

至于原身，前期凭借自己的美貌从市井平民混进皇宫当了太子的宫婢，只是好景不长，太子被废后，她便想另寻高枝。恰好心机深沉的沈昭晨又递来了橄榄枝，她想都不想就接下了，成了沈昭晨的眼线。而沈昭晨的目的，就是要从沈昭慕那儿拿到陈皇后那枚可调动八千暗卫的令牌。

沈昭晨承诺原身许多好处不说，还给从小漂泊的原身编造了一个“感天动地”的身世。说她就是那个当年他母妃差点儿胎死腹中的公主，玉贵妃被扔到乱葬岗时尚存一口气，向打猎路过的好心人求助，拼尽最后的力气生下了她。

她本是金枝玉叶，却流落在外，而身为兄长的沈昭晨被太子一党打压，直到仇人死了才知道妹妹尚活在人世。

三言两语之下，原身就信了。主要是这故事编得有鼻子有眼的，原身又没什么文化，很难不信啊。

原身就这么糊里糊涂地认了一个储君作哥哥，还为了自己的荣华富贵当了细作。只是可惜，她演技太蹩脚，手脚又不干净，还贪财。

池芫想到原身的结局，忍不住毛骨悚然：原身记恨着沈昭慕摔她的那一仇，上蹿下跳地报复，沈昭晨看似对她宠溺，实则冷漠地任由她胡来，甚至还在登基后促成她与一名王侯的婚事，让原身成为他权力的踏脚板。

原身到死才知道，自己只是孤女，根本不是什么公主，沈昭晨只是在利用她。

她这一生，不知是对沈昭慕愧疚多一点儿还是恨多一点儿。如果最初的时候，他能伸手救她于泥沼中，或许，她是愿意陪他一起落魄的。

可惜，回不去了。

“这也太惨了！系统，你是故意的吧！”

系统：“天道有轮回，宿主节哀！”

剧情是弄明白了，可接下来该怎么做呢？

池芫抚了抚自己的双髻，原身才十五岁，年纪比江月惜还要小两岁，沈昭慕下个月十八岁……

她还小，她好累。

这会儿是原身受不了阴郁暴戾的废太子，更受不了寒园清贫的苦日子，便收拾了细软，又偷了废太子手边值钱的东西，打算投奔她那个白捡来的哥哥。

原身一直都对沈昭慕那块贴身玉佩虎视眈眈，趁对方缠绵病榻又睡着之际，便想要顺走。哪里知道自小习武的废太子不信任她，根本没睡着。然后她便被扔了出来，摔成了轻微脑震荡。

实际上，在游戏的原剧情里，原身摔得一身是伤，气呼呼地跑去找沈昭晨诉苦，说受够了沈昭慕的暴戾残忍，想要和哥哥相依为命……

沈昭晨打从心眼儿里瞧不起原身这市井小家子气，有心机，却贪财又愚蠢。沈昭晨耐着性子哄她，见哄不动，便承诺只要她再伺候沈昭慕一个月，顺利地给沈昭慕投下慢性毒药，等自己登基了，便以公主的身份把她风风光光地接回去。

原身心动了，便又回到了沈昭慕的身边，还整日对这位废太子冷嘲热讽，摆起了公主的谱。

废太子早就知道原身心术不正，跟着他来寒园也是怀有目的，所以见她这样愚蠢，并不打算提醒。

之后，他识破了原身要下毒的意图，将计就计调换了毒药，假死逃出宫外，忍辱负重，重新积攒人马势力，等待复仇。

沈昭晨以为原身成功了，但仍然对那个未找到的令牌耿耿于怀。但此时江月惜怀有身孕，他虽是利用她，但已对一直帮衬他的江月惜有了感情。

初为人父的喜悦盖过了心中疑窦，让他难得大意了一次，也给了沈昭慕喘息的机会，让其在宫外慢慢发展了势力。

之后，原身当了公主，但没过几天风光日子便被送去联姻了。这时候的原身大概知道自己的哥哥也并非他所言的那般疼爱自己，但她得知废太子没死，担心对方报复她，便还是战战兢兢地让自己的丈夫帮助沈昭晨四处追杀沈昭慕。

池芫琢磨着，原身对沈昭慕的感情大概就是又爱又恨，又怕又惦记着，故而到死都不得善终。

至于沈昭慕……

池芫悲哀地发现，这人在这世界是孤独到老的设定！

沈昭慕大概是因为年纪轻轻就经历了母后横死、家族被贬、自己被废，而身边唯一一个宫婢明明生得貌美却心肠歹毒，叫他对女人产生了深深的不信任和憎恶。所以，他一直筹谋他的大业，无暇顾及儿女情长。

虽然，最后大业也没成功。

在老皇帝快离世之际，他谋反过，失败了；在沈昭晨要登基之时，他谋反过，失败了；在沈昭晨平定边疆之乱，而皇宫只剩江月惜留守时，他谋反过，失败了。

好惨。

不过，现在更惨的是她自己才对。

前有狼后有虎，中间……只剩她这个愣头青。

"殿下，奴婢知错了！"关键时候，女人的膝盖也不得不屈一下。

池芫直接跪下，不知从哪儿拿了一条帕子，就掩面开始哭泣，活像是红杏出墙后开始忏悔的样子……

沈昭慕闭着眼，压根不想看她。他对这个蠢笨又恶毒的女人，一点儿继续搭理的想法都没有。

池芫继续哭："您别赶奴婢走……奴婢刚刚也是一时鬼迷心窍，被您责备几句便柔弱得受不住，才想卷包袱走人的……实际上，奴婢除了殿下这儿，还有什么地方可去呢？"

沈昭慕闻言，冷冷地哼了一声，心中嗤笑。这蠢女人整日里嚷着要去大皇子那儿，现在居然跟他说无处可去？这双显得她无辜又柔弱的眼睛，真是漂亮啊！不知骗过了多少人。

不知为何，池芫感觉一股恶意从四面八方袭来，她不禁打了个哆嗦，但还是继续情真意切地哭着："殿下，您若是赶奴婢走了，您这屁……后背无人给您上药，这往后要是留下疤痕甚至留下病根，总是不大好的。"

打蛇打七寸，她从原身的记忆里知道，沈昭慕还是太子时，宫里的婢女皆是照着他父皇的妃子那种水准来找的，而且衣服、床、挂画、屏风等都要最华美的。

总的来讲，这家伙喜欢漂亮的人和事物。所以，大臣们也参过他淫乱奢靡，说的便是他喜欢漂亮宫婢和收集珠宝的习惯。

但实际上沈昭慕从没有那些歪心思。

陈皇后担心宫婢们祸害了自己这根独苗，便严令宫婢不许勾引沈昭慕，但凡宫婢有那种心思，重辄乱棍打死，轻辄被贬为下等女婢。

所以整个太子寝宫，看上去有一大群莺莺燕燕，实际上一个个只是穿着漂亮博太子娱乐的人形鹦鹉罢了。

原身之所以被派到废太子身边照顾，也是因为她的美貌。

沈昭慕是个喜好一切美丽事物的人，除了对别人要求高，对他自己更是苛刻。哪怕落魄了，也改不了这本性。

一个曾经每日都要熏香、用花瓣沐浴的精致男孩，现在屁股被打烂后没上药的情况下，伤口化脓了，还面临着结疤留痕的危险……他能忍得了？

果然，精致男孩睁开了他高贵的眼睛，眼神里清贵冷傲不再，只剩下阴鸷冷酷的怨毒。

沈昭慕的眼里闪过一丝嫌弃，不知是对池芫的还是对自己的。身上难闻的气味早就逼疯了他，可他怎么能让这个下贱的宫婢瞧见他这般不堪的模样呢？

不，这会要了他的命的。

他不能上当！

“殿下，您瞧，奴婢留下可以给您上药，然后伺候您沐个花瓣浴……”池芫继续诱惑攻势。

“嗯。”

嗯？谁在说话？刚刚是谁答应的？！

沈昭慕一下黑了脸，想给自己这张不听话的嘴一巴掌。

寒园虽然名副其实的冷清落魄，但太子即便被废也比普通皇子身份要高点儿，到底是老皇帝曾经的心头肉，虽然身份被废了，人也被打了，但随后还是让太监送了金疮药。

只是，金疮药被池芫卖给了守门的太监。

翻箱倒柜也没找到药时，池芫才想起这事。她恨不得将原身这双不安分的臭手剁掉。

没办法，池芫只能和沈昭慕说：“那个……殿下您稍等，奴婢这就去把金疮药拿回来。”

侧躺着和死了一样安静的废太子没有说话，只阴冷地从鼻腔中哼了一声。

阴阳怪气的！池芫憋着一口气——真想掐死他算了！

池芫一瘸一拐地走到寒园门口，见两名太监正在那儿打盹儿。她咬了咬唇，从袖中拿出自己之前偷卖废太子鞋子上的珍珠和玉冠上的东珠换来的银子，然后推了推其中一个太监。

池芫阴阳怪气的，睨着小太监："把金疮药还给我，我给你双倍的银子。"

小太监昨晚才从她这儿买走金疮药，打算送给他干爹做人情——毕竟太监这个行业，免不了受主子的气，挨挨板子啥的，金疮药药效好，送去当人情，自己之后的好处绝对跑不了。

小太监闻言就不乐意："我说池姑姑，我这可是真金白银买的，你做生意怎么还能反悔呢？"

她阴阳怪气的样子是装的，对方却是天生的。

被小太监一脸脂粉硌硬了，池芫立刻往后退了退，忍着恶心没有将脸上的唾沫星子擦掉。

"你到底还不还？这可是废太子的金疮药！要是叫上头知道了，我跑不掉，你也别想跑掉。这会儿还我，大家就都没事。一会儿叫里头那位知道了，他只要哼一声，就算陛下已经厌弃了他，那也是主子，咱们可吃不了兜着走！"

池芫这具身体早习惯了狐假虎威这套，于是，她自然而然地就耍出来了。

小太监虽然觉得废太子这辈子都不可能出人头地了，但池芫的话还是叫他有些动摇。

池芫不给他思考的机会，催促地推了他一下："你赶紧去拿回来！要是办砸了大皇子交代的差事，你有几个脑袋？"

她索性将沈昭晨搬出来。她如果没猜错，这两个太监也是被沈昭晨收买了的，既是看着沈昭慕，也是提防她掉链子。

果然，一提大皇子的名号，小太监就变了一张脸，露出"原来是自己人啊"的恍然大悟的眼神，立马道："行行行，池姑姑你先耐心等会儿，小的这就去取！”

等小太监将金疮药拿给池芫，她遵从身体本能地要转身回屋，却被小太监一把抓住袖子。

“欸，池姑姑，说好的，双倍的银子！”小太监见她拿了东西就要走人，不禁瞪大眼，尖着嗓子低声呼道。

池芫将银子丢给小太监，便进了屋。

沈昭慕这么个大男人，她一个人伺候肯定得够呛。但为了让他看到她的忠心和习惯她这一个奴婢侍候，池芫并不打算使唤那两个太监。毕竟，沈昭晨的人，她也不放心用。

池芫将手洗净后，一只手拿着干净的过了温水的帕子，另一只手则去扯沈昭慕的裤子——

“你做什么？！”沈昭慕意识到池芫在做什么之后，身子都僵住了，阴郁的声音带着怒气。

池芫背对着他，肆无忌惮地翻了个白眼，语气却恭恭敬敬又谄媚无比：“奴婢给殿下擦擦身子，然后才方便上药啊……”

她手边的凳子上放着干净的纱布、剪子，烛台旁边还放着刀片。

沈昭慕沉默半晌，屈辱又怨恨地闭上眼，咬着牙：“要是伤了孤，孤饶不了你！”

他只能放狠话，虽然语气这般凶戾，但池芫觉得，沈昭慕现在凄惨到只剩下这仅存的威严了。

而当她脱下沾着血肉的裤子，看到那一片泛着臭味的血肉模糊且开始化脓的伤处时，心情更加复杂了。

衣裳和皮肉分开时，沈昭慕咬着后牙槽发出了轻微的声响。

“殿下，会有些疼，您且忍耐些。”池芫索性将他那碍事的衣裳掀了上去，裤子给他拽到腿弯处。

见沈昭慕身子似是颤了颤，分不清是痛的还是羞的，池芫眉头颦了颦，然后递给他一卷纱布——

“殿下若是不想喊出来，便咬着这个吧。”

沈昭慕看了一眼递到自己面前的纱布，再看了一眼那纤纤细手，讥讽地哼了一声：“别啰唆，快点儿！”

别扭的家伙！

池芫无声摇头，将纱布放回去，然后抿紧了唇，看着面前这恐怖的伤处，不禁对原身都有了几分埋怨。

摒弃心中的杂念，池芫闭了闭眼，再睁开，给自己打气。

池芫用温软的帕子擦拭伤处，下一秒，沈昭慕身子明显战栗了一下。她咬咬牙，一鼓作气地给他全部擦拭了一遍，然后将帕子扔进水盆中，再将刀片放在烛台上烤了一遍，随后用绢布裹着刀片的一端——她咬咬牙，目光定在沈昭慕背上那大块的伤痕上——池芫将手放上去，顺着那些化脓的结疤又破掉的地方，狠狠一刮。

少年痛得牙齿都在打战了，却只发出低低的像是小兽呜咽一样的呻吟声。

池芫有些不忍，吸了吸鼻子，稳住心神和手，告诉自己要快刀斩乱麻，长痛不如短痛，然后一鼓作气，将大片的腐肉刮了下来。

此时，池芫的额角已经沁出了细密的汗，沈昭慕更是不必说，脸色惨白。

池芫看着，感觉自己的后背和屁股都跟着一起痛了起来。

又看了看沈昭慕鲜血淋漓的皮肤，池芫手微微颤着，将刀片扔进装了腐肉的痰盂中。

手上都是血。她在铜盆中清洗了几下，换了条干净的帕子，擦去沈昭慕受伤处汩汩冒出的血水。

然后，她将金疮药倒上去，一瓶倒了三分之一，密密麻麻的，确保覆盖了所有伤处，才将塞子塞上，放入怀中保管好。

紧接着，她用纱布缠绕了一圈又一圈，最后在腹前给他打了个结，用剪刀剪去多余的纱布。

收手时，池芫的手不慎碰到了尴尬的区域，她顿时僵住。她忙咳嗽了一声，迅速别开眼。

沈昭慕浑身痛得不行，额角的汗都滴到了颈边，随即就感受到身体某个部位被这个无耻的宫婢碰了。

他不禁咬牙，阴郁地将眸子睁得更大一些，咬牙切齿："大胆奴婢！待孤好了……"

但他忽然想起自己如今的处境，便放不出“杀了你”的这种狠话。他意识到，自己如今不是那个高高在上的太子爷了，他是阶下囚，一个落魄到连卑贱的宫婢都能欺负到他头上的废太子。

他生生咽下这股屈辱，闭上眼，掩盖住眼中的杀意。

池芫抽了抽嘴角：少年，我说我不是故意的，你信吗？

但池芫没有说话，只默默将对方脏兮兮的裤子褪下，在对方紧绷着身子时，才解释道：“奴婢伺候殿下换身干净的衣裳，您这身太脏了。”

她娇滴滴的声音落在沈昭慕耳中，却像是反讽。他闭着眼，像是一具尸体一样，任由池芫摆布。

池芫听到了磨牙声。她觉得自己大概又瞎说了大实话，被废太子记恨上了。

伺候太子爷擦了一下手、脸和身子，又给他换上干净的寝衣，还给他盖了一条她原本打算留给自己的毯子，池芫就去处理痰盂和脏兮兮的衣裳了。

池芫将沈昭慕的床上用品全部换上自己的。在对方怀疑和嫌弃的眼神中，她忍着翻白眼的冲动，耐心解释：“奴婢的褥子、被子还算干净，殿下的褥子和被子有血渍，奴婢替您洗干净、晒干了，再换回来。”

沈昭慕嘴角动了动，觉得这个奴婢估计又要耍小花样了，但在自己脏兮兮的被褥和她的干净被褥之中，沈昭慕只犹豫了一小会儿，便选择了后者。

池芫铺好了床，额角就又冒汗了。她累得不行，但还是伸手去搀扶着沈昭慕起身，服侍他在柔软的床榻上躺下。然后，她还凭借自己的厚颜无耻弄了点儿冰块放在屋内，免得他感觉热。

沈昭慕侧躺着，一动不动地看着池芫像个陀螺一样忙来忙去，眼里满是戒备和怀疑，池芫动一下，他的眼睛便跟着转一下。

池芫太忙了，她看着这乱糟糟的生活环境，不禁想揍原身。沈昭慕都病成这样子了，屋内的花也枯萎了，还一股怪味……

池芫很是受不了。于是，她戴上一个简易的自制口罩，撸起袖子，开始打扫。怕扫帚扫地扬起的灰尘会感染到沈昭慕的伤口，她又拿了一件穿旧了的外衫，用剪子一分为二，折叠一下，做成简单的抹布，打湿后，开始抹桌子、抹地。

然后，她又出去采了一大捧墙边生长的金银花回来——主要是她不确定其他的花能不能采摘，只能从这些自由生长的野花下手了。再说了，金银花很香，还能入药，是个好东西。

她将花瓶洗干净，然后把金银花分成两束，分别插进花瓶中，一瓶摆在厅中，一瓶摆放在沈昭慕床边的桌子上。

沈昭慕蹙了蹙眉，看着这不起眼的花，有些嫌弃，但他太累太疼了，不想说话。

闻着这还算凑合的香气，他只觉得昏昏沉沉的，更困了，眼皮子上下闭上又睁开，最后还是撑不住，睡着了。

池芫将寝室打扫、整理干净后，一回头便见沈昭慕手放在脸颊下，蹙着眉心睡着的样子。

他眼下的青黑很重，池芫记得，自打进了这寒园，这家伙便没有睡过一个安稳觉。就算睡着了，半夜也会惊醒。

有一回，原身在耳房睡觉还被他的梦魇惊醒了，听见他带着恐慌和悲痛断断续续地喊着“母后”“不要死”“父皇不要”之类的话。

他知道自己随时随地面临着危险，就连唯一伺候他的宫婢都是他大哥派来的人——母后的横死和身份的骤变都给他带来了巨大的打击。

池芫轻轻带上了门，以免惊扰他，而后到院子中，开始洗洗刷刷。

她只洗了沈昭慕的衣物，至于被褥，她看了眼自己搓红了的手——原身虽然出身平凡，但从小就知道怎么利用自己的外貌装柔弱，倒是很少受罪，也正因此，她这一双手才白嫩嫩的，说是千金小姐的手也不夸张。

她累得直不起腰，门口两个小太监一开始还盯着她，想看她要做什么，后来发现她真的只是在干活，便又开始打盹儿……

池芫眯了眯眼，走过去，拽了一个小太监：“小德子，平日里姐姐待你怎么样啊？”

小德子被搅了美梦，正不耐烦，就见池芫笑眯眯地冲自己眨眼。他擦了擦嘴边的口水，虽然他是个太监，但这样的池芫也叫他移不开眼，于是他不由得就接了话：“池姑姑对小德子是极好的。”有什么要变卖的都拿来让他卖，他从中得了不少。

“我还可以对你更好。”池芫便收了笑，自然地指使他，“不过呢，你得先帮我个忙。”

“什么？”

“喏，都洗了吧。”

然后，被美色蒙骗的小德子，被迫洗了一下午的被褥。

沈昭慕醒来时，已经是傍晚了。他闻到了金银花的香气，还有一股饭菜香。

他不记得自己来寒园有多久了，但他记得自己没有吃过一顿饱饭。最初，他悲愤交加，寝食难安；后来，他受不住饿，可那宫婢每日对他讥讽，还给他残羹冷炙，羞辱他……他吃不下。

于是一天天下来，他不记得自己吃了什么东西。后来，她好似对折辱他觉得没意思了，他才有热乎乎的馒头和几口咸菜吃。

很奇怪，吃第一口的时候，他想吐，可他忍着屈辱咽下了。之后，只要能活着，吃什么，他都无所谓了……

是在做梦吗？他好像闻到了红烧肉的味道。

以前的太子殿下，山珍海味都瞧不上，如今却因为闻到了红烧肉的味道而食欲大开。

门忽然开了，他忙闭上眼装睡。

池芫端着饭菜走进来，见床上那人还闭着眼，眼眸转了一圈，然后将饭菜放在他面前的矮桌上，嘀咕着：“这人心态可真好，都是废太子了，还这么能睡……”说着，将碗筷摆好，池芫自顾自般地补充道，“罢了，你还有用，伺候好了，我也跟着有钱。为了我的富贵梦，你也给我活得长一点儿……要是你能重回储君之位就更好了。算了，我和一个阶下囚说这些做什么呢……”

池芫出去后，沈昭慕才睁开眼。他微微眯着眼角，看了眼四周焕然一新的房间，以及面前香气腾腾的饭菜。

对于池芫羞辱人的话，不知是听多了习惯了，还是怎么的，他表现得已经比之前平淡了。但听到后面，他不由得冷笑。果然，这个心术不正、总想着攀高枝的势利女人，为了她所谓的富贵梦才会忽然讨好他。上药、打扫房屋、做饭，都不过是她的手段罢了。

这样想着，沈昭慕反倒打消了些疑窦。他微微撑着身子，拿起瓷碗上的盖子，里头是一小碗红烧肉、一小碟子青菜，还有一份萝卜汤。

以前，这些根本入不了太子爷的法眼，可持续吃了半个月不知冷热软硬的东西后，沈昭慕看到肉，竟然有些想哭……真是太丢人了！

他抿了抿唇，拿起筷子，夹起一块色泽看起来分外美味的红烧肉，但还没夹到嘴边，他便顿住了。

沈昭慕从枕头下拿出一枚银针，放进菜里一一试了下，见银针没有变色，才放心地夹进嘴里。

在池芫说了那番话后，沈昭慕仍怀有戒备。没办法，太多人想他死了，尤其是他的大皇兄。

肉刚入口，沈昭慕便被这久违的味道征服了，忍不住丢掉太子爷曾经的教养和优雅，开始狼吞虎咽起来。

池芫坐在院子里，眼前就是系统给开的直播。见到沈昭慕拿银针试毒时，她不由得嘴角抽了抽，露出一个“我就知道”的神情。

而当看到对方狼吞虎咽的模样时，她又忍不住嘴角上扬，随即却有些怅然地垂了下眼睫。

她叹了口气，将被子拍了拍。

不知为何，看到这样落魄又强撑的废太子，她心里就闷闷的，有些不得劲。

他没了最亲的人，没了太子的身份，更失去了身为太子的优渥生活和本该得到的尊崇。

他才十八岁，准确来讲，下个月才十八岁，却从云端跌落泥沼中，弄得满身伤痕，而唯一一个伺候他的人，还心术不正，也不管他死活……

他看着只窝在那儿睡觉，实际上，他根本不能安然入睡，就连梦中都是他母后的鲜血，都是仇人的讥讽嘲笑。就连吃一顿饱饭都成了一种奢望，他都担心有人会给自己下毒。

池芫抬手，摸了下眼角，不禁愣住了——她……是为沈昭慕哭了吗？可是……怎么会？

她做任务的时候会付出真心，但她的感情是建立在沈昭慕对她产生喜欢和爱之后。可现在，废太子对她的好感度，不用她问也肯定是负数。

她怎么会为了这样一个憎恶自己的男人流泪呢？

系统坐在虚空中也忍不住叹气。

果然这样的世界才适合无良宿主！老板惨，宿主也惨，大家一起惨才带感。

池芫忽然对废太子示好的消息，傍晚便传到了沈昭晨的耳中。

彼时，他正在书房替老皇帝批改奏折。近来，他好不容易得到老皇帝的信任和宠爱，总算可以接触到一些朝政要事，变得繁忙了些。

但当小太监将话传给他的耳目，耳目再回话时，沈昭晨眯了眯眼，便将手里的奏折暂时放下："将她带来。路上小心点儿，别叫人发现了。"

比起沈昭慕的满身清高和阴郁的俊美长相，沈昭晨则人如其名，长相端正英朗，看着正义不凡。

可谁知道，沈昭晨这些面上传给世人的美好的特质，早就因为重来一次而被磨灭干净了。

沈昭晨阴沉着脸，望着窗外的新月，眼里一片冷凝的杀意。

三弟，你只要还活着，皇兄这颗心就像是针扎一样难受呢！你为什么不去死呢？

池芫忙活了一天，收拾了碗筷，又伺候了一脸阴郁的废太子殿下简单洗漱，刚要休息，就被小太监拽出了寒园。

"欸，我今天出过寒园了，不能再出了！"

"大殿下找你！"

得，才应付完这个，又要应付那个了。

芫芫真忙，芫芫想哭，芫芫不说。

沈昭晨虽重获圣宠，但他的寝殿仍是先前的玉清殿。因为这寝殿里有他母妃名字里的"玉"字。即使老皇帝想要弥补他，打算将玉清殿重新修葺装饰，沈昭晨却还是坚持一切从旧。他要用这种方式纪念亡母，也想借此时时刻刻警醒自己，不能重蹈覆辙，更不可以心慈手软。

当宫人通传已将池芫带到时，沈昭晨正在修剪窗台上的一束栀子花。

池芫敛了下眉眼，乖乖行了礼："大……殿下安好。"

听着身后矫揉着欲言又止的声音，沈昭晨不禁皱了皱眉。

真是白瞎这堪比后宫宠妃的容颜了。

他心中讥讽地想着，转过身却将手里的一支栀子花递过去，笑声温和又朗越：“这里没有外人，你别拘谨。来，这是皇兄送你的。”

池芫在心里不停地吐槽：你这么拐骗女配，难怪她最后得知身世后，宁可对恨之入骨的沈昭慕产生爱情，也不对你有爱慕之意呢！

只不过，也不全是原身傻了，实在是沈昭晨表面功夫做得滴水不漏，明明心里恶心得不行，却还要装出一副好哥哥的模样。

送什么栀子花？你倒是给我点儿银子花啊！池芫这么想着，也就这么委婉地说了：“皇兄，我不想在那儿待着了，又穷又累！你不知道，那个废太子，他使唤我跟使唤下人一样……你要不，把我调回来吧？”

沈昭晨入木三分的演技都要崩了。他嘴角微不可察地抽了一下，随后才默然收回手中的栀子花，心中暗骂：愚蠢卑贱的女人，还真以为自己是金枝玉叶，是我的皇妹？我怎么可能有你这种庸俗心机的妹妹！

但他知道，池芫这张脸对他那个爱美如命的弟弟来讲，有着多么致命的吸引力。

没关系，就算现在他那个好弟弟不会被吸引，等他从巨大的落差中缓过来，只能依附于池芫这唯一一根稻草时，自己便可以让这个蠢女人尽情地折辱他。

他记得，在噩梦中，他曾见过这个女人不止一次，那时这女人为了攀龙附凤，靠着手段成功地当了个良人。

沈昭慕也着实是宠爱过她一阵子。

这也是沈昭晨回来后，会选择将池芫安插在沈昭慕旁边做棋子的原因：一来这个女人的美貌是沈昭慕喜欢的；二来，她根本不爱沈昭慕，眼里只有荣华富贵。漂亮、虚荣、贪心、有心机却并没有多聪明的女人最好掌控。

一想到自己给沈昭慕安排的这出好戏，沈昭晨便极力地将对池芫的厌恶压了下去。他抬手摸了下她额前的发，声音也温柔下来：“皇妹，你乖，再忍耐忍耐！皇兄知你不容易，但你也知道，皇兄如今根基未稳，而咱们母妃的大仇未报，皇兄只能相信和倚仗你了……”

池芫对上沈昭晨这张故作兄长情深的脸，不禁扯了扯嘴角，有些委屈地噘着嘴："行吧……可是，皇兄，我不是公主吗？我不想再像个奴婢一样干粗活了……为了报母妃的仇，为了帮助皇兄，我今天不得不讨好那个废太子，又苦又累，还吃不饱饭……"池芫越抱怨越起劲。

看着她这受不了苦的娇气脸，沈昭晨差点儿以为她真是流落在外的公主了。他心里更是不屑，但也微微放下心来。

果然，这个爱慕虚荣的蠢女人怎么可能突然转性伺候人？原来是为了讨好沈昭慕，也顺便过来卖惨。

沈昭晨也不想再耗时间了，便唤了一名信任的太监进来，让太监给了他一个钱袋子。沈昭晨将钱袋子塞到池芫手中，轻轻拍了拍她的手背，温和又歉意地说着："委屈你了！等皇兄拿到令牌能够立功了，就将你风风光光地接回来。至于吃的，你放心，我会命人每日偷偷给你送。"

没问题，完全没问题，只要给钱给吃的，她什么都可以。池芫点头如捣蒜，立马将钱袋子藏在身上。

两人又互飚演技扮演了一会儿温情兄妹，池芫才心满意足地回去。

"去哪儿了？"

池芫蹑手蹑脚地进了寒园，刚溜进屋内，想要看看沈昭慕睡了没，就听见少年阴冷的声音。

池芫下意识一哆嗦，想起自己的人设，立马又挺直了腰杆，捏着嗓子阴阳怪气地说道："寄人篱下，当然是替殿下谋点儿银钱回来了。"

沈昭慕被噎了一下，冷冷地哼了一声，说道："孤要安寝了。"

"哦，奴婢也要安寝了，殿下晚安。"

说完，池芫直接去自己睡觉的耳房，抖开被子，躺下。

沈昭慕能不能安睡，池芫管不了，但她劳累了一天，又是挨摔又是干活，早就困了，所以倒头就睡着了。

次日，沈昭慕撑开眸子，入目便是微微亮的窗台。他有些内急，抿着唇，脸色不大好看，早知道昨天便不喝那奴婢煮的汤了！

"来人！来人，来人！"

在叫了几次没人应后，沈昭慕强撑着身子想要起来，却又因碰到伤口疼得跌了回去，脸都跟着白了。他忍着痛和屈辱感，咬牙切齿地喊了声：

“池芫！”

这大胆奴婢，关键时候又偷懒！

“来了！来了！”池芫正在厨房揉面团呢。沈昭晨说派人送吃的来，这都快过早膳时辰了，她还没见着一口粮食。没办法，她只能自食其力，去厨房捣鼓了。

天都没亮，她就起来揉面团，打算给这废太子殿下煮面条吃。谁知，她这面团还没和好呢，就听见阴郁暴躁的一声叫唤。

池芫匆匆奔进主屋，见沈昭慕艰难地趴在床上，面色青青白白的，十分难看。

“殿下，怎么了？怎么了？”

沈昭慕看到池芫绾着发髻，袖子束到手臂上，一双手上还沾着白色的粉末，不禁蹙起眉：“扶孤……孤要更衣。”

“上茅房就上茅房，殿下您唤一声奴婢便是，何必大清早的摆脸色呢！”池芫一见对方这神色就知道怎么回事，几步上前，伸手就要搀他，嘴里还不停地说着。

沈昭慕气得脸色涨红，抗拒地指着池芫的手：“什么东西？！离孤远点儿！”

池芫低头看了一眼自己沾了面粉的手，嘴角不禁抽了抽：“殿下，御膳房那边不管咱们死活，奴婢得给您做饭啊！奴婢刚才在揉面粉，打算给殿下煮面吃呢！”

她给他煮面？

沈昭慕狐疑地拧着眉头，对池芫抱有极大的不信任：“孤怎么知道是不是沈昭晨让你下毒害孤？”

还“孤”来“孤”去呢，您都被废了，现在是个下岗的太子了！

池芫没忍心把事实说出来，怕打击这个遭逢巨变、性情阴郁、满怀仇恨的少年，只好撇撇嘴：“谁下毒下自己手上？还这么明显！殿下，您是聪明人，就不要老是提奴婢是大殿下派来的，行吗？”

您非要让门外那两个都知道您早就猜出了这寒园里三个奴才的真实身份吗？

沈昭慕没想到自己要被一个恶毒的奴婢提点，他绷着脸，但又实在是没心思再和她闲扯，只好耐着脾性："还不快扶孤去更衣！"

"是，马上。"暗暗翻了个白眼后，池芫伸手穿过沈昭慕的腋下，咬牙吃力地将他扶了起来。

说是更衣，其实他这个惨样子，只能去后边小角门屋里找恭桶解决。

池芫心想，自己以前几时做过这种伺候人的事？真是天道有轮回，她竟也沦落到今天这境地了。

沈昭慕看了一眼跟前的恭桶，又看了一眼旁边的池芫，脸都黑了。

池芫见他上个厕所，都要将自个儿憋死的模样，不由得摇头，伸手拿过一旁她早就放好的拐杖塞到他手里，然后掉头就走。

沈昭慕有些呆愣地望着手里的拐杖，看起来还是新的……

如果不是受伤，又沦为阶下囚，他就唤奴才伺候了。可是如今，他谁也不信。比起太监，这个爱慕虚荣，只图谋钱财富贵的奴婢反而叫他放心些。

毕竟，他一早就识破了她被沈昭晨几两臭银子收买的事实，谅她也不敢轻举妄动。

解决完了，又有了拐杖，沈昭慕便不使唤池芫了，自己拄着拐杖，气喘吁吁地回到床边。

他把拐杖放到一边，撑着床沿，小心翼翼地侧躺下，然后眼睛有些无神地望着头顶的房梁。

那儿有一张蜘蛛网，昨天他就发现了。那蜘蛛停在网中心，静待猎物出现。一只飞蛾落网了，蜘蛛不紧不慢地顺着一根蜘蛛丝往扑腾着的猎物那儿爬。

哼，在命运面前，这张网之下，挣扎只是徒劳罢了。

沈昭慕闭上眼，不想看那飞蛾的结局。

"用膳了！"就在他面无表情地闭目冥思时，池芫明亮的声音响起，带着几分冲破灰暗的欢快。

聒噪！

沈昭慕蹙着眉，睁开寂寂无波的眼，看向门口。

池芫端着托盘走到他床前，将托盘放到桌上，一碗泛着香气的热气腾腾的面条摊在面汤里。

面条单调得很，甚至连一个鸡蛋都没有，只有几粒葱花撒在面汤上，但面条看着就很有弹劲，闻起来也很香。

他觉得有些饿了，但脸上仍是做出一副嫌恶的表情："粗鄙之物，不吃也罢。"

刚说完，他的肚子却不争气地咕了一声。

池芫才被前面那八个字气得噎住，就听见这及时响起的"空城计"，不由嘴角一勾，险些笑出声来。她忙抬手掩唇，咳了一声："殿下还是早些吃了吧，不然面要坨了。"说完，就机灵地直接出去了。

"池芫！"

在院子里用小铲子挖墙边野菜的池芫，一听到这急脾气的叫唤声就忍不住叹气。她把铲子扔进篮子里，对门口打盹偷懒的小德子道："喂，小德子！给你一块碎银子，帮我挖一篮子野菜出来！"

她灵光一现，原身这个敛财奴，钱可是存了不少的，她何必这么真实地干活呢？有钱能使鬼推磨啊！

想到这儿，池芫直接将活儿和手上的碎银子甩手交给小德子了。后者见着银子也不困了，手脚也麻利了，开始卖力挖野菜。

池芫则进屋伺候难伺候的废太子殿下。她一边取下手套，扔到厅里的桌上，一边拍了拍裙子上沾到的泥土。每日被使唤来使唤去的池宫女随叫随到："殿下，又怎么了？"

沈昭慕半撑着拐杖立在床边，长发披在身后，整个人散发出一股阴郁的气息，就差直接在脑门上写着"我不高兴"了。

池芫仰头，吹了吹自己额前的一缕发："是需要绾发还是伺候更衣，还是要奴婢做别的呢？"

一听她这刻意掐着嗓子谄媚做作的声音，沈昭慕的脸色又黑了几分，他指了指自己的袖子："这衣裳破了。"

"啊？破了……"池芫不解地问，"殿下是想换一件？"她说着就要去衣柜找。

沈昭慕冷着脸，哼了一声："如今是什么时候了？你身为宫婢，孤的衣裳破了，你不应该替孤缝补？"

池芫却是眉梢拧紧："不是。殿下您素来爱颜面，奴婢这手艺……给您缝补了，您也……您敢穿吗？"

沈昭慕唇角抖了抖，竟然无言反驳。他左手撑着拐杖，右手捏了捏袖口被刮破的地方，脸拉得老长。

"少废话！缝不好，今天就别吃饭了！"

他说着，一只手艰难地脱下自己身上的外袍，递出去。

池芫不敢相信自己的耳朵，她反手指着自己的鼻子："不是，殿下，饭是我……奴婢做的，缝补手艺不好还不能吃饭，这也太……"

"孤是主子，你是奴才，有问题吗？"沈昭慕见池芫一脸的绝望和不理解，直接一句话定生死。

池芫嘴巴张得老大，没声了。

她给他做饭，伺候他，却不准她吃饭？！这是什么黑心的主子？！

"系统，这种男人我要来有何用？！"

系统："宿主，你冷静点儿。"

自从进入这个位面后，宿主的脾气好像越来越大了，真的好怕怕哟！

"从进入这个位面的第一天起，我不是被'家暴'，就是干各种小奴隶的粗活！能不能给我一点儿光环？"

面对池芫的怨念，系统选择装死。

最后，池芫只得乖乖地接过废太子殿下递来的衣裳，撇了撇嘴："行行行，您是主子，奴婢这就去。"

说完，她就苦哈哈地跑到厅里找针线，开始给落魄了也非常讲究的废太子缝衣服。

谁知，针线才上手，她的食指就被扎破了。看了眼正在流血的手指，池芫不禁蹙起眉。她体质这么弱，居然不让她做花瓶，反而让她做绣娘？

沈昭慕拄着拐杖，走到一扇窗前，抬手，用食指戳破窗户纸，透过这个洞，他看清了池芫在做什么。

她正笨手笨脚地穿针引线，时不时就扎着手，疼得吸气。她微微侧着身，垂着头，没发现自己正在被监视着。

"烦死了！什么呀这都是……"池芫勉强缝补了一圈，看了眼上面歪歪扭扭的针脚，不由咬咬牙。

“看来是吃不成饭了……”池芫摸了摸自己的小肚子，噘着嘴，有些凄凉地叹了一口气。

看到这一幕的沈昭慕，眼中的阴郁被恶劣的讥笑冲散了些。

他拄着拐杖回到桌边，看了眼近在手边的茶杯，开口道：“池芫，进来，倒茶。”

池芫闻言，深吸了一口气，然后看着手中拆了线又缝补了一遍的衣袖，告诉自己，要冷静，就当是个表演，千万别生气，千万别生气！

池芫将衣裳放到椅子上，起身进屋。看到某位殿下人都在茶杯、茶壶面前了，她嘴边的笑意微微往两侧延伸了些——

很好，很不错，她不生气。伺候一个巨婴而已，没关系的。

“茶都凉了，你怎么做事的？”沈昭慕接过池芫双手呈过来的茶杯，微微抿了一口，便深深地拧起眉心。

他嫌恶地将茶杯放下，拿出帕子，将茶水吐到了上面，然后将帕子扔进一旁的痰盂中。

这吹毛求疵的程度？！

你醒醒好吗，大哥？你已经是前任太子了！前任！懂不懂？就是罢黜的落魄废太子！

但池芫面上的假笑更加职业了，她微微屈身，回道：“是，奴婢这就去换新茶。”

沈昭慕对池芫这个假笑表示很是嫌恶——这么明显的面服心不服。这个虚荣蠢笨的女人，掩藏功底差了些。

几乎能读懂他表情的池芫表示：彼此彼此，您老这表情管理更不行！

夜半，池芫睡不着，翻来覆去，唉声叹气的。

沈昭慕本就浅眠，听到这断断续续的窸窣声，不由得睁开眼：“安生点儿！”

他难得在用了晚膳喝了药之后有点儿睡意，都被池芫吵没了。

池芫摸着咕咕叫的肚子，有气无力地回了句：“殿下，奴婢饿得实在睡不着，可以恩准奴婢去吃个夜宵吗？”

她语气恭敬地询问，表情却是咬牙切齿，嘴巴一张一合，像是背台词一样。

沈昭慕闻言，却是难得地舒心，尤其是想到池芫傍晚做好了饭菜端进来，眼巴巴在一旁伺候着，想吃又不能吃的样子，他就觉得，胸口这么些天来积攒的郁气总算有了一丝丝宣泄口。

沈昭晨居然狗急跳墙地选了这么个看着有心机实际上满脑子糨糊的蠢女人。

半晌，池芫快饿晕过去时，才听到这位前太子爷冷淡地开口：“快滚。”

池芫无声嗤了一下，滚就滚，立马就滚。然后，她就跑去小厨房烤红薯吃了。

烤红薯的香气可比晚膳的青菜白粥来得勾人多了。沈昭慕下意识想翻个身，却又不小心扯到了伤口，顿时疼得冷汗淋漓。偏偏那香气霸道，完全遮盖了床前新换的金银花香。

沈昭慕抿了抿唇，然后摸了下肚子，想起晚膳那寡淡的青菜和粥，瞬间觉得腹中一阵饥饿感传来。

而此时，池芫用筷子在院子里扎了一个红薯，放到窗前，一手拿了扇子轻轻扇动。等红薯不那么烫手了，她就上手剥开脆脆的皮，撕下一块，塞进嘴里。

呜，真好吃！

池芫索性坐在地上，一边吃着红薯，一边看着天上的月亮，突然想到现在的生活，脑袋又耷拉下来，感慨道：“欸，生活苦涩得就连吃红薯都不觉得甜了……”

忽然，身前一道阴影落下，池芫下意识抬头，刹那间，手里才吃掉一点点的红薯就被一只骨节分明的手抢走了。

世风日下！这大晚上的，居然有人连我一柔弱貌美少女的烤红薯都不肯放过！

但她那骂人的话还没说出口，就咽下去了。

殿下，这是奴婢的红薯！奴婢才吃了几口的红薯！

池芫看着沈昭慕手里的红薯，不禁咽了咽口水。她忙站起来，拍了拍屁股上的灰尘，仿佛做坏事被抓包了一样，眼神左右晃：“殿下，您不是睡了吗？怎么出来了……”

这个刚才还拿着红薯在院子里勾得他睡不着的小奴婢，这会儿眼睛明明盯着红薯，却故作淡定的样子，叫沈昭慕不由扯了扯薄唇。

他有些嫌弃地捏着脏兮兮的红薯，一手拄着拐杖，居高临下地睨着池芫，冷漠道：“不许吃了，吵着孤了。”

吵？池芫眉心打了个结。明明就是晚上你没吃饱，我烤红薯的香气勾得你睡不着！还吵着你！又不是红薯搁你胸口碎大石。

池芫眼巴巴地望着被夺走的口粮，摸了摸并没有吃饱的小肚子，怨愤又恭敬地接着话：“那什么，殿下，奴婢还是很饿……您若是觉得奴婢吵，奴婢吃东西很快的！两口，就两口，保证立马把它吃完！”

沈昭慕嘴角一抽，将红薯往后挪了一下：“有辱斯文！”

说完，他也不理会池芫，拿着剩下的红薯就进屋了，并且，在池芫进来前，迅速将寝室的门关上了。

池芫傻眼了，呆呆地望着紧闭的门，内心持续输出——

你是魔鬼吧？求你做个人吧！我的红薯都不放过！有这么饿吗？你身为前太子的尊严和骄傲呢？去哪儿了？去哪儿了？！

去肚子里了。

沈昭慕回屋后，看似慢条斯理，实际上手很迅速地将红薯皮剥掉，用帕子装着香喷喷、热乎乎的半个红薯，张嘴便咬了一口。

大概是真的饿了或者是馋了，他这次居然忘了先用银针试毒……

等他想起来时，手里的红薯已经吃完了。

沈昭慕意犹未尽地舔了舔唇角，回味着嘴里香甜软糯的味道，觉得胃里暖洋洋的，也总算饱了些。

他倒了一杯茶漱口，将手洗净擦干，再撑着拐杖回到床上。吃饱了，倒是有困意了。

眼皮上下打着架，沈昭慕没一会儿便睡着了。

“毒妇！是你害了玉儿！啊——朕要杀了你！”

“哈哈哈——是啊，是臣妾做的，这一切都是臣妾一人所为！对，臣妾是毒妇！那陛下您呢？您又何尝不是……”

“母后！”

血，满地的血，高贵典雅的一国之母，穿着凤袍，撞柱而亡，一地殷红。

她死不瞑目，临死前，手伸向他跑来的方向，嘴角微微上扬，那是一个将所有承担下来的安抚他的笑。

“母后！”

沈昭慕睡梦中十分不安稳，手抓着被子，手背上青筋乍起，眉心狠狠地拧到了一块儿，不安地摇着头，嘴里喊着。

忽然，一只手伸过来，眼前多了一道黑影。

沈昭慕扣住那手，一下坐起来，身上剧痛传来，他却瞪着猩红阴鸷的眼，望着面前的人。

看清后，他却微微一怔——居然是池芫……

池芫面上满是惊惶和无措，她的手快被他捏碎了。她咬咬唇，忍着疼，状似关切地询问：“殿下，您做噩梦了？”

沈昭慕难以置信地蹙着眉心，看了眼紧闭的门：“你怎么进来的？”

他的手还捏着池芫的手腕，力气大得惊人。

池芫疼得厉害，她吸着气，忍不住用另一只手去掰他的手，掰不开，便泄气地指着窗户：“还不是殿下您忽然惊叫，奴婢担心您出事，又打不开门，只好撞破窗户翻进来了……”

“哼！是担心孤出事，还是想趁机从孤这里又偷走什么？”沈昭慕眯着狭长的凤眼，满是质疑。

明明身上的伤口疼得他面色苍白如纸，但他就是维持着坐在床上的动作，紧紧地抓着池芫的手腕，眼睛冷冰冰地直视着她。

池芫都快哭出来了——太疼了，这谁顶得住啊！

“殿下您冤枉我了……奴婢、奴婢真的没有贼心……好疼啊！殿下，奴婢的手快断了，求求您松开些吧！”

沈昭慕的眼神越发冷厉。又想装无辜卖惨？哼，这个女人，和那些听说他被废后背叛、逃跑的女人有什么分别？

不，她更可恶！她羞辱他，践踏他的尊严，还当沈昭晨的细作，妄图盗取母后留下的令牌。

她该死！

这么想着，沈昭慕松开了抓住池芫的手，在后者松了一口气想要揉手腕时，抬手飞快地掐住了她纤细的脖子。

池芫从对方眼里真真切切地看到了杀意，那凛冽的杀意伴随着浓烈的厌恶，刺痛了她的双眼。

这样的神色，从他这张她熟悉得不能再熟悉的脸上出现，叫她心里狠狠地揪了下。

滚烫的眼泪打在沈昭慕的虎口上，他愣了一下。看着脸色涨红青紫，无声流着眼泪的池芫，沈昭慕恍惚听到心里某一处，有个陌生的声音似乎在谴责他此时的行为。

——沈昭慕，放了她！

——不可以伤害她！

谁？谁在说话？

沈昭慕愣怔之下松了手。池芫顿时像是断了线的木偶，往地上跌去，捂着脖子剧烈地咳嗽着。

沈昭慕有些呆呆地看了眼自己的手。刚刚，那个声音，是什么？

池芫咳得眼泪哗啦的，她揉着自己可怜的脖子，只觉悲惨：只要是古代位面，她的脖子就是重点受灾区，这是什么定律？

沈昭慕回过神来，才发觉自己坐到了伤口，忙撑着床起身，踩着鞋面，然后心不在焉地瞥了眼池芫，对她道："替孤上药。"

从地上爬起来，池芫不由得第一次当着沈昭慕的面耍了性子。她扯了下嘴角，讥笑了一声，声音微哑："殿下，奴婢在您眼中是虚荣、粗鄙不堪，可奴婢也是个活生生的人，再怎么下贱，也在这寒园中伺候了您这么久……就算没有功劳也有苦劳。方才您梦魇大叫，奴婢情急之下用手臂去撞窗户，您看！"

她说着，撸起袖子，露出红肿淤青了一片的胳膊，看着分外可怖。

沈昭慕轻抿了下唇，目光微凝，随即别扭地别开视线。

他眉心隆起，一副不耐烦的样子："行了！区区一个奴婢，那么多废话，不想上药便明说。孤是落魄了，却不屑欺负一个奴婢。"说完，他指着门，"出去！"

面对他冷漠又刻薄的嘴脸和言语，池芫咬了咬后牙槽，心里冷笑，面上却不动声色，抱着手臂，先是重重打开门，再重重甩上，出去了。

沈昭慕轻轻扶着床沿，面上的阴鸷和冷漠渐渐褪去，只剩下一抹落寞和冷笑挂在脸上。

落魄至此，他还谈什么主子不主子，奴才不奴才的！现如今，就是奴才都看不起他……更何况这个趋炎附势的奴婢。

别以为她花言巧语的，就能骗过他的眼睛。若不是还对他有利可图，她怎么可能甘愿留在这个残破的院子里？

池芫跑出去后，下意识要冲出寒园，可走到门口时却看见两个探头探脑的太监用审视的视线张望，她便生生止住了脚步。

她抬手抹了一把脸——这个时候了，她还不忘替沈昭慕将该演的戏演完——她坐在台阶上，愤怒和屈辱地抹着脸上的眼泪。虽然她没有说话，但那两个张望的太监，一看她这表情就知道她又是被沈昭慕骂了。这三天两头的，他们都习惯了。

小德子到底还拿过池芫不少好处，忍不住上前，挠了挠头，问了一句："池姑姑，是不是……是不是里头那位又骂你了？"

他刚说完，就见池芫抬起一双红红的眼睛，瞪着他，压低声音愤怒道："除了这位主子，还有谁给我气受？"

小德子莫名其妙就当了出气筒，忙缩了缩脖子，小声嘀咕着："姑姑别生气……反正、反正里头要不了几日……就消停了。"

在小德子看来，沈昭慕这个废太子已经失了圣心，又是如今皇储不二人选的大殿下的眼中钉，能不能活过这个六月都难说，让他发泄几日，又何妨？

这个池芫，还是年纪轻，吃不得苦，受不了责骂。

池芫觑了他一眼，便知他在想什么，但她只掩了面："你滚远点儿！别烦我……我受够了！"

门外的小全子看了一眼，不禁默默撇了下嘴角，将池芫的表情和话都记下了。

再说门内的沈昭慕，他手里捏着个瓶子，手伸到门栓上，瞥见门缝外坐在台阶上的池芫，面色冷淡："进来，上药。"

池芫还在赌气，声音闷闷的："奴婢不上。殿下要是觉得奴婢以下犯上，杀了奴婢好了。"

沈昭慕原本是听着池芫和小德子在那儿抱怨发脾气，心中有气，想将她叫进来好生训斥一番，却不料，这奴婢胆儿还真翻天的大，居然敢明目张胆地违抗他的命令了！

砰——

池芫正郁闷着呢，忽听得屋内一声巨响。她一转身，小德子立马溜了出去，还把院门关上了。

然后池芫便看见，前一刻还耀武扬威、阴阳怪气的废太子殿下，此刻正狼狈地趴在地上。

哈哈，你也有今天！

池芫恨不得找系统申请借一分钟手机用用，将这解气的一幕拍下来。

“殿下，还好吗？”池芫尽量让自己的声音听起来饱含着关心。

沈昭慕一手死死地抓着池芫的手臂，撑着她站起来，两条站不太稳的腿微微蜷缩着。他看了眼自己被蹭破了皮的手掌，不禁咬了咬后槽牙。

他斜瞪了一眼池芫。虽然对方恭恭敬敬地垂着脑袋，一副听候差遣的乖巧模样，但他不消多想，就知道，池芫一定在嘲笑他。

“殿下，奴婢扶您回床上去吧……呀，这手怎么还破皮了呢？奴婢替您处理一下伤口……”

池芫越说，沈昭慕的脸色就越难看。他咬着牙，冷冷地威胁：“怎么？看着孤出糗，你很高兴？你信不信，孤杀了你……”

“殿下，虽然您觉得伤自尊，但现在就奴婢一个人伺候您，要是杀了我，您上哪儿去找个貌美如花、任劳任怨还心灵手巧的宫女伺候？”

沈昭慕不禁冷嗤一声：“池芫，你可真是厚脸皮！”

有这么夸自己的吗？

貌美如花？哼，蛇蝎心肠才是。

任劳任怨？这不就抱怨上了？

心灵手巧？一件衣裳都缝不好。

沈昭慕重新侧躺了下来。池芫一边不大高兴地嘬嘴嘟囔了声“真难伺候”，一边去拿了干净的巾子，又端了水过来，给沈昭慕擦拭手掌上的伤口，顺便给他身上的伤口上药——伤口都结痂了，她微微松了口气。

沈昭慕却听着以为她在叹气——难道是他伤口恶化了，她在嫌弃他身上变得丑陋了不成？

他微微扭头想要探个究竟，却见池芫手拿干净的巾子，小心翼翼地擦拭着他的伤口，眉心也拧着，眼底则是显而易见的心疼。

心疼？

沈昭慕觉得肯定是她在演戏。

“好了没有？”他不大耐烦地问。

池芫一听这声音，就再不想理会他这一身伤了——这人一开口，就将她对他的那点儿心疼弄没了。

“好了，好了。”池芫飞快收拾好，然后将衣服替他穿好。

“池姑姑，池姑姑，你在里头吗？”

池芫才将东西收好，就听见门外小德子叫唤的声音。

她走到门口：“喊什么呢？”

小德子指了指门口突然出现的几人：“内务府的，送来了这月的衣裳和一些米粮……”

池芫眯了下眼角，内务府？给房间里头那位躺着的废太子殿下送东西来了？

这来了都一个月了，也没见内务府送过什么东西，怎么今天太阳从西边出来了，居然主动上门了？

内务府的太监和宫女见池芫出来了，便一个个扬起谄媚又古里古怪的笑。为首的太监一边笑，一边对她道：“池姑娘，这些，咱家给您端进去了？”

池芫直接让开，然后挑了挑眉：“行啊，有劳了。”

不管是老皇帝的授意还是她那个便宜哥哥的意思，有免费劳动力不用白不用。

而且，废太子才被发落，老皇帝怎么可能如此授意？

沈昭晨这是想做什么？觉得两个太监监视着还不够？

等贼眉鼠眼的太监带着宫女将东西都放进厅里，池芫便扬着职业假笑送客了。

等人一走，池芫立刻回到厅里，翻了翻衣裳，又看了眼布匹，再看了眼所谓的米粮——果然是她之前找沈昭晨要的东西。

“内务府送的？”沈昭慕见池芫端着一个盛了衣饰的托盘进来，只觑了一眼，便收回视线。

“是啊，殿下不是才破了一件衣裳嘛，这不，可以换一件了。”池芫抖开手里这件紫色的华服，微微勾唇，满意地点头。这颜色，废太子穿还是好看的。

沈昭慕都懒得看一眼，只冷哼了一声：“不稀罕。”

内务府之前都不管他的死活，怎么现在反过来巴结他？无事献殷勤，非奸即盗。

池芫原先还想拿到沈昭慕身上比画比画的，但见对方闭上眼，趴在枕头上，一副不想说话，只想她赶紧走的样子，她就歇了心思。

而随即，池芫摸着衣裳的手指忽地一僵。

她眯起了眼睛，立马将衣裳放回托盘里，然后端着托盘出去了。

沈昭慕听见忽然急急出去的脚步声，不由得睁开眼，却只看到池芫急匆匆的背影。他抿了下唇，没有吭声，继续闭眼小憩了。

池芫走到院子墙角，将托盘放在地上。她摸着下巴，微微拧着眉。最后，她咬了咬牙，从头上拔下一根钗子，划破手指，滴了一滴血在衣裳上。血迹晕染，将紫色晕得更深。

然后，原本是死物的华服忽然蠕动起来，像是里头有什么东西活了过来，都汇集到了那滴血的地方。

池芫含着被自己划破了的手指，心里恍然。

“歹毒的家伙！”还真是用吸人血的阴招！

池芫看了眼门口，确定没人看见，立马端起托盘朝小厨房走去。她点了一把火，将衣裳扔进火盆里，再从灶台上抓起一大把盐撒了进去，衣裳里的东西立刻不停地蠕动，然后发出吱吱吱的声音，同时散发出腥臭的气味。

池芫眼角眯起，又起身拿起一旁的烧火棍，轻轻搅了搅衣裳，便见有东西受不住火，从烧破了的衣裳洞里钻出来。

果然，是这恶心的吸人血的玩意儿——血虫。

池芫忙拿了另一个盆，反手就给盖上。

如果刚才不是她多摸了几下，也不会发现这看似光鲜华丽的衣裳里，实际上暗藏阴险。

“宿主，这是沈昭晨给沈昭慕下的套，你把衣裳销毁了，万一沈昭晨要来检查呢？”系统忍不住提醒行事简单粗暴的宿主。

池芫等衣裳烧成了灰烬，里头那些恶心的东西也成了一堆死灰后，才拍拍手起身，面不改色地说着：“这下作的伎俩，我看着恶心，没忍住，就动手了。”

她将火盆里的东西倒了，处理干净后，才面色冷淡地洗手。

她的神色太奇怪了，叫系统一时不敢吱声。

池芫将内务府送来的华服毁了，自然是得想法子将这事弥补过去的。她摸了摸下巴，想了下：“系统，你说我现在去赶制一件一模一样的出来，可能性有多少？”

“可能性？不，你别想了。”系统冷冰冰地回应。

池芫闻言，哼了一声，开始下套：“那算了。反正沈昭慕这样子，再挨一回打，估计就彻底废了。”

系统不敢应，总觉得前方有陷阱。

池芫继续火力大开：“你说，这奸商本来就太过聪明，目前这个位面的废太子我又非常讨厌，不如这个位面的碎片就不要了。反正，少一片，沈昭慕也不会变成傻子。”

被她这可怕的想法吓到了，系统瞬间出声：“不行，不行！少一片？宿主，请停止你危险的想法！”

啧，系统也太不禁吓了。

“行啊，那你将绣娘的绝技暂时还我，顺便，给我与那件衣裳同样的布料和针线。”

“宿主……”

系统还没说完，池芫便直接开口：“我没有让你直接复制一件已经不错了，你可别继续拒绝我啊，我的耐心有限。”

说完，池芫便打算往自己的那间小屋子走。

系统两眼泪汪汪，立马将池芫要的东西，拱手给她送上。

池芫拿着自己要的东西，立马变脸，笑意盈盈的。

系统：感觉自己被骗了……这套路好可怕！它要回去！

但它不敢说话，就怕被关进金钟罩里。

池芫回了自己的房间，反手关上门，开始用自己独步天下的绣娘技能，出神入化般飞速地制作华服——要和刚才烧掉的那件一模一样。

不间断地大概做了两个时辰，做得眼睛和脖子都酸了，手都有些疼了，她才将华服做出来。最后，她让系统检查了一遍，确定跟之前的一模一样，才满意地往后一靠。

她在里头赶制衣服，沈昭慕却已经睡了一觉。醒来后，他感觉肚子饿了，不由得唤了她几声。

池芫忙将衣裳放下，推开门进去，恭恭敬敬地欠了欠身："奴婢这就去做饭。殿下，您想吃什么？"

沈昭慕觉得她声音有气无力的。

哼，又想偷懒敷衍自己。这还没拿到令牌呢，就开始懈怠了？

"不喝粥，不吃面，不要点心，也不要米饭。"于是，沈昭慕开始摆谱，在线点菜了。

你怎么不说你不吃人吃的东西呢？！

恼归恼，池芫想了想，还是应了："是，奴婢这就去。"

不吃这些是吧？这可为难不了本姑娘。

池芫干劲满满地让小德子将野菜挖好，拿去洗干净，又将内务府送的肉、鱼、青菜和豆腐都洗了、切了，装盘；再将辣椒、葱、姜、蒜洗干净切了下锅，用油大火爆炒之后，倒水煮成底料。

没错，池芫打算直接煮一顿火锅，看他还怎么挑刺！

池芫端着火锅进来时，浓烈香辣的气味便迎面朝沈昭慕扑来。他先是有些蒙，待看到锅内的肉和菜的时候，不禁皱起了眉头："这能吃？"

"当然，殿下别小瞧了，一会儿您会对这道菜爱得不行的。"

哼，不就一锅乱炖，他还爱得不行？沈昭慕翻了个白眼。

但很快，他就被打脸了——

火锅真好吃！

见他进食速度明显加快，池芫暗自哼了一声——没有人能对火锅免疫！没有人！

察觉到被注视，沈昭慕减慢了进食速度，抬头冷淡地看了她一眼。

这赶人的意思过于明显，池芫下意识冲他做了个摊手的动作："那奴婢先下去了，殿下慢用。"

她还饿着呢，还好留了点儿在小厨房。

临近傍晚，老皇帝身边的小太监忽然过来了，说老皇帝的寿宴马上就要举办了，特来下旨，让废太子务必参宴。

沈昭慕为了装病，当然是在床上趴着领了旨，谢了恩。

等传旨的太监一走，他的脸就拉下来了。

所谓的顾念父子之情，让自己去参宴的说辞，真是天大的讽刺。

母后尸骨未寒，自己重伤在床，他都没过问一句。

如今，他的寿宴，想让自己出来就让自己出来，他不过当自己是这皇宫里一只供人逗乐的宠物罢了……

池芫站在门口，见沈昭慕拄着拐杖，立在窗前，背影看起来十分寂寥，便没有进门打扰他。

她大概知道他在想些什么——对老皇帝的失望、愤怒、恼恨，以及对自己如今处境的挣扎和迷茫。

但她同样知道，这不是一个被打击就会趴下的人。

池芫忽然想，那件华服到底是沈昭晨的手笔，还是老皇帝的把戏？

昨天内务府才送来华服，今天皇帝身边的太监就来传旨，意图一目了然——要他穿那件华服去赴宴。而本就身负重伤、气血亏空的沈昭慕，若是穿上做了手脚的华服去赴宴，再喝酒、吃了受刺激的东西，华服夹层里的东西岂不就能趁机要他半条命？

啪——池芫徒手掰断了手里的一根柴火，木屑刺到了指腹里，她吸了一口气，眉头皱起来，将碍眼的柴火扔在地上。

"小德子！进来帮我烧火！"

她犯得着吗？有劳动力不用，自己生什么火，弄什么柴？傻不傻啊？

都怪沈昭慕！他对她这个态度，她干吗要爱心大发关心他、心疼他？

池芫处理完手上的木屑，简单包了下手指，就去院子里晒太阳了。

子时，玉清殿内。

“殿下，吃夜宵了。”江月惜端着托盘，来到书房。

沈昭晨还在挑灯伏案批改奏折。自从他回宫接手了朝政后，江月惜每每找他，宫人都说他在忙，起初她还觉得是不是回宫了、成亲了、有权了，他就变心了。

但眼见为实，发现他是真的每日都有很多公务要处理，忙得连晚饭都吃不好时，她便开始心疼他。

沈昭晨是很忙，但听说江月惜来了，立马放下手里的奏折，起身上前相迎。

沈昭晨接过她手中的托盘，放在桌案的一旁，扶着她坐下。

“不是说了吗？这些不必你亲自下厨做，让奴才们做就行了。”沈昭晨对着江月惜是一副和风细雨、温柔体贴的好丈夫模样，握住她的手，轻轻放在唇边吻了吻。

江月惜脸蛋红红的，她生得娇俏清丽，眉眼间又带着几分桀骜与英气——从小在马背上长大的郡主，既有贵族小姐的貌美娇艳，又有草原女子的不拘小节和大气。

她抽出一只手，摸了摸自己的耳朵，难得小鸟依人地娇羞着回道：“那你总不回去陪我……我一个人，睡不着……”

江月惜是被沈昭晨抱着回寝殿的，他亲吻着怀中女子的额头，温柔缱绻。

他想，在这冷冰冰的充满阴谋算计的皇宫中，还好有月儿在，她像是温暖的太阳，照亮了他灰暗沉重的生活。

只是，月儿若是知道他一开始便是故意接近她的，会不会……

沈昭晨面上挂着温柔的笑，眼里却一片深沉晦涩。

不，她不会知道的。她这么单纯天真，这个秘密，他将永远封存。

将她抱到床上，替她盖好被子，抚了下她红扑扑的脸蛋，沈昭晨便转身去沐浴。

“殿下……”

他坐在浴桶中，闭目沉思，忽然，身后一道娇滴滴的女声传来。他猛然睁开眸子，转过身——他很难将后背对着别人。

只见江月惜身边伺候的一名宫女拿了一方帕子，面色桃红，眼眸含春地朝他走来。

“谁让你进来的？”沈昭晨看似温和平静的表面下，实则已经暗藏了杀意——他讨厌不懂规矩、心眼儿多的奴才。

宫女却俨然不知自己已经踩在死亡的边缘线上，甚至大胆上前：“皇子妃睡下了，奴婢瞧大皇子无人伺候，便进来侍候您沐浴更衣……”说着，手便要抚上沈昭晨的胸膛。

啪！

“啊——”

一声短促的尖叫声过去后，床上酣睡的江月惜微微翻了个身，却没有醒来。

沈昭晨扯过一旁的袍子披上，唤了人进来。

他赤脚踩在地上，居高临下地睨了眼地上宫女的尸体。

“处理掉，别惊动皇子妃。”

“是。”

第二章
患难……升好感度？

“殿下，这华服、玉冠、鞋子都给您放在这儿了，需要奴婢伺候您吗？”

寿宴这天，池芫早早地起来，端着托盘，将一身行头都放在沈昭慕床头的桌上。

知道沈昭慕不会让她伺候，池芫故意来了这么一句。

哪知，沈昭慕似是知道她的心思，撑起身，斜勾了下唇角：“嗯。”

嗯？

池芫嘴角僵了僵，随后重新扬起明媚又职业的假笑：“喏。”

可真等池芫近身了，沈昭慕又不自在了。

池芫觉得还挺有意思的——一个从小被十几个宫人簇拥着伺候长大的太子殿下，居然不习惯宫女贴身伺候、沐浴更衣……

只能说，陈皇后因为担心儿子被貌美宫婢拐走，而采取的强权镇压的手段，实在是了得，成果不错。

“行了。让小德子来吧，笨手笨脚的。”眼见着池芫手都要伸到自己裤腰带了，沈昭慕忙出声阻止。

池芫乖乖出去，唤了万能的小德子进来，自己也去收拾打扮一番。

沈昭慕默默地松了口气，笨拙地将裤子换上，剩下的指挥小德子来伺候。一想到今晚的宴会，他整个人又笼罩着一股阴郁的黑气，萦绕不散。

鸿门宴。

池芫都知道这是个什么性质的宫宴了，所以机智地提前吃了点儿东西垫肚子——没办法，宫斗剧里，越是这种大宴会，吃的东西越容易被下药。

她为此还提前给沈昭慕准备了一碗红薯粥。

后者现在仍旧每次用膳都会用银针试毒，但他心里也清楚，如果她要投毒，早就投了。更何况，今日的宫宴肯定是一场鸿门宴，她犯不着多此一举。

想到晚上还有一场硬仗要打，沈昭慕便沉默着慢条斯理地将一碗粥喝掉了。

不知是不是吃习惯了池芫做的东西，他倒是对宫廷里头精雕细琢的宴席没了兴趣。

金碧辉煌的大殿里，美貌宫婢穿梭其间，池芫一手抱着蒲团，一手扶着沈昭慕进来时，已经有不少大臣携亲眷入内了。

见到曾经高高在上、权势滔天的太子殿下，这些人却一个个露出了玩味的神色，打量着沈昭慕如今的模样。他们有的敷衍地行礼，有的却是面不改色地和周围的人谈天说地，装作没见到他。就连从前簇拥在沈昭慕身边的那些大臣，也都避之不及地假装没看到他，根本不想和他有任何瓜葛。

沈昭慕一一扫过这群人，最后无声而阴冷地笑了起来。

他如今是虎落平阳，这群人生怕和他牵扯上关系，免得遭了皇上的冷遇，以及与如今如日中天的沈昭晨生了嫌隙。

沈昭慕没有吭声，池芫却替他找到了位子："殿下，这边。"

在沈昭慕坐下前，她还将手里的团蒲垫上，扶着他坐下。

这个举动，叫沈昭慕微微愣了一下。原来她抱着个蒲团不是为了偷懒，是为了给他用的。

再看周围人对自己的表现，沈昭慕忍不住多看了一眼忙前忙后，给他端他喜欢的点心和果酒的池芫，眼里骤然划过一道暗芒。

不对，她又在演戏。

只要还没偷走他身上的令牌，她就不会这么容易罢休。

此时，门口的太监声音尖细地高高通传着"大皇子、大皇子妃到"，池芫一听，忙朝门口望去。

沈昭晨穿了一袭浅蓝色的华服，他不顾众人眼光，牵着一名穿着粉白宫裙，身形窈窕的女子进来。

池芫将视线聚焦到这个浑身散发着干净飒爽的女子身上。嗯，江月惜果然长得不错，气质也符合她的审美。

池芫仔细想了一下，在原来的剧情中，江月惜简直就是沈昭晨的人形保命符，是他实打实的福星啊——

外出遇刺，因为江月惜塞的蒙汗药而制敌；战场杀敌，因为江月惜送的护心镜而挡住了致命一击；就连最后和沈昭慕决一死战的那场厮杀中，也因为江月惜及时赶到，他才得以全身而退。

江月惜又是个小太阳，有着赤子之心，热忱又潇洒，刚好和内心灰暗、心机深沉的沈昭晨互补。

“你发什么呆？”

沈昭慕一回头，就见池芫眼睛直愣愣地看着沈昭晨，不由得眼角眯了眯，心里那股阴暗的黑色气息又萦上心头来。

所有背叛他，投靠沈昭晨的人，他都不会放过！

池芫敏锐地察觉到某人的情绪不对劲，于是立马收回了打量江月惜的视线。

怎么，误会她在看沈昭晨？

“没什么，大皇子妃挺好看的。”池芫主动地老实交代。

她看一个女的看发呆了？

沈昭慕不由神色古怪地也看向这个自打进宫他就没见过的所谓的大皇嫂。

哼，就这姿色，还不如身后这奴婢呢。

沈昭晨一坐下，就朝沈昭慕浅笑着看过来：“三弟，好久不见，身上的伤好些了吗？”

他的表现，宛如一个真正关心自己弟弟状况的好兄长。

可沈昭慕冷着一张脸，一只手死死地按在椅背上，手背青筋凸起，仿佛将手下的椅背当成了身旁坐着的沈昭晨。他眼眸里阴鸷的冷光幽幽地闪着：“不劳大皇兄费心，孤……好得很。”

之前，池芫还有些担心沈昭慕没能从丧母和被废的打击中回过神来，见到沈昭晨会忍不住动手。好在他虽然年纪轻，但心性算是能忍的。毕竟，他再也不是那个可以肆意妄为的太子殿下了。

沈昭晨面上笑意依旧不减，语气轻缓地提醒着：“三弟，这称谓该改改了，毕竟，今时不同往日了。”

他语气里的恶意并不难察觉，这是在故意刺激沈昭慕。

池芫忍不住咬了咬唇，唯恐沈昭慕被这话气到。

“谢大皇兄提醒，臣弟都险些忘了，你我都只是皇子的身份。”沈昭慕原本浑身僵硬，打算竖起身上所有的刺，却突然一松，嘴角扯开了一抹寡淡的笑容，让人觉得阴冷得很。

沈昭晨的表情有些微妙。沈昭慕这个一向高高在上、只懂纸醉金迷的草包，居然学会隐忍了。

反击得好！

池芫忍不住在心里叫好。

是啊，沈昭慕至少曾经当过太子，沈昭晨再怎么样，如今也还只是皇子，离上位还远着呢！

沈昭晨的视线不经意似的移到池芫身上，若有似无地摩挲了下自己拇指上的扳指儿，然后端起酒盏饮了一口。

池芫莫名打了个寒噤，只觉得自己像是被凶狠的狼盯上了。她摸了摸自己的头发，然后故作镇定地给沈昭慕添了果酒。

沈昭晨见状，举杯说道："三弟说话总是这么风趣，兄长敬你。"

沈昭慕看了一眼面前的酒盏，慢条斯理地从袖子里拿出一根银针，递给池芫。

"殿下请用。"池芫将试完毒后没变色的银针递回去，也学着他面不改色地浅浅微笑。

"抱歉啊，皇兄！臣弟疑心病重。对了，要不给你也试一下？"他说着，重新将银针拿出来，这架势，好像是真要替沈昭晨试一试毒。

沈昭晨眉心轻拢，忙抬手打住："不必了。"

喝酒的兴致已经打消了，沈昭晨别过脸，同别人交谈起来。沈昭慕乐得清净，酒盏里的酒一滴未沾。

池芫巡视四周，感到有些奇怪，刚刚沈昭晨的视线落在沈昭慕身上时，并没有在他的衣服上过多停留。难道……不是他做的？是老皇帝？

"皇上驾到！"池芫才猜测到老皇帝身上，老皇帝人就到了。

众人行礼后，老皇帝扶着龙椅，伛着背，微微抬手，对众人道："平身吧。"

池芫瞄了一眼，啧，沈昭慕还好长相随了他母后，就老皇帝这模样，没有一丝英俊的样貌啊。

沈昭慕觉得池芫的眼神又在四处乱瞟，回头一瞧，果然，她这回看的人居然是他父皇！这回，她总不会告诉他，是觉得他父皇的妃子好看了吧？

沈昭晨也留意着池芫的视线，但他觉得池芫是对他编的故事毫不怀疑，急于认亲，所以才会这么在意“生父”。

他怕池芫坏了他的事，于是忙咳了咳，提醒她不要露馅儿。

“晨儿，你怎么瞧着瘦了好些呢！一定是最近公务累的，一会儿啊，多吃点儿。”老皇帝眼神往下面扫了扫，对着沈昭晨笑得一脸慈爱。

沈昭晨立即起身，父慈子孝的戏码信手拈来：“谢父皇关心。这都是儿臣分内之事，能为父皇分忧是儿臣之幸。”

沈昭慕不禁低低冷笑了一声。

他虽然动静小，但老皇帝的视线就在他们兄弟俩之间，自然是看到了他阴阳怪气的笑容。

一见到沈昭慕，老皇帝就觉得硌硬。这阴阳怪气的模样，像极了那该死的陈氏。他敛了笑，对着沈昭慕，连语气和称呼也都变了：“老三，身体好些了？”

面对老皇帝的差别待遇，沈昭慕面色淡淡的，只懒散地应了声：“还行，劳父皇关心。”

老皇帝一见他这要死不活的样子就没了继续寒暄的兴致，只是眼神在沈昭慕的衣服上停留了好几秒。

这刚好叫一直留意着的池芫捕捉到了。但她不敢多看，就怕被老皇帝发现了自己的存在，毕竟她长得不错，要是惹上麻烦就完了。

宴会开始，一群霓裳羽衣的美貌舞姬伴随着香气和琴瑟之音衣袂飘飘地进来，她们甩着玲珑长袖——看起来是一个热闹喜庆的寿宴。

沈昭慕却只一杯一杯地喝着面前的果酒。

池芫怕其他的酒对他的伤有害，便只给他倒果酒，当然，更怕他酒后胡言乱语又得罪了老皇帝。

沈昭慕眯着一双凤眼，嘴角勾着，似笑非笑的。

明明母后死了才没多久，就在这个母后的血都还残留的大殿之上，他的父皇却携美设宴，歌舞升平，庆祝欢笑。

多么讽刺！

沈昭慕笑了，这笑冷得瘆人。

这大殿上，多少人曾对他阿谀奉承，如今……算了。这群趋炎附势之辈，现在看清也不晚。

“殿下，吃点儿东西吧，别光喝酒。”身后一道声音打断了沈昭慕的思绪。

他顿了顿，将酒盏放下，微吐出一口气。当然，他只睨了眼手侧的点心，并没有要尝的意思。

老皇帝坐于上方，眼角余光扫过去，从沈昭慕的衣服再到他手边的点心，然后面上扯了个笑：“老三啊，朕让人做了你最爱的点心，你尝尝看是不是那个味道。”老皇帝指着手边的一碟点心，让身边的大监端到沈昭慕面前。

皇帝赏赐，哪有拒绝的道理？

沈昭慕阴郁的眉眼微微挑开，看着这碟点心：“多谢父皇赏赐，那儿臣带回去慢慢享用。”

“三弟，一碟点心罢了，父皇赏你了，那就在这儿吃，带回去做什么？”沈昭晨在一旁状似温和开朗地开口。

老皇帝微僵的脸色也跟着缓和，而后笑着接了句：“就是。你喜欢的话，一会儿让伺候你的奴才，都给你带回去。”

这两父子倒是心有灵犀，你一句我一句的。众人也跟着，看好戏的看好戏，应和的应和。

池芫有些头皮发麻，刚想开口，就见沈昭慕淡定地捻起一块，慢慢塞进嘴里，轻轻咀嚼了一小口，便蹙了下眉心，将剩下的放回去。

“大概是儿臣长大了，竟觉得这点心过于甜腻了。”

当着众人的面，沈昭慕端着张看着就不太高兴的脸，仿佛还是曾经那个高高在上的太子殿下。

老皇帝嘴角抽搐了一下，笑容僵得很：“既然这厨子做得不合你意，拖下去——斩了。”

众人忙跪下高呼：“陛下息怒！”

“跪什么？朕又没发怒，都起来！”老皇帝站起来，面上的笑意收了收，似是不高兴众人扫他的兴。

沈昭晨眸光微闪，看了一眼一旁只微微拱手垂着头的沈昭慕，不禁眯了眯眼角。

“父皇，今天是您的寿辰，大喜之日不宜见血。再说了，三弟许是在寒园待久了，乍一吃到这许久未吃的点心，不习惯罢了。对吗，三弟？”沈昭晨一边说着，一边转过头，一脸温煦地问沈昭慕。

对上沈昭晨看似温和友爱实际上满腹算计的嘴脸，沈昭慕只似笑非笑地扯了扯嘴角：“是啊，父皇赏赐，儿臣焉有不喜之理……”

“皇上、大殿下，这点心奴婢回去一定看着三殿下全吃完，这会儿还是不要因为此等小事，扫了大家的兴致了。”池芫忽然跪下，头低得死死的，用谄媚老皇帝又讽刺沈昭慕的口吻，高声打断了沈昭慕的话。

老皇帝眯眼打量了一下池芫，她方才的话，叫他想到什么……他佯怒地哼了一声：“老三，你身边这狗奴才胆子也太大了，主子说话，奴才插什么嘴！”

沈昭晨眉头微拧，唯恐池芫惹怒了皇帝，情急之下暴露了身份。

但老皇帝话是那么说，却没有要处置池芫的意思。

“行了行了！瞧你们，一点儿玩笑话都受不住。”老皇帝挥挥手，然后坐下，“老三啊，点心就带回去，免得回了寒园吃不着。”

“是。谨遵父皇旨意。”沈昭慕微微抬手拱了拱，散漫又平静地应着这番羞辱。

随后，众人投身于热闹的宴会歌舞表演中。

酒过三巡，众人微醺，沈昭晨转身假意吩咐自己的侍从，实则给池芫使了个眼色。

池芫收到后，等了一会儿，才躬身附耳请示沈昭慕：“殿下，奴婢去趟茅房……”

她离得近，呼吸就打在沈昭慕耳畔，他下意识想躲，但想到另一侧是沈昭晨，便生生忍住了。那双阴郁的眼睛带着阴鸷冷冷地瞪着池芫，却颇显出几分外强中干的意味来。

“嗯。”沈昭慕抬手用袖子轻擦了下耳郭，眨了下眸子，冷淡地应了声便收回视线，继续发呆。

池芫低着头溜出殿外。

不多时，沈昭晨也借口如厕出了大殿，来到假山后。

池芫在那儿张望了半天，见到沈昭晨，便高兴地迎上去。

在失去所有记忆的时光里，
我都在想你。
Invitation
INVITATION
邀请函

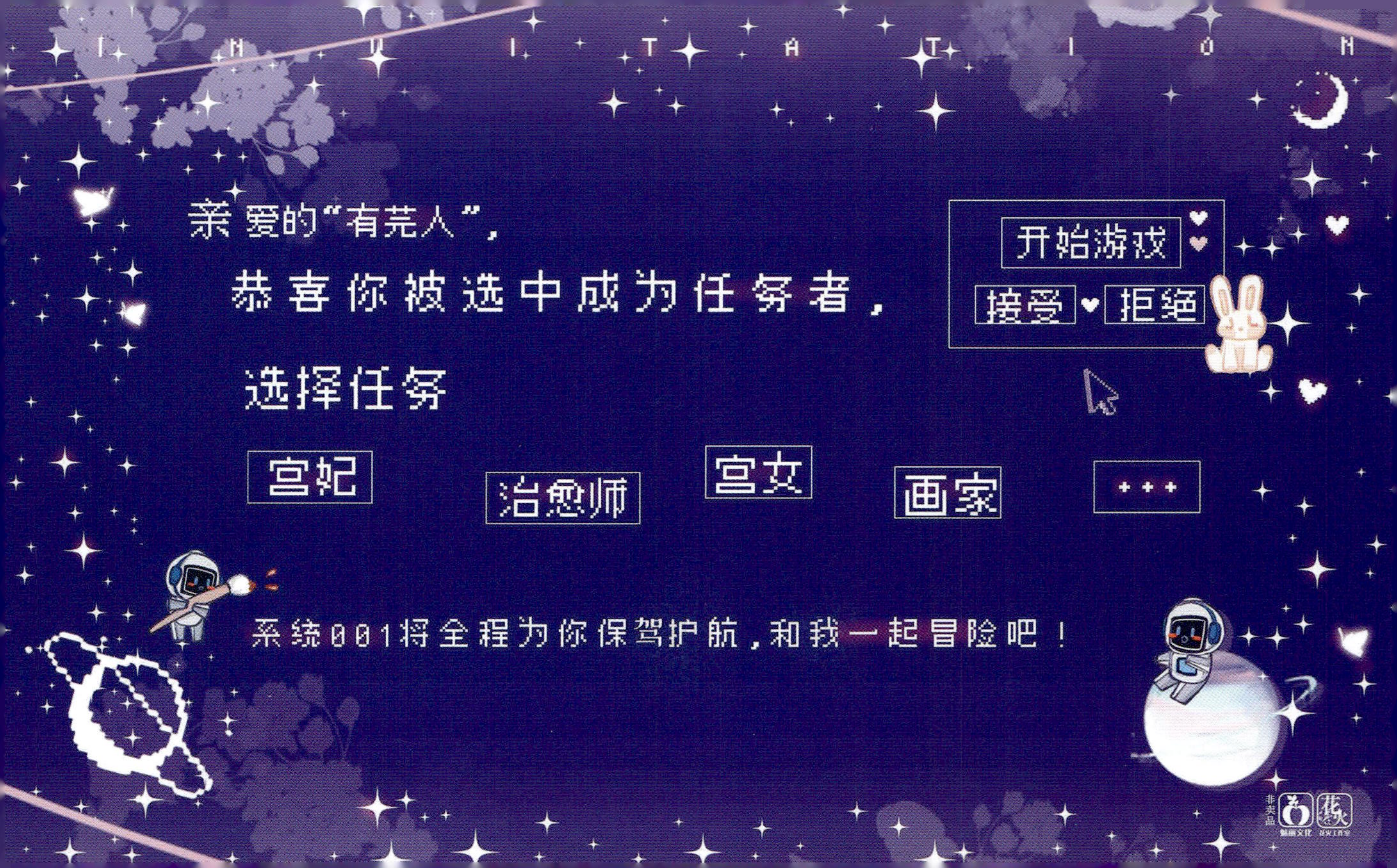
INVITATION
亲爱的"有芜人"，
恭喜你被选中成为任务者，
选择任务
宫妃
治愈师
宫女
画家
…
开始游戏
接受
拒绝
系统001将全程为你保驾护航，和我一起冒险吧！
非卖品

“你太鲁莽了。”沈昭晨不疾不徐地走到离池芫几步之外停下，背着手，不赞同地摇着头，“若是说错了话，惹恼了父皇，以你此时的身份，是要掉脑袋的，知道吗？”

池芫心里清楚，沈昭晨并不是出于担心“妹妹”才这般气愤的，而是因为她差点儿在大殿上和老皇帝打照面。沈昭晨太了解老皇帝的好色本性了，也太清楚池芫如今对自己“公主”的身份坚信不疑后可能做出的举动。

所以，池芫只要出面，沈昭晨就一定会帮她。

但她得给一个说服沈昭晨的理由，不然，他一定会怀疑自己。

“皇兄，我这不是替父皇和您出气，当众羞辱那废太子嘛！顺道啊，等回去了，我就有光明正大的理由报复他了……哼，他清高什么？不想吃点心？那我就要他给我全吃下去！”池芫昂着下巴，眉飞色舞地说着，将狐假虎威演绎得淋漓尽致。

沈昭晨最看不惯的便是池芫这总想着飞上枝头的蠢样，不过是一个冒牌货，还真入戏了。

但听到这里，他也算是明白了，这个女人就是得意忘形，想报复沈昭慕。他就说，池芫突然站出来不是找死吗？

想明白了的沈昭晨便不由得提醒这个自从被他安排了假身份后，就开始翘尾巴的女人。

“皇妹，如今形势不由人，你还不能暴露身份。如果皇兄坐不上那个位子，咱们都会死——沈昭慕背后还有一个陈家，陈家百年大族，死而不僵。你如果不帮皇兄拿到那样东西……

“皇兄，无法保护你。这样的话，就算你被父皇认了回去，但你自小不在父皇身边长大，也只会是个不受宠的公主，加上皇室子嗣稀少，你就免不了要成为联姻和亲的人选……若是去了蛮夷之地……”

“不，皇兄，我才不去蛮夷之地！”池芫见沈昭晨一个不爱长篇大论的人都为了忽悠她而做出这么大的牺牲了，立马入戏配合，在他故意停顿之后，忙接上话茬儿，故作六神无主地抓着他的袖子，“那怎么办啊？皇兄……是我太冲动了，我不敢了，我都听你的！”

哼，蠢女人！沈昭晨眼里飞快地闪过一抹奸计得逞的算计，而后他自然地拂开池芫的手，双手背在身后，故作深沉地叹了一声后，温声宽慰慌乱的池芫："你别怕。皇兄方才及时帮你挡了过去，不然后果无法设想。你须记住，除了我传话叫你来，你不要踏出寒园半步。你必须留在沈昭慕身边，将令牌拿到手，然后，伺机杀了他。"

"杀了他……"池芫一震，眼睛都直了，像是吓傻了一样。她咬了咬唇，一副为难的样子，"可我……我不敢，我不会……"

沈昭晨将一枚银哨子交给池芫，接着安抚道："你不必担心，这个你拿着，一旦你得手了，就吹这个哨子，我的人会出现助你的。"

池芫接过哨子，好奇地打量了一会儿，然后似懂非懂地点头："嗯，我明白了。皇兄，你放心，我一定会完成你交给我的任务。"

"好孩子，委屈你了。快了，只要令牌到手，我就接你回来。你再也不必卑躬屈膝地活着，而是这皇宫里的主子。"

池芫将哨子收起来，眼珠子转了转，话锋一转，问道："对了，皇兄，那盘点心……"

见她眼珠子滴溜溜地转，沈昭晨稍一想便琢磨过来了。小全子这几日禀报过，说是她最近变着花样讨好沈昭慕，却吃了不少苦头。

沈昭晨摇头："一碟点心罢了，能如何报复得了他？皇妹，你再忍耐忍耐。沈昭慕这人看似不好亲近，实际上，他容易一叶障目。这会儿，他刚遭剧变才会这么警惕，但时日一久，他的戒备心卸下来，你就有机会下手了。一会儿宴会结束，你回去要假装刚刚是替他解围，忠贞不贰的样子，尽量争取他的信任，知道吗？"

知道吗？——当然啊！

主动给了她光明正大地去攻略废太子的由头，爱了爱了。

"欸，好吧，那我……为了皇兄的大业，做妹妹的，就委曲求全一段时间吧……哼，真是便宜那废物了，还要伺候讨好他！"

"怎么去那么久？"池芫回来时，沈昭慕不禁睨了她一眼，冷淡又怀疑地问。

池芫忙谄媚地笑了笑，扭捏着说："迷路了。"

沈昭慕侧眸看了眼沈昭晨空着的位子，然后哼了一声，没有说话。

宫宴结束后，池芫扶着沈昭慕离开。沈昭晨则携着江月惜，见沈昭慕要走回去，不禁出声道：“三弟，皇兄给你找个轿辇吧。”

寿宴上，所有人都拿出了价值不菲的珍宝送给皇帝祝寿，而到了沈昭慕这儿，只给了一幅寒酸的画，还不是他自己画的。老皇帝当场就拉下了脸，但他很快又捧着沈昭晨送的东珠，笑得一脸灿烂，并且赞不绝口。

见沈昭晨像是上赶着指望自己羞辱回去一般的嘴脸，沈昭慕不怒反笑：“皇兄，你现在的嘴脸，和当初围着臣弟的那些太监、宫婢一模一样。所以，别这么殷勤，不然臣弟都不习惯了。”

他明晃晃地打脸讽刺人，沈昭晨闻言，只是微微敛了笑意，但一旁的江月惜是个直肠子，立马黛眉一蹙，不悦地斥责沈昭慕：“三弟，你怎么能这么和你大哥说话？他一片好心，你不领情就算了，犯不着这么羞辱人！”

她对沈昭晨和沈昭慕两兄弟的恩怨略知一二。她虽然不明白沈昭晨为什么明明不喜欢沈昭慕，却还要招惹他这个怪胎，但她护短，见不得沈昭晨被人欺负。

沈昭慕并没有对她嘴下留情。他微眯着眼，用阴冷的目光扫了眼江月惜：“哼，沈昭晨，你倒是厉害，找了这么一个能被你这虚伪嘴脸骗得死死的傻女人。”

江月惜不喜欢沈昭慕那像毒蛇一样的眼神，微微握了握沈昭晨的袖子。沈昭晨像是知道她在害怕，将她往身后拉了拉，然后目光冷淡地对上沈昭慕刺人的眼神：“果然，就算落到如今这个地步，你也还是和你那个蛇蝎歹毒的母后一样，毫无悔恨愧疚之心。我见你带着伤还要走回去，本想好意帮忙，你不领情便罢了。月惜，我们走。”

原本漫不经心的沈昭慕，在沈昭晨提到他的母后之后，像是一下被踩到了尾巴的猫，立刻就上前一把抓着沈昭晨的衣领，目眦尽裂，阴冷地瞪着他：“沈昭晨，你别太得意！”

沈昭晨轻轻松松地就抓住了沈昭慕伸过来的拳头，他嘴角微斜勾起，眼里带着一抹蔑视失败者的凉意和得意，同时反手一拧。

紧接着，池芫听到骨头咔嚓的一声，不禁心惊肉跳。

沈昭晨弯身，压低声音在沈昭慕耳边说：“三弟，从小你便不好好学武，你知道吗，如果我想杀了你，轻而易举。”

“大皇子，求您放过三殿下吧！他有伤在身……方才三殿下是酒后醉话，不是有意和您发生争执的。”池芫咬牙俯身哀求。

沈昭晨是故意羞辱沈昭慕的。就沈昭慕这花拳绣腿，哪里是沈昭晨的对手？

求完沈昭晨，她又朝被这兄弟俩要打起来的架势弄得有些不知所措的江月惜求助：“大皇子妃，您快劝劝大皇子啊！这要是叫陛下知道寿宴之日，他们打起来……传出去不好听的……”

这话，看似是说给江月惜听的，实际上是说给最近一直在老皇帝面前做面子工程的沈昭晨听的。

要不然，这么久了，按理来说，他早就解决沈昭慕了，就是因为大权还没有到手，不得不忍耐。

江月惜是草原上长大的，原本觉得打一架没什么了不起的，再说了，沈昭慕的确欠揍。

但一对上眼泪汪汪、楚楚可人的池芫，她就觉得好像他们欺负了人一样。

没办法，江月惜就是喜欢看美人，见不得美人落泪。

于是，她拉了拉沈昭晨的袖子：“夫君，外面有些凉，我们还是回去吧。”

沈昭晨有个台阶便下了，手松开，一甩，沈昭慕便趔趄着要朝前跪下去，池芫哪里敢让这个自尊心强出天际的主子跪下啊！她忙张开手，让对方直接撞进她怀里，她立刻吃痛地往后倒退两步，然后伸手扶着沈昭慕的肩膀，他这才站稳。

“走吧。”沈昭晨抖了抖自己的衣裳，然后饶有深意地看了眼一旁的池芫，后者忙冲他使了个眼色，然后飞快地收回视线，看向垂着头任由她扶着肩膀的沈昭慕。

江月惜觉得有些古怪，又谈不上哪里古怪，只好奇地回头看了一眼池芫，然后她就看到，对方一边扶着沈昭慕，一边像是哄小孩儿一样地冲对方挤眉弄眼地说话。

而那个阴冷变态的前太子，忽然伸手，狠狠地掐了一下池芫的脸，一边说着什么。

虽然他们看起来剑拔弩张的，但江月惜就是忽然有种这两人关系非常亲密的诡异的感觉。

“在想什么？”沈昭晨握住江月惜的一只手，见身侧之人有些走神，不由温声询问，“方才吓着你了？”

“没有。我又不是京城里娇滴滴的闺秀，我从小在马背上长大，草原上的男儿打架是家常便饭。只是……夫君，我感觉三皇子不好惹，你还是不要招惹他了。他左不过已经是废太子了，害死母妃的也不是他，就……别和他小孩子一般计较了吧？”江月惜摇摇头，然后有些语重心长地对沈昭晨说道。

沈昭晨喜欢江月惜的天真、率性和善良，却又对她这不分对象的善良感到无奈，隐隐有几分生气。他压了压嘴角的弧度，语气淡下来：“他不无辜。”

江月惜觉得自己可能是说错话了，但她瞧着那沈昭慕虽然欠揍，但不理睬便是。

方才如果沈昭晨不主动去招惹，那孩子压根不会理会他们夫妻俩的。

知道和江月惜说不到一处，沈昭晨聪明地换了个话题，江月惜一下就被新的话题吸引了，两人又和睦恩爱地说说笑笑起来。

沈昭慕一直拉着个脸，池芫觑了好几眼，发现这位爷脸沉得都可以滴出墨来了，不禁暗自叹气。

“殿下，那大皇子就是故意激怒您的，您这么聪明一个人，怎么就上了他的当呢？”池芫见他走到寒园门口都沉着张脸一声不吭的，不由开解道。

谁知，她不开口还好，一开口就给了废太子撑人的机会。

“关你何事？你一个做奴才的，今天宫宴上插嘴就算了，现在还想嘲笑孤不成？”

沈昭慕见到了寒园，直接甩开池芫的手。他嘴角挂着冷飕飕的笑，眼神也叫池芫有些胆寒。

“小德子，拿鞭子来。”

鞭子？！不说池芫，小德子都脸色跟着一变，冷不丁打了个激灵。小德子不由得看了眼一脸错愕的池芫，赶紧赔着笑脸打圆场：“殿下，这是怎么了？池姑姑也不是故意冲撞您的，您消消气。这姑娘家细皮嫩肉的，万一打坏了可不好了……”

“哼，连你也可以违抗孤的命令了？去，拿鞭子来！”沈昭慕像是忽然抽风了一样，狠狠踢了一脚小德子，眼角猩红，一副怒极了的模样。

小德子被吓得抱头，一旁的池芫一把将小德子扶起来，然后面无表情地冲沈昭慕欠了欠身：“奴婢这就替殿下取鞭子。”

这是第一次，池芫在沈昭慕面前展现出如此冷淡的一面。她将小德子推出去，又将门反手关上，然后真的去取鞭子。

沈昭慕心里的怨气积压已久，今日宫宴上一再被羞辱，再加上出了大殿，沈昭晨又提及他母后，他心里的那根弦越发紧绷。

宴会上，池芫和沈昭晨的离席，她向沈昭晨求饶成功，这些加起来，更加让沈昭慕坚信池芫是沈昭晨的细作——并且分量还不轻。

所以她的好意，就是变相地玩弄他——她不是在为他求情，只是想骗取他的信任和好感，好帮沈昭晨拿到令牌。就连她的关心，都显得那么虚伪，令人作呕。

沈昭慕不知道自己为什么忽然这么生气。

是因为这个女人的虚荣、心机深沉，还是因为她的背叛？

或许，其实，他更气自己。气自己居然险些就相信了这些时日来，朝夕相处，言听计从，会耍些小心机但无伤大雅的池芫。

池芫一扭头便紧咬着唇，在心里将要打她的沈昭慕骂了一顿。但转念，她却明白了这当中的关键——都是沈昭晨惹的祸。

行了，想要讨好、接近废太子，又增加了一个难度系数。

“系统，我向你郑重道歉，我之前不该抱怨任务太简单的，你能将这个任务的难度系数降下去吗？”

面对忽然示弱卖惨的宿主，系统表示：不存在的。你的觉悟太晚了点儿，本宝宝再也不上你的当了。

宿主的嘴，骗人的鬼；宿主做的孽，自己拼命填。

池芫心塞是必须的。她当丫鬟伺候这位主一个多月了，可谓面面俱到，替他挡灾，替他求情，但他都不知道，就算知道了也只会怀疑她的用心。

说白了，他就是被背叛怕了，被欺骗怕了，一朝被蛇咬，再也不想见井绳。

“殿下，要打要罚，奴婢悉听遵命。”池芫双手奉上鞭子，在沈昭慕面前跪下，腰背挺得笔直，面上没有什么表情地说道。

沈昭慕没有接，他只是居高临下地看着池芫这淡漠的表情，不禁有些狐疑。

她从前做事都会想着怎么偷懒取巧，可如今，尽管她还是爱偷懒，可该做的都做了，且她一个人伺候得比从前一宫殿的奴婢还要仔细周到。

她不是怕疼吗？现在这视死如归的表情是什么意思？想要用苦肉计，还是又有什么阴谋？

沈昭慕接过鞭子。其实刚刚池芫去拿鞭子的时候，他的气稍微压下来了一些，但仍旧是阴郁的模样。

“你留在孤身边，究竟有什么目的？”沈昭慕抿了抿唇，忽然开口。

池芫忙闭上眼，脸色微白，双手握成拳在两侧抵着。她分明是害怕的，却又死鸭子嘴硬，一句求饶的话都不肯讲。

池芫闭着眼，也闭着嘴，好半天，才咬着唇，低沉地回了句：“想听真话还是假话？”

只一句，沈昭慕便愣住了。

惊讶于她忽然的坦诚和这一句话就能将他噎住的回答。

“你想说真话还是假话？”于是，他反问了一句。

池芫睁开眼，又眨了眨，微抬着头仰视着自己面前颀长俊美的少年，嘴角有些自嘲地勾起：“像我这样的一条贱命，殿下恐怕根本不知道我有多想活下去，好好地活下去。一个性命都无法保障的宫女，如何在这群狼环伺的皇宫中说真话？”

沈昭慕没有想到自己得到的答案是这个，但这反而给了沈昭慕一颗定心丸。

是细作又如何？一个被他识破了，自己也装不下去的细作，能得到什么情报？令牌更是无法从他这儿拿走。

这么想着，沈昭慕便将鞭子扔了：“休想用苦肉计。孤乏了，你就跪着吧。没有孤的命令，不许起来。”

“那你还是给我一鞭子吧。”他刚要转身，池芫就迅速接话。

沈昭慕不禁提了一口气，拧着眉，瞪着眼。

池芫直直地望着他：“只要不打脸，明天照样可以干活，但若是跪一夜，膝盖都废了。奴婢还想回屋睡觉，休息好了，明天才好伺候主子。”

奇怪的是，明明就是她在为自己开罪，说的话也是强词夺理，沈昭慕却看着这样直白地表现出自己贪婪、懒惰和虚伪的池芫，没有了火气。

如果她一直这样，他想，他会厌恶她少一点儿！就一点点儿！

“哼，跪一个时辰。”

她不是最会耍心眼儿吗？他罚她跪着，难道她不能自己偷偷懒或者拿个蒲团垫着？

怎么记得给他带蒲团，自己就不知道用了？

就是苦肉计！他不会上当的。

沈昭慕呵斥完池芫，自己烦闷地回了屋内。

至于池芫，象征性地盘腿坐在地上，裙摆遮掩下，看不出她是跪着还是坐着的。她低着头，数着地上的沙子打发时间。

门外，透过门缝看到的小全子却以为她因为被罚跪，正低头委屈地啜泣。

池芫数着数着，觉得时辰差不多了，就拍拍屁股站起来，然后从屁股下抽出蒲团——让她真情实感地演苦情女配戏？不可能的，这辈子都别想了。

此时，天空阴沉沉的，月亮藏进了乌云里，天暗得不见一丝光亮。

池芫不由得皱了皱眉，仲夏的天气，估计等会儿要下一场大雨了。

轻手轻脚地回了耳房，简单梳洗后，池芫便躺下了。

不多时，她就睡着了，直到电闪雷鸣将她惊醒。

池芫揉了揉眼睛，起身透过耳房的小窗户看向外面，只见一道闪电打下来，将整个黑漆漆的院子都照得惨白惨白的。雨瓢泼而下，隔着窗户，她都能感受到那风有多肆意。

她抓了抓头发，本来想继续躺下的，但她想起废太子晚上睡觉总是做噩梦，有点儿担心他会不会被雷电吓醒，便忙披了一件外衫出门。

池芫在屋内找了一圈都没找着人，不禁唤道："殿下，殿下？"

她不由得伸手摸了摸被窝，凉的，看起来出去有一会儿了。

她想到沈昭慕晚宴回来时的神态，不禁暗道一声"遭了"，忙折返耳房，拿了伞，然后急匆匆往外走，鞋子跑掉了也顾不得了，直接穿着双袜子便冲进了雨幕里。

大雨滂沱，一把油纸伞压根遮不住这雨势，斜飘进来的雨水打在她脸上，遮住她的视线。

她抹了一把脸，在院子里找了一圈，她不敢喊，怕惊动了沈昭晨的人。

雨水将身上的衣裳全打湿了，她心急如焚，担心沈昭慕出了寒园。

但不能啊，未经允许，他也不能出去，而且这寒园之外还有看守的侍卫，沈昭慕不会武，又带着伤在身，不可能出得去。

池芫稍加思索，便朝着小后院奔去了。

寒园虽是个冷宫一样的地方，但也有沈昭慕原先住的寝宫的一半大，面积并不小，除厨房、茅房、前院，还有个后院，只是荒芜颓败了些。

池芫到后院时，远远地便瞧见一人坐在小亭子里，地上放了一把伞，面前有个火盆，他手里拿着一张一张纸一样的东西往火盆中扔。

斜风大雨淋湿了他，而那伞却挡着风雨，避免火盆被淋得熄灭。

她站在亭子外，沈昭慕则侧对着她，玉白的手缓慢地从一旁的匣子里拿出纸张，她定睛一看，是纸钱。

沈昭慕一缕墨发贴在脸颊边，身上宽松的靛紫色袍子被雨水洇出更深的色泽来。

怕打搅了他，池芫举着伞，步伐放慢了些，一步一步，轻轻地走到亭子内。

沈昭慕没有抬头，余光却瞥见了一双穿着湿答答罗袜的小巧的脚，他手上动作微顿。

池芫没说话，安静地将伞往沈昭慕那侧举了举，替他挡雨。

噼噼啪啪的雨声还在继续，院子里清新的泥土味和竹叶的清香气萦绕着这个破败的地方。

"今天，是我母后的七七。"沈昭慕忽然开口，嗓音沙哑得厉害。

明灭的火苗映在他眼里，就像是他眼中本就有这样两团火焰。可他的眼底，却如墨一片，深沉而死寂。

可笑的是，他母后的七七，也是他父皇的寿辰，整个皇宫的人都忘记了这个皇宫曾经的女主人的亡故，只记得皇帝的寿辰，大肆庆祝。

更可笑的是，他还要在那个纸醉金迷的大殿内赔着笑脸，跟那群虚伪卑劣的人一起，讨好那个从前有多疼爱他如今对他就有多冷酷无情的父皇。

皇宫中不允许烧纸钱祭祀亡灵，更何况是“有罪之人”，而且是在这样一个特殊的“喜庆”日子里。

池芫挡在火盆前，低声轻柔地说着：“殿下，奴婢替您挡着，等您祭奠完皇后娘娘，再一起回去。”

沈昭慕沉默了一会儿，然后自嘲般地扯了下嘴角，笑了，眼神却毫无光彩。

“你在同情孤，还是可怜孤？”他将匣子里剩下的纸钱都拿了出来，放进火盆里。

池芫刚想说话，就觉得鼻子一痒，她忙捂着口鼻，打了个喷嚏。

沈昭慕听到声音，手上的动作不由得快了些。他看着盆里的火苗由大变小直至完全熄灭，才起身，看了眼池芫狼狈的模样，而后目光落在她的脚上。他眉头一挑，不禁嫌弃道：“怎么没穿鞋？”

如果语气不这么恶劣的话，池芫想，她可能就以为这厮在关心她了。她又打了个喷嚏，揉了揉鼻子，齉声齉气地回着：“奴婢见外头打雷下雨，担心殿下睡不着，却发现殿下不见了，情急之下，鞋子跑掉了……”

沈昭慕闻言，心里微微触动。他抿了下唇，手指摩挲着，随后拿起地上的火盆，处理掉里面的灰烬后，将盆塞进一旁的花坛中。

“走吧。”

见池芫踮着脚给他打伞，浑身发抖的可怜模样，沈昭慕呼吸微微一沉，忍了忍，还是接过她手中的伞，带着她往回走。

池芫感觉有些虚幻。刚刚她见到的沈昭慕分明有种说不出的落寞和孤独，可不知道是不是她的错觉，他忽然像是变了个人一样，居然会替她打伞了……

但很快，她就被打脸了。

“殿下，奴婢淋湿了。”池芫觉得伞不够大，想往沈昭慕那边靠近，结果这家伙瞬间往一侧挪了挪，又拉开了距离。

“哦。”

哦？你“哦”什么？她好想打他哟！他能打他自己那把伞吗？

“殿下，要不要……奴婢给您煮一碗姜汤？”池芫打了一路的喷嚏，等到了寝房，她脚上的袜子已经完全湿透了，还脏兮兮的。她从走廊上捡回自己的绣鞋，回到耳房换了鞋袜和一身干净的衣裳，又出来敲了敲沈昭慕的门。

沈昭慕刚换上寝衣，还没完全束好带子，松松垮垮的寝衣使得胸膛大半还露着，他打开门后才意识到这一点，双手忙将衣服往中间一拢。

“嗯，快些，孤乏了。”

池芫看着这厮一点儿都不感动甚至还催促的嘴脸，真想给自己一巴掌——看吧，让你好心，让你多事！

明明她想拿的是言情剧本，为什么最后成了职场剧？这为奴为婢的宫女生涯何时到头啊？

煮姜汤的技术含量并不高，池芫用了一刻钟左右就煮好了。给沈昭慕端了一碗，看着他喝下然后躺好后，她才替他关好窗户，端着碗满意地离开。

沈昭慕没有闭上眼睛，而是若有所思地望着池芫忙碌的背影，微微出神。

他有些弄不懂这个女人了……

池芫回到自己的房内，喝了一碗还热腾腾的姜汤，然后躺下，将被子捂得紧紧的，身上顿时暖烘烘的。

她躺了会儿，困意就袭来了，然后香甜地睡着了。

次日早晨，池芫被咳嗽声吵醒了。

她伸了个懒腰，只觉得神清气爽。她不由得佩服这具身体的抵抗力，昨晚淋了雨打着喷嚏的仿佛不是她本人。

但主屋内一阵阵咳嗽声却叫她听得有些揪心——不是吧，她还没倒下呢，这废太子别是感冒了吧？

她来不及多想，忙穿戴好，简单地洗漱了一下，头发也来不及梳，随意地绑了个现代的丸子头，便推门进了主屋。

果然，沈昭慕躺在床上，手抵着唇一声一声地咳嗽着，眼睛微闭着，呼吸也深沉。池芫走进一瞧，他的脸红得简直吓人。

池芫伸出手背探了探他的额头："怎么这么烫？！"她被烫得立马收回了手，"殿下，殿下，你醒醒！别掀被子，你感染风寒了，好好捂着。"

她轻轻推了推沈昭慕，对方却迷迷糊糊地叫唤着"热"和"难受"，声音沙哑得厉害。

池芫急得像热锅上的蚂蚁。这要是在现代，捂捂被子、喝点儿药，再睡一觉就行，可问题是沈昭慕是个金贵的古人，在古代，伤风感冒有可能会死人的，尤其是他身上的伤还没好全。

必须叫御医来！她想。

可问题是，她怎么去请御医来？

"殿下，殿下，你乖乖躺好，我去给你请御医……"池芫用两只手压着两边的被子，不叫沈昭慕掀动。她声音温和，是一种哄小孩儿的口吻。

沈昭慕好像是听见了一样，温顺了不少，没有再乱动了。

池芫立马走出去："小德子，太医，去请太医来！"

她本来要冲出门去，但她忽然转过身——不，不行！万一有人要杀沈昭慕怎么办？

虽然沈昭晨为了令牌暂时不会动沈昭慕，可昨日宫宴上，她确定了老皇帝是想要沈昭慕的性命的——不然也不会在他的衣服上动手脚。

她忽然想到什么，忙对小德子说："不，你别去，让他自生自灭好了，死不了。"

她脸色肉眼可见地冷淡下来，呵呵笑着揉了揉自己的膝盖，这个动作，叫原本有些蒙的小全子和小德子都恍然明白过来。

不知道废太子是突然染了什么疾病，想必原本池芫慌了神才说要请太医，但等她转过念，想到昨晚被沈昭慕罚跪——那么大的雨，瞧池芫这苍白的脸色，也可以想象，她现如今对废太子有多大怨气了。

小德子不禁迟疑地望了眼主屋的方向："可是……殿下若是有个好歹，奴才们不好交代啊……"

不好交代？这才好交代吧！不管是对老皇帝，还是对沈昭晨。

池芫心中冷笑，面上却小人得志似的讥讽道：“谁知道是不是装的！忽然脸色苍白，说身上冷，一副失血过多的样子，虚弱是虚弱了点儿，死肯定死不了。甭管了，我不会让他出事的。”然后甩手将门关上了。

池芫背靠着门，呼吸都不敢大声，心跳得极快。她闭了闭眼，然后稳住自己的心绪。

待主屋的门一合上，她面色便塌了下来。

她也是糊涂了。那衣服既然是老皇帝用来暗算沈昭慕的，那么如果她去叫太医，太医一探脉象便知道怎么回事了。

池芫脑子飞速转动着，想着治愈风寒的各种急救方子，然后便着手准备。

她打了一盆井水进来，将巾子浸湿、拧干，然后放到沈昭慕额头上贴着，再拧干一条，给他擦拭耳后、脖子、腋下以及手臂。

做完这些，她又跑去小厨房。厨房里能用的东西有限，她只能给他煎浓姜汤水。碍于他还咳嗽，池芫怕他嗓子发炎咳坏了，又煮了点儿冰糖白萝卜皮水——止咳的土方子。

她一边用扇子扇着炉子上的火，一边擦着脸上的汗。

等姜汤和萝卜水好了，她又将它们端进屋内，放矮桌上凉一会儿。

趁空，她将沈昭慕额头上的帕子又换了一条，继续给他擦身子。

“殿下，快醒过来吧！”池芫忧心忡忡地望着沈昭慕沉睡的脸，不禁叹了一声，手上动作却没有停。

好不容易将沈昭慕身上的温度降下来些，池芫也累得满头大汗了，就用给沈昭慕贴过额头的巾子胡乱擦了下自己脸上和脖子上的汗。

接着，池芫把温和的姜汤和萝卜水端过来，扶着沈昭慕的头靠在自己怀里，轻轻掰着他的嘴巴，一勺一勺地将姜汤和萝卜水喂进去。

池芫喂完汤水，累得直接瘫靠在床柱上喘气。

等给沈昭慕换完了寝衣，又扶着他重新躺下，给他掖好被子，池芫已经累得一根手指头都不想动了。

她直接靠着床头坐着，眼皮子耷拉着，望着呼吸声有些重的沈昭慕，摇头无声失笑。

池芫叹了一口气，又看了眼关得死死的窗户，拖着疲累的身体，走到窗户前，将窗户打开了一些。

忽然，她眼角余光扫到一抹白色的东西正在盘旋，不禁微微眯了下眼。她装作没看到，将窗户的缝合小了一些。

“咯咯咯……”

床上人的咳嗽声又响起，池芫忙转过身，走到床边，轻轻拍抚着沈昭慕的胸口，给他顺气。

沈昭慕眉头动了动，似有转醒的迹象。

“殿下，你醒啦？”

池芫眼睛瞪得老大，有些高兴似的声音，让迷迷糊糊地望着她的沈昭慕有些愣怔。

是做梦吗？梦里，有人照顾生病的他，温柔又耐心，出汗了给擦拭，踢被子了给重新盖回去，咳嗽了给顺气……她还温柔地在他耳边说着希望他早点儿醒来。可是一睁开眼，他看到的却是池芫的脸。

嘛，这可真是个不太美的梦。

池芫见他忽然冷笑起来，不禁担忧地伸手试了试他额头的温度：“不烧啊……”

贴着额头的手温软清凉，令沈昭慕立马恢复了些神智。他不禁呆愣地瞪着池芫，有些吃惊的表情。

“怎么了？是口渴，还是哪里不舒服？”

池芫一个头两个大：这人醒了一句话也不说，一会儿冷笑，一会儿傻望着她，别是脑袋烧坏了吧？

“吵死了。”确认不是做梦后，沈昭慕萎靡下来。

池芫不想跟他吵：“殿下应该饿了，我去看看厨房的粥好了没。”

沈昭慕还有些不太清醒，所以也就忽视了池芫的自称，只是反问：“又是粥？”

池芫不疑有他：“是啊，生病了喝粥才行。”忽然，她望着沈昭慕皱巴巴不乐意的脸，琢磨过来了，不禁诡异地笑了一下，“殿下放心，多上几次茅房，将体内的病毒排出来是好事……”

“住口，姑娘家的怎如此不得体！”沈昭慕立即脸上一僵，呵斥了她一声。

池芫才将粥盛给沈昭慕，外边小德子便喊她了。

她将粥放在桌上："殿下，奴婢去去就来。"

沈昭慕没应声，默许了。

"怎么了？"池芫手刚碰了有些烫的碗，不由得一边用烫得微红的手指捏着自己的耳朵，一边问贼头贼脑推开门缝往里探的小德子。

小德子冲池芫招了招手，待池芫走近了，他才压低声音，紧张兮兮地说着："姑姑，小全子让人叫太医去了……"

池芫闻言，面色一怔，而后笑眯眯地拍了拍小德子的肩："好孩子，他走多久了？"

面对池芫忽然和蔼可亲的笑容，小德子心里发毛地搓了搓手臂，抖了抖身子："刚走，估摸着还能追上。"

池芫听了后，拍了拍他的肩："你在这儿守着，我去将他带回来。"

她仍旧是笑着，却捏了捏手指，指骨发出咔嚓咔嚓的声响，小德子下意识往后退了退。

池芫推开小德子，还不忘反手将门锁上，钥匙揣进兜里。

自从她来的第一天起，她就学会随身带着寒园大门的钥匙了。

然后小德子看到，池芫和看守的侍卫说了声什么，侍卫就放她外出了，接着，她快速撸起袖子，蹲下，又卷起裤腿，扎进了鞋子里。

弄完这奇奇怪怪的装束后，她原地弹跳了几下，然后，咻的一下，拔腿就飞奔起来。

那速度，半点儿都看不出素日里走路都是小碎步的优雅迷人的池姑姑的模样。

小德子不禁摸了下自己的脑袋："池姑姑真是个怪人……"

此时，被打上"怪人"标签的池宫女正用八百米赛跑的速度飞奔，一路上没少被人用异样的如看神经病的眼神注视。

她才懒得管呢！火眼金睛地看到了小全子猥琐的身影后，她更是铆足了劲儿冲上去，伸手就揪住了小全子的衣服领子。

小全子：感觉被命运扼住了咽喉。

"小全子，你这是去哪儿啊？"池芫一只手就将人拎了回来，脸上笑眯眯的，甜美可人地问着。

小全子看着却觉得头皮发麻，讪讪笑了笑："不去哪儿啊……姑姑怎么出来了？三皇子不是还病着吗？"

池芫松开他的衣领，拨了下自己的刘海，嘴角一扬，咬牙切齿又带着几分恐慌和惆怅："是啊，磨人啊……他吵着闹着说什么我们谋害他，他要闹大，让太医去和陛下说咱们看顾他不利，让我们都掉脑袋。"

小全子不禁诧异道："什么？！这和咱们有什么关系……"他的表情泄露了几分慌乱。

池芫趁热打铁，直接摊手叹气道："你不了解这位殿下，哪怕被废，也还是那个太子爷的臭脾气……欸，从前便是这般！如果他有个好歹，先皇后便会拿我们这些奴才惩戒，且挨打还算轻的，被打死的不知道有多少个……"

"可是……陛下怎会任由殿下胡来？"小全子已经乱了章法，但还是强撑着，不死心地问。

"哼！"池芫冲他无奈摇头，冷笑着拍了拍他的肩，"傻孩子，他再怎么落魄那也是皇子，明面上还是主子，只要他闹，陛下为了面子上好看也会由着他的。左不过是死几个奴才，陛下又不心疼。"

她后面的话压低了声音："你可别说出去啊，我这是好心才和你聊一聊。"末了，还不忘对小全子道，"不说了，我要干吗来着？哦，我去内务府帮主子拿床新褥子……瞧我这记性，怎么正事不干，倒跟你啰唆起来了！"

小全子脸有些僵，职业假笑地接了句："不会说出去的。"

"哦，对了，你要去干吗啊？如果有差事的话就赶紧去忙吧！"池芫一脸灿烂明媚。

小全子拼命摇头："不去干吗！我、我帮池姑姑拿褥子吧！"

池芫迟疑了一下，认真地发问："啊？这样好吗？"

小全子快给她跪下了："好！有什么不好的！褥子重，粗活还是小全子来替姑姑做吧！姑姑您赶紧回去吧，三皇子需要您伺候呢！"

他哪敢去做他的"差事"，他还想活久一些呢！

见小全子这个㞞样，池芫心里乐不可支，面上却镇定自若地对他说：

“那就麻烦你了！”

“不麻烦，不麻烦！”小全子说着，立马脚底抹油般地往内务府的方向跑去，似乎生怕池芫跟他抢活。

池芫目送他飞快的身影远去后，不禁扑哧笑出了声。她可真是个大忽悠啊！

姑且拦住了小全子，池芫稍稍松了一口气。但是她知道，只要沈昭慕还活得好好的，老皇帝就不会善罢甘休。

池芫想了想，从袖子里拿出沈昭晨给她的哨子，在手心握紧。

粥都快放凉了，说去去就回的人却还不见影儿。沈昭慕不禁心里猜疑着，池芫是出去向沈昭晨通风报信了，还是被为难了？

他自己都有点儿不清楚自己在担心什么。但他想，绝对不是担心池芫这个人就是了。她在他生病的时候伺候得很周到，如果不是背主，他本可以对她好一点儿。

“叮！好感度 +20，当前好感度 -30，宿主加油呀，离 0 很近了呀！”

池芫：“0 是值得当作目标的数吗？说了没有到正数不要提醒我！”

系统：“这不是一个多月才涨了两回，这一回涨得多，值得庆祝嘛！”

别提醒她！一个多月了，好感度涨了两回后，还是负的。但是好感度好不容易涨了，她得赶紧回去瞅瞅“小老弟”。

小德子在门口急得走来走去，这么久都没见人回来，他担心池芫搞砸了。

“池姑姑，你可算回来了！”看到池芫后，小德子心里的大石头总算落地了。

池芫不禁敲了一下他的头，老气横秋地摇头道：“年轻人啊，真不经事！”

池芫拿出钥匙，打开门，立马又反手关上，然后奔进主屋。

“殿下，奴婢回来了！”

沈昭慕飞快地抬眸看向门口，转念立马又收回视线，漠不关心地眨了下眸子。

池芫是典型的得了好感度就灿烂的那种人，丝毫不在意对方故作漠然阴冷的表情，她端起粥，试了试碗的温度，还没冷。

“殿下，喝粥吧。”她端起碗，用勺子轻轻搅拌后，舀了一勺，喂到沈昭慕嘴边。

被强行喂了一口没味道的白粥的沈昭慕：好气！可是他现在柔弱得连发火呵斥都做不到。

算了，还是安静喝粥，等他养好了病，一定要罚这女人一日三餐都喝清水白粥！

深夜，一道清脆的哨子声骤然响起。

沈昭慕喝过池芫煎的冰糖白萝卜皮水就睡下了，他翻了个身，似乎并没有听到这声音。

越是夜深，寒园外把守得越是森严，池芫站在院中，不敢吹太大声，只能轻轻吹一声试试。

也不知道沈昭晨给的这个哨子靠不靠谱，这么点儿声音，耗子听了都不会有反应的，哪儿来的神秘帮手？

她怕被人发现，做贼似的，躲在树下，一会儿张望门口，一会儿张望主屋的方向，然后咬咬牙，又大着胆子吹了一声。

请问他们是从哪里出场？是没给经费吗？这暗处的大哥还能不能上线了？

躲在暗处的两个神秘人听着这叫魂似的一声怪异过一声的哨子声，不禁交换了一个无语的眼神。

“大哥，咱还下去吗？”

“主上吩咐，听到哨声就要现身。”

“可这女人怎么跟吹着玩似的？我刚要起飞，她哨声就停了；我一停，她哨声又响了。耍我们玩呢！”

“老弟，你话太多了。”

两人还在暗处你一句我一句的时候，池芫这位玩家已经完全失去了耐心，气得想将哨子扔在地上踩几脚。

“破玩意儿，完全不顶用！”

她抱着手臂，耐着性子把哨子收起来，就打算回屋睡觉了。

哪知两道像是鬼魅一样的身影突然不知从哪儿冒了出来，落在了她的身前。

池芫吓了一跳，拍了拍胸脯，看了他俩一眼后，左右瞄了瞄，才指着她自认为最安全的树下，小跑着过去。

两人你看看我我看看你，无语地跟过去。

“小……小姐有何吩咐？”不知该怎么称呼这位，两人便选了个折中的唤法。

池芫才懒得管称呼这种小事呢，她打量着这两人，不由摸着下巴思考。按照她从前的经验来看，方才这两人无声无息地就出现了，这轻功不说非常厉害，但也很可以了。

要完！沈昭晨放了两个厉害的角色在她身边，这什么心思？司马昭之心啊！

“你们，谁回去和大皇子说一声？就说有人要害死这废太子，影响我的计划，叫他想想法子，帮忙拖延下时间，等我拿到令牌再说。”池芫抱着手臂，靠着树，做出一脸高深莫测的表情，对二人道。

两人互看了彼此一眼，随后一人开口应了声：“好，我回去就同主上讲。还有其他吩咐吗？”

池芫秒变脸，好奇地瞅着这两人，活像没见过世面一样：“你们是怎么突然冒出来的？从哪儿冒出来的？”她指了下天，又指了指地，甚至还不放过那口井，“这儿？这儿？还是那儿？”

两人觉得池芫像个傻子，无奈道：“那井能淹死人的，小姐。”

当他们是鱼啊？还从井里冒出来。

但玩笑归玩笑，这两人身为沈昭晨秘密培植的影卫，自然是小心谨慎，并没有透露自己的行踪。

“没有别的事的话，我们就退下了。”

说着，二人朝池芫拱了拱手，转身打算离开，池芫则在两人背对她的时候趁机飞快地撒了一些东西。

影卫回头见池芫张牙舞爪的，似乎在学他们起飞的动作，不禁嗤笑。

被嘲笑的池芫拍了拍手，又吹了下自己的手指，像小狐狸一样笑了笑，然后轻手轻脚地回自己的耳房睡觉了。

里屋，沈昭慕又翻了个身，只是此时他眼眸清寒漆黑，不见一丝惺忪。

不知过了多久，他慢慢下了地，无声无息地走到了净室。

他走到屏风后，那里有张床榻，他轻轻抬起床板，便见一个黑乎乎的洞。

他伸出手指敲了敲床板，三长一短。

不知过了多久，沈昭慕微微往后退开，便有一名黑衣人从深不见底的洞中飞出，脚尖落地时，静悄悄的，犹如鬼魅。那人身上犹带着些许地洞的尘土，单膝跪下："见过殿下！"

沈昭慕居高临下，狭长的眸子里一片阴冷："都准备好了吗？"

黑衣人："一切都已准备好，就等殿下的命令。"

"快了。"沈昭慕说完，抬手示意黑衣人回去，后者转眼就又悄无声息地回了地洞。

沈昭慕将床板翻了过来，随手整理了一下床上的褥子，随后坐下。

"咯咯——"

他下意识地从怀中掏出一颗薄荷糖塞进嘴里，止住那撕心裂肺的咳嗽和喉咙的痒。然后他摊开手，看着简单的糖纸，不禁微微失神。

也不知池芫脑袋里装的都是什么稀奇古怪的想法，将薄荷叶碾成汁做成了酥糖，说是给他润喉止咳。

嗬，逢场作戏的本领真是高啊！费尽心思讨好他，如果不是……他都要信了，信了这个女人其实骨子里还是有那么几分忠诚的。

可想想，他落魄至此，谁还会真心忠诚？

他的父皇都想要他的命，兄长更是绞尽脑汁地算计他……这座皇宫充满了肮脏和算计，冷得他骨头都跟着疼。他抓住了一丝虚假的温暖，想要蒙蔽自己，却偏偏总能被打破。

熟睡的池芫并不知道，系统快要哭死在虚空中了。

这一晚上，好感度像跳楼机一样，从 -30 跳到了 -70，又升到了 -20，然后继续跳到 -50，最后停留在 -15 上。

尽管总体看好感度是升了，但这诡异的起起落落，叫它对老板此时的心路历程感到分外好奇。

池芫醒来听系统哭诉后，只无奈地扯了扯嘴角。她都习惯废太子的喜怒无常了，怎么系统还这么大惊小怪的呢？

池芫简单地扎了个丸子头，挽起袖子，开始熬粥。

“孤不喝粥。”沈昭慕不知什么时候下地了，转悠到了厨房外，看池芫忙活的样子，抱着手臂靠着门，低沉地开口。

池芫被突然出现的“熊孩子”吓了一跳，但还是回道：“不行，你的病还没好。”然后不管他，继续熬粥。

不行？很好。她又在对他说“不”了。

“咯咯——”沈昭慕拢了拢自己的衣裳，抬手握拳抵着唇低低咳嗽起来。

一声，没理。

两声，没理。

嗬，虚情假意的奴婢！主子都咳成这样了，也不知道关心？

池芫是完全没有体会到某位主子别扭又傲娇的心思，她早晨起太早还有些蒙，没什么精神地在灶台上忙活。

等听到很难被忽视的咳嗽声后，她不禁蹙着眉对杵在门口的沈昭慕道：“殿下，这里油烟味重，您回去吧，站在这儿，咳嗽更难好了。”

面对她赶小鸡崽一样的神情和动作，沈昭慕一时无语，哼了一声，脸色阴沉地回他的主屋了。

池芫觉得他有些莫名其妙，耸耸肩，继续煮她的养生粥了。

不知道是不是她找人通传给沈昭晨的原因，接下来的几日寒园都很是风平浪静。

她琢磨着，那令牌没拿到手，沈昭晨是不会让老皇帝弄死沈昭慕，破坏他的计划的。

但不知道为什么，她心里就是有些不踏实，并且这种不踏实，在老皇帝说沈昭慕可以自由出入寒园后，达到了顶峰。

皇上突然下旨，念及沈昭慕关禁闭时已经悔过，表现不错，就给他自由了，但是，依旧得住在寒园里。

老皇帝这个意思，算是让前朝和后宫都明白了：人是赦免了，但既然被废就不会再复位了，储君之路算是彻底没希望了。

没了母族庇佑，又遭皇上厌弃，在这皇宫中，但凡有些官职和位分的，都可以欺负到他头上——毕竟他身边就一个伺候的宫女和两个小太监，据说还都不是忠心的。

所以，就有一个隐忍很久，和陈皇后有仇的妃嫔——如今深受皇宠的徐美人，终于逮着机会了，便命自己的宫女去请沈昭慕到寒园附近的凉亭相见。

沈昭慕听完那宫女的话后，冷笑了一声，勾起嘴角，孤傲而漫不经心地道："不去。"

"你！你知不知道我们美人如今是皇上身边最受宠的妃子？你敢不去，皇上一定会问罪于你的！"宫女一脸凶神恶煞的模样，开始狐假虎威。

本来在外边忙着晒被单的池芫走到门口，听见这话，立马撑了回去："你算个什么东西，敢对我家殿下这般说话！就算是你家美人，见着我们殿下也要行礼的！何以区区美人的宫婢就能对着皇子大放厥词了？"

她吓唬人的本事可比这个年纪轻轻的宫女厉害多了，对付一个小妮子，绰绰有余。

小宫女气得伸手就要打池芫，沈昭慕倏地抬头看了她一眼，眼神阴森冷沉。

"孤的人，谁准你动了？"

他虽是坐着，却生生将那宫女吓得立在原地，手也瑟缩着收了回去。

实在是，刚刚他那一眼，像是看死人一样，叫她遍体生寒。小宫女福了福身，将怨恨的心思收了回去，咬着牙，僵硬地回："殿下好生厉害，就连身边伺候的宫女都这么厉害！我家美人诚意相请，殿下却不肯前往——那么，陈皇后的生前遗物，就只好交给我家美人处理了。"

"慢着！"沈昭慕站起来，声音里都带着几分颤抖。他扶着桌子，眼神冷漠幽深，语气更是冷了下来，叫住了转身就要离去的宫女，"你什么意思？"

小宫女转过身，表情多了几分得意，一副小人得志的模样："是啊，翊坤宫剩下的东西那么多，其他妃嫔吧，不好接管，或者没那个资格处理，我家美人呢，不怕劳累，就揽了这个吃力的活儿。

"这不，东西还不少呢，听说有些是陈皇后在世时极为珍爱之物。我家美人也是好意，想着殿下刚丧母，应该留点儿生母在世时的物件好睹物思人的。不过殿下既然不想去，那奴婢便照实去回禀我家美人了。"

小宫女说完，便又作势要走。

沈昭慕抿紧了唇，这次，他声线中多了几分冷硬，却明显退让了：“去回她，就说，本殿稍后便来。”说完，他转身回了主屋，并对池芫道，“池芫，进来。”

小宫女得到了想要的答复，便没有继续多待，回去复命了。

“殿下，您真要去吗？”池芫跟着走进来，见沈昭慕在翻找衣服，不禁犹豫地开口询问。

沈昭慕没有回答，选出一件墨色的袍子，说：“替孤梳发。”

池芫拿起梳子，替他一下一下地梳理着头发，一边分析着徐美人命人过来请他过去的目的。

“殿下，皇后娘娘在世时，同徐美人关系并不好，奴婢记着……皇后娘娘曾以徐美人魅惑主上为由，罚过其跪在翊坤宫外两个时辰，然后……”

她说到一半便停下了。

沈昭慕望着镜子里倒映着的池芫的脸，只见她的眉眼间都是忧心忡忡，脸上是欲言又止的劝解之意。

他顺着她的话，冷静而淡然地接着说：“然后她腹中龙胎流产，从此再也不能生育。”

池芫不敢在他面前妄议他母后，他却知道具体都发生了什么，也太清楚徐美人有多恨他母后。母后不在了，徐美人那满腔无法发泄的怨恨，便都只能朝他发了。

但是，他即便知道后果，却还是要去。

池芫不禁叹气，娴熟地替他绾好了发、戴好了玉冠，沉默了一会儿后，说：“奴婢跟您一起去。”

透过镜子，见她一副视死如归的样子后，沈昭慕心里笑了一下，但随即面上冷淡地回：“不必。”

徐美人定会在言语甚至行为上羞辱他，他就算是落魄了，也不至于要一个小小的宫女来庇佑。

且他更不愿池芫看到，自己受辱狼狈的一面。

池芫想要坚持，但最终屈服于沈昭慕的固执之下。

其实，池芫也想让脾气倔强的沈昭慕吃点儿小苦头，等他在外头受了苦，也就知道她的好了，这好感度也就容易升上去了。

虽是这么想，但当沈昭慕出去后，池芫又放下手上要给他叠的衣裳，坐在椅子上，看着窗外，叹了口气。

沈昭慕孤身一人到达凉亭时，徐美人已经在那儿了，身边还有四名宫女和两名太监。

她穿着艳丽的宫装，身后有宫女替她捏着肩，还有一人替她打着扇，十足的主子做派。

沈昭慕着一袭墨袍，面容阴沉，见此情景，只勾起嘴角冷笑。

“三殿下笑什么？”

徐美人眼睛一眨不眨地盯着沈昭慕的脸，像是要透过他看另一个人，眼底的仇怨之色浓烈得叫人无法忽视。

“没什么。”沈昭慕语气凉薄，“本殿要的东西在哪儿？”

徐美人却不说话，微微一扬手，替她捏肩打扇的宫女立即福身退到一侧。

她慵懒地斜靠在栏杆上，不知从哪儿掏出一根凤簪——九尾凤翎栩栩如生，凤眼镶嵌着红宝石，看着便金贵非凡。

沈昭慕一眼便认出来，这是他母后生前很爱的饰物之一——据说是当年她册封皇后时，父皇命人打造的册封典礼上的佩戴之物。

母后曾说过，若是他娶了太子妃，他日，他登上宝座，这簪子便传给下一任皇后。只可惜，母后还没看到他娶妻，甚至登基，便撒手人寰了。

如今，就连她生前的珍爱之物，都要落于他人之手肆意把玩。

沈昭慕双手在身侧紧握成拳，双眼死死地盯着徐美人手里的金簪，表情都明显地变化了。

徐美人很满意沈昭慕的反应，就好像看到那个恶毒的女人在自己面前，愤怒、不甘却又只能隐忍的模样一样。

解气！

陈如珍啊陈如珍，死太便宜你了，欠我的债，死多少次都偿还不了！既然你死了——那你欠下的一切，就由你的宝贝儿子来还好了！

徐美人将簪子转了转，对着阳光赏玩，慢悠悠地说着：“三殿下，想要吗？想要，就过来拿。”

她转过头来，一张秀美妩媚的脸上满是不怀好意的笑。

沈昭慕冷着脸，他知道，他过去的话绝对会受辱，但还是义无反顾地迈出了步伐。

母后在时，他保护不了她；母后不在了，至少她的珍爱之物，他要替她拿回来。

区区一个美人，当初在母后面前奴颜婢膝，谨小慎微，如今母后去世，他被废黜，便开始张开利爪，想要伺机报复。

“拿来。”沈昭慕大步走到徐美人面前，伸出手，眉目冷凝，语气宛如覆了一层冰霜。

真是太有趣了，没想到昔日的太子殿下如此有趣！

徐美人面上的笑意越发柔媚、得意：“三殿下这是求人的态度吗？”她微微拢了拢自己的外衫，笑容倏地收起来，眉眼俱是凌厉与锋芒，眼底淬满了怨毒，“想当年，本宫怀着身孕，被陈氏那个毒妇罚跪在翊坤宫外的时候，本宫可是苦苦哀求，嗓子都哭哑了……”

面对她忽然悲怨地控诉，沈昭慕打断她，反问道：“所以呢？若本殿真的求了，你就会归还凤簪？”

徐美人霍地站起来，死死地攥着凤簪，眼角猩红，眸中泛泪，咬着唇，神情似要吃人一样凶狠愤怒。

“不！不会！当年本宫苦苦哀求，陈如珍却连出来看本宫一眼都不肯！她在里头宫婢环绕的时候，本宫看着自己的孩子化为了一摊血水……没了！从此，本宫永永远远失去了当母亲的资格！

“你知道不能当母亲的痛吗？不，你不知道！你同你那恶毒卑鄙的母亲一样，高高在上，看不起他人，永远体会不到别人的苦痛！”

沈昭慕像是在看一只疯犬狂吠，眉梢拧着。抿了抿唇，他觉得这女人不可理喻，但还是耐着性子：“你不还，那便算了。”

他说着就要转身，然后趁徐美人一脸蒙的时候，又猛地转过身来，伸手就要抢簪子。

“哈哈——我就是毁了它也不会给你的！”徐美人甩手，满是恶意地冷笑着，扬手将簪子扔到了湖中。

她看着扑了个空，趴在栏杆上伸着手却徒劳的沈昭慕，分外解恨地仰头大笑了几声。

“怎么样？这可是你母后生前最珍爱之物——三殿下若是真孝顺，便跳下去捡好了。”徐美人说着，往后退了退，轻蔑冷笑地对沈昭慕“好意”提醒着。

她打听过，说是沈昭慕近来血虚体弱，又感染了风寒，方才她便瞧着他脸色惨白如纸，气色很差。

而他是不会水的，只要他下去……

就算他不想下去，哼——徐美人看了眼两个小太监，他们悄然走到沈昭慕身后两侧，随时等待徐美人的命令。

池芫赶到的时候，看到的便是这样一幕——沈昭慕爬上栏杆，眼见着就要跳下去，而两个太监撸起袖子随时准备推他。

她不禁眸子一睁，提着裙子便跑过去：“殿下，不可以！”

众人都被这高呼的声音吸引，回过头来，便看见池芫跑过来，一手推开一个太监，冲到沈昭慕面前，一伸手便将他拉了下来。沈昭慕一个趔趄，旋即身子虚弱地靠在栏杆上，池芫赶忙将他扶好站稳。

“大胆！”他和徐美人同时呵斥，一个是低哑阴森，一个是尖利恼怒。

徐美人指着两个傻眼了的太监：“你们还愣着做什么？还不帮帮三殿下！”

“是！”

“等等！”池芫站到沈昭慕面前，展开双臂，像老母鸡保护自己的孩子，瞪着眼前的太监，然后对徐美人道，“东西掉了，焉有主子下水的道理？美人且等等，奴婢替主子将簪子拾起来！”

沈昭慕望着挡在自己身前，个头娇小，说话却中气十足，有些凶巴巴的池芫，眼里的愕然一闪而过。

已经很久，没有人这么冲动地护着他了。

那个会这么护着他的女人，被那位原先他敬爱仰慕的父皇逼死在大殿之中，再也不会回到他身边。

可池芫……为什么有时候他都快要被她蒙蔽了？

虚情假意罢了。

他眼睫扇了扇，掩了眼底那汹涌的阴霾。

“你算个什么东西，敢在本宫面前猖狂！”徐美人冷冷地剜了一眼池芫，眼里尽是轻蔑。

但同时，她也眯起眼角打量了一下池芫的容貌，而后不禁心里咯噔一下……

她心里琢磨着，可得让人盯紧了，万一沈昭慕为了报复，将这宫女送去陛下的龙床上，就凭这姿色，只怕不会比自己的宠爱少多少。

但还不待她多想，池芫便按住沈昭慕的手让他在漆红的长椅上坐下，然后飞快地挽起袖子和裙角——

“殿下，您在这儿坐着，哪儿也不许去，听到没？”她定定地望着沈昭慕。

沈昭慕有些愣怔，这还是第一次有人敢这么对他说话。但他沦陷在她坚定的眼神中，竟也没来得及反驳呵斥她。

池芫说完，扑通一声，毫不犹豫地跳进湖中，开始在偌大的湖中寻找那支金簪。

徐美人看着这一幕，先是愣了愣，然后目光在沈昭慕和池芫之间逡巡，眼里划过一丝算计。

“美人，要不要……”徐美人没说话，旁边的宫女便上前，看了眼坐在长椅上的沈昭慕，眼神恶劣，低声询问。

徐美人却举起两根戴了护甲的手指，唇边笑意深了深，语气轻慢地说着：“行了，走吧。”

“走？美人，不是说要……”

宫女刚开了个头，就见徐美人转过头来，不大耐烦地冷睨了她一眼：“多事！”

冷冷地呵斥了一声后，徐美人便似笑非笑地对沈昭慕说道：“三殿下，你这个宫婢倒是忠心，不如送给本宫？”

沈昭慕眉心皱着，视线从湖面移到徐美人脸上：“美人还是早些走比较好。本殿虽然落魄了，可脾气难改，说不好一会儿便会做出什么叫美人难堪的事情来。”他没有回答徐美人的话，嘴边的笑意冷了些，然后蓦地勾了下唇角，“毕竟，美人如今有的太多，唯恐失去如今拥有的一切——可本殿，没什么好失去的了。”

他眼里像是有一个黑色的旋涡，深沉不见底。

徐美人脸色一下便难看了些，她也瞬间懂得了沈昭慕的意思。

是啊，现在陈如珍死了，她虽然看着松了一口气可以出人头地了，但她只能靠着陛下那点儿宠爱在皇宫中挣扎生存。

而她头上还有位分更高的、家世更好的，压得她喘不过气来。

更要命的是，她还没办法生孩子，等她年老色衰了，真就一点儿保障都没有了。所以，她也只能在寒园附近耍耍威风，找陈如珍的儿子出口恶气罢了。

“三殿下这狠话放的，可真叫本宫心里生畏呢！既然如此，本宫就不打搅三殿下和宫婢找簪子了。哦，对了，本宫这儿还有一些先皇后的遗物，等抽空了，再找三殿下送还吧！”

徐美人说着，抬手拢了拢头发，像是觉得自己总算扳回来一局，嘴角弯弯，妖娆多姿地离开了。

对于她的叫嚣和暗示，沈昭慕只攥紧了手，指骨发出声响。

没完没了的女人，真的很想——杀了呢。

但他这会儿没心思管徐美人的死活，他起身，手扶着栏杆，目光投向奋力扎进湖水中，已经找了大半个湖的身影。

他目光有些复杂，心思更是深沉难测。

如果说是做戏，很显然，这女人此时的戏好到他真的为之动容了。

但也只是“一点儿”而已。

池芫根据之前看到的徐美人扔簪子的方位，在周遭展开地毯式搜寻。

她头发上沾到了淤泥和烂叶，美丽的脸上脏兮兮的，整个人看上去有一种说不出的邋遢狼狈。

他只站在那儿，整个人单薄得像是随时会被风吹走。他拳抵着唇开始低低地咳嗽，眼睛却始终没有离开池芫的身影。

池芫在水里找了约莫半个时辰，游到小腿肚都有些发麻甚至要抽筋了，还没找到。

她抹了一把眼睛，将眼皮上碍事的泥巴抹去。哪知，就因为这一下，小腿突然抽筋了，她直接呛了口湖水，身子开始往下沉。

沈昭慕见状，不由得眉心一拢，扶着栏杆，看向四周："来人，来人！"

无人回应。

他反应过来，徐美人既然存心刁难他，想必是事先便将周围的宫人遣散了的。

如此这般，岂不是没有人可以下水救池芫了？

"池芫，你起来！"沈昭慕不由对湖水里扑棱挣扎的池芫高声呼喊。

池芫已经筋疲力尽了。她也想起来啊，可是根本没力气了。

"系统，工伤啊！这是工伤啊！你还不救主！"

系统："宿主撑住，我可以为你在水里延迟生命力消耗时间……"

池芫："我有一句骂人的话挂在嘴边了。"

系统："建议你先小心嘴边的泥巴。"

短暂的慌神后，沈昭慕想起了自己的暗卫……但他刚张了张嘴，便沉默了下来，一双眼定定地望着湖面，神色凝重阴沉。

池芫在沉入湖底前，遥遥地望了沈昭慕一眼，只一眼，她便看清了他眼底那宛若一座孤岛的悲伤。

尽管她如愿看到了一丝挣扎和惋惜，但他闭上眼的那一刻，池芫还是暗骂了一声。

这养不熟焐不热的白眼狼，居然真的狠到要眼睁睁地看着她去死！

池芫忘记了身上还有沈昭晨的哨子了，等她想起来的时候，人已经沉下去了。

太惨了。这大概是她做过的最惨的一个女配了，好感度还没到正数，就要在任务目标眼前当场去世了！

"呀，殿下，池姑姑、池姑姑落水了？！"

沈昭慕的手死死地握在身后，见池芫沉下去的瞬间，他终是有些不忍地闭上了眼。

哪知，这时候小德子跑了过来，见池芫正往水下沉，顿时瞪大了眼珠子，结结巴巴地问沈昭慕："这、这、这……殿下，怎么办啊？"

"怎么办？你还不下去救人！"

沈昭慕一听见小德子的声音，立马睁开眼，面上露出几分淡淡的惊喜，然后不由得踹了他一脚。

小德子被踹得踉跄了一下，然后立马撸起袖子，跳下湖中，朝池芫的方向游去。

不多时，沈昭慕走到岸边，伸手去接被小德子半抱着救上岸的池芫。小德子愣了一下，就松开了手。

看着池芫靠在自己臂弯中，浑身湿漉漉、脏兮兮的，沈昭慕的眉眼瞬间冷了下来。他伸手掐了掐池芫的人中，但她依然脸色苍白得很。

沈昭慕不禁急得咳了一声，阴沉着脸，对跪坐在地上喘着气抹脸的小德子呵道："快去传太医！"

小德子忙爬过去："殿下，不、不能这样。奴才见过大夫救治溺水的，要先按压胸口，让池姑姑将吞到肚子里的湖水先吐出来。"

沈昭慕闻言，忙将池芫放平，手有些不知所措地比画了一下，而后示意小德子赶紧帮忙。

但当小德子跪坐在池芫一侧，双手打算按上她胸口时，沈昭慕立马拍掉他的手，怒目冷视。

"让开，孤自己来。"

沈昭慕推开小德子，大概知道要怎么做后，沉下呼吸，伸手开始按压池芫的胸口，几下后，便见池芫痛苦地拧着眉，吐出几口水来。

"醒了，醒了！殿下，奴才这就去请太医，劳烦您先将姑姑抬进屋中。"小德子见池芫皱着眉头微耷拉着眼皮，又昏睡过去，不禁立马爬起来就往太医院方向跑。

"回来，拿着令牌去。"沈昭慕忙解下腰上系着的令牌扔给小德子，后者接过后后知后觉地谢恩，然后赶忙跑去太医院。

沈昭慕伸手将地上昏过去的池芫打横抱起来，起身时，他的身子微微晃悠，有些吃力，但看着池芫宛如死人的脸色后，他咬紧了牙关，抱着她朝寒园奔去。

将池芫放到床上后，沈昭慕便不知道接下来该怎么做了。他从小到大，哪怕是落魄到现在，也都没照顾过人，都是别人在伺候他。

他犹豫了一下，才将旁边的被子拉过来给池芫盖上，然后拿了一旁桌上的帕子，胡乱地替池芫擦拭脸颊和脖子。

他动作十分笨拙，甚至把握不了力道，一松手，便见她的脖子都被他擦红了。

他懊恼地将帕子摔到了地上，坐在一边，看着昏迷在床上的池芫，眼神暗了下来。

一个人要怎么逼真地去演，才可以到这个份儿上？

他是亲眼看着她沉下湖底的，如果不是小德子恰好出现，她这会儿已经死了。

沈昭慕很确定池芫是和沈昭晨有联络，是沈昭晨安插在他身边，企图拿到令牌的细作。

可这又是怎么回事？为了博取他的信任，她竟狠心到将自己的性命也搭进来？

不，他不信有人会这样卖命！因为他实在是想不通沈昭晨有什么好值得卖命的。

但如果说池芫是良心发现，明面上投诚了沈昭晨，实际上是替他效命……他更不相信了。首先，他没有这么要求过她；其次，她这么有心机、势利眼的女人，怎么可能呢？

所以，现在这个躺着的女人，给了沈昭慕十七年来，最难得出答案的一个难题。

他想，不如就让她死了算了，至少，就不用犯愁了。

这么想着，他不由得伸出手，直奔池芫纤细的脖子。但看到脖子上刚刚他擦拭时不慎下了狠手留下的痕迹后，手又僵住，收了回来。

沈昭慕揉了揉眉心，算了，随她去吧。反正，他的计划也快了。

他仔细打量了一番此时的池芫，眼神落在池芫攥紧的手上，瞥见熟悉的一抹金色。

沈昭慕伸手掰开她捏得紧紧的五指——果然是那根凤簪！

沈昭慕将凤簪拿出来，仔细地擦拭了一下上面的泥土和水渍，然后用帕子将凤簪小心翼翼地包起来，放进怀中。

“叮！任务目标好感度 +60，当前好感度 40。恭喜宿主，好感度数值瞬间转正啦！”

沈昭慕枯坐了一会儿，小德子便带着一个年轻的小太医进来了，后者走得急，险些被门槛绊住摔了一跤。

“哎哟！太医您可慢点儿，别摔着了。”小德子忙伸出手，将人半扶着到了沈昭慕面前。

“殿下，太医到了。”

沈昭慕瞧了瞧这太医身后，不禁冷了脸色：“医女呢？怎么不叫个医女来？”

他的话是对着小德子说的，眼睛却是冷淡地看着眼前这个年轻俊秀的太医。

小太医拘谨地站在门口，不知道沈昭慕是什么意思。

小德子去太医院时，其他太医见是沈昭慕的令牌后，都避之不及，唯独这个新来的太医觉得患者为大，才跟着小德子过来了。

沈昭慕见小太医跟个呆头鹅似的，不禁阴沉地呵道：“你杵着做什么？还不快救人！”

小太医闻言，立即提着药箱，在池芫身侧跪坐下来，伸手把脉。

“还好，在微臣来之前，这姑娘已经将腹中积水排出，否则……就很艰难了。”小太医把完脉后，又看了一眼池芫，然后别过眼，指着池芫湿漉漉的衣裳，咳了一声，支支吾吾地说道，“还……还是叫个宫女过来，替这位姑娘将湿衣裳换下吧，当心染上风寒。”

沈昭慕见小太医背过身，耳朵偷偷红了的样子，眼里多了一丝阴鸷。

他抿着薄唇，瞪了眼躺着的池芫，心道，果然她这张脸就是祸端。

想当初，他便是看中池芫这张皮囊，才破格将她从低等宫女提到了自己宫中当个伺候笔墨饮食的大宫女。

年轻的太医开了药方后，便提着医药箱走了，临走前，还不忘回头看一眼静静躺着的少女，眼里流露出几分惊艳。随后，他的目光就和沈昭慕阴沉森冷的视线对上了。

小太医不由得缩了缩脖子，连忙告辞。

沈昭慕靠坐在榻边，想起自己第一次见到池芫时的情形。

隐约记得是个清晨，他带着貌美的宫婢去御花园赏花，迎面见一个穿着嫩黄宫服的小宫女在采集朝露。

小宫女黛眉微微蹙着，似是累了，侧脸看起来姣好无瑕，他不由得被吸引了目光。

然后，等专注于采集露水的少女转过身来，他便看清了她那张足以让所有宫女都为之失色的脸。他不禁愣住了，然后漫不经心地取了一枚香囊扔过去。

“你，跟孤走。”

简单的四个字，将因为貌美而处处被挤兑，却靠心机手段安然地活到被他发现的小宫女池芫，提拔为人人艳羡的太子的贴身宫女。

起初，因为这张脸，他也的确很宠她：她要的住处，他叫先前得宠的宫女腾出来；她想要的饰物珠宝，他随手便赏赐；她狐假虎威地惩戒仇人，他也睁只眼闭只眼随她去了……

不管是开始还是后来，他都只当她是一个乐子，就像是豢养的一只猫，她好看，他便任由她胡作非为了。

她虚荣，她耍心机，她自私自利，她心思恶毒，他都无所谓。

但她的背叛，却叫他感到愤怒和羞辱。

因为她是唯一一个见证了他的辉煌和落魄，还留在他身边的宫人，偏偏她在这个时候选择了背叛。

她就像是被命运捉弄的沈昭慕的心中污点一样的存在。

可她又好似慢慢变了，她接受了寒园的贫苦，从一开始想卷包袱跑路，到后来替他上药，伺候他起居……

她甚至会在徐美人欺负到他头上来时，张开手臂挡在他身前，还义无反顾地跳下湖中，替他找回母后的遗物。

沈昭慕的脑海中闪现曾经发生的一幕幕，最后，他的视线定格在池芫的脸上，微不可察地吐出一口气来。

就这样吧，你爱演戏便继续演，这清冷的寒园，就算是虚情假意，也至少暖了他。

即使是虚假的温暖，也是好的。

虚空中，池芫撑着下巴，观察着神情变幻莫测的沈昭慕，不禁啧啧称奇。

这家伙内心到底走了几个十八弯啊？刚刚系统因为那上蹿下跳的好感度都暴走几回了。

看来她这赌上命的表现，叫这位别扭缺爱的废太子殿下开始动摇了。

他还没有喜欢上她，她就已经要豁出命了，那想得到他的喜欢，她是不是需要跳几次火坑？更别说他对她爱到死去活来时，她所需要付出的代价了……

第三章

为他赴汤蹈火

因为徐美人的安排，所有人都不知道簪子的事情，事情传到最后，变成了沈昭慕心狠手辣，看着自己的宫女差点儿溺亡也无动于衷。

沈昭晨听到消息后，又问了一遍线人：“你确定沈昭慕看着她险些溺死都没出手？”

线人点头：“是的，奴才瞧得清清楚楚的。池芫都沉底了，三殿下还在栏杆那儿眼睁睁地望着呢！”

沈昭晨没想到池芫居然为了博取沈昭慕的信任，能做到这个份儿上，不禁叫他怀疑起来。

但转念一想，他告诉过她，她的“生母”是被沈昭慕的生母所害，也是因为沈昭慕他们，她才流落在外吃了那么多苦……

“别让她死了。”至少现在不行。

“夫君，你最近都在忙什么呢？”江月惜端着茶进来，一个太监低着头从她身侧溜了出去，她微微转身，觉得这太监有点儿古怪。

但转眼，她便又回过身，将茶放到沈昭晨桌案前，双手捧着脸，忧愁地对丈夫诉苦：“你说，你都已经替母妃和我娘报仇了，怎么现在还这么忙、这么累呢？”

沈昭晨所有的阴霾，在看到开朗灿烂的江月惜时，便不复存在了。

他轻轻揉捏着江月惜柔软的手，替她按了按端托盘的手腕和手臂。

“怎么了？是不是在皇宫里待得闷了？”没有回答江月惜的问题，他反过来关心地询问着。

果然，江月惜仍旧是很轻易就被他引开了话题，她情不自禁地噘嘴撒娇：“是啊！这皇宫死气沉沉的，这也是规矩，那也是体统，我都快要被闷死了……”

她一直是在草原上骑着马追赶牛羊的少女，即使嫁给了皇帝的长子，她也没办法完全做一个皇宫中规矩得体的皇子妃。

沈昭晨见她最近的确是闷着了，而他又确确实实因为太忙都没怎么陪她，不禁有些犹豫。

说实在的，既娶了她，他便想要将她当自己的枕边人对待，而江月惜不论是出身、样貌还是性格都很好，重要的是她信任他，无条件地支持和帮助他。

他从一开始抱有目的地接近她，到现在，已经渐渐习惯了她的陪伴和存在了。若是他能登上皇位，那么皇后之位，只能是她。

只可惜，她太善良和天真，还不够心狠。

他既爱她这份纯良，又头疼这份一视同仁的善良。

“那这样，等过两日，我得空了，就陪你出去逛逛，可好？”

沈昭晨耐着性子哄着江月惜，后者却有些不大情愿地嘀咕着：“又是两日，又是得空，可你也没空下来呀……”

听见这嘀咕声的沈昭晨既好笑又有些尴尬，摸了摸鼻子：“这次我保证不食言！”

江月惜立马眉开眼笑：“那行，拉钩！”拉完钩后，她乖乖地亲了一下沈昭晨的脸颊，“那我先回去，不打扰你了。”

沈昭晨摸了摸她的头发，温柔地笑着颔首：“回去慢点儿。”

“知道啦，大殿下。”江月惜小孩子似的做了个鬼脸，然后提着裙摆兴高采烈地出去了。

待她的身影不见了，沈昭晨面上的笑意就淡了下来。

他食指屈起，抵着眉心按了按。

江月惜离开书房后，脸上的明媚便慢慢暗淡了下来，最后叹着气，步伐都沉重了几分。

身旁从小伺候她的婢女瞧见了，不禁替她感到委屈，小声地询问道：“小姐，你为什么不告诉殿下……”

江月惜闻言，下意识抬手摸了摸自己平坦的小腹，清丽的脸上慢慢又浮起一个懂事又温柔的笑容。

“算啦，他太忙了。等过几日，他带我出去玩的时候，我再告诉他也不迟嘛！”说着，江月惜重新扬起笑脸，带着婢女回寝宫了。

只是，她不忘叮嘱自己的婢女：“对了，喜鹊，你帮我查个人。”

喜鹊不禁好奇：“小姐，查谁呀？”

江月惜抿了抿唇，想起刚刚那太监的模样，大致地给喜鹊形容了一番，然后压低声音对她道：“你千万千万要小心点儿，别叫昭晨知道了。他很聪明，如果你不小心的话，一定会露出马脚被他发现的。”

她虽然天真率性，却并不是十足的傻白甜，她的丈夫是个什么样的人，她虽不完全清楚，却也知道皇城里出来的人，没有一点儿心计和脑子，是活不长的。

喜鹊郑重地点头，应了下来。

寒园。

池芫昏睡了一天一夜，好在这具身体瞧着娇气，但实际上皮实得很，打小也不是没被风吹雨打过。所以第三日的清晨，她便醒了过来。

小德子靠着门板打着瞌睡，脑袋一歪，惊醒了，微微一睁眼就瞧见披头散发坐起来的池芫，顿时被吓得一激灵，瞌睡虫都被吓没了。

“啊——”

他尖细的声音叫得池芫头痛，她揉了揉脑袋，捋了捋自己的鸡窝头，不禁白了他一眼：“青天白日的，你吓不吓人啊？睁开你的眼，看看我是谁！”

“池……池姑姑，您可算醒了！您老人家是不知道，您昏睡了一天一夜，可急死小的了……”小德子眨了眨眼，看了一眼池芫的影子后，忙变了脸，用袖子按着脸，开始号叫。

池芫受不了地掏了掏耳朵，扶着床柱起来，吸了一口气：“快！快扶我这个老人家起身下地，你姑奶奶我要如厕！”

小德子怔了下，随后被池芫吃人的眼神吓得立马上前去扶。

池芫穿上绣鞋，走路摇摇晃晃的，不为别的，纯粹是饿的和憋的。

沈昭慕打开里屋的门，瞧了瞧池芫的身影，方才听见她活力四射的声音，他才觉得这寒园有了一丝人气和生机。

他抱着手臂，靠着门板，无声地勾起一边的嘴角，只是这次，不是讥讽嘲弄的笑了，切切实实的，是一个不自觉地带了温度的笑。

池芫已经弄不懂沈昭慕的魔鬼操作了，自己不过是上了个厕所，怎么就涨了十点好感度了？

“咯咯——”沈昭慕将手握成拳抵着唇，仍旧咳嗽着。他看着醒来后只躺了半日便下地，并且生龙活虎地在院子里侍弄盆栽的池芫，眼神有些幽怨起来。

有些人的生命力……真不是一般的顽强，令人羡慕嫉妒并且恨。

反观自己，淋了场雨而已，就染上了风寒，且到现在都没好，药也在吃，止咳润肺的汤汤水水也有喝，就是不怎么见效。

池芫很好心地提醒他，他整日闷在屋子里，是个健康的人也要闷出病来了，更别说他这个金娇玉贵的身子骨……

明明池芫是想建议他出去多走走，却挨了他一个冷眼。

沈昭慕才不愿踏出寒园的门，出去只会被人讥讽和奚落。

他现在还是无法做到真正的坦然。

他不肯出门，池芫也不能强迫，只能每天给他食补。

“孤不吃萝卜了。”沈昭慕放下筷子，看着白萝卜汤、萝卜炖肉、萝卜片、萝卜丝……开始抗议了。

抗议——无效。

池芫平静地应对：“殿下，今日的午膳只有这些，您要真不想吃呢，可以把汤喝了，肉吃了。”

沈昭慕提了一口气，沉着脸，才要反驳，就听池芫故作虚弱地捂着嘴咳嗽起来：“对不住啊，殿下！奴婢前几日刚落水，至今还很虚弱……没法儿再给您下厨了。您将就一顿，行吗？”

沈昭慕重新拿起筷子，将就一顿？他这是第三顿了吧。每次他要抗议，这女人就拿落水的事来堵住他的嘴。

偏偏，他在这件事情上有些心虚，心底深处多多少少还有些内疚，尽管只有一丁点儿，也够他沉默地吃几顿萝卜了。

沈昭慕严重怀疑，池芫是故意的，她就是蓄意报复！

“池姑姑，徐美人有请……”池芫正在给花浇水，小全子忽然在门口鬼鬼祟祟的，瞄了一眼，确定沈昭慕不在，才对着池芫说道。

池芫闻言，放下水壶，皱起眉头：“徐美人？去哪儿？”

池芫双手往围裙上擦了擦，解了围裙，回头望了一眼闭门的主屋，一边往外走，一边对小全子说着：“小全子啊，如果我一炷香后还没回来，你也千万别为了我找殿下帮忙，知道吗？”

对上池芫一本正经胡说八道的脸，小全子嘴角抽搐着：“这……真的不找殿下帮忙吗？”他觉得池姑姑的话好像不是表面上这个意思……

池芫立马将眉梢挑得高高的：“我是这种人吗？就算我为了殿下跳湖差点儿溺死，也不能因为徐美人要找我麻烦就去劳烦殿下！你不许为了我找殿下帮忙！不许！”

他怎么越听越不是这么个意思了？

小全子觉得池姑姑的演技现在真是出神入化了。

“好的。”

“嗯，就是……嗯？好的？”池芫怀疑自己听错了，这小太监一点儿都不上道啊！

见池芫还瞪着自己不打算走的架势，小全子眨眼，又眨眼，继续眨眼。

到最后，他不禁摸了摸后脑勺，试探性地开口道：“那……那如果姑姑过了一炷香还没回，我就……就找殿下求助？”

池芫总算满意了，眯眼笑了笑，摸了下小全子的脑袋，拍拍手，一脸轻松：“行了，既然主子找我呢，我就先走了。你别忘了呀！”一定要叫废太子来救我！

池芫整个人浑身上下都透着大写加粗的“求生欲”这三个字。

池芫一边跟着宫女走，一边给自己打气——没关系，她还会怕区区一个美人不成？

不，她是真的怕，脸好疼。

当徐美人连开场白都没有，抬手就让几个五大三粗的嬷嬷将池芫按在地上，说要教教她规矩时，池芫开始慌了：这和自己设想的剧情走向不符啊？怎么话都没说几句就直接要动私刑了呢？

池芫觉得这一刻的自己简直弱小、无助又可怜。

池芫赶忙开口求饶：“美人，美人！您看您这么美貌、高贵、端庄、优雅、宛若天仙，莫要叫奴婢的惨叫和鲜血污了您高贵的地儿，污了您漂亮的耳朵和眼睛啊——”

徐美人听着她这一连串不带重样儿的话，面上有几分受用地笑了笑，挑了挑眉：“你这小嘴倒挺会哄人开心的。”又突然话锋一转，“怎么那日就不会说些好听的话给本宫听呢？”

显然，徐美人对池芫那天在湖边护着沈昭慕而冲撞自己的行为耿耿于怀。

池芫欲哭无泪：有本事怎么不冲着沈昭慕去呢？就只能欺负她这无权无势的小宫女？

池芫刚想要解释一番，就见徐美人单手撑着额，慵懒妖娆地笑着道："不必解释，本宫不想听。苏嬷嬷，这宫女不懂规矩，你们好好教教她。"

嬷嬷们立马点头："是，美人。"

然后两人用力按着池芫将她押到凳子上，一人拿出一根手指那么长的银针——

"别，别！好商量！嬷嬷、美人，饶命啊——"

池芫开始高声惨叫，试图用分贝干扰模式来阻止这群想要扎她针的坏女人。

徐美人听到这刺耳的尖叫声，不禁捂住了耳朵，跺了跺脚，翘着兰花指对一旁的嬷嬷道："还不捂住她的嘴！给我狠狠教训她！"

"慢着！"被小全子忽悠来的沈昭慕总算是出现了。

他站在门外——毕竟这里是锦绣宫，他身为皇子，不能擅闯父皇妃子的寝宫，只能站在外头，苍白的脸上微微泛着几分大概是疾走引起的红晕。

听到他这一声高呼，左边嬷嬷下针的手一顿，刚巧扎在了池芫的手背上。

"啊——"池芫当即痛到发出一声杀猪般的号叫。

沈昭慕隔着老远，都下意识揉了揉耳朵，他总觉得自己出现得不是时候。

池芫硬生生给疼哭了，她两条腿一蹬，摆脱了右边嬷嬷的钳制，将人踢到地上，另一只没被扎的手反手就是一推……可惜对方过于肥硕，推不动。

池芫二话不说，拔下自己手背上的针，毫不留情地在对方手背上扎了一针："嬷嬷，针拿稳了。"

然后，在这位嬷嬷的惨叫声中，池芫提着裙子就往沈昭慕的方向跑，好似身后有厉鬼在追赶她一样。

“哎哟，哎哟——娘娘，您快看看奴婢的手……”苏嬷嬷都不敢去拔手背上的针，坐在地上，哭天喊地地向徐美人告状。

“大胆奴婢！本宫饶不了你！来人啊，将她抓回来！”徐美人气急败坏地跺着脚，指着逃跑的池芫，尖厉地唤着宫人。

小太监们不敢惹徐美人不悦，一个个跑去追赶池芫。

池芫飞毛腿一样跑到了沈昭慕身后，抓着他的袖子，只伸出一个脑袋来，可怜巴巴地开始卖惨：“殿下，奴婢的手，呜呜呜——好疼啊！”

她说着，伸出自己白嫩嫩的手，只见手背上有一个针眼，冒着血珠子，看起来有些刺眼。

沈昭慕微微侧过头，对上池芫红红的眼圈，心里突然悸动了一下。

池芫这奴婢只能是他来使唤和责罚，还轮不到一个美人在他面前耀武扬威，欺负他的人。

“本殿看你们谁敢动她！”沈昭慕稍一抬手，宽大的袖子就将娇小的池芫挡了个严严实实。

小太监们迫于沈昭慕的气势，立马停下了脚步，不敢前行。

之前池芫也是这么站在他面前保护他的。但沈昭慕觉得，自己好歹是主子，还是个男子，用不着一个小宫女挡在自己前面逞英雄。

他再怎么落魄，也还是这皇宫里的三皇子，是皇帝的亲儿子。

“你们愣着做什么？！”徐美人疾步走来，漂亮的脸因为愤怒而有些扭曲狰狞。

她冷冷地剜了一眼池芫，后者忙缩回了脑袋，在沈昭慕背后吐了吐舌头，收起所有怯懦和害怕，得意又狡猾地转了转眼珠子。

“三殿下这是要纵下犯上吗？你身后的这个宫女一再冲撞本宫，莫非是三殿下给的胆子？”徐美人见沈昭慕这冷冷的模样，唇边笑意深了深，眉眼都是讥讽和算计。

沈昭慕阴郁冷沉的脸上划过一个诡异又阴冷的笑，眼神像蛇一样冷冰冰的，他冷淡地应了一句：“孤劝美人一句，莫要咄咄逼人。看来美人是忘了前日里孤的提醒了。”

徐美人在这三伏天里，蓦地打了个寒噤，她扯了扯自己的外衫，嘴角的笑也僵了僵。

“哪儿的话啊……三殿下莫要恐吓本宫……这宫女到底是三殿下的什么人啊？三殿下好似对她格外在意？”

徐美人试探的语气和不怀好意地打探的眼神，让沈昭慕皱了皱眉头。

“美人可真会开玩笑。孤如今就这么一个宫女伺候着，若是缺了手断了脚的，你说可如何是好？”

徐美人缓缓地摇着手里的团扇，眯着眼，笑得意味深长：“三殿下倒是提醒了本宫。如今啊，三殿下也快十八了，却连个知冷知热的贴心人儿都没……”

她话还没说完，门口忽然传来太监尖细拖长的通传声——

“皇上驾到！”

池芫下意识瞄了一眼对面张牙舞爪一点儿体统都没有的徐美人，结果就见到了对方比翻书还快的变脸速度。

上一秒还疾言厉色、要打要杀的徐美人，听到老皇帝来了后，立马矫揉造作地捏着帕子，迈着小碎步往门口走去。

沈昭慕想到自己这个父皇色令智昏的本性，不由得将池芫往身后护了护，然后行礼。

“臣妾参见陛下。陛下，您怎么突然来了？”徐美人挤了挤自己的胸，挽着老皇帝的手臂，娇滴滴地说着让人反胃的话，“陛下，臣妾可想死您了呢！”

池芫还是挺佩服徐美人的，老皇帝如今年事渐高，又沉迷美色，对身材管理极其不用心。对着这么一个男人，她还能这般作态，这可不是一般人能做到的。

池芫低头反思了一下自己，忽然觉得自己还是很挑剔的，至少废太子脸蛋帅气、身材棒、气质佳，哦，就是没钱，可能还没前途……

那也不行，她爱的是他有趣的灵魂！

系统：“你可拉倒吧！你爱的明明是灵魂碎片背后的股份。”

老皇帝对徐美人还算比较宠爱，他拍拍对方的小手：“怎么？爱妃这是不欢迎朕？”

“哪有！陛下您真会打趣臣妾，臣妾这颗心因为陛下不来看臣妾而七零八落的，很是伤心呢……”徐美人黛眉拧着，嘴噘着，表情我见犹怜。

一番话哄得老皇帝龙颜大悦。

听着老皇帝和徐美人旁若无人地说着调情的话，池芫内心作呕，下意识抬头瞥了眼自己身前还维持着躬身行礼姿态的沈昭慕。

她不由得想，这人心里估计已经硌硬得作呕好几回了吧？

池芫这一抬头，和徐美人说着话的老皇帝眼角余光便注意到了她这张娇艳出众的脸。他脚步一顿，眼神肆意地打量起赶忙低头的池芫。

“你，抬起头来。”老皇帝走到沈昭慕身侧，眼角余光都没给他一个，只对战战兢兢跪着的池芫扬声道。

徐美人心都提起来了，她绞着手里的帕子。对于皇帝的性子和心思，她最是了解不过。

一看他这神情，她便知他是看中了这宫女的容貌。

想当初，她第一次见皇帝调戏自己身边姿色不错的宫女后，便暗暗将锦绣宫有些姿色的宫女明里暗里地都打发了，只留下些嬷嬷和长相普通的宫女。

眼下这宫女生了一张勾人的脸，又处在青葱花苞一样的年纪，想要引起陛下的注意，简直不要太容易了。

想着，徐美人立马紧了紧挽着皇帝的手，笑容满面地娇声道：“陛下，您可别吓着这小丫头。她呀，可是咱们三殿下的心头肉呢！”

这话一出，池芫都想跳起来和徐美人击个掌了。

但她不得不半抬着脸，做出一副弱小又不得体的样儿，抖着面部肌肉极力扮丑地朝老皇帝行了礼：“奴婢、奴婢，见过、见过皇上……”

沈昭慕闻言，手背默默一顿，眼角余光扫了眼徐美人过分紧张的神色，再看了眼老皇帝的眼神，顿时恍悟。

难得，他没有出声反驳徐美人的话，而是保持了沉默。

老皇帝闻言，微微眯了下眼睛。他瞧着池芫这模样和身段，都是他喜欢的，好不容易看中一个，却被徐美人的话泼了一盆冷水。

他的表情立时不大好看，他甩开了徐美人的手，抖了抖袖子，似笑非笑地望着沈昭慕：“哦，心头肉？如何解释啊，老三？”

沈昭慕垂首，恭恭敬敬地张口：“是徐美人言重了……儿臣其实……”

“陛下！您也真是的，三殿下年轻，脸皮薄，明明护这小丫头跟护眼珠子似的……”徐美人见沈昭慕这般，忙打断他的话，唯恐他拆了自己的台，而后顺势将池芫送到皇帝身边，那她岂不是搬起石头砸了自己的脚？

小宫女这等姿色，一旦送到皇帝跟前，哪儿还有自己的一席之地？更何况她才命人扎了对方一针，这岂不是树了个强劲的敌人？

“哦？何解？”老皇帝被徐美人搅了两次兴致，脸不由得拉了下来，语气也冷了几分。

但徐美人貌美知趣，懂得怎么拿捏自己的弱点为优势。她扭了扭身子，撒着娇，又以慈和的长辈口吻说道：“臣妾也是无意中听说这丫头为了给主子捡饰物而奋不顾身地跳湖，觉得这丫头忠心护主，想着讨要过来。哪知道臣妾不过是叫这丫头来锦绣宫说话，三殿下就以为臣妾是要责罚这丫头，紧张得立马跑过来找臣妾要人了。”

沈昭慕：“……”话好像都对，可经徐美人这嘴一说出来，怎么就变了个味道？

隔着一个背，池芫也能读取到废太子此时的心情。

很好，徐美人不仅是个助攻，还是个效用极大的助攻。

“朕这个儿子素来眼高于顶，居然看中了一个宫女？还当宝贝眼珠子对待？”老皇帝听到这儿，不管真假，对池芫的兴趣便少了大半，并且想到了另一层。于是，他揽着徐美人，亲昵地捏着徐美人的下巴，笑得一脸玩味而有深意。

话里有话。

沈昭慕面色只是白了那么一分，便又恢复如常。他已然习惯了。父皇喜欢时，他便是打碎了父皇最爱的花瓶也不会被责备；父皇厌弃了，他就如父皇砚台边的那滴墨，碍眼得欲除之而后快。

“这孩子啊，也是可怜！如今身边就这么一个宫女伺候着，也到了婚配的年纪。在三殿下这个年纪，大殿下都娶妻了，他却还孑然一身，着实令臣妾唏嘘。”徐美人捏着帕子，拭着脸上根本不存在的眼泪疙瘩，演得十分投入。

老皇帝都要被她感动到了，拍了拍徐美人的背。他也不傻，寻思徐美人这哪里是同情老三？她是既怕自己盯上貌美的宫女，又想拿一个低贱的宫女来羞辱老三。

不过徐美人这一手，算是用到了老皇帝心坎上。所以，他不仅没有生气，甚至还认真思考起来。

沈昭慕忽然觉得后脑勺一麻，有种不祥的预感。

果然，老皇帝忽然开口："既然如此，老三，你喜欢的话，朕便给你做主，娶了她如何？"

老皇帝说这话就像是说"今天天气不错"一样随意，根本没什么感情，像打发叫花子一样施舍的口吻，深深地刺痛了沈昭慕。

但也只是一瞬。他早就不是当初那个脆弱、不堪一击的太子了。

"父皇，儿臣……"沈昭慕抿了抿唇，他是该拒绝的，可不知为何，他回头望了眼池芫，后者眼眸清澈，没有欣喜，也没有惊讶，只有仿佛知道他会拒绝一般的淡定。

沈昭慕便想起方才父皇看她的眼神，他很不舒服，有种自己的东西被人觊觎的恶心。如果他不答应这门婚事，他知道，以父皇的秉性，池芫最后……极大可能会被父皇临幸。

一想到这种可能，沈昭慕就感觉心脏像是被一只大手狠狠捏住，叫他有些喘不过气来。

他的犹豫，给了徐美人趁热打铁、板上钉钉的机会。她忙笑意盈盈地扶起池芫，一边拍着池芫的手背，一边意有所指地说道："三殿下怎么还难为情了呢？本宫原本瞧着，这宫女模样、姿色不比后宫的姐妹差，要不是三殿下喜欢，本宫倒是想多这么个姐妹……"

姐妹？在后宫中，徐美人这所谓的"姐妹"还能是什么意思？

沈昭慕咬了咬后牙槽，瞥了眼池芫，后者只蹙了蹙眉心，不知愿还是不愿，但看着不太像是高兴的样子。

不愿意？

"多谢父皇、徐美人成全，儿臣，领旨谢恩！"沈昭慕说着，一把拉住一头雾水的池芫，一同跪拜。

直到出了锦绣宫的大门，池芫都有些恍惚。

怎么就谈婚论嫁了呢？怎么就直接定了婚事了呢？

徐美人助攻，直接让她的任务进度飞速往前推了一大截啊！她现在需要装出无辜的被强迫的样子吗？

系统：“你戏好多。”

池芫：“身在位面不由己，必须戏足。”

“在想什么？”沈昭慕忽然停下脚步，回头不悦地瞪着魂不守舍的池芫。

他阴沉的语气，叫池芫情不自禁地打了个哆嗦。她瞟了一眼对方，咳了一声，低下头：“殿下，这门婚事，您不要将气撒到奴婢身上……奴婢也是被逼无奈的。”

池芫嘴上说着不得已，实际上内心窃喜得很。

这个位面的任务进行到这儿，因为徐美人和老皇帝这二人的助攻，一下子进展迅猛，她相信，好感度会涨得飞快的。

“哼。”被逼无奈？沈昭慕冷笑了一声，抬手便用力地捏了下池芫的耳朵，“你也配？”

“是啊，奴婢自知配不上殿下，所以……这婚事就走走过场吧！明面上是赐了婚的夫妻，实际上，奴婢还和以前一样，该怎么伺候您就怎么伺候您，行吗？”池芫无辜地眨眼，做出一副十二万分善解人意的模样。

沈昭慕又捏了下池芫的耳朵，过足手瘾后，继续阴沉着脸：“随你。”

说完，他有些烦躁地甩了甩袖子，继续大步走在前头。

池芫跟在身后，没皮没脸地追问着：“殿下，殿下，您是不是对奴婢改观了啊？”

沈昭慕懒得理她，继续快步走。

池芫都要用跑的才能跟上他的速度，又继续追问：“您是不是因为担心奴婢才来锦绣宫的啊？刚刚您之所以答应婚事，是不是担心奴婢被陛下看上……”

“闭嘴！”沈昭慕终于忍受不了池芫的聒噪，以及叫他心烦意乱的问题，转过身，抬手便捂住池芫的嘴巴，恶狠狠地瞪着她。

池芫点头如捣蒜，眨眼卖乖。

沈昭慕受不了她这眼睛眨巴眨巴的模样，忙触电似的收回了手。只是手心还残留着几分湿滑，他忍不住用指腹摩挲……

小样儿，刚刚心跳声都被我听到了，还想装凶狠阴冷？

不过，池芫的好心情并没有持续太久。

赐婚的圣旨白日刚宣，夜里，池芫就被人提到了沈昭晨面前。

沈昭晨约池芫在假山后相见——说是约，其实是池芫在院子里扫地时，直接被他的影卫悄无声息地提着走的。落地时，池芫手里甚至还拿着把扫帚。

“兄长！你是来帮我的吗？”就在沈昭晨衣袂飘飘将要转身之际，池芫很是激动地唤了一声，先发制人地将沈昭晨的质问堵了回去。

沈昭晨转身，面色深沉地望着池芫，叹道：“我都听说了。你说你怎么能让父皇注意到你？还给你和三弟赐婚？”

池芫心里翻着白眼，面上却一副生无可恋的模样：“不行啊，皇兄！我不可以嫁给他的！不可以……皇兄，你快想想法子吧，我好怕……”

沈昭晨嘴角一扯：愚蠢的女人！

池芫紧紧抓着沈昭晨的袖子，隔着夜色也能瞅见对方眼里一闪而逝的嫌弃。

“你冷静点儿，别急。”沈昭晨看了眼自己的袖子，忍着不适，声音温和地安抚着池芫。

池芫演绎着深信不疑自己是落难公主的角色形象，几乎歇斯底里地叫着：“不，我没法冷静！我怎么可以嫁给仇人的儿子？我不要嫁……”

沈昭晨有些接不住池芫这戏。他拽了拽自己的袖子，嗯，拽不动，算了。

池芫觉得，沈昭晨应该已经崩溃了，但她认为这还不够，于是又继续掩面“悲泣”。

沈昭晨想，要不直接告诉池芫真相好了，不然这戏很难演下去……

但下一刻，这个念头就被他打消了，就冲池芫这个脑子和心眼儿，要是告诉她实情，她更不会嫁给沈昭慕了——没准还会赖上自己，或者父皇。

于是他叹了口气，伸手摸了下池芫的脑袋，以作安抚：“小芫啊，如今圣旨已下，若你抗旨，皇兄也护不住你。大仇未报，你且委屈一下，皇兄也知道你不情愿……”

他顿了顿，又继续道：“皇兄了解三弟，他本就怀疑你，这赐婚对他来说更是羞辱，他不会碰你的。所以，你放心吧，就当演戏，行吗？”

池芫根本不想听沈昭晨这些废话，继续哭道：“不！不可以！如果现在我嫁了……那以后呢？以后就算我恢复了公主的身份，我又该如何自处？”

沈昭晨没想到池芫还能想到以后，不禁沉默了。好一会儿，他才道：“皇兄怎会忍心看着你嫁给他？但如今令牌没到手，别无选择……不过，小芫，新婚之夜或许是咱们动手的最好时机。”

在沈昭晨看来，对池芫不能威逼，只能利诱。

“等你拿到了令牌，就算要杀他，皇兄都不会反对——所以，再忍耐忍耐，行吗？”

沈昭晨为了安抚池芫，甚至双手扶着她的肩，面上满是温柔宠溺，像极了亲哥哥的模样。

只可惜，他们这样子落在别人眼里，却更像是柔情蜜意私会的一对小情人。

比如，江月惜。

今晚，沈昭晨忽然有事出去，走得很匆忙，江月惜忍耐不住好奇心就跟了上来。

她怕被他发现，便只远远地跟在后面，谁知看到了这样一幕。

她怎么也没想到，自己温柔体贴的丈夫居然跑到隐秘的假山后，同一个宫女私会。

江月惜咬着红唇，脸色苍白。

不，她不相信沈昭晨会背叛她！她要去问清楚！

江月惜疾步冲出来：“你们在做什么？！”

她还记得这个宫女，是沈昭慕身边伺候的，因为格外貌美，所以令她记忆深刻。

“月儿？！你怎么在这儿？”沈昭晨在听到江月惜的声音时，面上难得地露出几分慌乱无措，“你听我解释，月儿，不是你看到的这样……”

“你别过来！”江月惜气得甩出一根马鞭，发出啪的一声巨响。

沈昭晨急急停住了脚步，他微微皱眉，对江月惜这急脾气有些无奈：“月儿，你别生气。我和她不是你以为的那种关系。你听我解释完再决定要不要打我骂我，好不好？”

江月惜并不是不讲道理的人，她冷静了下来，看了眼事不关己高高挂起的池芫，后者忙低下头。

“好，我听着，你说。”江月惜手里还握着鞭子，眼圈红着，脸色却很冰冷。她冷静地望着沈昭晨，等他的解释。

池芫默不吭声地站着，伸手拍死一只蚊子——这湖边蚊子可真多。

沈昭晨用简短到令人发指的一句话，就摆平了这么一场本可以来个一万字的大长篇描述的误会——

“池芫，我胞妹，在老三身边做眼线。”

不知是太信任沈昭晨，还是接受能力太强，江月惜立刻就信了。

江月惜眼神中带着心疼，走到了池芫面前，给了池芫一个大大的爱的拥抱。

“太惨了……妹妹啊，你留在沈昭慕身边，一定很苦吧……你明明是公主，却……却要当个宫女，还要留在仇人身边伺候……”

沈昭晨本就担心江月惜知道后，会忍不住同情和帮助池芫，果然，结果比他料想得还要糟糕。

江月惜这哪里是同情，她都快将这个冒牌货当作亲妹妹对待了。

他忍不住伸手将江月惜拉了回来，宠溺而无奈地摸了摸她的脑袋：“月儿，此事很是复杂，待我回去再跟你解释。现在不早了，让小芫回去吧！”

池芫接收到了沈昭晨的眼色，故作配合地看了眼天色，说：“既然皇兄……那我知道该怎么做了。”

江月惜看着池芫娇小的身影渐行渐远，深深叹气。

沈昭晨心里提高了警惕——以月儿的聪明心思，根本瞒不了很久。看来，为避免节外生枝，他得加快进度了。

此时的沈昭晨自以为运筹帷幄，将人心算尽，却不知这个决定会给日后的自己挖下一个大坑。

当然，这都是后话了。

池芫猫手猫脚地回到寒园，脚下不敢发出一丁点儿声响，但还没来得及钻进自己屋中，就被人提溜着后颈退了回去。

沈昭慕穿戴完好地立在前厅和她耳房中间的小走廊上，手松开池芫的后颈衣裳后，他抱着手臂，背靠着墙，微微眯着眸子，眼角挑着，笑意不明地问："去哪儿了？"

"就，睡不着，出去走了走……"池芫手指比了个走路的动作，谎话张口就来。

沈昭慕根本不信这话，但嘴角依旧含笑，出奇地没有为难池芫，只问道："为何睡不着？"

池芫觉得沈昭慕有些古怪，不禁眯着眼打量沈昭慕的神色。可惜，她功底太浅，看不出这家伙打的什么主意。于是，她只能继续瞎掰："这不是……白日里才被赐婚，奴婢这心中总是忐忑不安的，觉得不真实，便出去走了走。"

沈昭慕闻言，倒是有些佩服她的机灵劲儿。

"怎么？被赐婚于本殿，你很不情愿？"他故意曲解池芫的意思，阴阳怪气地问道。

月华如水，淡淡地倾洒在窗前，池芫揪着头发，背过身去，双手捧着脸，轻轻地拍了拍，脸蛋儿瞬间绯红，看起来就像怀春少女。

"当然情愿！"她双眼亮晶晶地望着沈昭慕，宛如看心上人一样。

沈昭慕有些抵挡不住这么直白热辣的眼神，微微别过头去，低斥了一声："不害臊！"

池芫捂着脸，说："一想到可以嫁给殿下……奴婢就幸福得快要晕过去了呢！"

逗够了沈昭慕，又看他一脸被噎住的神情，池芫就忍不住笑。

她踮起脚尖，趁沈昭慕不注意的时候，飞快地在他脸颊上亲了一下，然后立马噔噔噔地跑开。

"殿下晚安！"

"……"

沈昭慕摸了摸自己被亲了的侧脸，呆在原地，神情有些茫然。

好一会儿，他才回过神来自己是被小宫女调戏了，顿时气得咬牙切齿："池芫！"

他抬手狠狠地抹了下脸，抿了抿薄唇，想到什么后，眼神微微闪烁。

罢了，看她这段时日表面功夫做得还不错的分儿上，让她再嚣张一会儿好了。

反正，快了。

皇帝的圣旨像是闹着玩一样，不知道是不是为了硌硬沈昭慕，居然将婚期安排在半个月后。

很巧的是，那天还是沈昭慕生辰的后一天。

陈皇后和废太子成为皇宫及朝堂上的禁忌，纵使有老臣觉得这般不妥，也不敢在风口浪尖替一个本就不得人心又失了势的废太子说话。

于是这荒谬的婚事，居然风平浪静地定下来了。

内务府送来了新娘子的嫁衣，池芫抚摸着上好的料子，立即试穿。

过来伺候的小宫女瞧见了，眼里流露出惊艳与可惜。

惊艳于池芫人比花娇，艳若桃李。可惜她即将要嫁给废太子。

沈昭慕生辰这天，没人来恭贺，但他睁开眼就闻到了熟悉的食物的香气。

池芫端着一碗长寿面进来，将面放在桌上，然后伺候沈昭慕梳洗，一边梳着头一边拿出一顶玉冠。

"殿下，今日是您的生辰，您想要什么礼物啊？"池芫蹲在沈昭慕跟前，像一只小忠犬，仰着脸眨眼问他。

礼物？

沈昭慕伸手扶了扶池芫给他别的玉冠，嘴角嘲弄地扯了扯。

他连生辰都不想过，更别提想要什么礼物了。如果真要说礼物……他想要皇宫易主，成为他的。

当然，这话他是不会跟池芫说的。

"要……"沈昭慕忽然听到里间有一丝动静，便抓过池芫的手，阴郁的眉眼微微舒展了些，云淡风轻道，"不能用银子买的，必须是你自己做的，行吗？"

结尾两个字他把声音压低了下来，叫池芫的心都酥软了。

怎么不行？你就是要天上的月亮和星星，我也去给你摘下来啊！

池芫忙不迭点头："殿下您等我啊！我傍晚一定回来！"然后提着裙摆就出去了。

沈昭慕嘴边笑意深了深，难得地应了她一声："嗯。"

等池芫出去后，沈昭慕面上的笑意便立刻敛了干净。他转身进了净室，熟练地掀开床板。

"殿下，一切都准备好了。"

"嗯。通知他们明晚在那里接应。"

黑衣人不禁问："殿下，您真打算明晚……那池姑娘呢？"

这一两个月来，不管池芫心里是怎么想的，但表面上对沈昭慕是真的无微不至，暗卫撞见过几次池芫照顾沈昭慕的画面。

旁观者清，对池芫没有偏见，能发现不一样的东西来。

沈昭慕闻言，眉心拧了拧，对手下居然问他池芫的事儿而感到几分不可思议。

暗令统领下的暗卫，堪比死士。

死士都是没有感情，只服从命令的。

暗卫自觉失言，跪下，头低得更下："是属下失言，请殿下降罪。"

沈昭慕淡淡地回了声："一切照旧，命令不变。"也没有说要处置什么，说完，他就出去了。

沈昭慕看了一眼桌子上的长寿面，神情微微落寞下来，眼里也多了一分茫然。

"小德子，小德子——"

小德子靠着门板打瞌睡，忽然听到里头传来沈昭慕的唤声，立马醒了。他忙扶着自己的帽子，小跑进去："殿下，怎么了？您有什么吩咐？"

沈昭慕手里握着一本书，卷起来，垂手放在身侧，像是才从里面出来一样，他微微皱着眉："池芫去哪儿了？"

天都快黑了，这人却没回来。说什么准备生辰礼，依他看，就是偷溜出去玩了。

小德子听不出沈昭慕语气里是不是带有苛责，所以他打量了沈昭慕的脸色，犹豫着开口：“殿下，那个……池姑姑应该一会儿就回来了，殿下莫要生她的气。姑姑到底年纪还小，有时候会贪玩些，但来到寒园后，除了最开始有些冒犯殿下……现在懂事很多了……”

他说了一堆，越说，沈昭慕表情越奇怪，到最后，沈昭慕阴冷着声音问：“你到底想说什么？”

小德子一听这阴沉沉的声音，立马扑通跪下。

“殿下，奴才知道您是主子……但陛下既然已经赐婚，池姑姑虽说跟您身份不匹配，可她长得美，性情好，重要的是她对您一心一意……主子，奴才看得真真儿的，您可能不知道，先前内务府送来的那件华服……华服中暗藏算计，里头藏了能要您性命的吸人血的毒水蛭……

“奴才本想偷偷处理了，却看到池姑姑偷偷去厨房，将衣裳烧毁处理掉……后来的新衣裳，奴才猜想是她自己缝制的……还有，池姑姑为了做殿下喜欢的菜肴，晚上一个人在厨房琢磨，手被刀切伤了，她也没抱怨一句……”

说着说着，小德子自己都感动哭了，抬手用袖子胡乱抹了把眼睛，打了个嗝儿：“或许一开始咱们就想错了……池姑姑也许最初是想过背叛殿下，可一个人是真心还是假意，不是光看表面就可以分辨的……怎么会有人演戏演到这么细致入微？”

“说够了吗？”沈昭慕一直听着，表情捉摸不定，他微微收紧了手，手中拿着的书的书皮微微褶皱。

他眉眼倏然染上几分莫名的凌厉，抿着薄唇，不悦地提醒着小德子：“你莫忘了你是谁的人。”

小德子闻言，身体跟着一震，忙俯首请罪：“奴才从前受过皇后娘娘的恩典，曾起誓不会背叛殿下，永远效忠您……今日这些话，是奴才失言了。请……殿下恕罪！”

沈昭慕居高临下地望着俯首表达忠心的小德子，微微叹了一声：“委屈你了。”

转过身那一瞬，沈昭慕脸上的伪装全部破碎。

他没想到，她为他做了这么多。

她没说，他也不会去问。

他该将她放在什么位置？

她和沈昭晨关系微妙，的确在往来。但不管是暗卫还是小德子，都对她似乎颇有偏袒。

但他要做之事，不可能带着一个女人，一个对他没用，他也没法分心去护着的女人。

“殿下，殿下！我回来啦——咦，小德子你又做错什么了？要我给你求情吗？”

见小德子跪着，池芫上前，眨了眨眼，不明所以地在两人之间来回看了几眼，然后微微倾身凑近小德子，嬉皮笑脸地问。

沈昭慕闻声回头，随后，池芫灰扑扑的小脸便映入眼帘。他的目光从她脸上落到她藏在身后的手上，然后看了一眼她和小德子之间的距离，不由得咳了咳。

“去哪儿了？怎么才回来？”

他一开口，池芫就站直了身子。小德子也微不可察地松了口气，手往衣摆处蹭了蹭，发现自己手心都是汗。

池芫眼珠子转啊转，就是不肯将双手伸到前面来，反而故作神秘地抬了抬下巴示意天色：“等会儿殿下就知道了。”

神神秘秘的，脸上又弄成了个小花猫的样子……沈昭慕对她卖关子的做法不以为意，能是什么惊喜不成？

他不怎么有兴致地眨了下眼睫：“无聊。”

等他进屋关上门，池芫才撇撇嘴。嘁，不稀罕？一会儿看你会不会变脸！

“喂，小德子，帮我个忙呗！”

也不知道小德子又怎么惹着沈昭慕了，孤零零地跪在院子里，池芫有些不忍心——主要还是懒，想找他帮忙干活。

“做什么？”小德子面色有些不自然，眼神也闪烁着。

池芫有些狐疑地眯了眯眸子：“这次可不给你赏钱！你也知道，马上我就是皇子妃了，寒园又穷，我得节省点儿了。”

她的话听起来既脆又甜，带着几分得意和几分理直气壮。

小德子有些苦涩地闭了闭眼，她现在这么开心，要是得知真相，会不会……很久后，小德子才起身，怏怏地应了声："好吧……"

池芫见状，不禁嗤他："怎么，没有赏钱就不乐意啦？"

"没有，皇子妃的吩咐，奴才乐意之至！"

"就你嘴巴甜！行了，帮忙吧！"

沈昭慕将窗户合上，听着两人对话的声音渐渐变轻下去，眼底一片浮浮沉沉。

一切都看明天了。

半个时辰后，天彻底黑下来，没有月亮，也没有星星，看起来有些压抑。

沈昭慕坐立难安，眉眼间也染上几分躁郁。

不多时，外头响起池芫的呼声——

"殿下，出来吧！"

像是所有躁郁有了个出口，沈昭慕立马从椅子上弹起来，打开门，走出去。

才走出去几步，他的脚步便生生顿住了。

只见寒园内星星点点，萤光闪烁，无数只萤火虫在院子里飞来飞去。

池芫朝着角落里的小德子比了个手势，后者立马点燃池芫做的祈福用的孔明灯。

一只，又一只……慢慢地往上空升起，黑沉沉的天空也好似被这一盏盏灯点亮。

沈昭慕微仰着头，看见漫天闪烁的萤火虫和孔明灯，眼眸里闪过一丝惊喜。

然后，他视线下移，对上池芫如星辰般亮晶晶的眼睛。她却忽然上前，伸手抱了他一下，而后仰着脸冲他笑。

在他浑身僵硬，有些没反应过来时，她说："希望，被期待、被爱着而来到这个世上的殿下，生辰快乐，福寿延绵。"

轰——

在这一瞬间，沈昭慕感觉心里有一块坚硬的地方，被什么撞得外壳破裂，露出一角柔软。

是夜，沈昭慕躺在床上，辗转反侧。

他望着头顶的帷幔，微微叹了一口气。他只要闭上眼，脑海里闪现的就是池芫那张笑靥如花的脸，以及她微微仰头抱住他时，眼神中难以掩饰的柔情温软。

那是他内心动摇起波澜最深刻的一次。他真的相信，她其实已经爱上自己了。

沈昭慕起身下床，才要打开门走去耳房，就听见净房里传出床板的敲击声。

他进去打开床板，暗卫一身狼狈，低声道："殿下，有一个重要的情报。"

沈昭慕蹙了下眉心，问："什么情报？"

暗卫有些犹豫地抬起头，但还是咬咬牙对沈昭慕一五一十地说道："属下近来跟踪大皇子妃的婢女，发现她在调查池姑娘……而得到的消息是……"

后面的话，沈昭慕很久很久以后，才扶着桌角，白着脸色，听进去。

然后，他手指收紧，握着桌角的手用力，指骨发出几分瘆人的响声，另一只手抬了抬，示意暗卫下去。

沈昭慕周身充盈着浓郁的墨色气息，阴冷危险，之前所有名为温度和温情的东西都消失不见。

天刚露出鱼肚白，池芫便被宫女叫起了，接她去寒园另一处住所，那儿简单地收拾收拾后，就成了她待嫁的闺房。

她看着镜中描眉、涂胭脂、披红嫁衣的美人，有些恍惚地想起某一个位面，在梦境中，一间简单的小竹屋中，她也这么红衣似火，嫁的也是同一个灵魂。

但那时候的她，比现在的自己要有把握得多。她算计了那个少年沈昭慕，让他为她的死而痛苦，在梦里刷了好感度。

"姑娘真漂亮！"身后的嬷嬷望着新娘子赞不绝口。

池芫却是勉强地笑了笑，然后抬手扶了扶发髻上的钗子。

漂亮？至今为止，她的每个原身都很漂亮。

但她现在一点儿新娘子的喜悦感都提不起来，她心里七上八下的，并且越来越清醒地意识到——风雨欲来。

果然，她不祥的预感在她被沈昭慕温柔地牵着手去皇帝寝宫敬茶后开始一一应验。

先是皇帝寝宫传来皇帝突然重病的噩耗，有人说是三皇子克父——他生辰之日天降阴霾乃不祥之兆，如今大婚之日皇上又突染恶疾。

宫中乱作一团。

最后大皇子沈昭晨出面主持大局，给老皇帝请来太医，盘查皇帝的饮食起居。然后查出来，三皇子晨间携新妇敬茶，茶盅杯口含毒。

寒园的小全子招供，人赃并获。大皇子第一时间封锁了消息，带着禁卫军，打算在新婚夜之际，捉拿“大逆不道”的三皇子沈昭慕。

池芫紧张地坐在新房内，喜帕下的脸上尽是忧愁和不安。她双手紧握，微微揪着自己的嫁衣。

沈昭慕以皇帝身体不适为由，取消了拜天地的环节，直接让她在新房内等待。

倏然，一双锦靴映入眼帘，随后，喜帕被挑开落在喜床上。

池芫下意识抬眸，忽然的明亮让她不由自主地眯了眯眼，随后对上一身玄衣的沈昭慕。

他面上带着浓浓的讥诮讽刺，微勾着一边的嘴角，眼神没有温度地盯着池芫娇艳的脸。

池芫眼眸眨了眨，故作不解：“殿下？”

“还装？”沈昭慕忽然反问，语气阴冷，冰冷的手指从池芫的眉眼划过脸蛋儿，最后落在她的脖颈儿上。

这感觉就像是一条阴冷的蛇滑过她的肌肤。

池芫忍不住打了个寒噤，往后缩了缩。

而她的躲避，叫沈昭慕眼神一冷，更加暗黑起来。

“怎么？装不下去了？你为了你的好皇兄不惜嫁给我，什么都不顾了，不就是想在我最不防备的时候，盗取我身上的暗令吗？”

亏他差点儿就信了她所谓的真情，真是可笑！

她像玩弄傻子一样，却只是为了在他最薄弱之际，给他致命一击。

池芫微微仰着脖子，被迫与沈昭慕对视。

她面上嫣红减退，神色恍然，不知为何，竟有种解脱之感。

为了剧情人设，她当个双面间谍，两头吃力，两头不讨好，现在好了，直接摊牌了多好。

她及时屏蔽了系统好感度的提示——不用提示，她也知道，苦心经营的好感度一定跌入谷底，掉到地狱中了。

池芫眼里星河璀璨，漂亮得让人移不开眼，可她的神情有几分落寞："所以殿下明知如此，却还是依照计划与我成亲……"

"住口！你不配提这两个字——"沈昭慕眼眸狠狠地一眯，冷声呵斥着，仿佛池芫提都不能提"成亲"两个字，她不配。

池芫扯了扯嘴角，自嘲地笑了笑："那殿下你自己呢？在发现我和沈昭晨的关系后，还这么顺水推舟地和我举行这场婚礼，你不觉得你自己也挺可笑的吗？"

倏然，她的脖子被握紧，脸上涨红，额头青筋微微暴起，心跳速度加快，池芫觉得自己快要死了，但嘴角的笑越发深邃。

沈昭慕怒极，手上用了用力，可看着池芫从眼角滑落的眼泪，他的手却僵住了。他抿着薄唇，呼吸微微一沉，松了手。

池芫扶着床沿，捂着喉咙，开始剧烈地咳嗽。

方才，她清清楚楚地从对方眼里看到了杀意。可笑，他居然是真的想杀了她。

"殿下，大皇子包围了这儿……"

小德子忽然进来，他看了一眼池芫，眼里不禁多了些同情和怜惜，但又不忍地别开视线。

沈昭慕闻言，只冷笑了一声："怕什么？他的胞妹在我们手里，还怕他会杀了我不成？"

池芫闻言，浑身一僵。

"你看着她，我出去看看。"沈昭慕眼神冰冷地看了眼池芫，随后对小德子吩咐。

“别，别去……咯咯——”池芜扶着床沿站起来，她声音微哑，对沈昭慕拼命摇头，急切地劝道，“他不会管我的死活的！你出去会有危险，不要去……”

沈昭慕闻言，回头，讽刺地笑出了声：“这个时候了，就收起你虚伪的面孔吧！”

池芜刚想起身，就被小德子伸手拦住了。

他看着池芜，眼神复杂，最后只摇头道：“你不该骗殿下的……原本殿下对你已经心软了，如果不是你……欸，总之，你先待在这儿，哪儿也别去，外头危险。”

“小德子，你的声音……你不是太监？”池芜听到低沉浑厚的男低音，不禁诧异，呆呆地望着面前还穿着太监服，但是神情和声音都变了个样的小德子。

小德子神色黯淡，而后有些苦涩地垂下眼睫，语气带了几分淡漠地说着：“奴才不是真的太监，只是效忠于先皇后，随后追随三殿下。”

池芜总觉得他的神色有些说不出来的奇怪，但也没有细想，而是看着窗外，神色有些担忧。

“小德子，我没有骗你们，沈昭晨真的不会因为我而放过他的……如果你们今晚想全身而退，最好是抓住江月惜。”她神色严肃冷静，末了那一句说完，表情更是冷漠得令人看不透。

小德子有些古怪地望着格外冷静和睿智的池芜，不禁问她：“可你不是大皇子的胞妹吗……怎会……”

怎会帮着沈昭慕而不帮着沈昭晨？

池芜知道小德子要说什么，但既然沈昭慕不知道从哪儿打探到了这个不靠谱的假消息，她现在就只能将错就错下去。

“总之，我不会害沈昭慕。”她抬起黑白分明的眼睛，定定地看着小德子。

一早她便知道小德子和小全子这俩一个是沈昭慕的人，另一个则是沈昭晨派来的，但她没想到小德子居然还不是真的太监……

小德子见池芜坚持，想了想，便出去了。

其实，抓江月惜也在沈昭慕的考量之中，并不是他觉得沈昭晨有多在意江月惜，而是江月惜的异姓王之女、草原郡主的身份，足以让沈昭晨他们缴械投降。

时间一点一点地过去，池芫扯下头上的凤冠，一头长发披散在脑后。

此时，寒园门口，气氛剑拔弩张。

沈昭慕一袭玄衣，尚未出去，就被小德子叫住。

他蹙了下眉心，不悦地质问："不是叫你看着她吗？出来做什么？"

"殿下，池……她说的也不无道理。咱们还没抓住江月惜，还是不要和大皇子正面对抗的好。"小德子苦口婆心地说着。

沈昭慕刚要反驳，就见池芫走了出来，她手里拿着一盏烛台，表情冷艳："沈昭慕。"

见池芫披散着头发，漂亮娇艳的面上有几分说不清的冷寂，沈昭慕眉头下意识一皱："你想做什么？"

"我帮你。"池芫笑了笑，仿佛这三个字和每个清晨沈昭慕醒来时，她说"殿下用膳了"几个字一样简单。

帮他？沈昭慕笑容阴冷，眼神透露着几分嫌恶："事到如今，你还想演戏？怎么？是怕我杀了你？"

池芫眨了下漂亮的眸子，没说话。

此时，沈昭慕的暗卫急匆匆地赶来，附耳对沈昭慕低声道："殿下，不好了。沈昭晨派了禁卫军和杀手，将寒园里里外外都围得水泄不通……必须立刻从密道退出去……"见沈昭慕抿紧唇不吭声，暗卫急忙说着，"殿下，不能再拖了，必须立即撤退！"

小德子似有所悟，下意识回头，便见池芫又露出那古怪的仿佛看穿一切的表情。

她望着沈昭慕，说："沈昭晨不傻，如果你从密道逃走，他会追捕你到天涯海角……"

"你！"沈昭慕没想到池芫居然知道密道的存在，咬了咬牙，眼神带着几分杀意。

池芫冲他摇摇头："你别用这种眼神看着我。一开始，你的第二方案，不就是小德子替死，你逃走吗？"

沈昭慕闻言，看向小德子，后者眸子一瞪，满脸震惊。小德子忙冲沈昭慕摇头，眼神示意他没有向池芫泄露半个字。

池芫看了眼手中的烛台："新婚夜，新娘子发疯，一把火烧了新房，新郎官死了。啧，多好的计划！不比你灭口来得简单？"

她的神情和语气叫沈昭慕面色微微一变，他不明白池芫怎么忽然懂这么多，显然，这女人的心机远比他想象中深沉。一直以来，她不过是装傻罢了。

"我凭什么相信你？"

池芫眨着长睫："你只能信我。"她补充着，"我和你无冤无仇，我并不想杀你，沈昭晨对我也未必有几分真情。我不过是帮我自己罢了。你给我一块假的暗令，我替你毁灭痕迹，这不挺好？"

沈昭慕闻言，面色僵了僵，在他还没下决定之前，外头混乱的叫嚣声响起。

小德子见情况紧急，咬咬牙，朝沈昭慕跪下："殿下，奴才相信她！反正奴才这条命也没多久可活了，能替殿下死，奴才无憾。求殿下赶紧带着暗卫撤离！这里，就交给奴才和池姑姑吧。"

池芫眼睛忽然有些酸，她别过脸，烛火跳跃，倒映在她眼底，有几分微光闪烁。

沈昭晨正在寒园外等池芫的讯号——说好只要她拿到了暗令就喊一声，他便立马带着人冲进去，将沈昭慕捉拿。但等了半晌，都没听到动静，他有些担心事情会出纰漏。

"殿下，皇子妃过来了……"

听到手下的通传，沈昭晨脸色顿时就有些微妙，不豫道："不是让你们看好皇子妃，别让她出来吗？"

他好说歹说才将江月惜劝住，就怕她跑过来影响他的计划。

手下忙告罪："殿下息怒！奴才也劝不住啊……这……皇子妃已经过来了。"

沈昭晨无奈地抬手："让她过来吧。"

总不能一直这么瞒着，至少，告诉她一半的实情。

江月惜穿着一袭嫩黄长裙，急急地赶过来。她面上红扑扑的，显然是跑的，还微微喘着气。她看了看沈昭晨身后禁卫军的人数，又看了看被包围得水泄不通的寒园……

她忙抓着沈昭晨的手，急声问他："池芫呢？她是不是在里面？你、你怎么能这么对她？！"

结合老皇帝的病，还有太医所谓的"证据"，再看现在的情形，江月惜还有什么不明白的？

一开始，沈昭晨就放不下仇恨，想置沈昭慕于死地。

虽然她不明白这两兄弟如何就到了必须你死我活的地步，但夺嫡本就是充满了血腥杀戮的……只是，池芫是无辜的啊！

"月儿，她不会有事的，你放心吧，我自有分寸。你先回去，等我处理完这边的事就回去陪你，好吗？"沈昭晨安抚性地摸了摸江月惜的脑袋，轻柔地拍了拍她的肩，语调温和。

他看起来一点儿都不像是骗她的样子，但江月惜还是别开了眼。

覆巢之下，焉有完卵？

如果真如沈昭晨所说，那绝不会是叫她回去；要真没问题，她虽说只会一点点武功，但也足够自保……

所以，他在骗她。

这是回京后，江月惜不知第几次意识到这样一个问题，那就是她以为温和俊朗的丈夫，实际上心机很深沉，并且对她总是有所隐瞒的。

"不行！我要进去看看……"

江月惜倔强起来，就是十头牛也拉不回来。

沈昭晨意识到安抚无效后，面色沉了沉："月儿别闹！"他冲后面的手下使了个眼色，"来人，将皇子妃送回去！"

"沈昭晨！"江月惜没想到他居然让人强行押走自己，"那是池芫啊！那是你……"

"不好了，殿下，里面、里面好像着火了！"

就在这时，一人慌慌张张地指着寒园里头，尖声对沈昭晨道。

沈昭晨眸子一瞪，回头一看，只见寒园主屋上方火光一片。

就在沈昭晨和江月惜争吵之际，池芫端着烛台，疾步走到了净房内，将床板拉起来，在沈昭慕和小德子震惊的面色中，她指着门板："你们走吧！"

说完，她面无表情地端着烛台要出去。

沈昭慕忽然明白过来：“你要做什么？！”

沈昭慕看着池芫随手泼在门口的东西，不禁瞪大了眸子。

小德子见状，立马将沈昭慕往密道方向推：“殿下，快走吧！外面有弓箭手埋伏——再不走，都会死的！”

他说着，拿了一块假的暗令——这是之前沈昭慕交给他，打算用来蒙蔽池芫用的，没想到还是派上了用场。

沈昭慕反手推开小德子，朝门口的池芫伸出手，抓住她的袖子。

池芫停下，微微侧过身，美得令人感觉有些不真实的脸上露出似笑非笑的笑容。

“沈昭慕，我要是想害你，你早就死了。”她说着，面上露出几分凄苦自嘲来，“内务府的华服，你和你的人挖的密道，还有小德子……我不过是装不知道罢了。”

她说着，抽回自己的袖子，往外迈了一步：“你们都走吧！小德子将假令牌给我就行。”也没必要让一个无辜的小德子也跟着送死。

沈昭慕没想到池芫什么都知道，却装作什么都不知道。

此时此刻，他已经分辨不出池芫的目的是什么了。按理说她是要帮沈昭晨对付自己的，可方才她明明有很多种方法对付自己，之前更是……可以置他于死地，现在她却选择放他走。

他无法说服自己，她这是怕他鱼死网破要杀了她才出此下策，如果她真的怕死，就不会这么冷静才是。

小德子忽然冲出去：“不，如果大皇子知道殿下还活着，是不会放过他的……而你，也会受到牵连。”他面色严肃地说着，“奴才早就活不下去了。这条命是先皇后给的，就让奴才替殿下——死吧！”

池芫美目一转，看了眼忠心耿耿的小德子，没想到这个时候，居然是他在关心她。

沈昭慕还要说什么，却见池芫忽然扬起烛台，直接扔在门口，大火霎时被点燃。而后，她反手将门关上。

沈昭慕看着慢慢合上的门，看着池芫有些自嘲凄凉的笑容，直到最后什么也看不见……

沈昭慕忽然感觉心口一窒，就好像失去了什么重要的东西。

而暗卫已经上来了，一人架住他一只胳膊："殿下，快走吧！外面的人一会儿就进来了，火也快烧进来了……"

池芫不紧不慢地往外走，看着大火逐渐吞没原本属于她的新房，眼底一寸寸暗下去。

小德子见池芫还望着逐渐被火包裹的屋子发呆，不禁推了她一把，避开火势。

"你呢？"池芫目光投向他，问完又摇头，闭了闭眼，"小德子，下辈子，别入宫了。"

"嗯。好。保重啊，池姑姑！"

小德子忽然笑了，然后猛地转身，朝火海奔去。

——不，下辈子，还要入宫！只希望那时候，伺候的是你，我的公主殿下。

大火很快就烧到了池芫脚边，她手里还握着小德子交给她的暗令。

忽然，身前的大门被撞开，池芫看到了沈昭晨铁青的脸色以及江月惜略带担心的神情。然后，她身子一歪，倒了下去。

第四章
爱可以抵御一切

一个月后。

“公主，今天怎么样？有没有想起来什么？”年轻的太医伸出手，在坐在院中静静地望着落叶发呆的池芫面前晃了晃，随后温声询问道。

池芫反应很缓慢地轻轻摇了摇头：“想不起来……”

她说着，眉心蹙起，而后抬手揉了揉太阳穴，似乎头很疼的样子。

太医叫徐渺，是之前替落水的池芫诊治过的那个小太医。

一个月前，池芫从火海中被沈昭晨救出，然后昏迷了七天七夜，醒来后记忆全失。

又过了七日，老皇帝驾崩，沈昭晨顺利登基，将池芫这个流落在外的公主认了回来，封为昭阳公主。

自打醒来后，池芫不爱说话，也不喜见人，除了如今的皇后，也就是之前的大皇子妃江月惜，谁也不搭理。

徐渺照顾池芫尽心尽力，这才能和池芫说上几句话。

“公主，头疼就别想了，先服药吧！”徐渺见她一副痛苦的模样，忙将一旁的药端给池芫，温和安抚着。

池芫眨了眨眼睛，看了眼黑乎乎的药，轻轻摇头，然后没什么精神地继续望着落叶发呆。

“公主，不想喝药的话，要不起来散散步吧？”徐渺耐心极好，将药碗放下，又温声劝道。

池芫嫌他烦，索性靠着躺椅，闭上眼，任发带随风飞扬，发间的珠花轻轻摇晃。

见劝解无果，徐渺不禁神色黯了下来，见伺候池芫的宫女走来，他起身对宫女嘱咐：“一会儿记得伺候公主将药喝了，然后让她好好休息。”

宫女欠了欠身：“是。”

徐渺回头看了眼在躺椅上一动不动的池芫，然后叹了口气，转身离开了。

等徐渺走后，池芫便睁开了眸子，眼底一片清明。她抬起自己的左手，将袖子往上掀了掀，手腕上方处，有一块触目惊心的烫伤。

虽然伤口经过处理已经好了，皮肤上却留下了狰狞的疤痕。

这是那日大火中留下的伤，池芫眯了眯眼角，这个疤，她要留着它去见沈昭慕。

池芫没有失忆，失忆这种桥段是小说里留给女主角用的。于她而言，失忆只不过是她骗沈昭晨和江月惜，以及虐沈昭慕用的伎俩罢了。

还好系统这次帮她规避了太医的检查，让她顺顺利利地当了个“失忆”的假公主。

“公主，皇后娘娘过来了。”

池芫正撑着额在愁这个病还能装多久，感觉人都快被憋闷死了的时候，就听宫女通传说，江月惜过来了。

“请她进来吧。”池芫起身，神情看起来有几分恹恹的。

江月惜穿着一身华服，看着大气漂亮，只是她眉宇间有几分说不出的愁容。

见池芫不似最初看着那般机灵活泼，江月惜面上更是添了一些忧愁。

她上前拉过池芫的双手，温声关切：“小芫，我听宫女说，你这几日仍旧是不愿见人，不愿出门……总这么闷着也不是个办法，正好，我也没事，要不我带你出宫玩玩？”

池芫打量了一眼江月惜，对方眼下的青黑有些明显，尽管用了粉，也遮不住。

她不由得揣想：怕是江月惜自己心中郁结不已，想要出宫透透气吧？

事实上也确实如此。江月惜一来是心疼池芫大火后失忆和郁闷，二来也是自己自打当上皇后之后，就没过过一天舒心的日子，也想出去走走，散散心。

送上门的机会，池芫哪能不答应？她还正愁自己怎么露个面给废太子知道呢！算算时日，一个月过去了，沈昭慕也该养精蓄锐完毕，然后分个心思在她身上了吧？

“好。”

“那行，咱们现在就走。”江月惜闻言，立马眉开眼笑，拉着池芫便转身往外走。

她身后的宫女立马出声阻拦：“欸，娘娘，娘娘不成啊……还是先向皇上通传一声再……”

江月惜一听这话就瞪了她一眼：“哼，本宫出个宫还需要他恩准不成？让开！”

宫女不敢和江月惜硬来，只能让开路，待江月惜拉着池芫走后，她忙赶去向沈昭晨通报。

彼时，沈昭晨正在命令影卫继续调查沈昭慕和暗令。

那日把火扑灭后，他的确在里间找到了一具男尸。

原本没什么，只是，池芫拿到的那块暗令的秘密没有破解，沈昭晨不敢掉以轻心，心里也总是不踏实。

而池芫又好巧不巧地失忆了……他总觉得沈昭慕这件事疑点重重。

左思右想后，他暗中派人盯着池芫，查看她是否真的失忆了。为了安抚她，还先给了她一个公主的身份，毕竟以她的长相，送去和亲、联姻，都是不错的人选。

沈昭晨恰逢登基，又与江月惜吵了架，所以还没想到失踪的小德子身上，如果等他空闲下来仔细想想，沈昭慕的事很快就会败露了。

这也是池芫为什么一定要装失忆的原因之一——担心无法圆谎。

“皇上，皇后娘娘带着昭阳公主出宫去了！”

沈昭晨闻言，立马站起来，眉头皱起：“什么？还不派人跟着保护好皇后！”

他才登基，时局未稳，京城中还有不满他的叛党余孽残留，月儿怎么就带着池芫出宫去了？

胡闹，真是胡闹！

沈昭晨抿了抿唇，总觉得不放心，还是他亲自将人带回来好了。

“来人——”

京城街上。

江月惜一身男装，牵着一身粉色罗裙的池芫，不亦乐乎地穿梭在商铺小摊之间，看到什么都觉得很新奇，充分发挥了女人逛街的能动性。

到最后，宫女抱着大包小包，有些想哭地提醒两位主子：“夫人，小姐，天色不早了……”

江月惜难得出来一趟，先前沈昭晨答应带她出宫玩，每次都是临时有事被老皇帝召唤回去了。

现在不一样啊，她可以随心所欲地逛，重点是有人陪着一起逛，还都是女孩子……

池芫也表现出一个失忆的忧郁少女在出门散心后总算展露笑颜的状态，这让江月惜瞧见了，更加满意自己提议出来玩的想法。

“小芫，你看，这兔子好可爱，像你呢！我给你买一只？”江月惜拉着池芫穿过人群，来到卖小兔子的商贩面前，指着笼子里一只毛茸茸的小兔子说道。

池芫被强行拉着蹲下看兔子，左看右看，也不觉得她哪里像兔子……要真说像什么动物，那也应该是狐狸吧……

但此时的池芫腼腆地点了点头，嘴角弯弯，声音轻柔地道谢。

小姑娘一双眼睛清澈明亮，软软地说着“谢谢”的模样，叫江月惜心花怒放，忍不住捏了捏池芫水嫩嫩的脸蛋儿。

“老板，这兔子我要了！”

于是，池芫抱着一只兔子，跟在“购物狂嫂嫂”身后，被她带着这里买一买，那里瞧一瞧，到最后她脚都有些麻了，对方才意犹未尽地拉着她找了个卖豆花的小铺子坐下。

“哟，这位爷、姑娘，要吃点儿啥？”老板娘是一个瘦瘦高高的大婶，瞧见她们坐下，忙过来招呼。

江月惜伸头望了一眼锅里香喷喷、白嫩嫩的豆花，嘴馋得不行：“老板娘，要两碗豆花，一碗甜的，一碗咸的。妹妹，你要甜的还是咸的？”

池芫抱着兔子，脆脆地答：“甜的。”

妹妹这么可爱，果然是吃甜的。

江月惜爽朗地放了碎银子在桌上。

老板娘见到银子，笑得合不拢嘴，接过后爽快地应着：“得嘞，马上给二位客官端上来！”

话音落下后，老板娘不动声色地瞧了一眼池芫，后者忧郁地发着呆，看着气色不大好，只抱着兔子，安静乖巧地坐着。

老板娘见状，微微抬了下手，去盛豆花了。

池芫眸光微闪，就在刚刚，她瞧见老板娘手腕上方有个黑色的刺青——这个刺青，她在小德子手上见过一模一样的……她轻轻抚着兔子毛茸茸的毛发，敛去眼底的一抹精光。

暗令之下，居然还有潜藏在皇城之中大街小巷看似不起眼的探子。看来沈昭慕的势力已经渗透进来了。

显然，这探子估计认识她和江月惜……就是不知道她什么时候同“上头”通风报信了。

“嫂嫂，我从前是不是也和什么人一起吃过类似的东西呀？”池芫眼角余光瞥了眼老板娘，声音不高不低，软糯糯地开口。

正大快朵颐的江月惜一听这话，差点儿呛住，心想：坏了，该不会是想起在寒园被迫伺候废太子那些事儿了吧？

沈昭晨说了，如果小芫不记得了，就让她这么一辈子忘记好了，免得想起那些痛苦的记忆，徒增烦恼。

这么一想，江月惜也不唤池芫先前的昵称了，反正认祖归宗的公主也是该改回原本的名字。她拍了拍池芫的手背，温柔宽和地说：“太医不是说了吗，你就是病了一场，有些事不太记得了……我会经常带你出来吃东西的。”

江月惜真不是一个会撒谎的人，这么蹩脚的对话，也亏她硬着头皮去圆了。

但池芫现在就是个受了挫折，失忆了的苦情少女，单纯得像一张白纸，最亲近的就是皇嫂了。所以对方说什么，她就觉得是什么，于是，池芫乖巧地点了点头：“可能是吧……嫂嫂，我是不是永远都会这样……想不起来从前的事了？”

小姑娘抱着兔子，可怜巴巴地低着头，看起来孤独落寞得令人心疼。

一下子，江月惜什么食欲都没了，安抚地摸了摸池芫的鬓角，轻声细语地开解着：“昭阳，不用想起来的，有些事不记得就不记得吧……你只需知道，我和你皇兄是你最亲的人，我们会保护你……”

“嗯，我明白。谢谢嫂嫂。”

“乖，快吃吧！吃完了，我带你去江边看烟火？”江月惜又像摸小狗一样摸了摸池芫的头，充满慈爱地询问她的意见。

池芫舀了勺豆花放进嘴里，咽下后，乖乖点头，一副没有主见的小跟班模样。

“可这么晚了……皇兄他要是知道了……”江月惜才要表扬她听话，就见小姑娘看着自己，犹犹豫豫地低声说道。

“哼，他政务繁忙得很，哪儿有空管我们呀！别怕，跟着我就是了。”

啧，看来沈昭晨是真把江月惜惹着了。

池芫该传达给探子的话已经传达出去了，便安安静静地品尝了半碗豆花。

吃完后，江月惜又牵着池芫要去看烟花，结果还没走出摊子呢，就见“忙于政务”的沈昭晨黑着脸堵住二人的去路。

老板娘眼神闪烁，一边收拾碗勺，一边小心地听他们讲话。

“月儿，跟……我回去。”沈昭晨不想引人注目，低声上前对江月惜说。

“回什么回啊！我还没玩够呢！”江月惜还生着气呢，哪里会听他的话。

倒是池芫有些怕沈昭晨，她轻轻拉了拉江月惜的袖子：“嫂嫂，要不……回去吧，我也玩累了……”

池芫的识时务，让沈昭晨松了口气，眼神也少了几分凌厉：“是啊，你不累，昭阳身子还没好，不能让她在外面累着吧？”

江月惜闻言不禁努了努嘴：“那好吧。昭阳，咱们改天再出来！”

池芫：“嗯……都听嫂嫂的。”

入夜，豆花摊收摊了，老板娘扯下头巾，将信鸽抛到上空，给沈昭慕传信。

在京城外的沈昭慕，从手下手中接过信纸，打开后飞快浏览了一遍，随后眯着眼睛，语气森凉：“失忆？”

说罢，手中的信纸被他狠狠地攥紧，揪成一团握在手中。

“殿下，属下查到了重要线索！”

沈昭慕才将信纸扔进香炉中，眼见着它化作灰烬了，眼眸一转，便看向来人：“说。”

来人正是当初在寒园时，暗中盯着池芫的那一位。他看了眼沈昭慕房中其他的人，沈昭慕见状，抬抬手：“都下去吧。”

待只剩下沈昭慕一人，暗卫才拱手，面上有几分喜色盈于眉梢。

“属下查明了，池姑娘其实是弃婴，先被一家渔夫收养，渔夫的妻子不幸染病离世后不久，她便独自流浪民间……至于沈昭晨所谓的胞妹则纯属杜撰，当年玉贵妃死时，是一尸两命，那孩子根本就没有出生。”

沈昭慕闻言，先是震惊，随后是他自己都能察觉到的狂喜。

他的喜色，自是落在了暗卫眼中，暗卫忙低下头，继续说着：“殿下，您看现在该当如何？”

暗卫的话，叫沈昭慕这一个月以来沉闷压抑的心有了一丝期许和光亮，但他的脸色很快又冷了下来：“那又如何？她是沈昭晨的棋子，如今又心安理得地当着她的昭阳公主……嗬！”

暗卫难得听他说这么一长串的话，虽语气刻薄森冷，明显在置气，但暗卫听出了其中的在意。

想当初他拉着殿下下密道，殿下不想走，要不是他打晕了殿下，说不准又是另一番光景了。

这段时间，殿下看似筹谋大局，繁忙得好像想不起皇宫里还有一个叫池芫的宫女……但只要闲下来，殿下手里就会握着个香囊，然后望着窗外……

或许殿下心中以大业为重，但只要是人，便会有七情六欲，无法免俗。

池姑娘那样浑身闪着光，爱恨分明，又聪明能干的姑娘，陪伴殿下在寒园苦熬了几个月，殿下若心里真不心动，才奇怪。

现在好了，池姑娘的身份查明了，只要殿下想，他们暗卫可以立马将人从皇宫里劫出来。

“殿下，属下有一句话不知当讲不当讲。”

“不当讲的就闭嘴。”沈昭慕像是知道暗卫要说什么一样，狠狠地瞪了他一眼，哼了一声，“你如今越发不像暗卫首领的样子了——出去跪着。”

暗卫：“……”跪可以，殿下您让属下将话说了不成吗？

沈昭慕一甩袖子，直接冷言将人轰了出去。

但等暗卫出去后，沈昭慕又忍不住捏着香囊，眼神幽暗中闪过一丝亮芒。

“昭阳……哼！”

小宫女就是小宫女，还想翻身当金枝玉叶的公主？也不怕身份败露后，掉脑袋吗？

但转念想到如今池芫已失忆，沈昭慕又忍不住拧眉，抑制不住地担心：沈昭晨利用池芫无非是为了报复自己，可如今，在沈昭晨那儿，他已经是死人了，那池芫对沈昭晨已经没用了……可沈昭晨非但没除掉她，反而给了她公主的身份，这又是为何？

沈昭慕抿了抿薄唇，立即提笔，飞快写了一封信，然后吹了一声哨，将飞鸽传唤过来，绑好了信筒。

看着飞鸽扑棱着翅膀飞走了，他才收回视线。

“昭阳啊，据说明日有烟火表演，嫂嫂带你出宫去看看，怎么样？”

又一日，池芫闷在昭阳宫里，总算等到了风风火火耐不住皇宫寂寞，寻她出去玩的江月惜。

一听到江月惜这提议，她心里乐开了花，但面上还要装犹豫地低声问：“可是嫂嫂……上次皇兄就不高兴咱们出宫，这次会不会……”

池芫话音刚落下，江月惜便摆手，语气中都是对沈昭晨的抱怨：“别提那个负心汉！让他抱着他的奏折过吧！姑奶奶出个宫都不让，他当我是他的囚犯呢！”

见江月惜越说越来气，身后的喜鹊吓得脸都白了：“娘娘，您可当心点儿吧，别说了，这话要是传到了……”

“爱传就传，本来我也不稀罕这个皇后的位置。他不是喜欢权术吗？逼急了，我就收拾东西回我的草原去！”

池芫简直要为江月惜这番话鼓掌了，但她只能蹙着眉劝着：“皇嫂，使不得！皇兄若是做了什么让你不高兴的事，我、我替他向你赔不是，但你千万不要回草原……”

“你这傻妹妹……行了行了，别劝了，我就是说说气话。我现在啊，就想出去玩，解解闷，顺带气气他——怎么样，你跟我走吗？”江月惜说着，故作轻佻地捏了捏池芫的下巴，一副花花公子的做派。

池芫不禁嘴角抽了抽，瞅了眼江月惜的男装，小声地嘀咕：“你都这身打扮了，分明就是来通知我的嘛！”

“你说什么呢，嗯？”江月惜玩着手里的折扇，没听清楚，疑惑地问池芫。

池芫笑笑，宛如一朵纯良的小白花，乖巧无害：“啊，我说，嫂嫂等我换一身方便的衣裳。”

池芫换了身在人群中显眼的大红罗裙，头发放下来，做未出阁女子的装扮，整个人看起来又嫒又美。

江月惜一个女孩子都看得眼睛直了，道：“我家昭阳真美！走，今天跟紧了哥哥，我为你保驾护航！”

池芫一噎，咳了一声后，便腼腆又乖巧地问：“这样穿……没问题吗？”像是害怕太惹眼了一般。

江月惜立马摇头，并且夸赞池芫：“当然没问题了！我家昭阳可是小仙女，穿什么都好看！就应该穿颜色鲜艳的，带着出去，我也觉得有面子！”

她现在一点儿都不像是皇后了。池芫嘴角抽搐着想，沈昭晨会不会觉得自己当了他和江月惜之间的第三者？

嫂嫂，你能收敛下你的笑吗？你现在是和丈夫吵架、婚姻出现问题的情况啊！

江月惜：不，我不是。

“让让，让让——”江月惜牵着池芫的手，灵活地挤到了最前面，站在江堤前。

烟火表演已经开始，池芫手里还拿着根糖葫芦，微微仰着脸，红裙翻飞，又艳又仙，叫原本被江月惜推搡了不大乐意的路人一下没了火气。

这么好看的小姑娘，反正也挡不住视线，让让她也没关系啊！

池芫咬了一口糖葫芦，眼睛不自觉地四处看，故作好奇，实际上是在查看疑似沈昭慕暗卫的人选。

她都穿得这么显眼了，就差写个“来抓我”在脑门儿上了，她就不信沈昭慕的人不动手！

池芫有些遗憾地吁出一口气——看了半天，都没发现一个形迹可疑的要抓她的人。

砰——

上空中炸开一声响，五光十色的烟火在池芫眼前绚烂绽放。她微微仰着头，张了张嘴，有些惊叹于这个古代位面的烟火技术的发达程度了。

这时，人群忽然开始涌动，好似有人喊了一声："快看，前面有好多花灯！"

池芫和江月惜反应慢了半拍，一瞬间就被人群冲散了。

江月惜还沉浸在烟火表演中，池芫则隔着四五个人遥遥看了一眼，不禁翻了个白眼。

池芫半推半就地往后退，看似是被人群挤的，实际上，只有她知道怎么一回事。

她不傻，沈昭晨肯定有派人跟着江月惜，所以她可能也会顺带被盯着。如果她表现得太明显，就不大妙了。

"嫂嫂？嫂嫂？"所以她踮着脚，象征性地冲人群之后的江月惜喊了两声，等看不见江月惜了，她仍极其敬业地表现出一个迷路少女的迷茫和害怕。

"姑娘，买一盏灯吧！"

这时，路边卖花灯的摊主叫住了她，也给了她一个顺理成章"迷路"的借口。

池芫拿着糖葫芦，望着眼前画了各种各样壁画的花灯，最后目光落在一盏兔子灯上，她微微弯身低头："老板，这盏兔子灯多少钱？"

小姑娘俏生生、娇滴滴的，说话也清脆可爱。摊主是个五十来岁的瘦男人，闻言不禁和蔼地像是对自己的孙女一样对她说："姑娘喜欢的话，便宜点儿，十文钱卖给你。"

"好呀……"池芫充分展现了失忆后天真傻白甜的假公主的模样，伸手想要拿荷包，却发现自己根本就没带钱，不禁面容僵了僵，表情也蔫了下来。

"姑娘……还要吗？"摊主将兔子灯取下来，问她。

池芫鼓着脸，眉头蹙得打了个结，有些可怜巴巴地望着兔子灯，摇摇头，便要走。

“姑娘，你喜欢的话，我便宜卖啊……”

“老板，这盏灯我买了。”

此时，一个戴着狐狸面具的年轻男人走过来，扔了一锭银子给摊主，摊主立马眉开眼笑地将灯递过去。

男子提着灯，不紧不慢地跟上没买到灯只能蔫蔫地闲逛的池芫。

“公子？公子！还没找钱呢！”摊主将银子收好，一回头却发现人没了，不禁喜上眉梢，“嘿，这年头，有钱的公子哥儿真会玩……”

池芫这里瞧瞧，那里逛逛，但就是没钱买。

每次看到喜欢的，刚要伸手拿过来看，就想起自己没带钱，笑容便收了回去，然后拿着糖葫芦继续往前走。

走着走着，她像是想起什么似的，自言自语：“呀！嫂嫂——”

然后她一转头，就撞上了人。

她被撞得身子往后一倒，俏脸煞白，一声惊呼卡在嗓子眼，害怕得闭上眼。

但是她的腰被一只大手托住，然后池芫生生定在原地，没有想象中的摔个屁股着地。

池芫睁开黑亮的眸子，有些蒙地望着揽着自己腰的男人。

她心里哼哼，行啊，沈昭慕，你还敢出现在京城？怕不是嫌命长！

“你……谢谢……”

面具男，也就是沈昭慕，他紧紧地盯着眼前这个无比熟悉却又无比陌生的小姑娘，眼神幽暗。

对方的眼睛清澈，没有一丝杂质，和那个他所熟悉的总是带着几分算计几分狡猾灵气的池芫不一样。

当初他嫌那双眼睛有太多杂质，如今却又觉得太单纯干净的眼睛更令人不喜。

她生分又紧张地推开他，往后退了退，礼貌地道了谢，便急急忙忙要错开他就走。

啧，是真不认识他了？

“姑娘，且慢。”沈昭慕忍下心头的不豫，语气尽量不那么冰冷阴森地开口，然后将手里的兔子提灯递出去。

池芫停下脚步，恰到好处地表现出迷茫和几分小小的警惕来。她眨了眨无辜的眸子，小声地询问："这位公子，有什么事吗？"

该死的生分感！

沈昭慕面具下的脸有些扭曲。他咬了咬后牙槽，忍住想要掐死池芫的冲动，气极反笑："见你很喜欢这盏灯，送你。"说着，他又将手往前伸了伸。

池芫有些警惕地觑了他好几眼，摇摇头，往后退了一步，声音软软地婉拒道："谢谢你，不过不用了。我要去找我嫂嫂，公子再见。"

她说着，便越过沈昭慕。

沈昭慕提着灯就追上去，压低声音对池芫道："你难道不想知道自己是谁吗？"

池芫脚步顿住，瞳孔微微一震："你认识我？"但她浑身的戒备没有因此松懈。

沈昭慕僵硬地扯了扯嘴角，声音冷冰冰的："是啊，我认识你。你失忆了，不记得自己的真实身份了，不是吗？"还错将自己当成公主。

这女人失忆后，脑子是真的比不上从前半分了。就她这样子，被沈昭晨卖了还得感谢他呢。

沈昭慕看了看四周，大家都看灯、看烟火去了，没人注意他们，他便抓住池芫的手腕，有些强硬地将人往江堤反方向带。

"池芫，想知道自己从前的记忆的话，就不要出声，乖乖跟我走。"沈昭慕担心池芫会出声叫喊，引来不必要的麻烦，便压着嗓子威胁她。

池芫果真乖乖地跟着走了，但手有些抗拒地想抽回："你别抓着我的手……你放开我……"

但她这点儿力气，哪里是沈昭慕的对手？

池芫放弃抵抗，跟在废太子身后，假装害怕地扫了眼四周，声音打着战："你要带我去哪儿？你、你到底是什么人……"

啧，吵死了！

沈昭慕拧着眉头，要是以前，他早就出声呵斥了。可现在，他完全相信，只要他凶一点儿，对方就立马叫喊着跑了。

如今他的身份尴尬，京城是沈昭晨的地盘，对他来讲很是危险。他也不明白自己是哪根筋不对，怎么会在得知池芫的身份后，就火急火燎地想法子回了京城。

经过打探，他知道她要在今天晚上出来看烟火，所以一直守在暗处，直到她和江月惜走散了，他才出现。

他望着她像个天真的孩童，对着花灯和各种小玩意儿新奇又想要的模样，叫他一颗被她闹得浮浮沉沉的心都跟着变得柔软。

见她因为没带钱买不成花灯而蔫蔫的模样，他忍不住就给她买了。

结果呢，她说不要，还用那种全然陌生又防备的眼神望着他……

有巡逻的守卫经过，沈昭慕眼明手快地将池芫拉着转到了巷子的视线死角处。

他一手撑着墙，一手提着灯，将池芫圈在自己和墙之间。

池芫在黑暗中挑了下眉梢。她呼吸轻缓，语调轻柔娇气："你能退开些吗？"声音带着几分局促，却又少了几分最初的怕生。

沈昭慕眯着眼，待巡逻的人走远了，语气阴森森地问："不怕我了？"

他周身微凉的气息裹着池芫，说话时温热的呼吸打在脸上，池芫觉得脸有些痒，便抬手摸了摸。

沈昭慕却误会池芫嫌弃他呼吸打在她脸上了，不禁黑了黑脸。

"虽然我不知道你是谁，但我感觉我好像以前认识你……"池芫软软的声音忽然响起，"我觉得你不会伤害我。"

某人刚黑下来的脸色又以肉眼可见的速度恢复了。沈昭慕拉下面具，露出自己俊美的面容，眉眼的阴郁也微微散开些，被柔和取代。

"现在呢？还记得我吗？"

池芫摇头："这里好黑，看不见，能不能去个有亮光的地方？"

沈昭慕憋着气，语气不大好地哼了哼："你失忆后还变娇气不少呢。"

这个"呢"字叫池芫心里再度狂笑不止——失忆真好用，气死沈昭慕不偿命的那种。

沈昭慕带着池芫穿过巷子，来到清冷的西市，找了家卖糖水的摊子坐下。

四周冷清，连行人都没有，而这家糖水摊子……怎么看怎么奇怪。

目光落在对方不戴面具的脸上后，池芫了然了——敢情暗令下的这些人副业才是暗卫，主业都是做生意的？

她有个不成熟的小建议——是不是以后出来吃豆花、喝糖水都不需要掏钱呢？

系统："你醒醒！你现在的任务是这个吗？"

系统觉得，宿主的脑洞，它有的时候真的跟不上。

被系统冷冰冰地提醒了的池芫，撇了下嘴角，心想：搞定了你家沈昭慕，不还是免费吃吗？早晚的事。

系统表示无力反驳。

难道甜甜的爱情没有一碗豆花或者一碗糖水来得重要吗？

池芫的答案：当然了。废太子不配甜。

"老板娘，两碗糖水。"

沈昭慕要了两碗糖水，然后目光转向池芫，后者正目不转睛地盯着兔子灯，看起来单纯又简单。

"你真不记得我了？"沈昭慕不死心，身体前倾，强行与池芫对视。

池芫拧着眉头，抿着唇，认真地盯着他好一会儿，然后，她的手从灯上移开，转而按着自己的脑袋，有些痛苦地摇着头，像是要将什么画面挥去。

"啊，我的头……好疼啊……"她呢喃着，"火，好大的火……"

这出神入化的演技，叫系统都惊呆了，忍不住给她鼓掌。

更别说沈昭慕了，他直接被唬住了，表情变得凝重。明明面前放着的是一碗冒着香甜气息的糖水，沈昭慕却觉得自己一颗心像泡在苦涩的药水中。

他一边迫切地想要池芫想起自己，一边又不忍见她这般痛苦的模样。

她提及大火面色煞白的模样，叫他不禁苦笑。

到底是那场火叫她不愿想起来，还是他这个人，叫她宁可这般忘记？

答案无从得知，或者说，他不想知道。

沈昭慕现在想想，人就是这么奇怪的生物，以前他有多嫌弃那个没脸没皮的小宫女，现在这个打不得骂不得，甚至瞪都瞪不得像是朵娇花的丫头，就有多叫他无奈。

可没办法，她不记得自己了，并且对他存着戒备。

“你记得沈昭慕这个名字吗？”沈昭慕仍不死心。他想，她或许不记得他这个人了，但对他的名字没准会有些印象？

“沈昭慕？”池芫心里冷哼，面上还是那副迷糊无辜的模样，下一瞬却又眼睛一瞪，咬着唇，“你说的是那个谋害我父——太上皇，然后畏罪放火自焚的前废太子？”

“……”

咔嚓——

暗卫默默替自家主子掬了把同情泪。这下好了，她非但不记得主子的长相了，对主子的名字也……

“谋害太上皇？畏罪自焚？废太子？”沈昭慕每说一句，表情就阴沉一分，到最后，咬着牙，从牙齿缝中吐出一句话来，“这都是谁跟你讲的？”

这丫头，敢情现在她的心目中，他就是这么一个存在？

池芫抬了下眼皮古怪地看了他一眼，嘟囔着：“天下人都这么讲的啊……”

说着，她舀了一勺糖水放进嘴里，甜丝丝的味道叫她餍足似的眯了眯眸子，嘴角笑意也深了深。

“那你可知道你的真实身份？”沈昭慕觉得，眼前这个女人可能丢的不是记忆，而是脑子，现在她的表现怎么看怎么都傻透了。

他不想和池芫兜圈子——关键是兜了，她更不懂了。

池芫仰着脸，反问他：“难道你知道？”

她的表情写着：我当然知道自己是谁了。

“你只是一名孤女。我不知道沈昭晨是怎么跟你说的，但你确实不是公主。”沈昭慕淡淡地说着，眼神却不肯错过池芫一丝一毫的表情变化，见她蒙了的模样，有几分不忍，但又被如今她的陌生打败，“皇族并无公主，沈昭晨不过是在利用你。你就是池芫，不是什么昭阳公主。”

啧，昭阳？这俗气的名字，一点儿都不配她。

咣当——

池芫立马入戏，手一颤，就打翻了糖水。她不可置信地瞪着沈昭慕，然后起身，趔趄地往后退了半步：“你、你是谁？你在胡说什么？！”

“我是你丈夫。”沈昭慕眯着眸子，忽然丢下这么一个炸弹。

池芫蒙了好一阵子，才眨了一下眼，喉咙吞咽了几下，手指着沈昭慕，憋红了一张俏脸：“你、你……你胡说！你这个登徒子！”

沈昭慕笑了，一边嘴角邪肆地勾了勾，起身上前。

他往前，池芫便往后，他就继续往前。

沈昭慕抓着池芫的手腕，然后放到自己袖口中，拉着她的手拿出一只香囊。

“不信？你自己看看，这是你给我绣的香囊。你失忆了，但不会连自己的针法都认不出吧？”

池芫硬着头皮，视线转向那个之前她无聊给废太子做来放在枕头下安神用的香囊，抿着唇，装作端详的样子。

随后，她又像是扔烫手山芋似的扔掉了香囊。

“我不信……你都是骗我的……我才十五岁，怎么会有丈夫？如果你真是我的丈夫，为什么这么久都不来找我，让我一个人在皇宫？”池芫忽然来了一段“我不听我不信我不想见到你”的演绎。

她往后退着，退到了糖水摊子外。

她眸子黑亮地瞪着沈昭慕：“如果你是我的丈夫，又怎么会眼睁睁地让我在火海里险些死掉？我不会上你的当的！”

系统：“我谁都不服，就服我的宿主！这灵机一动，反转得漂亮！”

池芫：“哼，这阴险的小子还是嫩了点儿！跟我玩道德绑架？还是轮回几次再来吧。”

说完这些，池芫打量了一下沈昭慕的神色，后者像是被她忽然的爆发弄蒙了。

沈昭慕盯着地上的香囊，垂着头，久久不语。

池芫算了下时辰，再不回去，江月惜该要着急了。江月惜着急不要紧，就怕沈昭晨的人查到什么。

想到这里，她转身就走。

身后，沈昭慕望着她决然离去的背影，缓慢地蹲下身，捡起地上的香囊，用手拂去上面的灰尘。

他微微垂着的眼睫眨了眨，眼底一片苦涩。

“我没骗你……”沈昭慕声音低低地说了这么一句。

他的确是她丈夫，他们成了亲的。

可面对池芫的诘问，他却心口苦痛，一句都无法反驳。

池芫跑远了，沈昭慕却捏着个香囊站在寂静无人的路边发呆。

这背影，叫暗卫都有些同情他了。

但一想到刚刚池芫那番话，暗卫又莫名觉得，主子似乎有点儿……自作自受？

“主子，咱们先回去吧……这里待久了不安全。”暗卫忍不住开口劝了一声。要是被有心人瞧见了，麻烦就大了。

沈昭慕瞅了眼香囊，微不可察地叹了声：“安排两个人进宫，保护她的安危。”

暗卫听了，手里的动作顿了顿，忙恭敬地说着：“可如今皇宫戒备森严……要是败露了，对主子不利。”

“你看她现在的脑子，今天晚上我说的话，她要是一不小心露出什么马脚来，沈昭晨那样的人，怎么会放过她？”沈昭慕往回走，不禁一个人絮絮叨叨起来。

暗卫听了，低头看鞋面，感到有几分沉重——完了！殿下这是大业还没开始，就陷入了情感中？

问题是这女方现在的态度……

暗卫替自己主子默哀。

“主子，那你为什么还要吓唬……池姑娘啊？”

“吓唬她？”沈昭慕回过神来，看向自己的暗卫，眉心都拧成了个疙瘩，“我不过是提醒她一下。”

是吗？怎么看都不像……算了，做属下的还是少操心主子的情感生活，他怕主子一个不高兴将他扔出去。

“想办法安插两个厉害的进去，小心些，别被发现了。”末了，沈昭慕还是将话题拉回到给池芫找保镖上来。

暗卫暗自叹气，却不得不恭敬地从命：“是，属下马上安排。”

沈昭慕想到池芫那个态度，气得嘴角都有些抽搐。

哼，不知好歹的女人！

与此同时，池芫小跑着回到了江堤附近，远远地就看见江月惜正急得到处向路人比画自己的身形。

池芫忙提着兔子灯往前：“嫂嫂！”

江月惜急得快哭了，因为她贪玩，将小白兔一样柔弱可爱的妹妹弄丢了……

在池芫不见的半个时辰里，江月惜在脑海里设想了不下十种漂亮妹妹被拐卖的后果……

现在，乍一听到这熟悉的“嫂嫂”，她一抹眼睛，回头再三确认后，忙冲上前，一把抱住了池芫。

“你吓坏我了……你跑哪儿去了啊……昭阳，你没事吧？”

说实在的，除了小德子，这大概是池芫来这个位面后，第一个这么担心她安危的人。

嗯，沈昭慕那货就暂且不提。

池芫伸出空闲的那只手，轻轻拍了拍江月惜的背：“我被人群挤散了，看到这盏灯很漂亮，就买来送给嫂嫂……不过我不小心迷路了，所以这么久才回来。”

“对不起，是昭阳贪玩，让嫂嫂担惊受怕了。”

池芫煞有介事地拍抚着江月惜的背，语调轻柔乖巧，端的是一个称职的妹妹。

江月惜是个急性子，刚刚紧张的那根弦总算是松了。结果松下来之后，人忽然眼前一黑，就搂着池芫的脖子往后倒——

“嫂嫂！”池芫惊得瞳孔一缩，这是什么操作？怎么就一个小时不见，江月惜还激动得晕过去了？

池芫慌忙喊着人：“来人啊！有没有人？快来人啊……”

被沈昭晨派来保护江月惜安危的影卫立马出现，面色凝重地从池芫手中接过江月惜，将人抱起来就往皇宫的方向跑。

“公主，请跟属下这边走。”见女影卫抱着江月惜往皇宫方向奔，池芫下意识小跑着想要跟上，却被一名男影卫拦下，示意她跟着他坐马车回去。

池芫有些害怕地看着这名影卫：“你是谁……你们是谁？为什么要

带走我嫂嫂……”

她这个反应才该是正常的。影卫还是记得皇上的吩咐的，一边保护娘娘，一边看看这位公主有没有什么蹊跷之处。

见池芫这般反应，影卫拿出证明自己身份的腰牌：“公主莫怕。属下是陛下身边的侍卫，皇后娘娘已经被带回宫请太医诊治，公主还是跟属下乘马车回去吧。”

池芫确认过影卫的腰牌和身份后，才松一口气，点点头：“好。”

坐上马车后，池芫闭上眼，仔细想了下，这个节骨眼儿上，江月惜晕倒……

等等！

池芫忽然撑开眸子，恍然大悟地轻轻拍了下脑门。

她怎么将这茬儿忘了！江月惜这不是中毒了，而是怀孕了啊！

在游戏原来的剧情中，沈昭晨和江月惜争吵，沈昭晨在为沈昭慕是否诈死而忙活，焦头烂额之际忍不住就凶了江月惜……然后江月惜气得狠了，直接晕了。

等沈昭晨手忙脚乱地请了太医诊脉后，才知道，原来他是要当爹了。

“怎么回事？你们干什么吃的？怎么照顾的娘娘？！”

池芫来到凤仪宫寝殿门前，就听见沈昭晨正怒不可遏地训斥宫人。

她脚步顿住，一时不知该不该进去。这可不是她亲哥啊，搞不好对方要拿她撒气的……

“昭阳，你来得正好。你进来。”池芫不打算进去，沈昭晨却不肯啊。他眼风一扫，就发现了门口的她，当即面色冷凝，唤她进来。

“恭喜皇上，贺喜皇上，这、这是喜脉啊！”

老太医真真是及时雨，这一声道喜的话落下后，沈昭晨直接回头，狂喜不已，哪还有心思管她这个捡来的妹妹……

池芫松了口气，细声细气地说了声“恭喜皇兄，恭喜皇嫂”，然后趁沈昭晨没空理会她之际，悄然退了出去。

沈昭晨握着床上静静躺着的江月惜的手，轻轻亲吻着她的手指，眼里都是柔情蜜意。

沈昭晨最近都没时间搭理她，所以池芫接下来都闲得在寝宫里抠脚。

这叫池芫差点儿忘了，沈昭晨将原身作用最大化的一件事——联姻。

这日，池芫正在池塘边逗鱼，伺候她的宫女急急忙忙地赶过来：“公主！公主不好了……皇后娘娘请您过去一趟……”

“什么不好了呀？”池芫不疾不徐地将鱼饵递给身后的宫女，然后望着气喘吁吁的小宫女，轻声问。

小宫女喘着气，断断续续地回着：“听、听……皇后娘娘跟前的姐姐说，说定北侯今早朝见陛下……然、然后见着公主的画像，对公主一见倾心，请求陛下赐婚！”

“走，去凤仪宫。”

池芫面上依旧是那副懵懂的表情，似乎还没反应过来这件事的严重性。她心里盘算着，她身边的宫人最近换了一拨，明面上是沈昭晨说的之前的宫人伺候得不好所以塞进来的，实际上有两个武功不错，想必是来盯梢的。

但奇怪的是，她总觉得还有人在若有似无地监视她。这监视的视线没有什么恶意，她不禁猜想，难道是沈昭慕的人？

江月惜这会儿才被诊出有孕来，沈昭晨把她当个眼珠子似的宝贝着，她也是憋闷了好几日。

哪承想，她才嫌日子无聊，就得到这么一个晴天霹雳一般的消息。

沈昭晨似是不想让她知道，但江月惜不傻啊，自从吵架后，她索性也使了个心眼儿，安排了两个人在沈昭晨御书房外，负责将一些不打紧的消息通传给她。

可没想到这两个人第一次派上用场，居然是昭阳的婚事。

这原本是喜事，可江月惜一听说“定北侯”这三个字，险些气得晕过去。

定北侯！那个妻妾成群，后院乱成一团的糟老头子！都到了能当她和昭阳的爹的年纪了，他居然癞蛤蟆想吃天鹅肉？！

她第一个不答应！

肚子里的小宝宝第二个不同意！

所以池芫进来时，瞧见的便是气呼呼的江月惜。

“昭阳，你别慌！别急，这事嫂嫂一定给你做主……嫂嫂给你想想办法……想想办法……”江月惜上前，拉着池芫的双手，嘴里念念叨叨的。

池芫低头看了眼女主有些颤抖的手，不禁沉默。

是嫂嫂你别慌吧？我不慌，不急，真的。

“嫂嫂你怀着身孕呢，少忧思。”池芫轻柔地拍了拍江月惜的手背，扶着她在圆木桌前坐下。

这时，江月惜才回过神发现，当事人好像一点儿都不慌？

“昭阳，你知道我喊你来所为何事吧？”

池芫淡定地替她倒了一杯茶，闻言便轻轻地点点头，面上还是那副懵懂又淡然的表情，看起来有些傻乎乎的。

“知道，来的路上，杜鹃都跟我说了。”将茶杯递到江月惜跟前，池芫眨着眸子，一派天真无邪，“嫂嫂，皇兄怎么想？他若是想昭阳嫁，那昭阳就嫁。”

“什么？！”江月惜一口茶就这么呛着了，她忙放下杯子，拼命冲池芫摆手，“傻妹妹啊，不行，不行！就是你皇兄同意，嫂嫂我也不同意！你的终身幸福，怎么可以如此草率呢？那定北侯……年逾五十，后院姬妾成群……绝对不行！”

“可皇兄说过，身在皇家，身为公主，我的终身大事，便不能是我一人之事……”池芫低下头，双手交握着，语气低迷，声调轻柔。

“昭阳说得对！”这时，不知在外头听了多久，又听到多少的沈昭晨忽然扬声，赞许地接过这话茬儿。

池芫背脊一僵，连忙起身行礼。

江月惜冷哼一声：“对什么对！”

“月儿，别闹。”沈昭晨微敛了笑，但语气仍旧温和。

“我没闹，我是认真的。”江月惜坐着，也不行礼，表情有些冷地看着沈昭晨。很显然，池芫的事只是个导火索，她和他之间的矛盾早就埋下了，只是现在彻底爆发出来罢了。

江月惜瞄了一眼手足无措的池芫，有些心疼地拉着她到自己身后，然后看着对立面的沈昭晨，继续道：“你就这一个妹妹，她不是你拿去换取朝堂安宁的筹码。你曾经和我说过，如果有个妹妹，你会很宠她的……可现在呢？她重伤未愈，记忆还没恢复，你……你这样像个哥哥的样子吗？”

沈昭晨想着是时候了，与其让江月惜这么误会下去，将自己当作利用亲妹妹换取皇位安稳的小人，不如告诉她真相。

想到此处，沈昭晨看了眼池芫，眼神平淡：“昭阳，你先回去，稍后皇兄再给你个交代。”

池芫抿着唇，眼圈红了红，随即伸手轻轻按了下江月惜的肩：“皇兄和嫂嫂好好说，不要因为昭阳而伤了和气……嫂嫂，昭阳不要紧的，你别和皇兄吵架。”

等池芫一走，沈昭晨先安抚了江月惜的情绪，随后便简单明了地和盘托出。

江月惜微微张着唇，傻眼了。

随后，不知过了多久——

“你怎么能这样？！”

沈昭晨料想到江月惜得知真相后还是会责备他不择手段，但至少利用一个小宫女和利用自己亲妹妹两者相比较而言，他相信江月惜能接受前者多一些。

于是他用公事公办似的语气谈及池芫这事时，还冷静地补充了一句：“原先她为了荣华富贵自甘成为我的棋子，哪知后来一场大火，失了记忆，于是我将计就计，索性给她一个公主的身份……”

但话江月惜咬牙切齿地打断了他的话：“所以，你心里想的是循环利用！只要她还有一丝价值，你都不会放过……”

他怎么会是这样的人呢？

江月惜眼角更红了。

沈昭晨却不觉得自己这么做有什么不对：“月儿，她就是个心机深沉、一心想往上爬的奴才罢了。现在我告诉你了，她不是我亲妹妹，你怎么还不能理解？我给了她荣华富贵，又给了她公主的身份，这是她求之不得的东西。现在又赐给她一门不错的婚事……我并不觉得有什么对不起她的。”

江月惜咬着唇，脑海里浮现的却是池芫乖巧懂事的模样，她刚才还红着眼劝自己不要和沈昭晨生气，还说身在皇家，身为公主，这就是她该承担的责任……

“沈昭晨，你的大业不该建立在利用女人之上！”江月惜忽然站起来，神情平静下来，有些漠然地说着，“就算她从前心机深沉，爱慕虚荣，可如今她记忆全无，单纯得像一张白纸，我们不能这么过分。”

“你怎么就知道她不愿意？她方才分明是同意的。”沈昭晨按着额头，只觉得江月惜钻牛角尖的本事叫他望尘莫及。

“她同意？”江月惜冷笑，“你没聋的话，应该听见她为什么同意吧？我不知道你怎么看待池芫的，可于我而言，和她真真切切地相处了一个多月，我觉得她本性不坏。就算是宫女，她也是个活生生的人，你不将她当妹妹，可我，是认这个妹子的。”

“月儿，是朕太纵容你了。后宫不得干政！不论如何，这门婚事，朕已经答应了。”

朕？

江月惜眸光一闪，表情有些僵凝。

这是沈昭晨登基后，第一次当着她的面，这般自称。

江月惜也再一次意识到一个他们之间一直存在的问题——

她崇尚平等，认为男女没有区别，都应该得到同样的尊重，而沈昭晨不是。他们两人本质上对于男女、对于身份的看待，是天差地别的。

“皇上好威风……既然您都答应了，那还管臣妾的想法做什么？臣妾有些乏了，就不恭送皇上了。”江月惜面色难看地福了福身，然后转身朝内室走去。

沈昭晨脸色也沉了沉，他意识到自己刚刚用皇帝的身份压了她，惹得她不快。

但他转念一想，虽说他曾经答应过她，即使登基了，二人也不分什么，但到底是一国之君，该有的法度和规矩还是要有的。

沈昭晨叹了一声，也转身出去了。

池芫完全不知道，自己竟然成为沈昭晨和江月惜大吵一架的那个导火索。

而这两人吵架的最终结果就是——江月惜连凤仪宫都不让沈昭晨踏进一步。

而沈昭晨似乎铁了心要给江月惜一点儿颜色瞧瞧，直接命传旨太监将赐婚的圣旨送到了池芫手上，并且最近都睡在他自己的寝宫内，不踏足后宫一步。

当然了，池芫依旧保持着忧郁呆萌的失忆少女的设定，整日窝在寝宫里，喂鱼、养花、看星星、看月亮。

而定北侯自从得了赐婚的旨意后，就在京城内日夜宴请狐朋狗友，说自己即将娶皇族唯一的公主为妻，马上就要成为新皇的妹夫了，并且隔三岔五地让人往池芫寝宫内送奇珍异宝，想博美人一笑。

这日，定北侯又宴请他那一群狐朋狗友，有人趁机溜须拍马："侯爷如今可是皇上身边的大红人啊，皇上连唯一的胞妹都赐给侯爷做侯夫人了……"

有看热闹不嫌事大的好奇地问道："侯爷不愧是侯爷啊——但在下听说……那公主好似身子骨不太好，柔柔弱弱的，被皇上藏在皇宫中娇养着，侯爷能和公主见上面吗？"

定北侯一听这话，立马将酒杯往地上一掷，瞬间变脸："你这是什么话？！本侯可是开国元勋，官拜一方的侯爵！本侯随时都能面见皇上——公主怎么就见不着了？甭管她娇不娇，迟早是本侯的女人，提前见一见又怎么了？明儿一早，本侯就进宫见见去！"

他大话一说完，那些狐朋狗友忙赔着笑，附和地应着。

待这群人喝完酒离开后，楼上包间内，一人将手中的酒杯狠狠地往桌上一掷，发出清脆的一声响。

他戴着狐狸面具，面具下的双眼里满是阴冷，唇也抿成一条直线，浑身散发着阴郁的黑气。

沈昭慕表情冷得发寒。只要想起刚刚定北侯那个老东西恶心放肆的言语，沈昭慕就浑身不舒服，恨不得立马杀了他。

他的人，凭什么被沈昭晨当作联姻工具送出去？

赐婚？

这女人还真是失忆了，居然连他说的话都不听了！敢情上回他给她的提醒和警告都被她抛之脑后了。

“通知影子——”沈昭慕忽然起身，推开窗户，凉爽清新的空气从外扑面袭来，叫室内的气息少了些压抑。

定北侯想娶？那也要看他同不同意。

次日清晨。

池芫是被外头闹哄哄的声音吵醒的。

“杜鹃，谁呀？”她掀开薄被坐起，然后伸手撩起帷幔，问伺候自己的宫女。

叫杜鹃的宫女立马小步进来，在床前小声地回着：“回禀公主……是、是定北侯，他、他说要见公主……”

杜鹃语气里的忐忑和不安太过明显，毕竟这里是皇宫，公主的寝宫岂是外男能随意闯入的？

这定北侯完全不顾及公主的名声，也不怕得罪皇上，居然胆大包天、胡作非为到了这个地步！

池芫揉了揉头发，清了清嗓子：“他人呢，走了吗？”

杜鹃闷闷地摇头，声音委屈：“没……他正在外头发脾气，还要打拦着他的宫人……奴婢说了公主在休息不便见客，他却说，您迟早是他的侯夫人，他想见，就必须见到您……”说到最后，杜鹃还忍不住嘀咕一声，“这人怎么能这么野蛮、不讲道理呢？”

池芫挑了挑眉梢，知道宫人是拦不住他的，反正也无聊，那就会会这送上门来的家伙。

“行了，伺候我洗漱吧。”

杜鹃扶池芫起身，替她洗漱梳妆打扮。

大半个时辰后——

“让开！本侯在这儿耗了快一个时辰了，你们怎么回事？知道本侯是谁吗？”

此时，杜鹃掀开珠帘，池芫则穿着一身素雅的宫装走了出来，她妆容素净，脸色也带着几分清冷：“侯爷，本宫怠慢之处，还望见谅。”

池芫走出来后，定北侯忍不住搓着手心，表情有些猥琐地望着池芫，眼睛不安分地上下左右地瞄。

然后，他语气立马变了，带着几分讨好的意味：“公、公主？”

池芫淡淡地颔首。

接着，她就听到定北侯三百六十度变脸后的声音：“见谅见谅，不怪不怪的，见着公主你本人就行。”

“侯爷前来，不知所为何事？”池芫嘴角挂着清浅温婉的笑意，轻声询问。

她站在台阶上，定北侯立马推开一旁的太监和宫女，几步走上台阶，离池芫就一臂之遥。

杜鹃吓得眼睛瞪得如铜铃那么大，忙挡在了两人中间。

定北侯刚要发作，但对上杜鹃身后柔柔地笑着，美得跟个仙女似的池芫后，就什么脾气都没了。

“公主这话说的，咱们很快就是一家人了，这么生分做什么？本侯刚才听说你整个上午都在睡觉？这么好的天气，睡觉多浪费啊！要不，本侯陪公主去湖边散散步？”他说着，还想要越过杜鹃去拉池芫的胳膊。

池芫蹙了下眉心，往后退了一步。

“侯爷，公主她身子不好，需要静养，您还是请回吧！”杜鹃憋着一口气，心想自己好歹是昭阳公主身边的大宫女，怎么能叫自家主子被轻薄羞辱了？

定北侯横了杜鹃一眼，扬起手就想打人。

“侯爷！”池芫娇呵了一声。

定北侯下意识定住，对上池芫敛了几分笑意的表情后，咳了咳，将手收了回去。

“昭阳啊，你这宫女有些不识趣了。”定北侯瞪了眼杜鹃，转脸对上池芫时，又是一副讨好的模样，“这么好的天气，咱们一起走走，好好培养下感情，怎么样？”

池芫想说“不怎么样”，但她刚张开嘴，就听见一道熟悉的声音响起：“公主，微臣奉皇后娘娘的旨意，前来替公主诊脉。”

哦，是小太医来了。

池芫嘴角一扬，觉得他来得真是时候。

“徐太医，你来得正好。本宫正觉得头有些疼，劳烦你替本宫看看。”

她顺势按了按自己的太阳穴，杜鹃聪明地反应过来，立马扶着池芫。

池芫柔弱地冲徐太医说完后，又对着定北侯歉意地颔首道：“侯爷，对不住，本宫还要诊脉，改日再陪侯爷散步吧。”

定北侯刚要张口说什么，那边徐太医立马接着池芫的话说道：“皇后娘娘还在等微臣回话。公主，快些吧。”

池芫便看着定北侯，一副无辜为难的模样。

定北侯狠狠地剜了一眼徐太医：“那成。你注意自个儿的身子，等本侯离京时就跟本侯一起回封地去。”

定北侯说着，又看了几眼池芫，觉得自己反正人也见到了，确认这公主是个不可多得的美人了，也就不急于一时了。

反正，这美人迟早是要跟着他回封地的，还怕她跑了不成？

送走了定北侯，池芫神清气爽——当然了，没有表现得很明显，只是面上笑意真实了几分。

“徐太医，请吧。”池芫扶了扶鬓间的步摇，笑容温和，转身朝内殿走去。

提着药箱的徐太医紧随其后。

“公主近来可是夜里没休息好？”徐太医替池芫诊完脉后，轻声问了一句。

池芫点头，有些无奈地说道：“是睡不大好……”

徐太医闻言便叹了一声，随后拿出纸笔，开始替池芫写药方子，写好后便递给杜鹃：“杜鹃姑娘，麻烦你拿着这个药方去抓药。”

杜鹃看了眼池芫，下意识想唤其他人，池芫眼眸微微转了下：“是啊，快去吧，顺便去替我拿点儿榛子糖。”

既然是池芫开口，杜鹃自然没有不去的道理，便福了福身，出去了。

等人走了，池芫便对徐太医道：“徐太医，有什么话就说吧。”

徐太医清秀的面上露出一个无奈的笑来：“公主真是冰雪聪明！下官的确是有话要替皇后娘娘带到。”

“皇嫂？”池芫抿了下唇角，握着的手指微微攥紧了些，“她让你带什么话？”

徐太医看了眼四周，而后从袖中拿出一个纸包递给池芫，压低了声音道："公主，这是娘娘让下官交给您的。请务必妥善收好。"

池芫接过纸包，想要打开，却见徐太医摇了摇头："这个药包里装的药须等特定时候再使用……"

"药？这是什么药？"池芫一边乖乖将药包藏进袖中，一边有些疑惑地问。

徐太医没有说话，而是将茶水倒出一些在桌上，手指蘸了点儿水，在桌面上一笔一画地写了两个字。

嗯？

池芫眉头微微一挑，不禁心中发笑。

徐太医写完，看了眼池芫的神色，确定对方明白了自己要传达的意思后，用帕子擦干桌上的水渍。

"既然话传到了，东西也转交了，那下官就告辞了。公主保重身体。"

"为什么帮我？"

徐太医说完话便起身背起药箱要走，刚转身，就听见池芫微微扬了下声调，带着几分纯粹的不解地询问。

徐太医背脊微微一僵，随后转过身来，清秀的面上带着几分不自然。他挠了挠头，低声回答着："大概是下官也觉得定北侯非公主良配吧。"

池芫不由得兴味地勾了下唇角："哦？"

徐太医不敢直视池芫的眼睛，只笑了笑："公主，其实不管您记不记得，下官都觉得，公主是个很好的人，您值得良人相配。"

然后，他就温文尔雅地告辞了。

留下池芫摸着自己的下巴，心中稀奇不已。

"皇后娘娘，您吩咐的事，微臣都已办妥了。"凤仪宫中，徐太医恭恭敬敬地回禀着。

听他这么说，江月惜有些憔悴的脸色才微微好看些，但瞬即又有些紧张地捏着手指："你确定那药不会有什么危害？"

徐太医摇了摇头，温声回："娘娘放心，微臣绝不敢害公主。"

"嗯，徐太医，你的为人本宫自然信得过……只是此事，欸，难为你了，将你牵扯进来……"江月惜按了按眉心，叹了一口气。

“娘娘您曾救过微臣的性命，公主又待微臣不薄，这都是微臣应该做的。”

是的，这位徐太医刚进太医院时，因为医术不错但情商一般，被太医院某个太医针对陷害，险些丢了命。

当时是江月惜出面，不仅替他洗刷了冤情救了他的命，还在沈昭晨登基后，提拔了他。

“此事到底凶险，等事成……本宫一人承担所有责任。”

“娘娘。”徐太医看了眼四周，忽然叫住她。江月惜不解，却见他眼眸转了转，犹豫了一会儿后，才压低声音郑重地说，“微臣就是想说，娘娘到时候注意左右……别叫皇上的人发现了。”

“嗯，本宫知道了，按原计划行事，你先回去吧。”江月惜也压低声音，谨慎而冷静地说道。

虽说沈昭晨心机深，她可能不是他的对手，但到底是枕边人，有些事情只要她想，还是有可能的。

夜深人静，几声布谷鸟鸣声响起又落下后，昭阳宫中，江月惜将斗篷取下，走到池芫床前。

“昭……小芫，你准备好了吗？”

房中只点了一盏晕黄的灯，池芫和衣坐在床上，对于江月惜和徐太医的出现并不意外。

她点了点头，然后将药包拿出来：“嫂嫂，确定今晚就动手吗？”

其实她觉得，江月惜这么虎，她有些怕沈昭晨一气之下，做出点儿什么可怕的事来。

再说这个徐太医，她总觉得这么清秀斯文的小太医，看着也不像是什么厉害的帮手……

怎么办？这两个人，关键时候看起来一点儿都不靠谱啊……

江月惜一副壮士扼腕的神情：“嗯，我看着你，不然我不放心……今天早晨定北侯才来过，他还送了你很多东西，我都想好了，到时候都推到他身上。”也趁机给沈昭晨一个料理定北侯的契机。

说到底，江月惜心里还是向着沈昭晨的，只是嘴硬罢了。

池芫明了地点了点头。她低头看着手里的药包，打开，抿着唇，不知怎么，看了一眼徐太医。

这一看不要紧，只见徐太医面上还是清秀斯文的模样，可眼神幽深古怪。

他不动声色地走到了江月惜身后，然后对着池芫微微摇头，下一瞬，手起又落下——

江月惜还没反应过来，就被打晕了。

为避免她摔在地上，徐太医伸手搀扶了一把，将人放到池芫床边。

池芫傻乎乎地接过，心口跳着，戒备地瞪着徐太医："你、你做什么？你是什么人？"

但池芫心里却隐隐有了一个猜测……

"夫人莫怕，属下是主子派来带你出宫的。"

夫人？主子？沈昭慕的势力现在是包揽了小摊生意不说，就连治病的太医也在其中？

这厮有这么厉害的关系网，何愁夺位不成功？

"你、你什么意思……谁是夫人？谁是主子？"

徐太医微微一笑，看了一眼被打晕的江月惜，随后对池芫温和客气地简短解释了一番："夫人那日见过主子……这件事说来复杂。现在，夫人可以跟属下离开这儿了。"

池芫心里知道是一回事，但她看了一眼江月惜，直觉告诉她没这么简单："那我嫂嫂呢？"

这么好的肉盾，以她对沈昭慕的了解，他没可能放着江月惜这样的筹码不用。

果然，徐太医的表情有一瞬间的变化，然后咳了一声："这个……属下会安排。夫人还是趁着守卫换岗皇宫警备较为松懈时，赶紧随属下离开吧。"

很好，估计是江月惜也要带走。至于怎么合理又隐蔽地将两个大活人的下落安排好，沈昭慕应该已经暗中同这个隐藏在皇宫已久的暗卫交代清楚了。

她现在是失忆的设定，不然她就能想法子叫这小太医把计划透露一点儿给她了。

池芫咬了咬牙，她还不能被怀疑。于是，她只能犹豫地摇头："不，我凭什么相信你说的……"

徐太医无奈摇头，似是料到了池芫会这么说。他上前一步，在池芫往后退之前，扬手，池芫下意识护着脸，不想却被点了穴道。

"没办法，主子知道夫人不会配合，只好得罪了。"

徐太医说着，又将手指放在唇边，吹了一声哨，随后，两个身法如鬼魅一般的暗卫出现，一人将江月惜套了麻袋扛在肩上，另一人刚要上前，就听徐太医温和地嘱咐道："小心些，这位是夫人。"

所以，池芫的待遇就是黑色的斗篷盖从头到脚兜住，然后被女暗卫抱着一路飞。

"影子大人，好像狗皇帝的人跟上了！"

半空中，徐太医温和的声音不变："去驿站，定北侯那儿。"

斗篷中的池芫：很好，人人都要定北侯背锅。

沈昭晨的影卫只是被派去监视池芫的，是以当他发现池芫被黑衣人劫走了之后，只是通知了沈昭晨，随后自己追上去，并没有多想。

所以他更不会想到，那个被套了麻袋扛着走的女人，会是他们的皇后娘娘。

徐太医也是个人物，看不出来他轻功那么好，很快就带着两个影卫窜到了驿站，溜进了定北侯住的院子里。

沈昭晨的影卫看了一眼，犹豫要不要救人，可转念一想，皇上正愁没法子拿捏定北侯呢……他还是回去等皇上的命令为好。

等那影卫走了后，徐太医——也就是影子，立即取下江月惜腰间的玉佩，扔到了定北侯房间外的花丛中，随后抬起两根手指，示意另外两人带着池芫和江月惜跟他离开。

沈昭慕这次派出轻功绝顶的两个暗卫，配合暗令下排名第二的擅长伪装和刺探的影子，就是为了神不知鬼不觉地将池芫救出来。

当然，江月惜也在他的计划之内。这个女人是沈昭晨最在意之人，有了她做筹码，不怕沈昭晨不有所顾忌。

池芫觉得自己还不如被打晕呢，这古代的"飞行"体验，着实不算好。

她闭上眼，安慰自己，就当坐云霄飞车了。嗯，没事。

可等到了城外，池芫一被解开穴道，就扶着树干开始大吐特吐。

嗯，还是有事的。

影子伸出一只手，递给池芫一个黑乎乎的瓷瓶："夫人，闻一下即见效。"

池芫呕了半天，胃里难受得很，闻言直接接过，打开瓶塞放在鼻子下闻了闻——

咦，好臭！

但的确立马止晕吐了。

她也不客气，直接放进自己的袖子里："多谢。"

影子伸出的手，尴尬地收了回去。

池芫拿了药，毫无心理负担地走到江月惜身边："她还好吗？"

江月惜被打晕，还没醒。

池芫不大放心地看了眼她的肚子。

说实话，挺对不住她的，她好心好意帮自己逃出宫，反倒因为自己成了沈昭慕对付沈昭晨的人质。

影子安抚道："夫人放心，她无碍。"

短暂地休息后，池芫又开始了被迫乘坐人行飞机的长途。

大概半个时辰后，她看着眼前这个山洞，不禁蹙了蹙眉心。

废太子这待遇真是……从奢华的东宫到凄凉的寒园已经够惨了，没想到现在这寒酸的山洞他也能忍。

池芫觉得不可思议。

可等进去之后，她就忍不住抽了抽嘴角——果然，还是她太天真了。

洞口外面瞧着荆棘密布，结果一进去，竟是败絮其外，金玉藏于其中。

这儿虽比太子寝宫差了不少，但和寒园比，也称得上是个富贵窟了。

"主子，属下前来复命。"

影子带着另外两名暗卫到了沈昭慕跟前，其中一人抱着江月惜。至于池芫，俏生生地立在十几号人中，没什么表情。

沈昭慕淡淡地"嗯"了一声："做得不错，下去休息吧。"又扫了一眼江月惜，“将她带下去看好。”

“是。”

等影子和暗卫下去了，沈昭慕才看向池芫：“你怎么不说话？”

失忆后，脑子不灵光，话也少了？

偏偏以影子的医术，也对池芫束手无策。

池芫冷静地扶了扶自己头上有些歪了的步摇，抬眸，冷冷地说着：“我不知道你到底有什么目的，但我告诉你，你不会得逞的。”

“哦？”沈昭慕被一本正经地在他的地盘上放狠话的池芫逗乐了，但眼底墨色一片，笑不达眼底，“这又是什么说法？”

“你能将手伸到皇宫中，掳走我和我皇嫂，又在这样的地方盘踞……显然不是普通的匪寇。”池芫像模像样地分析着，无视沈昭慕越来越黑的脸色，“掳走皇后和公主，无非就是想要挟当今皇上。说吧，你是哪路反贼？”

“匪寇？反贼？”沈昭慕咬着牙，一字一字地重复池芫说的这两个词，表情十分难看。

他直接从椅子上起身，走下台阶，一步一步，逼近池芫。

池芫眸子眨了眨，面上闪过一丝慌乱，但脚步定在原地，倔强得不肯往后退一步。

下一瞬，她的下巴被捏住，被迫与对方视线相对。

池芫憋着一口气，眨了眨眼睛，顷刻间里面便浮起了水雾。

沈昭慕手上的力度不由自主地放轻了些，但他表情依旧凶狠。

“池芫，你脑子坏了，我不跟你计较。但你听着，我不是什么匪寇反贼，我的名字是沈昭慕，记住了吗？”

“哦。”

她就这个反应？沈昭慕气息一顿，只觉得胸口闷疼。

“你听清楚我说的话了吗？”沈昭慕有些气急败坏了，一开始建立起来的那股子阴冷莫测，都被池芫这不咸不淡的态度弄崩塌了。

池芫抬了下眼皮，语气依旧毫无波澜：“嗯。”

嗯？沈昭慕想掐死她。

“我那便宜哥哥，已死的前太子？”池芫毫不犹豫又面无表情地补了一刀。

“你——你跟我来！”沈昭慕甩了下袖子，负手便朝右侧走。他放弃和池芫对话，打算直接给她看证据，叫她死心。

哪知，走了几步，也没听见脚步声，他一转头，便见池芫还站在原地，微微歪着头，蹙着眉疑惑不解地望着他。

“你看什么？

“我叫你跟上！

“我说话，你听见了吗？！”

沈昭慕气得脸色都青了。他一想到这个女人不仅将他忘了个干净，还真的打算嫁给定北侯那个老家伙，胸口就有一股无名火，烧得他心肝脾胃都跟着灼痛。

池芫慢吞吞地往前挪了一步，表情淡淡的，看起来有些呆萌和敷衍：“哦，我听见了，别吼了。”

沈昭慕：“……”

一旁的暗卫首领已经别过脸，背过身偷笑了。

这个样子的殿下，还真是叫人感到陌生……又莫名可爱呢！

池芫走路慢，沈昭慕一边看似嫌弃她，一边却又故意放慢脚步，迁就她。

“你要带我看什么？”池芫走得有些累了，就停下脚步，娇声询问着。

“放心，不会吃了你。”

“哦，我只是觉得走不动了。”

“……需要我背你吗？”某人咬牙切齿的声音响起。

“呃……不用，毕竟不熟。”

很好，这女人存了心要硌硬他。

池芫阴阳怪气地说完，又乖乖跟上继续走了。

经过一个拐角后，他们来到了一间地牢似的石屋前。

守门的暗卫得了沈昭慕的眼神示意，伸手打开门，恭敬地做了个“请”的动作。

沈昭慕侧眸看了眼池芫：“跟我进来。”

池芫撇了撇嘴角，对他这喊小跟班似的口吻不是很满意，但还是沉默地跟上。

暗卫将石门关上，候在外面。

屋内关着一个枯瘦的老人，瞧着有些邋遢，见到沈昭慕进来时，明显有些紧张，忙缩在角落那张床的床脚，双手抱着膝。

那人小心翼翼地打量着沈昭慕，又顺着沈昭慕的目光看到了脸上挂着几分好奇的池芫，瞳孔猛地一缩——

“鬼啊！鬼——”老人忽然指着池芫，吓得尖叫。

池芫被他这骤然发疯的举动吓了一跳，下意识抓着沈昭慕的胳膊，躲在他身后，只露出半个脑袋。

她这个下意识的动作，叫沈昭慕微微一挑眉梢，嘴角翘了翘，露出了今天第一个笑容——尽管带了那么点儿嘲讽池芫的意味。

“对着我不怕，对着一个老头儿倒知道害怕了？”

明明他看起来更危险更可怕些，但池芫不怕他……他转念又觉得这样也还不赖。

“他是谁？”池芫在沈昭慕背后翻了个白眼，口吻却带着几分好奇和几分害怕。

“他啊，你养父母的邻居。”

“你胡说！什么养父母！你又想耍花招儿骗我……”池芫抿着唇，瞪着沈昭慕。

这公主还真演上瘾了？

沈昭慕懒得和这个脑子坏掉的丫头理论，不耐烦地对老人说：“你，快告诉她她的身世，好叫她赶紧清醒。”

老人被沈昭慕一瞪，吓得立马又安生了，蹲在床脚，时不时打量着池芫，当池芫望过去时，他便又心有余悸地收回视线。

然后，他断断续续还算清楚地陈述了一下池芫的身世。

“那年你被人扔在芦苇丛中，是……是你养母在河边洗衣服发现了你，将你带回家……恰好他们没有孩子，便收养了你……

“我依稀记得，你尚在襁褓中时，脚踝处有一个红色的胎记……后来，你养母病死了，你养父嫌你是个拖油瓶，动辄打骂……你也机灵，有一日，趁他喝醉不省人事，就跑了……”

说到这儿，他有些害怕地望着池芫："你……我记得你养父说你是死了的，那年闹饥荒，没想到你居然还活着……"还活得这么好……

沈昭慕一直盯着池芫的脸，在听到"动辄打骂"时，池芫依旧没什么反应，他却皱着眉，抿着唇，手微微握紧。

可见着池芫面色有了细微的变化，像是有些印象，却又像是不记得的样子，他又有些焦急。

"这算什么证人！"池芫忽然往后退，扬起眉，讥诮地对沈昭慕说着，"随便拉一个人过来，事先把这段话背下来，不是很容易吗？至于胎记，你都有个能潜入太医院的手下了，也不多一个昭阳宫伺候我沐浴更衣的宫女……"

沈昭慕听她这会儿仍是一点儿都不信的样子，不禁头疼了。

"沈昭晨说什么你都信，我跟你怎么解释，找多少证人、证据，你却都不信？"他忽然有些苍凉地笑了笑，语气里含着几分无可奈何的苦涩，"从前……是我不大好，但我说的都是真的……你若还不信，我还有个办法。"

"什么办法？"池芫表情冷冷的，面上有几分阴霾。

"滴血验亲。只要你我的血不相融，便能证明我说的都是真的。"沈昭慕的视线紧紧地锁定池芫的眼睛。

"不验。"

"为什么？"

"怕疼。"

"……"沈昭慕额角青筋不禁暴了出来，"娇气！"

从前她可是能为了他跳湖的。

池芫微微伸出左手，掀起一些袖子，露出还留着淡粉色伤疤的手腕，表情有些淡淡的，用陈述的语气说道："疼的。"

火烧疼，流血也疼。

沈昭慕忽然就说不出话了，只深深地凝视着她原本白玉无瑕的手腕上那道醒目刺眼的伤疤。

他听影子汇报过，她是被忽然掉落的横木砸到了手……要不是救得及时，她整只手臂估计都会被烫伤……甚至废了。

问为什么她会失忆，影子说是受了刺激，但最有可能的是，她潜意识不想记起来，所以才会在治疗了这么久后，还是没效果。

沈昭慕眯了眯眼睛，他就让她这么不愿意想起来吗？

“走，跟我出去。”沈昭慕抓住池芫另一只手，强行拉着她走出石室。

“你放手啊！喂，放手！”池芫被沈昭慕拉着，不得不快步走着，她甩不开他的手，便只能冲沈昭慕喊。

沈昭慕却并不理会，只将池芫带到自己休息的房间，扶着她在床边坐下，然后出去了一会儿，再回来时，影子也跟着一起。

“你们要做什么？”池芫手撑着锦被，身子紧绷，美目圆瞪，神情充满了戒备。

影子已经换上了黑色衣服，脸还是那张清秀斯文的脸，但不知为何，换了身行头，还真有那么几分斯文败类的感觉。

影子见池芫这般，有些无奈地扯了扯嘴角。瞥了一眼沈昭慕黑漆漆的脸后，他不由得出声打圆场：“公……夫人放心，属下在宫中也未曾伤害过您，现在亦如是。只是主子担心您的病情，让属下来看看。”

池芫朝影子投去一个讥诮的眼神：“哼，一个探子的话，如何值得相信？”

沈昭慕咬咬牙，直接对影子吩咐道：“施针吧。”

施针？！

池芫下意识跳起来，见影子已经听话地拿出银针，她的头皮都跟着发麻了：“别过来！我不扎针！”

看她的表情就知道她误会了什么，沈昭慕阴森森地解释道：“我担心你脑子里有淤血，让他给你施针逼出来。”

池芫摇头如拨浪鼓，坚决拒绝：“不，我脑子里没淤血！我不施针！你们出去！”

“这是我的房间，我为什么要出去？”沈昭慕现在拿失忆后的池芫没辙，忍不住回了一句。

池芫扁了扁嘴，泫然欲泣似的低着头：“……那我出去。”

沈昭慕气得咬牙切齿，但仍隐忍着问：“滴血验亲你不肯，施针你又不愿，所以你就是成心不想记起来，是吗？”

本以为池芫会继续找什么借口，哪知她看着自己，雾蒙蒙的眼里一片赤诚，然后点点头，说："是啊！"

气死他得了。

"你这么凶巴巴的，就算你真是我相公，我觉得我也肯定过得不幸福，还是忘了的好。"

沈昭慕一口气卡在嗓子眼，觉得眼前这个人就是扮猪吃老虎，字字诛心！简直比沈昭晨还气人！

影子在一旁咳了咳，抬手假意摸了摸唇，以此来掩饰嘴角抑制不住的笑意。

说实话，他自打进宫暗中辅佐殿下以来，就没见他阴郁寡淡的面上露出过这么多神情，也是第一次见他被一个女子气得想要跳脚，却还能忍着脾气和耐性留在这儿继续怄气。

不得不说，这个池芫，还真是殿下的克星。

但也好，至少有个人是能牵动殿下的心。

"好，你现在病着，我不跟你计较。"沈昭慕闭了闭眼，沉了沉呼吸。他觉得自己真的是太可笑了，居然被一个小宫女气得失了仪态。

"那我要是想起来了，你就要和我算账，是吗？"池芫眨着眼，眼底的雾气散了些，声音娇软地问。

这可真是个好问题。

沈昭慕只是设想了一下，就忍不住咬了咬后牙槽——要是她想起来了，他非要狠狠地教训她一顿不可！

虽然他的表情只有一瞬的变化，但池芫还是捕捉到了。

很好，看来她还得继续装失忆。

开饭时，沈昭慕犹豫了一下，拿起公筷，主动给池芫夹了一筷子鱼。

他虽说阴沉着脸，但眼里还是跳跃着一丝丝期待和几分不可言说的紧张。

在寒园的时候，他们身份有别，从没一起用过膳，但如今……他看着饭桌多一个人在侧，居然一点儿都不觉得反感。

如果她不这么难伺候就好了……

“我不想吃。”池芫将鱼肉拨到了碟子里，表情嫌弃地去夹了一筷子笋。

沈昭慕呼吸微微沉了沉，也没有生气，而是耐心地问她：“那你喜欢吃什么？”

他还真不知道她喜欢吃什么，反倒是她伺候他那段时日，对他的喜好了如指掌。

他想，毕竟是要做夫妻的，尝试着稍微了解和照顾她，他还是愿意的。

很小的时候，他就听母后抱怨，说父皇不像是一个丈夫，从未体贴关心过她的喜恶。虽说母后对他的教育是大丈夫何患无妻，身为储君不可以沉迷女色……但母后的死，不就是父皇一手造成的？如果父皇的妃嫔少一些，对母后能稍微付出一些，或许就不会走到如今这步田地了……

池芫觉得某人看她的眼神，叫她怪不自在的。她暗暗地拂了一把手臂上的鸡皮疙瘩：“食不言寝不语，吃饭吧。”

好气！他从前对她也这么说过，现在竟无力反驳。这就叫搬起石头砸自己的脚？

一顿饭吃到最后，沈昭慕发现，池芫几乎不挑食，除了清蒸鱼，其他的菜都吃。

吃完饭，沈昭慕想带池芫四处逛逛，却听她略带嫌弃地说了句：“荒山野岭，有什么可逛的？”

很好，假公主当上瘾了，还有公主病了？

嫌弃他的山洞附近太荒凉，那就逛山洞里的房间！

“我想看看我嫂子。”池芫微微抿了抿红唇，抬眸，有些请求似的轻声开口。

沈昭慕刚要拒绝，就见池芫眨了下眸子，语气软软的：“拜托了。”

他到嘴边的拒绝硬生生地改了口：“走吧。”

反正有他在，也不信她能将一个孕妇放走。

再者，或许江月惜说的话，池芫会愿意相信——虽然这个认知，他很不想承认。

江月惜被关在一间还算不错的石屋中，她躺在床上，似乎是被点了穴道，瞪着眼睛看着头顶的帷幔。

听到开门的声音，她也只能转动一下眼珠子。

直到池芫扑过来，紧张地小声问着："嫂嫂，你还好吗？"

江月惜这才看清是池芫，见她无恙，心里松了口气："小芫，你怎么也被掳来了？"

"嫂嫂，你有没有哪里不舒服？"池芫抓着江月惜的胳膊，想要将人扶起来，只是，她完全搬不动对方，只得有些窘迫地放弃了。

江月惜一向比她能吃，也比她高一个头，又从小骑马，只是看着瘦，但分量不轻。

"没事。你呢？他们没把你怎么样吧？"江月惜动弹不了，只能担心地问池芫。她完全将池芫当作一个柔柔弱弱、娇滴滴的小公主对待了，总觉得她会被人欺负。

池芫刚要开口，身后某个看不下去她们姑嫂情深的男人，一把拽着池芫的胳膊将人从床边拉到自己身边。

"她很好。倒是你，如果沈昭晨不在意你，恐怕你处境就不太好了。"沈昭慕冷笑一声，居高临下地看着她，阴森森地说着。

见到沈昭慕的那一瞬间，江月惜瞳孔剧烈地缩了缩。但片刻之后，她便像是忽然间想通了一切，震惊地瞪着沈昭慕。

"你……是你！居然……不对，应该说果然是你！"她恨不得立即爬起来，她想立马告诉沈昭晨——沈昭慕没死！那么他一定有阴谋！

不，他的阴谋已经开始了！

抓走自己和池芫，用意何为？想利用沈昭晨对她的在意来达成什么交易目的？

"嗬，你没死……可惜你抓错人了！除非你抓住你大哥本人，否则他是不会向你妥协的！"

江月惜的话，只让沈昭慕轻轻哼了一声，他嘴角翘起一个阴冷的弧度，凉凉地补充着："一个你不够，加上你腹中的孩子呢？"

江月惜脸色瞬间白了，不知道是担心沈昭晨，还是担心自己和孩子。

池芫拽了一下沈昭慕，拧着秀气的眉头，不大乐意道："你别吓唬我嫂嫂！不许你伤害她！"

沈昭慕咬咬后牙槽，目光投向身侧的池芫，见她满眼只关心江月惜这个外人——不，敌人的女人，没忍住，冷哼了一声：“如果我伤害她，你要怎么样？”

“我……会跟你拼命！不许你伤害她！”

沈昭慕不可置信地望着池芫：“你要为了别人和我拼命？！池芫，我可是你丈夫！”

“你……你都知道了？！”江月惜闻言惊呼，又像是想起什么，声音顿住，看向池芫，“小芫……”

“知道什么了？”池芫心里暗叫不妙，只能硬着头皮，按着正常反应接了一句。

沈昭慕却满意了。他说的池芫不信，现在江月惜暴露了，他就看她还怎么执拗。

“没……我以为你都想起来了……”江月惜这会儿也寻思过来自己说漏嘴了，不免懊恼。但沈昭慕都知道池芫的身世了，那她也不好继续对她隐瞒实情了。

“嫂嫂，所以……他真的是我……丈夫？”

“我……”江月惜张了张嘴，不知道该不该说实话。虽然不想隐瞒，但对上池芫懵懂的眼神，她也不知从何开口。

池芫还没想起来，而沈昭慕这样的人，怎么能托付终身？

他在大火里抛弃了池芫，这样的人，怎么可能真心对待池芫呢？

江月惜的沉默，让沈昭慕表情阴郁了下来，他冲身后的暗卫比了个手势，后者立马上前来，解开了江月惜的穴道。

“大嫂，沈昭晨骗她，利用她，你难道也要利用她失忆后的愚蠢，继续隐瞒真相吗？”沈昭慕阴冷地开口，不无恶意地使用了激将法刺激江月惜。

池芫眼神复杂，抿着唇，问：“你们……到底谁在骗我？”

江月惜就是担心这种情况。在皇宫的时候，她还未来得及向池芫解释一切，就被沈昭慕的人打晕了。

现在沈昭慕这个狡猾奸诈之辈，先发制人，说她替沈昭晨隐瞒事情真相，这就让她站在了一个理亏的立场。

江月惜摇头，表情真挚：“小芫，我并非要隐瞒你什么……而是当我得知真相时，昭晨已经给你和定北侯赐婚了。我当时一心只想着怎么帮你逃出去……”

江月惜见池芫一言不发，神情莫测，不禁有些急。

却没想到，池芫忽然开口，表情也十分认真：“我相信你。”

沈昭慕闻言，瞪着池芫，尽量语气不那么生硬地问：“你既然相信了她，那我是你相公，你是不是应该对我公允一些？”

池芫皱眉，看了眼放在自己胳膊上的手——抽不开，于是带着几分妥协意味地叹了一口气：“你让我和她单独聊一会儿，行吗？”

沈昭慕下意识要拒绝，就听池芫语气平静地说：“你总得让我将前尘往事都问个清楚吧！”

“我直接告诉你不好吗？”从江月惜嘴里说出来的前尘往事，不知道要掺多少抹黑他的水分。

见她无动于衷，沈昭慕最后只得松了口：“好，就半个时辰，我就在门口。”

在门口旁听吗？

池芫眼神闪烁了一下，心里哼了哼，就猜到这人不会那么容易松口。

大概一炷香后，池芫出来了。

江月惜讲述的前尘往事虽然没有多么添油加醋，但沈昭慕好几次听得咬牙切齿。

——你曾经是他的贴身宫女，尽心尽力伺候，他却百般刁难。

——父皇不喜欢他，给你们赐婚，他觉得是羞辱，并不情愿。

——后来失火，他假死逃了，你却受伤昏迷，醒来就失忆了。

——一开始你被昭晨收买了才跟着去寒园的，他骗了你，所以你为他卖命。

——这两兄弟都有错对，但对你，都存在了利用和欺骗。

…………

从头到尾，池芫除了“还有呢”“然后呢”“结果呢”，就没有说其他的，也听不出她有什么情绪波动。

所以等池芫出来后，沈昭慕莫名觉得有些心虚……

“都清楚了。”池芫出来后，不等沈昭慕说话，她就主动开口陈述着。

“那……”沈昭慕不由得结巴了，抿着唇，不知怎么开口。

“虽然我还没想起来，可是我已经清楚来龙去脉了。我想，大概你伤害我太深，所以我才不愿意想起来——沈昭慕，我有点儿累，能让我一个人静一静吗？”

听到池芫这一番话，沈昭慕心里有些闷闷的、钝钝的痛。

他对她的在意，远比他自己以为的要多。

从前，她眼睛里星光璀璨，仿佛他是她的所有。

如今她的眼里却只有一片近乎冷漠的平淡。

他蓦地发现，这样的眼神，是他曾对她表露出来的……

原来不被珍视和在意了，是这样叫人心酸难受的事。

“那……你别躲着我，尝试着接受治疗，恢复记忆，好吗？”

这时候的沈昭慕没了以往的阴郁孤高，看起来有几分可怜。

可这远远不够，池芫想。

或许他已经体会到了不被喜欢的难过，却并没有完全爱上她。

那就让他继续难受好了，欠的债，总是要还的。

“等我不那么厌恶你了，再说吧。”池芫说完，径自越过了他，朝一名女暗卫走去，“给我安排一个房间——离你们主子别那么近的。”

厌恶？原来不只是不在意，她明明白白地表达了——她厌恶他。

沈昭慕像是一座雕塑站在石门外，脸上满是无措，像是意识到自己过往对她所做的一切，造成了怎样的伤害，又像是有些迷茫……

他十八年来，从未有过这样的，得到后失去、失去后又想挽回，却不知从何着手的处境。

但他明白，原来不知从什么时候起，他就已经喜欢她了。

“还没找到皇后的下落？朕要你们有何用！”沈昭晨脸色铁青地将桌上的砚台扔下去，砸在影卫脚边。

影卫伏地请罪道：“皇上恕罪！属下虽然没有找到娘娘，可是找到了这个。”

沈昭晨走过去，定睛一看，正是江月惜平日里戴的一支发簪。他接过簪子：“从哪儿找到的？”

“驿站，定北侯院子外的花丛里……皇上，先前属下跟踪掳走池芫的黑衣人，发现黑衣人带着人去了驿站……如今想来，娘娘和公主应该是一起被掳走的。”

沈昭晨握紧了簪子，表情阴沉。

又是定北侯？！

沈昭晨第一反应是怒，随即是疑惑不解：定北侯虽说好色，可有个池芫在前，他也只见过月儿一面，且月儿身怀有孕，怎会也惦记上？

而且沈昭晨了解定北侯，这个人是不敢觊觎皇后这样身份的女人的。

但还有一种可能——

定北侯和沈昭慕的残党余孽勾结上了，想行造反之事。

毕竟，定北侯原来同陈皇后母族的堂兄关系极好，只是定北侯在陈皇后一族衰败之际，见风使舵了。

可谁知道呢，朝臣的立场也可以瞬息万变，上一刻定北侯还是陈皇后的人，这一刻投诚到他这儿，那难保下一刻不会又背叛他……

沈昭晨捏着簪子，指骨微微作响。若非初登基，恐帝位不稳，他绝不会给定北侯这样两面三刀的老东西苟活的机会。

“召集轻功最好的侍卫，朕要亲自夜探驿站。”想到江月惜还怀着身孕，沈昭晨的心就揪了起来。

“是！”

驿站内，定北侯正在床上呼呼大睡，忽然一枚飞镖从窗户射进来，钉在床柱上，发出一道刺耳的声响，将定北侯活生生吓醒了。

“谁？！”

他一喊，外边打瞌睡的护卫就奔进来了。定北侯回京，并不放心沈昭晨，所以派了不少亲卫在门口和屋顶守着。

见定北侯穿着寝衣下了地瞪着床柱，一名亲卫忙走上前，拔出床柱上的飞镖，然后取下飞镖上的字条，双手呈给定北侯。

定北侯面部肌肉紧绷着，他咬着牙槽，恶狠狠地瞪了眼亲卫：“你们是干什么吃的？本侯花了那么多银子养你们，你们就是这么保护我的安全的？”

定北侯骂骂咧咧地将字条打开，看完又揉作一团，手心开始冒汗。

“快！快检查驿站各个院子内有没有可疑之物……快！”

亲卫不明所以，但听命地下去搜查了。

定北侯派了两个人守在自己床边寸步不离，他抬起袖子擦了擦额头上的冷汗，手都有些抖。

“侯爷，怎么了？”定北侯的心腹走进来，见自家侯爷坐在床边擦汗，不禁拧着眉，嗅到了空气中凝结的一丝紧张。

定北侯吞了吞唾沫，颤着手将手中的字条递出去，心腹将揉成一团的字条抻开，定睛一看，表情也变了。

“皇后被掳，皇帝对你起疑，或在近期夜探驿站，小心。”

字条上写了这样两行字，字写得龙飞凤舞的，内容却叫人看得胆战心惊。

皇后被掳了？！皇帝起疑？夜探驿站？这都什么事？

定北侯却急得忙站起来，对自己的心腹——也是军师道：“空穴来风，空穴来风！难怪本侯眼皮子一直跳……这密信一定是真的！皇帝果然容不下本侯！”

他才进京，皇后就丢了，皇帝第一个怀疑的就会是他……

军师扶了扶定北侯的肩，冷静地劝他：“侯爷，切不可自乱阵脚啊！且不说这信上所述是否属实，就算属实，咱们没做过的事，怕什么呢？您越是慌张，越是对咱们不利。”

定北侯闻言，不禁忙点头：“对对对！本侯又没掳什么皇后，本侯不慌……不不不！军师，你不知道，这个新君对本侯明着捧，实际上暗地里一直盯着我！我总觉得这是他设的圈套，没准他故意将自己的女人送过来，再来个人赃并获诬陷我呢！不行不行！快让他们好好排查。这驿站是新君的地方，谁知道会不会真的藏了个皇后……”

军师有些担心地抿了抿唇：“不可啊侯爷！就算排查，也不能动静太大，咱们必须暗中小心地查，不然更引人怀疑。到时，若皇帝真的过来搜查，您就是长了十张嘴，那也解释不清了呀！”

听了这话，刚觉得自己小心驶得万年船，做了明智决定的定北侯就蒙了，忙冲一名亲卫喊着：“去，去，快将人叫回来！”

“不好了，侯爷！皇上，皇上来了！”这时，负责守在院门口的亲卫往回跑着，到了定北侯跟前，指着门口道。

定北侯一屁股坐在地上，心里一凉。

他有种强烈的不祥的感觉——

新君就是冲他来的！

军师也跟着心里一怵：谁送的密信，居然这么灵通？皇帝居然真的来了？

沈昭晨的确是来了，不过他只带了个太监——当然，影卫已经悄悄潜伏进来了。

沈昭晨一身华服，带着自己的大太监，笑眯眯地上前。看着定北侯表情有些异样又立马换上笑脸地迎接自己，沈昭晨嘴角的笑意倏然冷了下来，但转瞬即逝，快到定北侯根本没看到。

定北侯笑得有些谄媚：“陛下怎么来了？这么晚了，臣刚睡下了，还请陛下莫要怪罪臣御前失仪。”

沈昭晨笑容和煦，看起来像是寻常地串个门。

刚睡下起来的？他怎么瞧着，定北侯完全没有睡意的模样？

虽然心里记挂着江月惜，但沈昭晨面上冷静又悠闲，将手里的折扇收了，别在腰间，伸手虚扶了一把行礼的定北侯。

“爱卿不必紧张，朕就是睡不着，所以过来看望一下爱卿。爱卿在京中住着还算习惯，睡得尚可？”

如果没有收到神秘人送的密信，这话定北侯听着只会觉得这是新君在拉拢他。

可这会儿听着这话，定北侯觉得哪儿哪儿都像是试探和不怀好意。他面上故作受宠若惊地笑了笑：“谢皇上抬爱。皇上，进屋坐吧，外边风大。”

进了屋，沈昭晨不动声色地扫了一眼跟在定北侯身侧的军师。

“皇上这么晚了不陪着皇后娘娘，还来看望臣，臣真是铭感五内啊！”等下人上了茶，定北侯红着眼睛，感叹地说道。

他的试探，叫沈昭晨端起茶杯的手微微一顿，定北侯瞧见了这个细节，心中越发觉得密信上的内容可信了。

沈昭晨笑着摇摇头："皇后怀有身孕，近来都睡得早。朕啊，批完奏折才知天色太晚，也不好去打搅她休息，就来打搅爱卿了。"

定北侯咬咬牙，他这么多年的侯爷，也不是白当的，皇宫中也有一两个替他打探消息的宫人。他明明听说这几日帝后冷战了，皇后门都不出地在寝宫养胎，而新君则在御书房批改奏折到夜深。

两人明明就不和，还这么说……

定北侯握着杯子的手不由紧了紧，他咬着干燥的唇，干笑着回："怎么能是打搅呢，是臣的荣幸……"

借着喝茶的空子，定北侯忍不住朝身侧的军师投去一眼，指望他赶紧给自己出谋划策。

军师只微不可察地冲他摇摇头，示意他少安毋躁，切莫乱了方寸。

等沈昭晨人走了，定北侯才松下一口气，压着声音问军师："你看新君刚才是什么意思？大半夜的来我这儿，就为了喝一杯茶不成？还有，他刚刚是在试探我，没错吧？"

他越急，军师越是无奈地摇头，安抚着他的情绪："侯爷，属下说了，您没做过的事，您无须慌张，否则反而会叫皇帝怀疑您的。眼下，他没有带人明着搜，看来是没有证据，而咱们的确没有藏人，就不必担心这个问题……一会儿，咱们就说您掉了一样宝物，叫亲卫去寻，明着寻宝物，实则检查有没有可疑之人或可疑之物藏匿在驿站之中便是……"

"对对对，就这么干！你去吩咐吧！本侯要去传信给部下，还是尽早来接应的好！这京中啊，实在是待不下去，得早点儿回封地去！"

"找着了吗？"沈昭晨在驿站对面的阁楼上，询问从驿站搜寻归来的影卫。

影卫凝重地摇头："定北侯的亲卫在驿站内借着找定北侯丢失的貔貅玉像为由，在秘密地搜查什么。陛下恕罪，有一个兄弟……被定北侯的人抓住了。"

"什么？！"

沈昭晨一听，非但江月惜没有找到，还折了一个自己的人进去，不禁面容阴沉下来。

“陛下，属下劫到驿站内飞出的一只信鸽。”

“拿过来！”沈昭晨闻言，立即伸手。

影卫将信纸取下来，递给沈昭晨，后者看到上面的火戳，还是将信撕开，飞快浏览后，神情便冷下来了。

老家伙突然让部下抵达城外接应……这不是心虚是什么？

次日，远在城外山洞的沈昭慕得到暗卫传来的消息，不禁露出一个得逞的冷笑。

沈昭晨啊沈昭晨，看来你也有软肋。

不然你这么谨慎的人，怎么会沉不住气去搜定北侯的院子？

啧，这可真是——越发精彩了。

影子见沈昭慕露出这样的笑容，便明白他的计谋生效了，不由得恭贺道：“主子高明！这一计不仅一石二鸟，坐山观虎斗，还试探出了筹码的价值。”

沈昭慕闻言，笑意深了深，刚要得意，眼角余光便瞥见一抹粉色裙衫从旁边经过，都不带停留的。

他忙把笑意收了收，换了一副温和不少的神情，声音都刻意捏得轻了些：“芫芫，你去哪儿？”

影子嘴角抽搐，主子这脸变得，还真是叫人不自在。

池芫脚步微顿，用不咸不淡的眼神斜了一眼沈昭慕，语气淡淡的：“闷得慌，出去走走。”

“那我陪你。”沈昭慕朝影子挥挥手，叫其退下，然后走向池芫。

池芫没好气地转了脚步的方向：“啊，我突然又不想走了，你自己去吧。”

沈昭慕吃了个闭门羹，摸了下鼻子。然后，他惊奇地发现，大概是这几天被池芫虐习惯了，他居然脾气变好不少，忍耐度也提高了。

“底下人新采了些果子，还挺甜的，要不要尝一点儿？”沈昭慕直接厚着脸皮跟上池芫的脚步，阴郁的脸上挂着几分不符合他气质的宠溺笑容。

池芫瞥见，心里极为受用，也叫他尝尝自己之前受过的憋屈。她语气平淡甚至有些敷衍地回了声："你自己吃吧，我想回屋睡会儿。"

沈昭慕表情有些僵硬，但很快就又维持着温柔，浅笑着说道："你整日闷在屋里，对身体也不好……"

从前她可从不会嫌弃……不，根本不敢嫌弃他的。她变了！沈昭慕莫名有几分心酸和委屈地想着。

池芫走到门口，忽然转过身来，恰好撞见沈昭慕憋屈又隐忍地跟在自己身后的模样。

抑制住疯狂想要上扬的嘴角，池芫绷住表情，微微蹙着眉，状似不经意地问了句："钓鱼吗？"

沈昭慕见池芫忽然转过身来，下意识有点儿紧张，但没想到她开口问了这么一句。

钓鱼？有够无聊的。

他心里嫌弃着，身体却很不诚实地点头："好啊。"

难得池芫这回不是避开自己去睡觉，而是约他钓鱼。

沈昭慕虽心下有那么一丝说不清的不真实感，但面上总算有些笑颜，立马吩咐手下准备钓鱼竿和水桶，带着池芫去山洞下的湖边。

这里僻静得很——池芫看了看四周，然后坐在板凳上，暗卫先替她将饵食放在鱼钩上钩住，再将鱼竿递给她。

池芫接过，坐在板凳上像模像样地甩了甩鱼竿，鱼线弹得老远，而后挂着鱼饵的鱼钩渐渐沉入湖中。

她手持着一根鱼竿，目不斜视，老僧入定般地开始垂钓。

一旁的沈昭慕，看了眼暗卫递过来的鱼竿，嫌恶的视线从看起来有些恶心的鱼饵上移开，眉头也苦大仇深地皱着。

瞥见池芫淡定垂钓的模样，沈昭慕又按捺下不情愿的情绪。

俩暗卫默默在身后对视一眼——一看主子的姿势就不像是会钓鱼的。

系统："宿主，你见好就收吧！别仗着 80 的好感度就为所欲为。"

池芫："嗬，你看吧，前天才 75，大前天 70，所以我的策略有什么不对吗？"

不，她无敌正确。

在好感度面前，系统默默献上膝盖，向老大低头。

池芫感觉自己的鱼竿被拉扯了一下，她立马将鱼竿往上一抬，只见一条鲫鱼在半空扑腾，摇着鱼尾拼命挣扎。

池芫嘴角疯狂上扬："钓到了！"

沈昭慕在池芫猛地收鱼线时，便全程观望，连自己的鱼竿掉在地上都没意识到。

只见池芫娴熟地伸手要去取挂在鱼钩上的鲫鱼，沈昭慕忙看向暗卫，后者一个闪身，立马伸手替池芫取下过于活泼的鲫鱼。

"放进我的桶里，快！"池芫眼睛亮晶晶的，迫不及待地指着自己脚边的水桶，看起来心情愉悦得很。

沈昭慕闻着这鱼腥味有些不适，强忍着不自在，夸赞道："真厉害。"

这三个字说的，一点儿称赞感叹的意思都没有。

池芫不由得看了他一眼，而后目光下移："你鱼竿掉了。"

沈昭慕忙捡起鱼竿。他感觉自己被池芫嫌弃了，有些受打击，不由得抿了抿唇："我也能钓起来一条。"

"哦。"池芫有些敷衍地应了一声。

沈昭慕的战斗欲一下就被点燃了，腰杆挺直，握着鱼竿，很是认真和正经的样子。

"你鱼饵都没了。"池芫摇头，居然觉得这厮有点儿可爱。

她伸手，直接从沈昭慕手中夺过鱼竿，抬起——

果然，鱼钩上空空如也。

沈昭慕脸上微微一热，有些阴森森地瞪着湖面："这群不知好歹的家伙！"

吃了他的东西还不肯上钩！

池芫："哈哈哈，系统你快笑他啊！他好傻啊！"

系统："本系统已不在服务区，请不要联系我。"

池芫扑哧笑出了声，清脆的笑声叫人听了也不由感觉舒坦和愉悦。

沈昭慕微微不自在地别过眼，似乎也意识到，刚刚自己对着湖里的鱼放狠话的行为有多傻气了。

池芫忍不住摇头戏谑："你这是姜太公钓鱼——愿者上钩啊！"

沈昭慕丢了鱼竿，索性站起来，手负在身后，在池芫身边立着："我不钓了，你继续，我看着就好。"

太丢人的活动，他还是不要继续自取其辱的好。

钓完鱼后，池芫忽然心血来潮，对沈昭慕道："我能做鲫鱼汤吗？"

沈昭慕看了眼水桶中肥美的鲫鱼，一时有些怀念池芫的厨艺了，然后下意识点头。她还想着给自己做汤，是不是代表，她现在原谅自己了？

"孕妇喝鲫鱼汤补补应该是极好的，一会儿给嫂嫂喝。"池芫扭头，对跟在自己身后的暗卫小声吩咐着。

沈昭慕真情实感地嫉妒了。有生之年，他在一个女的，一个孕妇身上，产生了浓浓的羡慕和嫉妒。

池芫做好了鱼汤，直接端给了江月惜，喂她喝完，又扶着她躺下睡着了，才从她屋中出来。

然后，池芫就见沈昭慕靠着墙，抱着手，一脸深沉莫测地望着对面的空气。

池芫古怪地斜了他一眼，见他表现还行，就大度地开口："剩下的你喝了吧。"

忽略"江月惜剩下的"这个重点，沈昭慕一秒从"自闭了"的含羞草，变成"想开了"的向日葵。

变脸可以说相当快了。

"我……有个东西要送给你。"沈昭慕视线闪躲，手握成拳抵着唇，声音小了下去。

池芫挑了下眉梢，开始期待起来了，但仍装作淡定地问："什么东西？"

"你……跟我来。"

"哦。"池芫这次没捉弄他，而是配合地跟在他身后。

沈昭慕走得不快，这几日下来，他已经习惯性地去迁就池芫走路的速度。

他带着池芫来到了自己的房间，然后从枕头底下拿出一根木簪子。

簪子样式十分简单，只在簪头处雕了一朵看着有些繁复的花。

沈昭慕微微提着一口气，将木簪递出去，然后忍住不自在，直勾勾地注视着池芫，期待她的反应。

见她似乎有些愣怔，他忙解释道：“我知道你现在不稀罕什么珍珠宝石，便雕了一支簪子，是第一次雕，所以……不是很精致，希望你不要嫌弃它。”

池芫对上沈昭慕真诚的眼神——多值得庆祝！如今这样认真诚恳的眼神居然出现在这个阴郁自大的少年眼睛里。

“谢谢。”池芫将簪子握在手里，很快就察觉到异样，她不由得抬手，端详起了手中的木簪，这才发现簪身上有刻字——一个“慕”字。

为什么不是她的名字？

池芫随即明白，这厮就是强行划分领地，将她归为自己的人。

“嗯——你还喜欢吗？”沈昭慕实在是分辨不出池芫是喜欢还是不喜欢。

池芫摩挲着簪身，点点头：“虽然简单，但胜在心意，喜欢。”

果然，影子说得对，她就算失忆了，本性也是个嘴硬心软并且注重以心换心的人。

只要他足够真诚，就算她恢复不了记忆也没关系。

池芫可以为他彻夜做华服，洗手做羹汤，徒手抓萤火虫，做天灯贺生辰……

他只是为她改变少许，做一支簪子罢了，没什么丢人的，也没什么了不起的。

“那我替你簪上吧。”沈昭慕眉眼舒展，苍白的面上展露一个有几分孩子气的笑容。

池芫看了眼镜子里的自己，头上那根簪子……

“嫂嫂，顺着这条路，骑马直走，就能回到京城……快，赶紧走！”

池芫扶着江月惜上马，给了她一袋银子和一把匕首，眼睛时不时紧张地朝山洞的方向看。

这马是沈昭慕送她的。

前日她说无聊想骑马，沈昭慕便选了一匹送她，还教她如何骑。

沈昭慕似是接到了什么重要的消息，带着一行人先行离开了，只留了两个暗卫看着她。

她假借肚子疼，趁机勉强将不设防的一人撂倒，另一人则被江月惜打晕了。

早在她送鲫鱼汤那天，她便和江月惜暗中对过暗号，简洁明了地说了今天逃跑的计划。

“你不跟我一起走？”江月惜握着缰绳，见池芫将东西全部递给自己，才意识到不对。

池芫闻言，有些苦涩地笑着摇摇头：“我不走了。”

四个字说得轻柔却又坚定。

江月惜瞳孔一缩：“为什么？你骗了沈昭慕，又放走了我，你不跟我一起回去，沈昭慕是不会放过你的！”

她想不通，池芫为什么要留下来。

池芫却踮起脚，径自将东西塞到江月惜怀中，眸子一片澄澈明亮。

“是啊，你说，他这么谨慎的人都能被我骗到，是不是说明，他心里有我呢？”她微微歪着头，像个怀春的少女，娇俏甜蜜。

江月惜觉得池芫傻透了，居然会对沈昭慕抱有这样的期待和奢望。

且不说那个阴险狡诈的小子根本不懂得什么是爱，就算是懂，她放走了自己，沈昭慕这样的人，怎么会轻易饶了她？就凭她以为的那点儿在意吗？

但这样傻的池芫，却叫江月惜心疼不已。

“傻丫头，跟我走吧！沈昭慕不是善类。至少我还是皇后，能护你周全。”江月惜不肯走，试图说动池芫。

池芫却回了一句叫她无力反驳的话。

“可嫂嫂你不也放走了我？但你还是相信皇上会原谅你、在意你，不是吗？”池芫说着，唇角弯弯，表情看起来有几分狡黠，“你赌得起，我也一样。”

是啊，谁不是赌呢？

沈昭晨看着光风霁月，可他的心实际上很冷，谁都暖不了他。

但江月惜就是相信，沈昭晨心中，是有她的。

“别说了，一会儿影子他们就回来了，快走吧！”

池芫见江月惜还在发呆，伸手正准备拍一下马屁股，就听见嗒嗒嗒的马蹄声响起，然后就看见沈昭慕骑着马，带着一行本该走远的暗卫堵在前路上。

池芫表情僵住，张了张唇，眸光微微闪烁了一下。

“你没有走？”池芫的声音有些哑，带着几分哽咽和不敢置信。

这时，池芫才意识到，这原来只是沈昭慕配合她的一场演出。

江月惜抿着唇，脸色更是难看，转头关切地看向池芫。

沈昭慕坐在马背上，紫色华服猎猎，头上的玉冠闪着莹润的光，可他的脸上却带着深深的失望和怒意。

“说钓鱼不过是为了观察地形，说要散心，却给沈昭晨的人通风报信，说替我做衣裳，结果打晕暗卫，就是为了放走她……”

他每说一句，池芫的脸色就白一分，而他眸子里的怒意便多一分。

“池芫啊池芫，你费了这么多心思和我虚与委蛇，就只为了一个和你无亲无故的外人，是吗？”

池芫被他忽然拔高的声音吓了一跳，肩膀下意识抖了抖，咬着唇，低着头没有吭声。

“你说话啊！”沈昭慕跳下马，几步走到池芫跟前，伸手抓住她的手腕，逼迫她抬头与自己对视。

他压低声音，语气忽然变得悲伤：“我就那么不好，令你这么厌恶，你连一个正眼都不想瞧我，是吗？”

这一句声音低得只有池芫能听见。这么卑微的沈昭慕，池芫还是第一次见。

即使是被打得皮开肉绽，被无情扔在寒园时，他都不曾这般低声下气地说过一个字。

感情可真是个神奇的东西啊！能叫柔弱的人变得刚强，也能叫骄傲的人放下自尊。

“你不也没相信我吗？”池芫沉默了一会儿，才微微苦笑着，声音喑哑地反问。

沈昭慕眼睛都有些红了，摇了摇池芫的肩膀，咬牙切齿道："你以前不这样的！你以前眼里、心里都只有我！沈昭晨欺我，你会护在我跟前；父皇害我，你也会暗中替我化解……为什么？难道一个人失去记忆，就可以忘记从前的所有爱恨吗？"

这大概是沈昭慕这些时日来最大的不甘。

他费尽心思去讨好她，取悦她，陪她钓鱼、散步、骑马，送她自己雕刻的簪子，带她看比从前她替自己抓的还要多一倍的萤火虫……

他甚至给了她很多次机会。即使到现在这个时候，只要她说一句，她在意他，他也能既往不咎……

是的，他就是这么退让。

他一开始意识到池芫骗他、利用他的时候很生气，很想……杀了她，可他舍不得。

别说杀她，就是动她一根头发，他都舍不得。

甚至只是骂她，他心里也会痛。

他几时活得这么卑微过？

可她呢，轻飘飘一句——他不相信她，他就该觉得她也委屈？

这算什么道理……

"沈昭慕，有本事别欺负女人！"江月惜没听见沈昭慕的话，但听清了池芫说的，不由得厉声谴责沈昭慕，"你当日的所作所为都忘了吗？你如今根本不配如此指责她！她明知放走我会叫你生气，却还是不肯跟我走。难道你还不明白她对你的感情吗？"

江月惜的谴责，果然叫原本还在盛怒中的沈昭慕愣了一下，随后捏着池芫的肩，眼睛亮了起来。

"她说的，是真的？你不打算跟她走？"

"嗯。"不是她想接话，而是她完全相信，如果她再不理睬他，自己两只肩膀都要被他捏残了。

沈昭慕面色稍霁，但又意识到自己太容易被顺毛了，便很快收了表情，冷冷地问她："那你是只打算放走她？没打算泄露我的行踪给沈昭晨吗？"

池芫没好气地甩开他放在自己肩上的手："如今我都知道你我是夫

妻，而皇上并非我兄长，反而和你是敌人——这样的情形，我为什么还要替沈昭晨卖命？”

她当着江月惜的面毫不忌讳，江月惜面色讪讪，但也觉得合情合理。

“既然你不相信我，那么我传的信，你应该也知道内容了。”

的确，沈昭慕的人将信鸽劫下来了，信上没有署名，只有一句“现归还皇后于皇上，请城外相接”，既没有透露写信人是谁，也没有暴露出沈昭慕的行踪。

沈昭慕心里的气稍微消了些，只是危险地看向江月惜：“她……”

“必须放她走！”池芫表情凝重，语气冷硬，“如果你放她走，不论生死，我都不会离开你。”

沈昭慕神色怔了怔，他忽然觉得，自己所求的，好似就是这样一个看着简简单单却很慎重的承诺。

不论生死都不会离开吗……

“好，我答应你。”沈昭慕最终还是没忍住这个诱惑，同意了。

池芫望着他，竖起手掌。

沈昭慕顿了顿，同池芫击掌为约，然后高声对前面拦着路的暗卫命令道：“放她走！”

暗卫们将路让开。

江月惜没有动，仍旧充满关切和担心地望向池芫。

池芫却甜软地冲她笑着：“我相信你就算回去，也不会出卖我们的位置。月惜姐姐，很高兴能认识你，希望我们以后有缘再见。”

“那你多保重。”江月惜已经明确了池芫的决心，她无奈又释然地牵起唇角，英姿飒爽地笑了笑。

随后，她握紧缰绳，骑着马，飞快地消失在众人的视线中。

这件事重拿轻放得有些过于容易。池芫却笑得通透了然，她明白，一切都没那么容易。

好感度没满，剧情也还没走完，这个任务看似已经进行到了收尾的阶段，可她却已经觉得举步维艰了。

“走吧。”沈昭慕解下自己身上的披风，动作不是很娴熟地替池芫披上，“我给你打了一只野兔子，晚上可以吃烤兔子。”

风平浪静地又过了一日后，沈昭慕忽然又带着人马出去了。

这次，他留下了最得力的影子保护池芫。

临行前，他还摸了摸池芫的脸，亲昵又戏谑地说："这次我可真是有事出门。等我回来，给你带杏花酥。你乖乖的，别再乱跑叫我担心，好不好？"

虽然他语气轻快，可池芫还是蹙了蹙眉心——他将心腹留给自己不说，还将他的暗令也留给了她……

"池芫，要是三日后，我没赶回来，带着它……影子会带你去一个地方，嗯，那会是以后我们的家。"沈昭慕像是交代遗言似的将暗令就这么给了池芫，然后又交代给影子和另外两个暗卫一些事项。

而后，沈昭慕忽然抱住了池芫，在她看不到的时候，眼神才流露出几分深沉。

他这次去，虽说有九成把握，可他心里就是不踏实。或许是因为，现在的他并不是那个了无牵挂的孤家寡人了。

有个人在等着他回来。

沈昭慕怕自己会舍不得，忙转过身："出发！"

池芫抿着唇，看着男人渐行渐远，最后还是没忍住，冲他的背影喊了一句："沈昭慕，我等你回来，就在这儿！"

那个背影忽然停了停，随后继续往前，只是这次，脚步更快了些。

影子站在池芫身后，却是叹道："其实你都猜到了，不是吗？"

池芫没有回头，只是淡淡地应着："是啊……就他看不出来，以为我什么都不知道。"

"其实我并不希望主子去。"

"相信我，我比你更不希望。"

影子或许看得透彻，池芫却知道，有些东西，你怎么去争怎么去斗都没有用……

沈昭晨的的确确是真龙天子，想要和他殊死一搏，最终死的只会是沈昭慕。

可她知道，她阻止不了沈昭慕。因为在这个位面里，沈昭慕的宿命大概就是反衬沈昭晨的气运、睿智、勇猛和成功。

池芫知道，沈昭慕既然看到了自己的飞鸽传信，就一定会命人模仿她的笔迹，改动那封信。而他之所以那么爽快地放走江月惜，也不过是想用江月惜作诱饵引出沈昭晨，然后设下埋伏扑杀对方罢了。

尽管对不起江月惜，可池芫不能开口，她只能装傻。

因为系统告诉她，只要这场宿命的对决结束，剧情大概就能走完。

剧情可以走，但沈昭慕，池芫也想要保住。

“主子，他来了！”

沈昭慕带着人潜伏在暗处，江月惜被挂在树枝上，昏迷着。

而沈昭慕等的人，总算来了。

沈昭晨着一袭宝蓝色华服，策马疾驰而来，他身后则跟着一行影卫。

沈昭慕望着那道越来越近的身影，眼底有些兴奋，又有些疯狂。

杀了沈昭晨，他母后的仇就报了——这是沈昭慕此时唯一的想法。

但沈昭慕很快发觉不对劲，不是说沈昭晨确信定北侯抓走了江月惜，而定北侯又命其部下赶往城外会合吗？怎么等了半天，反倒是沈昭晨先到了？

沈昭慕的计划便是等沈昭晨和定北侯鹬蚌相争，他好渔翁得利。

但没想到本应该先出现的定北侯却意外地没出现……

沈昭晨看到被悬挂在树枝上的江月惜时，眼神里满是心疼和焦急。

他下意识要撑着马背，飞身过去将江月惜救下，却被他的属下拉住了手臂：“皇上，不能急！当心有诈……”

沈昭晨当然知道有诈，可看着江月惜受苦，他怎么能忍受？月儿不在他身边后，他才明白，原来在他心里，月儿这么重要——

她之于他，早就超过了皇位。可他总是自我麻痹，不肯认清这个事实。

“昭晨，快走——有埋伏！”江月惜此时醒了过来，在半空中挣扎着，看见对面满脸担心的沈昭晨后，她不由得脸色一白，忙冲他喊道。

沈昭慕没等到定北侯，江月惜又提前醒了过来，原本天衣无缝的计划，却这么一再生变，他心里已经没了底，便更要趁热打铁。

“放箭！”

他一声低呼后，便有几人朝着沈昭晨放箭。

哪知，沈昭晨飞身一把抱住江月惜后，并没有落在原本沈昭慕他们设的陷阱处，而是从树枝另一侧飞身落下，然后飞快地回到了马背上。

而与此同时，沈昭晨身后的侍卫持盾前行，将飞箭悉数挡住。

眼见射箭不成，沈昭慕咬咬牙："上！"

今天既然已经走到了这一步，生死不论，他都要和沈昭晨决一死战。

只是，他不由得黯然地想起说要等自己的池芫……

沈昭慕的动作有一瞬的迟疑，但母后撞柱而亡的惨烈情景叫沈昭慕丧失了短暂的理智。

他提着剑，便朝着沈昭晨杀去："沈昭晨，你我二人，打一场！"

"昭晨，不要！"

江月惜见沈昭晨要松开自己，下意识抓紧他的袖子，拼命摇头："别去，危险！"

"没事，他打不过我。你在这儿等我，乖。"沈昭晨摸了摸她的头发，又抚了下她的小腹，"孩子，你也乖一点儿，别闹你娘。等爹将敌人杀了，就回来陪你们。"

话音刚落，沈昭晨就伸手从手下手中接过锋利的宝剑，径自迎上沈昭慕。

"三弟，你好计谋啊！离间朕和定北侯，想要坐山观虎斗？只可惜，朕没那么好糊弄，定北侯也没谋反的胆量！今天，你注定要输给我！"

沈昭晨一开始的确怀疑定北侯，只可惜，皇宫里丢的不只是皇后和公主，还有一个和皇后、公主来往较多的太医。

沈昭晨在知道徐太医不见后，便起疑了，一番秘密调查之后，才发现这个太医身份可疑——此人和沈昭慕有过往来，他由此猜到，沈昭慕没死。

沈昭晨抽丝剥茧，一举拔掉京城和皇宫中残留的余孽眼线，等着沈昭慕的下一步动作。

明白自己被算计，沈昭慕咬着后牙槽，冷笑着举剑攻向沈昭晨："你可真是聪明得让人想立刻杀了呢。"

"真巧，朕也这么想。"

两人只有这个时候才异常默契，几乎是同时展开了攻势。

两人一个出手狠辣，一个出手迅猛，一开始还不相上下。

但沈昭晨的武功远在沈昭慕之上，几十个回合过后，沈昭慕身上便挂了彩。

沈昭晨趁势一脚将沈昭慕踢倒在地，手中的长剑毫不犹豫地指着他心口的位置，就要刺下去。

沈昭慕不甘地闭上眼。

“住手！”

这时，一道粉色的身影奔过来，她手里高举着一块墨色的令牌，漂亮的面容严肃冷静。

池芫穿过沈昭慕的暗卫，来到沈昭慕身侧，将令牌往前一伸。

“皇上，我用暗令，换沈昭慕一命，可以吗？”她望着沈昭晨，几乎一字一顿地说。

“芫芫……”

“小芫！”

沈昭慕撑着地，深深地望着池芫，眼神复杂。

江月惜则是高呼了一声，声音里满是担心和害怕。

沈昭晨目光深邃地盯着眼前这块暗令，然后视线落在沈昭慕身上，不禁嗤笑：“没想到，你居然肯将这么重要的东西交给她。”

真是没想到，沈昭慕有一天，会如此儿女情长。

沈昭慕咬咬牙，没理他，只是低声呵斥池芫：“你来这儿做什么？你快走，快走啊！”

这里这么危险，影子居然没有保护好她，反而让她跑到这儿来了！

池芫没有理会沈昭慕，而是定定地望着沈昭晨，再次开口谈判：“皇上，比起沈昭慕的性命，这块可以号召所有暗卫的暗令才是你最记挂的吧？没了暗令的沈昭慕，不过是一个无用的前太子。可你若杀了他——我便拿着这块暗令，下达最后一个命令，然后将其毁掉。”

暗卫只听从手持暗令之人的号令，世世代代如此。

沈昭晨闻言，眸色变了变。

不得不说，池芫这话说到他心坎上了。

“你果然没失忆，装得可真好。”

“彼此彼此，皇上利用我也是不遗余力。”

“你……你原来都是装的！”虽然不合时宜，可是这个时候，沈昭慕还是被气得两眼一黑，真想就这么晕过去。

敢情就他被骗得团团转！沈昭晨却一眼就看出来了！

“好，朕可以答应你。”沈昭晨没有迟疑多久，便一口答应了，说着就要伸手去拿池芫手中的暗令。

哪知，池芫眼明手快，在他伸手过来之际，便飞快地收回了手，将暗令藏于自己身后。

“皇上，你我都是一类人，不达目的誓不罢休。我并不相信你的金口玉言呢……”

沈昭晨眯起眼睛，冷幽幽地问：“那你要如何？”

“我要你——以月惜姐姐和她肚子里的孩子起誓，保证放过沈昭慕，不会伤害他的性命。”

池芫的话，别说沈昭晨，就是江月惜都有些震惊：“小芫，沈昭慕罪有应得……”

她的话还没说完，便被池芫打断，“恢复记忆”后的她，少了几分温软可人，多了几分咄咄逼人与锋芒毕露。

“什么罪有应得？他并未伤天害理，不过是他们兄弟二人立场不同罢了。皇上，你母妃是被陈皇后所害，并非被沈昭慕所害，而陈皇后却真真切切是你逼死的——这笔账，你说，到底应该怎么算才算是圆满？一命抵一命，还不够吗？”

“不够！”

“不够！”

没想到，沈昭晨和沈昭慕皆是同时开口，眼神里有着同样的不甘和憎恨。

果然，这就是宿命。

池芫忽然笑了，表情有些苦涩和无奈：“那就用我的命来抵消这一切的仇恨吧……”

沈昭慕瞳孔骤然一缩，伸手：“池芫，你别做傻事……”

江月惜也立刻跳下了马，朝这边奔来："不要啊，小芫！"

沈昭晨眸子缩了缩，没有说话。

池芫把藏在身上的匕首拿出来，毫不犹豫地朝自己心口捅下去。

"不——"沈昭慕绝望地大呼。。

她转过身，朝着沈昭慕浅浅地笑着，表情里竟有几分顽劣："殿下，你看……我、我虽然骗了你……可你看，我也赔罪了。你还气我吗……"

池芫说完，便倒在了沈昭慕的怀中。

沈昭慕手足无措地抱住她，眼眸赤红，张着嘴，却发不出声音。

他捂着她胸口的伤口，试图阻止汩汩往外的鲜血，却只是徒劳。

"我，我不怪你……我怎么会怪你呢？池芫，你为什么这么傻啊……你怎么这么傻……"

"小芫！小芫，你别怕！我给你请太医！你怎么可以伤害自己……"

江月惜跑过来，沈昭晨下意识要拦她，却被她狠狠地推开。她跪坐在地上，眼泪大颗大颗地往下掉落，表情哀伤不已。

"月惜……姐姐……求你、求求你……"

池芫抬起没有沾血的那只手，朝江月惜伸过去，后者立马握住，不待池芫继续说，她便连连点头："我知道，我都知道。我答应你，我什么都答应你……有生之年，只要我在，绝不会让昭晨伤害沈昭慕，一根头发都不会……只要你好好的，姐姐什么都可以答应你……"

池芫眼神有些涣散，用沾满了鲜血的那只手贴着沈昭慕的脸："殿下，你能……放下仇恨，不再、不再报仇吗？皇后娘娘害死玉贵妃，现在的皇上又逼死皇后娘娘……如今，我的死，如果能抵消你和皇上之间的怨，我……我会很高兴……殿下，背负仇恨的人，就像……就像蜗牛，走得太累了……我想看见你轻松自在的笑容……答应我，好吗？"

沈昭慕眼泪止不住地滴落在池芫的脸上，他痛苦地低着头，压抑着自己的哭声，不叫自己那么狼狈。

"你怎么可以？你怎么可以……我已经什么都没有了，你为什么要这么残忍？你死了，这世上再也不会有人爱我了……"

沈昭慕像个孩子似的，在池芫的面前，展露了自己最脆弱而崩溃的一面。

池芫嘴角轻轻地勾着，带着几分心疼、几分欣慰，随后视线转向沈昭晨，拿出身后的暗令递过去——

“皇上，你满意你看到的吧？你看，比起杀了他，痛失所爱的惩罚更叫他痛苦……可不可以，请你……放他一马？”

接过沾血的暗令，沈昭晨抿紧了唇。他没想到以前爱慕虚荣的小宫女，会选择这样一条艰难的路。他眼眸闪烁，心情极为复杂。

重来一次，很多事情都发生了改变，就连很多人，都变得不一样了。

“好，只要他不来犯朕，朕便答应你。”

“谢……谢谢……”

解决完最后一件事，池芫整个人都放松下来，依偎在沈昭慕的怀里：“殿下，抱紧我……我好冷啊……你可不可以抱着我，去一个有花有草，只有我们的地方？”

沈昭慕脸上满是懊悔：“好。我都依你，都依你……”

沈昭慕没有理会暗令的得失，也没有理会沈昭晨和江月惜，径自抱着池芫，往回一步一步地走着。

众人也没拦他，自发地给他让开一条路来。

沈昭晨握着暗令，搂着泣不成声的江月惜，幽幽地叹了一声。

就这样吧，所有恩怨一笔勾销。

失去所爱的滋味，他未体会，便已痛彻心扉。何况沈昭慕呢！

“叮！好感度完成，恭喜宿主！”

池芫闭上眼，心里对废太子说了声对不起，刚要抽离，就听系统泼冷水地说了一句：“抱歉，宿主，传送出现问题了，你先在这个位面玩会儿吧。”

沈昭慕将池芫放在铺满了鲜花的竹筏上，整理着她的仪容，空洞而木然的眼里，终于有了一丝温柔。

他握着她冰冷的手，放在唇边轻轻地吻了吻：“你说你喜欢花草，你看，你还满意吗？”

他将竹筏推到水中，目送竹筏顺着水缓缓地流走。

“主子！主子使不得啊！”

影子气喘吁吁地提着药箱赶过来，见竹筏开始漂走，不禁瞪大眼睛，暗道一声坏了，然后忙踩着水，将竹筏抓住。

“你做什么？！”沈昭慕哑着声音斥责影子。

“主子，夫人她没死！还没死！”

影子将竹筏硬生生拉了回来，伸手就要去扶池芫，可看了眼沈昭慕，又默默收回了手。

沈昭慕震惊不已地立在岸边：“你，你说什么？！”

他亲眼看着她咽了气，闭上了眼。他亲手抱着她的尸身，直到最后一寸体温也变得冰凉了，才接受她的死亡——

可影子跟他说，她还没死？

影子一边拿出银针，一边忙不迭地给某个风中错乱的主子解释着：“先前属下给过夫人一粒假死药，打算配合皇后，让夫人假死出宫的，但后来因为我们的计划，所以那颗假死药没用上……夫人在知道主子你要去同皇上决一死战时，便料到你不是皇上的对手，可她自知劝不住你，便想了这个法子。谁知主子带着夫人就不知去向了……属下赶死了几匹马才追上来，还好，还来得及……”

被银针扎醒的池芫刚好听到这儿，气得弹起来，第一句话便是：“沈昭慕，你想将我拿去喂鱼啊！”

沈昭慕愣在原地许久，然后喜极而泣，上前一把抱住了池芫。

“你、你没死？太好了！太好了！”

“我又骗了你一次，你不能生气！”

“我不生气，这会儿我只有高兴。”

“假死药还挺好用的，影子多做几颗吧！以后要是和你吵架了，我就有的是招数对付你……”

池芫的话音尽数被一个深情而带着惩罚的吻封住了。

旁边的影子看到他们这样，只觉得无奈又好笑，然后便带着自己的药箱，溜了。

“我们以后再也不要分开了。”

“好啊！那我们接下来去哪儿？”

“去看江南的花、大理的蓝天白云、沙漠的绿洲……”

“那么……你还有钱带我去吗，殿下？”

“……卖艺？”

“叮！剧情完成度100%，好感度完成度100%，本次攻略任务已完成，恭喜宿主。”

系统没有感情地重新走了下流程，只是某个“死而复生”的宿主压根不理它，拐着废太子就去一边卖艺一边游历天下了。

番外一
小德子，这辈子别入宫了

茶楼上，池芫看着街道上热闹的人群，默默将幕篱往下拉了拉，正准备起身离开的时候，忽然定睛看向某处。

沈昭慕提着一份荷叶鸡上楼，还没来得及和池芫说上话，就见她嗒嗒嗒地冲下来，他不禁疑惑地问："这是怎么了？"

他答应池芫回溯时间，到她想去的游戏世界中旅游后，池芫果断选了这个游戏位面。沈昭慕当时脑海里便闪过一张脸，他和池芫之间无言的默契让他明白她此行的目的。

此时游戏里的沈昭慕还没被废，皇后也没死，至于沈昭晨和江月惜更是不知道在干吗，但也不关他们俩的事。

沈昭慕戴了面具，掩人耳目地带池芫出宫逛街吃东西，她说想吃荷叶鸡，他就排队买来了。

"让一让。"池芫伸手推了推沈昭慕的胳膊，然后越过他匆匆跑了出去。

沈昭慕自然要追上去。他倒要看看，她看到什么了，至于这么激动？

"卖身葬母？哈哈，你当你是漂亮姑娘呢！要我说，小子，你直接去宫里净个身当小太监，或许还能给你这老母亲找个好地儿埋了！"

"哈哈，就是！他跪在这里多久了？你看有谁理他啊！"

池芫穿过热闹的人群，就看到两个喝了酒的男人，指着跪在路边的粗布衣衫的少年一顿奚落。

少年面前放着一张席子，裹着的应该是他的母亲。

这是还没被皇后收为己用的小德子。这会儿的他，还没有后来那八面玲珑要赏钱的圆滑世故，看起来青涩稚嫩，没有城府。

太好了！总算是守株待兔成功，找到他了。

"我给你银子葬母，你别卖身了。"她推开那两人，直接取下身上的钱袋子递过去，微微弯腰，语气里没有一丝轻贱和可怜。

隔着幕篱，小德子看不清她的面容，影影绰绰的，他只觉着这定是个美丽又温柔的女子。

他短暂愣怔后，摇头道："不行的，说好的卖身葬母，若是姑娘给了小人安葬费，那小人便跟随姑娘，当姑娘的奴仆……"

池芫挠了挠头，这可就犯难了，她只是想帮他，想着改变了他入宫受苦的命运后就离开，哪能买下他这个人呢？更何况这样一来，她拯救他的意义就不存在了。

“她不需要。”沈昭慕拨开围观的群众，走到池芫身边，一只手还提着荷叶鸡，面具没有遮挡处，他双唇紧抿，泄露了他此时不悦的心情。

他当然愿意池芫报恩或者救济别人，但小德子当初进宫当了太监后尚对芫芫抱有暗恋之心，眼下这人还在宫外，如果芫芫出面扭转了他悲剧的人生，收在身边当个侍从……那还得了！

池芫一见沈昭慕这样，便知道这家伙吃醋了。她咳了一声，忙对小德子道：“我真不用仆从。我不是京城人士，一会儿就要回老家的。你拿着这笔钱好好过新生活吧，不要卖身为奴，更不要进宫了。”

这一次，希望命运悲惨却心怀善意的小德子不要进宫，就这样靠他的双手劳作，过上简单却幸福的日子，有个不一样的人生。

“姑娘为何这般帮小人？”小德子面上满是疑惑地问道。

“或许，是我们有缘吧……”看着眼前还青涩年少的小德子，池芫喉咙发紧，轻叹了一声。

但这一次，希望你别记得我，只管去过你想过的生活。

“敢问姑娘芳名？小人这辈子定然将二位的名字牢记于心，时时刻刻为你们祈福。”小德子听了池芫的话，深感认同，难怪他对她有种说不出的熟悉感，兴许真的是前世就认识的缘分。

他迫切地想知道池芫和沈昭慕的名字，还准备给池芫磕头谢恩。

池芫忙伸手扶住小德子的肩膀，阻止了他的大礼：“山水有相逢，就不告诉你名字了。且小……哥你记着，男儿膝下有黄金，别动不动就朝人磕头。往后抬头挺胸大步走，我相信你一定会出人头地的。”

“嗯！小人铭记姑娘的恩德和教诲，以后一定堂堂正正做人！”

眼瞅着这两人聊上了，沈昭慕心中警铃大作，当即连荷叶鸡也顾不得了，将钱袋子从池芫手里拿过，直接放在小德子面前，然后拉着容易招蜂引蝶的老婆就走。

风中传来少女清脆又遗憾的声音——

“哎呀，我的荷叶鸡呢？”

“……”

少年看着那对璧人离去的方向，手里紧紧握着钱袋子，眼里有感激的泪意。

那是皇宫的方向，也是他方才一度自暴自弃想进去的地方。

他想，他遇到了救赎他一生的恩人。只是可惜，恩人连名字都没留下，他此生恐无以为报。

马车上，池芫把玩着沈昭慕的玉佩，笑嘻嘻地哄着醋意翻涌的男人：“行了，你还吃醋呢？这不是弥补我当初的遗憾嘛……”

沈昭慕下意识想冷呵一声，但他想起惨痛的前车之鉴，便愣是转成了傲娇又别扭的“哼哼”。

许多年以后，当小德子，不，该叫他阿德，当阿德白发苍苍，抱着孙子在树下打枣子时，孙子懵懂地问他：“爷爷，咱们家这么有钱，为什么你日子过得还是这么拮据啊？”

比如他想吃颗枣，爷爷就非要在院子里摘，也不肯出去给他买。可他们是富绅之家，很有钱的！

阿德老了，也是个瘦瘦弱弱的小老头儿。他精神矍铄地将枣子弄下来递给小孙子，然后抱着小孙子到一旁坐下，笑呵呵地摸着小孙子的脑袋说道：“爷爷年少时啊，家里很穷，是一位好心的姑娘给了爷爷一笔钱，让爷爷能够安葬母亲。爷爷拿着剩下的钱去做工，一步一步才到今天富甲一方的地位。但是啊，就算再有钱，也不能忘记初心。我有难时被人帮助才走出困境，恩人不肯告知姓名或住处让我报答，那我就只好将这份善意传递下去……”

阿德还想说什么，就看到小孙子拿着一颗啃了一口的枣，在他怀里睡着了。

他失笑了，看着一望无际的蓝天，内心喟叹：姑娘，我等了你六十年了，你如今身在何处？是否和公子幸福美满地生活？也不知道我闭眼前还能不能再见你们一面……

其实阿德明白，或许他们已经不在人世了，要不然天地广阔，为何他遍寻几十年都无果？

阿德死的这天，他若有所觉地早早将铺子的事安排好，一个人到当初和池芫、沈昭慕遇见的路边走了两圈，回来后便躺下，再也起不来了。

屋子挤满了他的儿孙，但阿德混浊的眼看向窗外，执拗地不肯闭上。

“都走吧……我活到这般岁数，每一天啊，都是赚来的。”他望着窗外，声音气若游丝，但带着一股乐观。

儿孙个个红着眼眶，不舍得他走。

“去吧，都去过自己的日子，堂堂正正抬头做人，不要忘了救济穷苦人。”说完，他便闭上了眼。

屋内哭声一片。

外边不少受过阿德恩惠的人自发为阿德送终……

阿德感觉自己浑身一轻，然后便飘在了半空，与此同时，脑子里走马观花似的闪现出一些片段。

许久之后，他才恍然地笑了：“公主，原来是您……小德子答应您的事，做到了。这辈子没有入宫，也有好好地生活。”

屏幕外，正在看小德子这一生的池芫，看到这儿的时候，有些惊讶：“他为什么会记得……”

沈昭慕揽着她的肩，摸了摸她的眼角，道：“这不重要。重要的是，你改变了他的命运，他也拥有了一个普通却不再坎坷的人生。”

池芫靠着沈昭慕的肩膀，叹了声：“真好，愿善良的人都不必吃苦。”

“别伤感了。说吧，接下来你还想去救谁？K？”

“答对了。系统呢？还等什么？咱们现在就出发吧！”

卷四
任务四

第五章
他的邻居有点怪

沈昭慕听到隔壁传来的歌声后，将面前拼了一大半的拼图弄乱。他面上一点儿表情都没有，只能从那双漆黑的眼睛深处找到些许的情绪。

沈昭慕被家里丢到这儿之后，用了三个月才适应这里的环境——当然，他这样的人，不需要适应环境。

但他也知道，他是彻底被家族放弃了，就因为他有自闭症。

就在三个月前的沈家订婚宴上，他忽然发狂，让沈家丢尽了脸面，所以他被父亲放弃，丢到了这个空荡荡的大房子里。

但一周前，隔壁搬来了一个新住户，是个女的。因为她总是在夜里唱歌，所以沈昭慕想，对方应该和他一样，是有病才被丢到这儿的。

沈昭慕是个不太一样的自闭症患者，他只是封闭了自己，但不代表他没有智商，相反，他很聪明，并且他有着超乎常人的听力。

他很讨厌这个能力，因为他总是能听见表面上温柔体贴的继母，在背后同他那个妹妹一直说他的坏话。

沈昭慕望着面前的拼图，忽然觉得有些饿了。但现在已经是晚上几点了？他微微抬头，看了眼挂钟，十点半——他又忘记睡觉了。

沈昭慕呆滞地走到浴室，洗澡，漱口，洗脸，然后也不关灯，就往主卧走去。他掀开被子，乖乖躺下。

这时，隔壁的歌声小了些，对方似乎心情平静了不少，不再唱奇奇怪怪的歌，而开始唱摇篮曲。

为什么他会知道是摇篮曲呢？好像，他小时候，妈妈也这么唱过？

池芫在系统给的投影中看到少年乖巧的睡颜后，才闭上了劳累的嘴巴。她将画笔放下，看了眼面前的画板，白色的画纸上，是密布的乌云和烂掉的草。

“系统，原身这怨念也太深了吧？我原本是想画春暖花开的，怎么画出来这么阴暗？”

系统：“你的花、你的鸟在哪儿？你别甩锅给原身，明明就是你自己懒得好好画。”

池芫放弃和系统斗嘴。

在这个游戏位面里，原身池芫是池家的千金。池家是名流世家，资本没有多雄厚，但是池家父母一个是书法家，一个是文学家，女儿池芫则是画家，唯独养子池遇从商。但也正是因为养子从商，才使得池家跻身上流。

原身是个画画时非常文静的美少女，可一旦离开了画板，就是个实际上有些虚荣和自恋的大小姐。她知道池遇不是她亲哥，就从小刁难他，但又很霸道地黏着池遇。池遇对她爱理不理时，她就发脾气，甚至撕画作怪，让池家父母误会池遇欺负她。

池遇因为感激池家父母的养育之恩，便处处让着池芫。可实际上，他心里却很厌恶这个妹妹——她明明长了一张天使的脸，却生了一副魔鬼的心肠。

这种厌恶在他喜欢上沈家二小姐沈笑笑，却被原身各种阻止——不仅利用自身安危来威胁他不许娶沈笑笑，甚至偷偷吓唬沈笑笑时，达到了极致。于是，池遇为保护心爱之人，便开始收拾池芫了。

他收集了原身私底下泡吧、蹦迪、玩弄别人感情，以及欺负沈笑笑的证据，匿名发给池家父母。池家父母是典型的好面子的人，他们觉得自己的女儿丢尽了他们池家的脸。他们想不到，一直引以为傲的女儿，在文静秀美的表面下，竟藏着这样一个扭曲邪恶的灵魂。

他们对女儿很失望，让她认错，不仅将她关在家里，甚至还叫来沈笑笑，让她跟沈笑笑道歉。原来的池芫崩溃了，觉得父母不关心她就算了，还要帮着外人。愤怒之下，她拿起父亲的烟灰缸砸向了沈笑笑。池遇反应迅速地替沈笑笑挡了这一下，额角都被砸破了。可他只是冷淡地、厌恶地看着她，也没有任何指责，这反倒叫原身忍不住大哭。

池家父母觉得原身没救了，甚至认为她心里有疾病，想送她去医院。原身害怕得直接跑了，并且说再也不回池家。

于是乎，继承记忆的池芫，还没来得及高兴，就得知自己现在已经被赶出了家门……

一定是系统的错，但凡早一点儿，她也能力挽狂澜。

不过既来之则安之，当前最重要的是她要找到沈昭慕。

这个世界的沈昭慕是沈笑笑同父异母的哥哥，是一个高智商的自闭症患者。很巧的是，他也是池遇和沈笑笑感情路上的绊脚石，所以就被沈家赶出来了。

你看，这是不是注定的缘分？一个傻子，一个疯子，简直绝配。

剧情主要围绕池遇、沈笑笑这对欢喜冤家展开，倒是没有多少篇幅涉及沈昭慕，提到的寥寥几句都是——沈家那个自闭症大少爷。

这个位面的沈笑笑，长相可爱，积极向上，是商界巨擘沈家的掌上明珠。她母亲则是娱乐圈退圈的影后——外人都道她演技好、颜值高、性子好，实际上，她是个心机深沉、手段厉害的女人。

她在沈家家主还没离婚时便和他接触了，气得当时生下沈昭慕没多久的沈夫人得了抑郁症。

沈夫人因为丈夫的这些事情，身体每况愈下不说，情绪更是变得喜怒无常。在沈昭慕一岁时，她经常带着他去公司试图挽回丈夫，发现这招有用后，就开始变本加厉……

沈昭慕很乖，被妈妈掐得小手淤青后就哭，爸爸就会回家，然后妈妈就开心了。可等沈昭慕好了，爸爸就走了，妈妈就开始哭、砸东西，还抱着他哭，一边说对不起他，一边对他下更重的手……

等沈昭慕那不靠谱的爸爸发现不对劲时，已经晚了。

沈昭慕不爱说话，原本以为是年纪小，后来发现两岁了，他还是不开口，沈父就觉得不妙了。他只有这一个孩子，便格外重视些，又被沈笑笑的妈妈怂恿，他就带着孩子去看了医生。

医生检查后，说孩子得了自闭症。沈父一怒之下，闹着要和沈夫人离婚，还说要告她。沈夫人哭着认错挽留，却没能挽回这段感情。于是，趁沈父不在时，她将三岁大的沈昭慕塞进行李箱里，打算偷偷带着他逃跑。结果路上遭遇了车祸，沈夫人不治身亡。

万幸，沈家的下人察觉到沈夫人情绪不对，便打电话给沈父，沈父让司机赶紧去追。最后是司机将差点儿闷死在行李箱里的小沈昭慕抱出来，送去了医院。

等小沈昭慕醒来，经过医生的诊断后，沈父就被告知，孩子的病情加重了，原本还有希望救治的自闭症更严重不说，孩子还得了PDST（创伤后应激障碍）——他会对密闭空间感到害怕，且极度怕黑，夜晚一定要开着灯。只要关上灯，他就开始声嘶力竭地号叫。

最后沈父很是失望地将沈昭慕带回了沈家。

沈夫人的死和沈昭慕的病并没有给沈父带来什么困扰，不过半年的时间，他就把沈笑笑的妈妈娶了进来。

沈笑笑比沈昭慕小三岁半，她是在父母的欢笑和期待中出生的。沈父因为沈笑笑的妈妈陈媚，对沈笑笑格外宠爱——尤其是在和沈昭慕这个不言不语的大儿子对比后。

陈媚不希望沈家落在沈昭慕手里，便将沈笑笑当作男孩子培养，什么都学。只是没想到沈笑笑对沈昭慕这个大哥格外亲厚，明明对方不理会她，她还要往上凑。

这叫陈媚很生气。她暗里跟沈笑笑说沈昭慕是绊脚石，却被听力很好的沈昭慕听见了，于是心思敏感又自闭的沈昭慕更加不待见沈笑笑母女。因此，他也就叫沈父越发不喜。

另一方面，陈媚觉着池家的养子也配不上自己的女儿，便想着给沈笑笑介绍别的对象，于是被吹了枕边风的沈父答应宴请名流豪门。

宴会上，沈昭慕因为书落在客厅，便下楼拿，谁知碰到几个公子哥儿，他们不仅抢他的书，还骂他，沈昭慕这才忍不住打了人。随后，客厅的灯不知怎么忽然熄了，沈昭慕立刻抱头往沙发后缩，一边大声号叫。沈笑笑知道他怕黑，急忙上前安慰他，却被沈昭慕推倒在地上。

管家检查后，说是跳闸了。很快灯又亮了，而此时，沈昭慕狼狈不堪的样子也让所有人看见了，沈父气得险些当场昏过去。

等宴会散场，沈父指着抱着沙发不肯走的沈昭慕，骂他是废物、累赘，是沈家的耻辱。沈笑笑想要帮沈昭慕说话，却被陈媚拉走了。

第二天，沈昭慕就被送走了——沈家放弃他了。

沈父派了人照顾他的起居，却放弃为他治疗了。到底是自己的儿子，沈父又不缺钱，便没有短了沈昭慕的吃喝住行，但明确表示不会再将沈昭慕接回去了。

沈父能保沈昭慕衣食无忧，却不想再要这个有缺陷的儿子了。

直到池遇和沈笑笑结婚后，沈笑笑觉得哥哥可怜，要接他回去，结果沈昭慕却自己跑出去了。他抱着他的拼图，看着车水马龙的世界，不幸出车祸身亡了。

他死在沈笑笑举行婚礼那天。谁都不知道这个自闭症男孩为什么要选择这一天，但沈笑笑哭得绝望。她对池遇说，这是从小看起来无害的哥哥对她最大的报复，也是报复沈家对他的冷漠无视。

池芫在接收到剧情后，气得不行，二话不说就用身上最后一点儿钱租了沈昭慕对面的房子。

为了维持生计，她开始画画。因为知道沈昭慕的身体状况，又没有人在房子里照顾他，为了引起他的注意，顺便提醒他每天早睡，提醒他吃午饭和晚饭——早餐？她早晨都在睡觉，没法提醒——便开始鬼哭狼嚎般地唱歌。

不得不说，这么奇怪的操作，却生效了。

只不过——

系统："叮！目标人物好感度 -20，当前好感度 -20。宿主，你的歌声让他对你的好感度下降了。"

池芫："好了……不用你提醒，我也知道的。"

那有什么关系！他一个自闭症，还知道讨厌人了？哼，没礼貌！看她怎么教训这个臭小子！

池芫在镜子前盯着这张肤白貌美的脸，陷入一阵沉醉中。

原身自小就是含着金汤勺长大的，又加上学了钢琴和画画，原身不说话时，气质就格外好。

一头长发及腰，又黑又直又滑；鹅蛋脸，柳叶眉，杏眼，驼峰鼻，花瓣一样饱满鲜艳的唇，奶油似的肌肤。身高有 168 厘米，骨架小，是那种恰到好处的匀称身材，一双腿又白又直。

池芫看着，就忍不住捧着脸，在心里说着："我可真美。"

系统："那是原身长得好。"

池芫："我不管，那也是我美。我来了之后，这张脸才有了灵魂，这副身躯才有了风韵。"

系统还真没见过这么能自吹自擂的人。

其实原身这性格和毛病，池家父母要负很大的责任。他们忙着去各国签售、看展，根本不管原身，将她丢给保姆，再后来就是丢给池遇。

池遇虽然不爱说话，但的确算是个称职的哥哥。原身小时候任性又体弱，每次生病了都很折腾人，都是池遇带她去医院，照顾她。

池芫不禁叹气，原身既偏执又可怜。

至于沈笑笑，也是个老好人，但不是软柿子。她被保护得很好，心里阳光，是原身一再威胁到她的生活和感情，她才不再忍耐。

这些人里面，除了沈笑笑不可怜，池遇也好，原身也罢，还有沈昭慕，都是可怜人。

池遇因为池家父母的收养之恩，一个人支撑着偌大的家业，给池家父母高雅的文艺事业提供资金支持，还要管这个公主病妹妹。

原身呢？她太缺爱了。父母爱他们的事业超过她，将她丢给别人。而池遇对她好，也更多的是为了报恩。他总是冷着脸，所以每次生病时，他难得的温柔，就成了原身拼命汲取的养分。原身渴望被爱，最后却落得伤痕累累。

而沈昭慕，是这个世界最可怜的人了吧。他生母虐待他，父亲冷待他，让他小小年纪便患上了自闭症。

现在沈昭慕是一个人住。因为他前不久的那次发病，沈父对他没了最后的耐心，派来的用人也只负责他的一日三餐，且送到玄关处就走，根本不往客厅多走一步——就像是怕沈昭慕会发病伤害到他们一样。

但他是一个病人啊！

没有人提醒他什么时候吃饭，他沉迷在自己的世界中时，感受不到饥饿和时间的流逝，作息极度不规律，甚至前不久就因为没有按时吃饭而饿昏在客厅，还是负责打扫的阿姨发现后才叫来了家庭医生。

池芫躺在床上想，她觉着自己不能当不留名的老好人了，看看这个好感度，对方连面都没见过就讨厌她，她可太冤了。还是要主动出击！

只是，怎么才能顺理成章地接近他呢？

池芫翻了个身，又烦躁地爬起来，拿出手机，看了下自己现在的全部资金……还真是彻底地离家出走——原身怎么活到现在的？居然除了池遇给的信用卡，她自己真的一点儿钱都没有了。

还是池芫来后卖了几幅画出去，才换了一点儿生活费。但是，这些哪儿够啊！要不然，厚着脸皮找池遇要？但原身出走时可是放了狠话的，已经将池遇得罪得死死的，这个口难开啊……

不过最重要的是……池芫咬唇，怎么才能接近沈昭慕呢？

她抓了抓头发，忽然灵机一动，眼睛亮了起来——有了！

次日。

沈家来送饭的用人刚上楼，就发现大少爷对面房子的门打开了，一个漂亮的女孩径直走向她。

“阿姨，请问你这个工作工资是多少钱啊？我看你好像每天都来送饭？”

阿姨古怪地瞅着池芫，但对方笑容干净明媚，又一身的名牌服饰，看着不像是不怀好意的人……主要是对方图她什么呢？长得漂亮又不缺钱的女孩子总不能是图她的饭碗吧？

所以她爽快地说道：“还好吧，不多，一个月五千。”

只做饭送饭就有五千？池芫觉得沈家的钱还算是好赚的。

然后，池芫笑眯眯地望着她：“阿姨，我能和你商量一件事吗？”

阿姨这会儿瞧她哪儿哪儿都不对劲了，道：“不能。姑娘你别找我了，我还要送饭呢……”

“可是里头这位前几天因为你不提醒他按时吃饭，最后晕倒了吧？我都听见你打电话了。是你叫的家庭医生，还让医生别多事，说如果他说给老爷听……”

“哟，姑娘，饭能乱吃，话不能乱讲的！”用人听了，面色变了变，然后强装镇定。她没想到池芫居然听到了她和家庭医生的对话。

池芫却拿出手机放了一段录音，看着阿姨，笑得像是天使：“没什么。我觉得如果这段录音被你们老爷听了，你估计就饭碗不保了。”池芫停顿了一下，又道，“不过，我们可以做个交易。”

阿姨咬牙切齿地问道：“什么交易？”

池芫冲阿姨勾了勾手指头，指了指自己家的门——她可是知道沈昭慕的听力有多厉害的，不能叫那小子听见了。

阿姨将信将疑地跟着池芫进了她家，然后就见池芫用手机给她打了两行字：“我替你送饭，并且保证里面那位按时吃饭不会晕倒。我不会威胁到你的饭碗，但是你要做两份，把我的一日三餐也管了。”

阿姨毫不理解，这小姑娘又是录音，又是威胁的，敢情就是为了——一日三餐？

而且她还帮自己送饭？

阿姨是在沈家厨房帮忙的，她其实很不喜欢往这边跑，因为大家都知道，家主和夫人不喜欢大少爷。

只是，这个小姑娘真的就只是为了混口饭吃吗？

阿姨看着这个豪华的房子，再看了一眼池芫这一身的打扮，她也用手机给池芫打字：“你怎么不请个保姆？”

很真诚的问题。池芫自己编的谎只能自己圆回来：“实不相瞒，我和家里吵架了，我所有的卡都被冻结了，所以我连饭都吃不起了。”

阿姨觉得池芫这个样子，的确像是离家出走的，比如这屋里，干净得一点儿都不像是个家，应该是租的。

“天下没有免费的午餐……”

池芫看到这一句，立马飞快地打了字回她：“我吃得少，你就多做你家少爷餐食一半的分量给我就行了。”

阿姨想了想，也就是多做半份饭菜，反正不花她的钱，还能让别人替她将饭菜送到大少爷的屋里，自己的饭碗也保住了。于是她重重地点点头，成交了！

池芫：“系统，不瞒你说，我觉得我的话漏洞百出，阿姨居然还真信了！我真是太棒了！”

系统：“我都替你感到尴尬。”

“阿姨，交给我吧。”池芫打开门，强行接过了阿姨手中的保温桶，然后“请”她下楼。

池芫走到沈昭慕门外，用刚刚阿姨告诉她的密码开门。

听到开门声的少年，不大高兴地蹙起了眉，但没有朝门口看，他只是专注于面前的拼图，心无旁骛。

池芫关上门，脚步很轻地朝他走过去。这个世界的沈昭慕，太瘦了。她看了一眼，就觉得有些难受，眼睛跟进了柠檬汁一样酸涩。

他生得很好看，清秀干净，皮肤是那种没有血色的苍白，头发很黑很短，额前有一撮小卷毛微微翘起，看着有些呆。

“沈昭慕，吃饭啦！”池芫看了一眼他面前的拼图，找了个离他不远不近的沙发椅坐下，声音又甜又暖地开口道。

瞬时，沈昭慕手里的碎片落到了拼图之外的桌子上，发出清脆的一声响。

他听到池芫这个声音，本能地就想起自己这些天被歌声支配的恐惧。那次家庭医生给他打了针后，他一开始还是不记得吃饭睡觉，但自从隔壁搬来一个很烦的邻居后，他好像每天都有吃饭，按时睡觉了。

但他的拼图每次都被打断，他很不高兴。

沈昭慕不喜欢别人大声说话，他的耳朵会很疼。不过，池芫鬼哭狼嚎的声音已经给沈昭慕留下难以磨灭的印象了。所以，池芫现在正常的音量，叫沈昭慕不觉得突兀了。

“你别光看着我，该吃饭了。”池芫将保温桶打开，将里头的饭菜放到餐桌上，动作很轻，格外注意不让盘子碰到餐桌而发出声响。

池芫知道沈昭慕在看自己，因为她打搅了他拼图的专注，所以她感觉自己后背凉飕飕的。

她走过去，盯着沈昭慕黑葡萄似的眼眸，眼神不自觉地露出几分温柔：“你好厉害呀！这个拼图，我也想学。吃完饭，你教我好不好？”

沈昭慕仍旧直勾勾地盯着池芫。这是第一次有人对着他说“你好厉害”，还是这般真诚的不带一丝一毫演戏成分的夸奖，并且她还说想学拼图。

他想起家里那个妹妹，每次夸他时，她的眼神就已经出卖了她，所以他不喜欢她。她总是用同情的、小心翼翼的目光望着他，且总是吵得很，像一只苍蝇。

眼前这个……也挺吵的，但原来她白天的声音这么正常？

看着她眼神流露出来的崇拜，他抿了抿唇，嘴角细微上扬的弧度彰显着他的愉悦。

这么笨，拼图都不会，还不如他呢！

或许是从来没有除了医生之外的人这么和他说话，声音又不吵，还聊他喜欢的东西，沈昭慕难得的，没有像对待别人那般生硬地将影响到他的人赶出去。不过他没说话，只是将掉出拼图框的那一块拼图放回到了框中。

他能从眼神分辨出这人对自己没有恶意，很奇怪不是吗？沈家那么大一个宅子，没有一个人是真心喜欢他的，包括他的父亲。

不过他很小的时候就知道了，他并没有难过。或者说，除了看书、拼图，他没有什么喜欢的，也就不在乎别人喜欢不喜欢他了。但他讨厌别人用同情的眼神看着他。

“你吃完饭之后教我玩拼图，而作为回报，我教你画画，怎么样？”

沈昭慕抬头看向她。他对一切安静的活动都挺喜欢的，他也想学画画，只是还没来得及。

见他的眼里总算是有了抵触和平静无波之外的情绪，池芫微微松了一口气：“快吃饭吧。”

她太难了，从头到尾就她一个人在唱独角戏，这个小家伙安静得让人心疼。

大概是互换学习这个诱惑太大了，沈昭慕居然对着一个陌生人，还是隔壁半夜唱歌扰邻的人没有排斥。他默默走到了餐桌前，坐得笔直，安静严谨得像是机器完成某个指令一样用餐。

池芫就坐在他对面，也不出声，就捧着脸颊望着他。

“系统，你看慕崽吃饭的时候多乖啊！”

系统：“嗯？慕崽是什么昵称？”

池芫：“你看他，小小年纪，好可怜啊！我心痛！不行，我要宠他！”

系统：“行吧，您开心就好。”

沈昭慕吃东西没有狼吞虎咽，看起来斯文秀气，但动作很快，十来分钟就吃完了。

池芫将他面前没动的汤轻轻往他手边推，说：“不能光吃饭，喝点儿汤，喝完我们就去拼图、画画。”

拼图！画画！沈昭慕眼睛亮了亮，却不是对着池芫，他径直离开餐桌，回到了客厅——他那一堆拼图前。

人不如拼图系列，她吃一颗柠檬吧！

池芫简单地将保温桶收拾了一下，然后搬了张凳子坐到沈昭慕对面，看着他拿起拼图碎片，眼见着立马就要进入一个人的世界中。

池芫立马握住了他那只拿着拼图碎片的手。沈昭慕惊了一下，瞬间激烈地甩开她，手中紧紧地捏着那块拼图，用抵触的眼神望着池芫。

就在池芫觉得沈昭慕不可能这么快分享宝贝的东西给自己时，面前却伸过来一只白皙的手，手心摊着一块拼图。

她错愕地抬眸，对上了少年抿紧了唇，一副随时要和她拼命的样子。

池芫笑着接过拼图，然后毫无心理负担地哄小孩似的问沈昭慕怎么拼，愣是把自己从一个高智商的文艺少女塑造成了傻白甜。

"哇！你好厉害呀！"少女轻快的欢呼叫沈昭慕嘴角轻轻勾了一下，他这样子看起来一点儿也不像是个随时会发病抓狂的人。

"叮！目标人物好感度 +25，当前好感度 5，恭喜宿主，靠装傻充愣不劳而获！"

池芫："嗯？这是系统该说的祝福吗？"

池芫见"千穿万穿马屁不穿"的策略又派上用场了，立马笑得更加柔美明媚："那我下次送你更好的拼图，怎么样？"

她已经找到这次任务该努力的方向了。

果然，沈昭慕稍稍抬眼看了她一下，然后弧度极轻地点了点头。

沈笑笑也会给他买拼图，但都是他不喜欢的——那种几岁小孩子才会玩的简单版。

"现在，我们去书房画画吧！"

沈昭慕不大想动，但画画的确诱惑到了他。于是，他又纠结地拧起了眉头。

"实不相瞒，我是个小有名气的画家。不信？你跟我回我家，我给你看我画的画！"池芫像个狼外婆一样，开始拐小红帽了。

在门口听了好一会儿的阿姨觉得池芫现在有些不对劲——难道她知道大少爷的身份，想要绑架他威胁老爷换钱？

就在阿姨纠结要不要开门时，门打开了。

池芫依旧是那副文艺少女的模样，看见阿姨杵在门口，只是挑了下眉梢，然后自然地转回去，将保温桶拿出来递给她："阿姨，他吃完了，你带回去洗吧，记得明天多带点儿哈！"

阿姨表情一言难尽地接过保温桶，微微往后看了一眼——沈昭慕还在拼拼图。

她不禁心里松了口气。刚才，她大大咧咧地就信了这姑娘，还将开门的密码告诉了她，万一大少爷真的丢了，她可真是难辞其咎了。不过——

“大少爷？您、您是要出门吗？”

“他不出去，我去对面拿我的画板和画笔，教他画画。”池芫笑容柔美，像是没有发现沈昭慕是个有病的人一样。

阿姨有些诧异，不禁声音拔高了些：“画画？”

这一下子把沈昭慕吓到了，他立刻捂住耳朵，看着阿姨的眼神充满了排斥。

阿姨没想到他又发病了，脸色立马惨白：“大少爷，你没事吧？我，我去叫医生！”

沈昭慕听到“医生”两个字，直接叫出声来了。

上次叫来的家庭医生见他不配合，直接给他打了镇静剂。沈昭慕只知道很疼，如果不是唐叔叔，其他人都会打他，用针扎他。

这么一想，他立马失控了。

池芫没想到沈昭慕忽然发作，但她也猜到了一些内情，于是忙拦住阿姨：“阿姨，你声音小点儿，吓到他了！不要叫医生，让我试试……”

池芫立马回自己的画室，将画了一半的向日葵画板以及画笔抱过来，因为走得太急，她一只拖鞋都掉了，但她也来不及管这个，忙跑到沈昭慕面前。

“别害怕，我们不叫医生。你是不是不喜欢医生啊？那我们不喊医生了……”

池芫刚靠近沈昭慕，他就往后退，他的声音有些嘶哑，只发出“啊”的叫声，池芫看了心疼极了。

“别怕，我不会伤害你的。我们不是一起拼拼图了吗？我们是好朋友了，对吧？”她只能把声音压低再压低，又轻又柔，然后将画板往前伸，递给他看。

池芫将画塞到了他手中，同时用另一只手轻轻地拍抚着他的背。她的手刚碰上去时，她明显感觉他浑身紧绷。但随着她一下又一下温柔地抚摩后，他渐渐地放松下来了。

沈昭慕望着手里的画，逐渐平静。

这是半成品，但看得出画这幅画的人很会画，每一笔都很细致、漂亮。

他用手指轻轻碰了碰向日葵的根部，然后抬起漆黑的眼睛望向池芫，无声地眨了眨。

池芫觉得他这个小表情太可爱了，便轻声问道：“你想学，对吗？那我们就在客厅画，好吗？”

虽然全程都是池芫一个人在说，但他情况特殊，又难得对她不那么抵触，肯跟她学画画了，池芫可高兴了。但是她也知道，想要接近自闭症患者，不是那么容易的，得耐心、细心，让他肯打开心扉接纳她的存在。

“你如果愿意，就点点头，好吗？”池芫笑容明媚。

沈昭慕抿着唇，不愿意回应，但又怕她不肯教他，便僵硬地点了点头。

于是，池芫笑得更加明媚了，立马将画笔递给他，开始教他画简笔画。

“阿姨，今天的菜比昨天的好啊……对了，明天弄条糖醋鱼吧！”

阿姨幽怨地望着自顾自点菜的池芫，敢情当她是她家用人了是吧？

可是她不能不答应。她一表现出丁点儿的不愿意，池芫就作势要拿手机给她看“证据”。

她真的太难了，所以，还是乖乖做菜吧，少折腾了。

就这么坚持了一个星期，眼前这个小姑娘，已经完全颠覆了一开始在阿姨心中的天使印象了——这就是个恶魔！女魔头！

池芫笑眯眯地接过保温桶，然后关上门，一点儿也不将自己当外人，堂而皇之地进沈昭慕家的门，赶走沈昭慕家的用人。

她一回头，就对上沈昭慕漆黑的葡萄眼。池芫讪讪地笑了一下，指了指保温桶，又指了指他桌面的画纸：“先吃饭，再画，好吗？”

拜他所赐，她这几天对画画都开始有阴影了！

这厮明明之前还那么喜欢拼图，一转眼居然抛弃了拼图，专心学习画画了！

可苦了她这个半吊子师父了！她自己是生活所迫，不得不拾起原身这能赚钱的技能，以卖画为生。但每天她要在他这儿教他一笔一笔地画画，回去后，她还要画自己的画……

她好累！看到画笔和画纸，她都快要生理性不适了。

偏生沈昭慕一点儿都不觉得饿和累，他沉浸于一件事时，可以完全入定。

池芫见这祖宗只是抿着唇，望着她不语——相处这么多天了，池芫已经摸清楚他这些微表情的意思了，一看就是不乐意。她立马秀气的眉一耷拉，双手合十做了个“拜托拜托”的动作，开始使上撒娇技能：“行行好，求求你嘛！”

谁知，沈昭慕却像是发现新大陆一样，缓慢地偏过头，新奇地望着她这个举动，似乎希望她再来一遍。

这小子，虽然病着，但有些恶趣味倒是一点儿也没丧失！

不过，池芫还是有求必应地又做了一遍，只是这次，毫无感情，像个机器。沈昭慕便拧起了他的远山眉。

池芫哼道：“小不高兴，你又不高兴……我好饿呀——我们先吃饭，不然我一会儿饿得拿不起笔，还怎么教你画画呀？”

果然，面前的少年立马摇头，然后伸手指着保温桶，这意思就是同意先吃饭了。

沈昭慕不讨厌眼前这个女疯子。虽然她还是每天晚上准时准点唱歌，但她陪他拼图，还教他画画，从没和他发过脾气。其实他知道，她脾气不好的，但每次他只是无声地望着她，什么也不用做，她便自己消气了。

“这套水彩笔送给你，希望我们的小不高兴能够画出五彩缤纷的画！”结束了一天的教学课程，池芫揉了揉酸疼的手腕，再捏了捏自己快要突出的颈椎，随后就从包里拿出一套崭新的水彩笔，双手递到沈昭慕面前。

沈昭慕正目不转睛地盯着今天画的房子，听到池芫的话后，迟疑了一下，然后抬头便看见面前有几十种颜色的水彩笔。他漆黑的眼睛微微一亮，像是有些惊喜，然后一眨不眨地望着池芫，好像在问：“真的都送给我吗？”

池芫对这样的眼神毫无抵抗力，瞬间像老母亲似的说道：“崽崽，送你的，拿去吧！”

沈昭慕接过了水彩笔，眼里满是兴奋的光彩，面上却还是一副冷淡的表情。如果不是他正爱不释手地摸着水彩笔的包装，池芫都要怀疑他是不是不喜欢了。

“这是礼物。以后啊，小不高兴要是肯开口说话，或者是好好吃饭、好好睡觉的话，我就继续送你礼物当作奖品，好不好？”池芫其实还想让沈昭慕乖乖吃药，但还没见到他的主治医生之前，她也不好贸贸然做什么的。而且她现在还在努力接近他的阶段，哪里能说得动他呢？

沈昭慕现在听到“医生”两个字就面色惨白，万一再让他因为听到“吃药”而触发什么不好的记忆和情绪的话，那就得不偿失了。

沈昭慕抱着水彩笔重重点头。如果他每次这么做都能换来礼物的话，那可太开心了！他想一直收礼物，都是她送的，他可以放进自己装奥特曼的箱子里。

但他不会表达，只是用手指指了指池芫，做了个别扭的心形手势。他看电视里的男孩子这么比了后，女孩子都会很高兴的。不过，他就看了一小会儿便觉得无聊关掉了，现在想想好可惜呀！

池芫：“……”他好可爱啊！我毫无抵抗能力。

系统：“你……克制一点儿！”

“你表现好，我就每次都送你不一样的礼物，好不好呀？好的话，就点头。”池芫开始引导他做一些最简单的回应。

而沈昭慕也很配合，轻微幅度地点了点头。

看来礼物的诱惑也丝毫不亚于画画啊！池芫眉飞色舞地想，她可真是个小机灵鬼啊！

两人相处得很融洽。明明池芫是个陌生人，她擅自闯入了他自己画好的领地内，他竟然没有抵触，这么快就接纳了她的存在。

沈昭慕躺在床上，看着明亮空荡的房间，一双又黑又干净的眼睛里，阴郁死气散去了一些，多了几分茫然。

“叮！目标人物好感度+15，当前好感度35，宿主加油，继续冲呀！”

池芫：“快点上60吧，每天的教学真的很苦啊！”

盛夏的太阳有些毒辣，好在池芫不爱往外跑，加上沈昭慕也不会出门，所以她心安理得地在沈昭慕家蹭吃蹭喝，小日子过得很是滋润。

沈昭慕很安静，安静地拼图，安静地画画，但池芫跟他说话，他开始有回应了。尽管他依旧不肯开口说话，但比起最初那会儿的抵触和无视，这会儿已经算是好很多了。

池芫查过资料，自闭症患者并不是没法儿改善的，尤其是沈昭慕这种自己封闭了内心的，只要加以开解，让他慢慢接触外界，逐渐打开他的心扉，就有好转的可能。

“甜甜的西瓜，吃！”池芫点了外卖，买了一个冰镇西瓜，切成两半后，没有一点儿形象地拿起勺子，插进自己这半个，然后挖了一勺红红的瓜肉喂进嘴里，享受地眯起一双烟水眸子。

吃完一口，她立马将剩下半个西瓜如法炮制地递给沈昭慕，杏眼里满是鼓舞。

沈昭慕看了一眼西瓜，目光落在池芫眉眼弯弯的脸上。过了好一会儿，见她仍旧捧着西瓜维持着递给他的动作，沈昭慕才伸出手。不过，他没有接过西瓜，而是拿起勺子，挖了一大勺瓜肉放进自己嘴里。甜甜的西瓜一入口，他的眼睛立马亮了起来，他又拿着勺子挖了一勺塞进嘴里，表情满足得像一只小仓鼠。

“不高兴小朋友，你还真不和我客气呀！”等他吃完了，池芫手都酸了。她将所剩无几的空心西瓜放下，然后揉着自己的手腕和胳膊，一脸怨念地看着他，嘟囔道。

虽然是嘟囔，但沈昭慕凭借自己卓绝的听力还是听到了。他无辜地眨了眨眼，然后忽然端起池芫那半个西瓜。

池芫刚要说这是她的，他怎么能抢走她的西瓜呢，就见面前的少年乖乖伸出双手，学着先前池芫的姿势，将西瓜举到她面前，漆黑的眼眸一眨不眨地望着池芫，无声地传达他的催促。

“呜呜呜——孩子长大了，终于知道心疼人了！”池芫忙背过身去，抹了一把不存在的眼泪，小声感慨。

沈昭慕不解，只是固执地又将手往前递了递，催促池芫快点儿用勺子挖西瓜吃。

盛情难却的池芫，眨了眨漂亮的眼睛，然后毫不难为情地拿了勺子，一口一口地吃起来。

“吃完西瓜，看电影吗？”

吃完冰镇的西瓜，完美消除了暑气，池芫舒服地往沙发上一靠，将一旁的抱枕抱在怀里，拿起遥控器打开了客厅里巨大的电视机。

沈昭慕歪头，看电影？他的世界里，都是无声的活动，没有对话，也不听歌，更不说看电视和看电影了。

哦，他看过一些，都是沈父为了让他看起来像个正常人、不丢沈家的面子而逼他看的。如果他不看，沈父会有一堆法子对付他——比如扔掉他喜欢的拼图，将他关进房间内，威胁说要给他关灯……

池芫一转头，就见他似乎是想起什么不好的回忆，眼睫微微垂下去，睫毛在眼下打下了一圈阴影。

“看一会儿嘛——我保证会把音量调低的，好不好？”池芫认真地强调着，举起三根手指，用可爱的眼神注视着他。

池芫发现，沈昭慕其实很喜欢她向他求助，或者说，他短暂的二十一年生活中，一直被当作弱者和病人对待，很少有人像她这样，将他当一个强者、一个大人来对待。

沈昭慕抿着唇，僵硬地坐在池芫身边，点了点头。

好吧，看她这么可怜的样子，他就答应这一回吧。就一回。

池芫让沈昭慕写他的名字，愣是磨了他一周，沈昭慕才写在纸上。

池芫现在和沈昭慕不管说什么，都会先喊一声他的名字，这让原本对自己的名字都快有些陌生的沈昭慕，现在对自己名字的反应，快到和正常人一般无二了。

池芫每天都有很多的问题要问他，明明知道他不会开口回答，还是乐此不疲，这让沈昭慕感到很困惑。

但不回答她，她就会一直盯着他，非要等到他的回答。

比如刚刚她问他，她穿的裙子好不好看……

他看了一眼她今天穿的裙子——一条印花中长裙，遮住了膝盖，露出纤细雪白的小腿，收腰的款式，将她的小蛮腰展露无遗。

好看，是挺好看的，但和昨天那身杏色的有什么区别？都是长裙，都是半袖及膝。

哦，沈昭慕现在能够分辨出的，就是她强调的，她喜欢半袖上衣和及膝的裙子，因为半袖上衣方便她画画，长裙能让她看起来更淑女。

“你现在回应我越来越敷衍了。”沈昭慕刚点头，池芫就不满地噘了噘嘴。她长得好看，做什么表情都会让人觉得赏心悦目，但沈昭慕不是个看脸的。

一开始她噘嘴，沈昭慕还担心她会误会自己不理她，后来发现，她噘嘴撒娇是日常操作后，也就选择性搭理她了。

“你是觉得我不好看了吗？”池芫就喜欢逗他。她凑到沈昭慕跟前，捧着脸，眨着眼，凑近了，让他不得不停下画画正视她整张脸。

他漆黑的眼睛干净得像是星子，就这么静静地望着她，似乎里头还带了些无奈。

池芫耸了耸鼻子，然后低头看他的画——嗯，她是不期待他会画她了，不过这家伙绘画天赋还是不错的。

她指着上面的房子：“你怎么那么喜欢画房子和车啊？”

沈昭慕用画笔勾勒完最后一笔，然后画纸上就有一个小小的房子和一辆车子，房子前，有一棵树，树上有鸟。他还添了颜色。

池芫拿起这幅作品，有些感叹。

沈昭慕其实内心深处很单纯和干净，这时候的他，刚被赶出来，还没有经历太多。

池芫感受到了沈昭慕画里的生命力，她感到有些意外，这也许是他渴望的生活？自己的房子、车子，还有自由地看风景？

池芫将画还给他，然后认真地望着他：“沈昭慕，我过两天要再送你一个非常非常惊喜的礼物！”

沈昭慕费解地望着她，但是眼神又有些期待：礼物！

说到礼物，池芫就恨不得给当初的自己一巴掌，让你不说清楚！她跟沈昭慕说如果他表现好，好好吃饭了，就会送他一个礼物。

结果就是，他每天吃饭之前，都直勾勾地望着她，然后才开始吃，吃完了，又直勾勾地望着她，抿着唇，一副严肃又期待的神情。

第一天送了画笔的池芫，第二天又送了画纸，第三天又送画板……

很好，到后面，她感觉自己的家底都要被送出去了。她吃饭的工具送了不少，好在她还有很多。

但是送礼物次数多了，这家伙还挺“有要求”——送重复的他就给退回来，摇头，表情认真正经，仿佛无声地说：送过了，这个还你。

到后面，池芫没有办法，只好逐次将礼物标准降低，比如送了一个钥匙挂坠，第二天就送个指甲钳，后面橡皮擦、本子，她也不嫌少，直接送。

“礼轻情意重。朋友，别太多要求。”穷得只剩下美貌的池芫，拍了拍他的肩，如是说。

沈昭慕什么都收了，以至于现在他房间里什么都有，甚至是池芫的发圈他也有。他很珍惜池芫送的礼物，用不上的，他就放在一个专门的大箱子里，也不盖上，能用上的就都用上。

之前池芫送了他一个陶瓷碗，他收到后，就开始用这个碗吃饭了，坚决不用别的。于是第二天，池芫只好再给他送了一副筷子和勺子。

沈昭慕收到礼物后的一个小时内，是最好说话的。

“我们一会儿去超市好不好？”池芫觉得不能一直让沈昭慕闷在家里，但她只能徐徐图之，所以她到了现在才开始试探着提议出去这个事。

但沈昭慕一听“超市”两个字，本能地拿出手机——拜池芫所赐，他现在也开始玩手机了，但仅限于简单的操作。

他不知道从哪儿找了张图片，指给池芫看，里面大概是大家办年货疯抢的图，他指着这群人头，一个个点过去，然后冲池芫做了个“害怕”的表情，就疯狂摇头。

人多，会吵，他害怕，不想去。

这个意思传达得十分明确，池芫都有些不忍心了。

但她见过一次他的主治医生唐医生，那个医生当时看到她能和沈昭慕和睦相处时很是惊讶，后来他偷偷和池芫说，她或许是沈昭慕病情的突破点。毕竟唐医生从没见过沈昭慕对谁这么放松和依赖。

如果可以，适当地外出，带着他接触一下外人，见识一下外面的世界，是很有必要的，对他病情的恢复帮助也很大。

“我们出去买零食。你想吃什么，我买给你！对，还有拼图！”池芫灵动地转着眼珠子，拿出撒手锏。

沈昭慕却拿起手机，打开购物软件，搜索了下拼图和零食给她看，无声地看着她：不是可以网购吗?

最后，他们还是没能去成超市，沈昭慕不肯。他抱着抱枕，像是回到了被沈父逼迫他做某些他不愿意做的事情时的样子，表情抗拒。

但不一样的是，他怕池芫生气，所以时不时地瞟一眼池芫，生怕她因为他的不配合而不理他，或者扔掉他的拼图。

池芫叹了一声，倒是没发现他这个小动作，她只是有些挫败。想要他出去接触外面的世界，太难了。尽管她都给他买好了降噪耳机——

对，降噪耳机都买好了，他或许愿意看在新礼物的分儿上，跟她出去了呢?

池芫一瞬间又恢复了元气。她转过头，看着抱着抱枕一脸紧张地望着自己的沈昭慕："沈昭慕，你是不是觉得外头太吵了？"

沈昭慕点头，脸上的戒备没有减少。他紧紧地抿着唇，然后指了指自己的耳朵，抗拒地皱着眉摇了摇脑袋。

池芫捏了捏他的脸，然后笑得眼眸弯弯："你等我一下，今天的礼物，给你个惊喜！"

沈昭慕无辜地从抱枕下抬起一只手，揉了揉自己的脸。不懂她为什么这么喜欢捏他的脸、摸他的头……明明她才像个小孩子，却总是对他做这种对小孩子做的举动，幼稚!

幼稚的池美少女回到自己家，拿到花了大价钱买的降噪耳机，然后迅速折返。

"这个是我托人从国外买回来的。唐医生不知道你的秘密，他给你买的那种耳机我知道你不喜欢，这种就很舒服了，既不会磨着耳朵，还能降噪 30% 呢！你戴上试试？"

池芫心在滴血，这还是她赶夜工卖了好几幅画后才买的。没办法，她现在被赶出家门，是个落魄的公主，太穷了。

这副耳机市面上还没发售，是原身一个搞科研的同学帮她买到的，小巧好用。

她献宝一样地将盒子递给沈昭慕，见他还傻愣愣地望着自己，不禁腾出一只手将他怀里的抱枕拿走，强行将盒子塞给他，道："拆！"

等沈昭慕将小巧的降噪耳机戴上，池芫眨了眨眼睛，伸手将他的脑袋扳正对着自己，然后指着自己的喉咙："怎么样？我现在提高一点儿声音，你看有没有影响。"

沈昭慕有些诧异，伸手摸着柔软的耳机，眸子里划过一丝惊奇。刚刚，他没怎么听到她说话呢！

这耳机真的有用？他微微疑惑。

而池芫直接开口唱歌，一句比一句声音高，快到高潮部分时，沈昭慕立马捂住耳朵，冲她拧眉摇头，池芫忙闭嘴。

"怎么了？是声音太大了？"她以为是耳机作用不大，忙紧张地询问他。

沈昭慕忽然拿起手机，给池芫发微信："难听。"

池芫：我没嫌弃你每次面对面发微信，你却嫌弃我唱歌难听？

沈昭慕见她有些不高兴了，立马又飞快打字解释："不是你，是歌，难听。"

"所以你是在嫌弃我选歌的品位？"

这和嫌弃她唱歌难听有什么区别？不，这个更严重！身为一个搞艺术的文艺美少女，她不允许这个小傻子这么嫌弃她的品位！

沈昭慕一脸茫然地眨了眨长长的睫毛，似乎不知道该怎么回池芫了。他挺想点头的，但他看池芫这么生气，又抿着唇低头打字了："歌不好，没嫌弃。"

池芫捂着眼，假装哼哼唧唧地卖惨："你太欺负人了，我送你礼物，你还说我品位有问题……"

沈昭慕不知道池芫是装的，一下子慌神了，忙将手里拆开的耳机盒子扔了，伸手想要拍池芫的背，但手伸出去又不敢落下，只能在半空中比画着，有些无措。

因为池芫捂着眼，他也没法打字给她看，看她"哭"得这么伤心，他开始讨厌自己不能开口说话了。

他下意识张嘴，却只能发出一个短促的"啊"。他明明是想说话的，可一张口就好像有什么拼命地阻难了他。

沈昭慕眼睛都红了，不知道是急的还是也想哭。

池芫透过微微敞开的指缝看见，又不忍心了。她将假哭的声音收了，手搓了搓眼角，生生搓红了些，看起来有些可信度了，才放下手。她委屈地望着皱着眉，一脸紧张地看着自己的沈昭慕：“我还是很难过，你要弥补。”

沈昭慕猛点头。她只要不哭，他弥补就是了，虽然也不知道怎么弥补。

池芫压着拼命想要上扬的嘴角，毫无心理负担地开始欺骗他：“你陪我去商场。我给你买礼物，你请我吃冰激凌，我就原谅你，怎么样？”

超市有时候确实会有些吵，商场相对好一些。

徐徐图之，徐徐图之，池芫在心里这么告诫自己。

沈昭慕很用力地咬着唇，看得出来他十分纠结。他不想去，但池芫送了他耳机，又被他气哭了……他犹豫了一下，最终妥协了。

沈昭慕点点头，将手机举给池芫看，上面写着：“那你别哭，我都听你的。”

简单又直接，不带任何杂质的一句话，令池芫眼眶一酸——这回是真的差点儿哭了。

第六章
只有她走进他的世界

池芫化了一个淡妆，穿了一身大红的长裙，戴上宽边帽和墨镜，然后给沈昭慕戴上一顶鸭舌帽，他很乖地配合她——除了涂防晒霜。

池芫幽幽地盯着他的脸，心里有些恶劣地想，没事长这么白做什么？多晒晒也好，太白了，看着像个团子。

两人是背着阿姨出门的，距离阿姨晚上送饭还有几个小时呢，池芫有恃无恐。

只是刚按了电梯，沈昭慕便忽然往后退。

池芫不解地回头，将墨镜往下拉了拉："怎么了？电梯声音吵到你了吗？"

沈昭慕拼命摇头，他穿了一身白T恤、黑裤子，看着像个刚进校园的大学生，青葱干净得很。只是脸上的恐慌和眼里的不安，叫人无法欣赏他这张俊秀干净的脸。他抖着手指，艰难地将手机从口袋里拿出来，给池芫发微信。

"不要坐这个！

"不要！

"换！

"不然，回去！"

这简洁的文字，如果不是池芫知道他是个什么状况，还以为是那惜字如金的本尊回来了。

池芫稍加思索便恍然大悟，然后懊恼无比地轻声问沈昭慕："你不想坐电梯？"她没说怕，用的"不想"。

沈昭慕咬着唇，点头，神情如临大敌。

池芫叉腰，看了眼一侧的楼梯，认命了："走吧，爬楼梯你总不怕了吧？"

电梯是个密闭的空间，他觉得空间小了害怕，那走楼梯总不至于了。

走楼梯，沈昭慕是没问题了，但是池芫走到一楼时，都冒汗了。

反观一旁的某个小傻子，一点儿都不觉得累，只有脸微微红，一双眼一刻也不停歇地四处瞅，一副新奇的样子。

沈昭慕挺可怜的。他活到二十一岁了，都没出门真正地去看一眼外边的世界，以至于下个楼都感觉这么新奇……

池芫纳闷地看着一旁规规矩矩坐在车上的沈昭慕：“不是，你怎么不怕车呢？”车门一关，不也是封闭空间吗？

沈昭慕伸出一只手，将车窗摇了下来。

池芫嘴角抽搐了一下，司机刚要说什么，她立马开口：“我朋友晕车，开个窗户透透气。”

沈昭慕闻言，唰的一下看向池芫，漆黑的眼里分明写着：你怎么能撒谎？

池芫懒得理他，捏了捏他的脸，抱着手臂靠着车垫，鼓着脸。

“走，进去啊！”到了最大的商场外，因为是三伏天，也不是周末，所以没有很多人，但沈昭慕还是被门口来来往往的人吓着了。他站在原地，像是鞋子和地面粘上了一样不肯挪步。

池芫拉了一下，没能拉动，便幽幽地望着他，缓慢地吸了下鼻子，眼睛变红。

沈昭慕看着池芫这一副马上就要哭了的模样，立马白着脸咬着唇，任由池芫拉着他往里走了。

一进商场，池芫就活过来了。商场的冷气那叫一个足，她惬意地眯着眼，但也没忘了沈昭慕这个脆弱的玻璃娃娃。见沈昭慕左右观察，一副生怕被来往的人撞到的小心翼翼的样子，池芫既心疼又好笑。

池芫挽着沈昭慕的胳膊，两人的距离一下子拉近了。她将沈昭慕的帽檐整理了一下，关切地问：“还好吗？你别怕，这些人不会撞到你的。别紧张，我挽着你呢，我保护你！”

沈昭慕听着池芫轻轻柔柔的声音，不觉放松了一些。

“叮！目标人物好感度 +10，当前好感度 50。宿主，你这个位面的好感度容易涨，任务却不容易啊！这么久了，他还是个没有台词的背景板……”

池芫刚因为好感度增加的那丁点儿喜悦，瞬间被系统的一盆冷水泼没了。

池芫挽着沈昭慕绕着一楼的化妆品店漫无目的地转了一圈，也不进去和那些年轻女孩子抢，但不巧的是，池芫被熟人认出来了。

池芫正想着要不要装不认识，对方却直接绕到了她面前。看到对方的脸，池芫脸上的笑立时僵住。

沈笑笑是和同学出来玩的，却没想到在这里看到了一个熟悉的身影，更凑巧的是，她认出了对方背的那个包——今年某个高奢品牌的新款，限量的，当初池芫听说池遇要送自己这个包，想办法抢走的。沈笑笑对此记忆深刻。

但让她感觉更惊讶的，却还是池芫挽着的，怎么都不应该出现在这儿的男人——

“哥？！”她叫得格外大声，毫不掩饰惊讶和错愕。

沈昭慕脸色瞬间苍白了一些，池芫忙安抚地摸了摸他的脸：“没事，没事，不听哈……”

沈昭慕抿着唇，捂住了自己的耳朵，冷淡地看了一眼脸上神色变幻不断的沈笑笑。

不知怎么，沈笑笑愣是从这个没有情绪的眼神里，看到了谴责的意味。她有些委屈，但更多的还是不解——她哥怎么会在商场呢？不对，她哥怎么会和池芫在一起？

她实在是想不通这两个人是什么时候认识的，更想不通她哥这个情况怎么会认识外边的女孩子，还和人家手挽着手出来逛街！

沈笑笑几乎是一瞬间就将怀疑的目光定在了池芫身上：“池芫，你不喜欢我我知道，但你别碰我哥。他是个病人，他什么都不知道，他是无辜的，你别伤害他，好吗？你把他骗出来是不对的，他没出过门，要是他病情加重了……”

池芫在看到沈笑笑时，先是有些尴尬，随后却理直气壮了——有什么可怕的！

“你哥自己要给我赔不是，要请我吃冰激凌的。什么叫我骗他出来？说话是要讲证据的，妹妹！”池芫将墨镜摘下来，架在自己宽边帽子的帽檐上，露出一双漂亮的杏眼。

“你……我就是证据啊……我哥他怎么可能出来？你们怎么会认识？他是我哥，我还能害他吗？”

池芫挑眉，很不喜欢沈笑笑对沈昭慕的态度，好像沈昭慕是一个天生不能出门的病人一样。

池芫眯了眯眼，犀利的言辞张口就来："你说他是你哥，你倒是叫他一声，看他应不应你啊？"

"你明知道他不会应！"

气死她了！池芫就是个恶魔！太坏了！一直找她的麻烦不说，现在还将主意打到她哥身上。

池芫摇摇头："谁说的？我问他，他肯定回应我，你信不信？"

"不可能！"沈笑笑跟沈昭慕一起生活了这么多年，从来没见过沈昭慕对拼图和看书以外的人和事感兴趣！

池芫笑了笑，将沈昭慕捂着耳朵的手拿下来，然后轻声问他："你答应要陪我来逛商场，请我吃冰激凌的，对吗？"

沈笑笑紧紧地捏着室友的手臂，紧张地望着沈昭慕，眼珠子都快瞪出眼眶外了。

然而，墨菲定律就是这样的。

沈昭慕重重地点了点头，他看沈笑笑的眼神很陌生，反倒是看向池芫时，带了点儿依赖的意味。

沈笑笑顿时就想哭，她亲哥居然帮着这个坏女人不帮她？她咬着唇："池芫，你不许欺负我哥！要不然，我就告诉池遇哥哥！"

她是知道池芫喜欢池遇的，池芫也因此一直针对她。她是年纪小，但她并不傻，池芫或许就是为了报复她才接近她哥的。

不是沈笑笑嫌弃她哥，而是她哥虽然智商高，但是他沉浸在自己的世界里，不知道好坏，也不在意好坏。现在，池芫居然能让她那个冷冰冰的只知道玩拼图的哥哥这么信赖……沈笑笑眼角一红，有些委屈地看向沈昭慕，她是他亲妹妹啊！

然而，池芫听到池遇的名字，只是挑了挑眉。

于是，沈笑笑更气了："哥，池芫不是好人！她接近你没安好心的！她就是报复我！哥，你别傻乎乎被她骗了！"

沈笑笑上前激动地拉着沈昭慕的手，就要带他走。

这举动把沈昭慕吓了一跳，尤其是她一激动，声音又大，沈昭慕顿时耳膜一痛。

他惊慌地推开沈笑笑，往后退了一步，站到池芫身后。

沈昭慕这一推、一退，直接把沈笑笑气哭了，她真的哇的一声哭了。

池芫和沈昭慕面面相觑。池芫耸肩摊手，表示自己只是随意发挥了一下，没想到她真的哭了。

“笑笑！怎么了？笑笑，别哭了……”池遇看到沈笑笑，连忙走过来安慰她。他最喜欢沈笑笑的一点，就是她永远积极向上、开朗活泼，像一个小太阳。

池遇不是第一次见池芫欺负沈笑笑了，一开始池芫还会收敛，但被他拆穿后，便肆无忌惮。池遇对她越发生厌。

“池遇哥，你让池芫不要为了报复我而找我哥好不好？”沈笑笑这人是被宠着长大的，但她也不是什么都不会的娇花，相反，她十几岁就开始学着打理公司了。陈媚将她当作沈家继承人来培养，就是打着即使生不出儿子也不会给沈昭慕机会的算盘。

只是，她到底是个小女孩儿，多少有些孩子气，哪里能想到池芫这么能折腾，离家出走不说，还这么快就卷土重来。

池遇看着对面穿着红裙子，戴着宽边遮阳帽，抱着手臂，骄傲又精致的女孩，下意识问：“你这一个月都跑哪儿去了？爸妈很担心你。”转念又想到刚刚她欺负了沈笑笑，立马脸色一沉，“你怎么会和沈大少混在一块儿？你别招惹他，跟我回家，将沈大少还给笑笑。”

池芫冷笑一声，抬手拨了拨自己的长发，挑着眉：“他们会担心我？是担心我在外头做了辱没池家家风的事，给他们丢人吧！”

池芫长得像个文艺美少女，但说话尖锐难听，池遇也不是第一次听她这么说了，但还是很生气。他扯了扯领带，咬了咬后槽牙：“池芫，别任性！”

虽然池遇内心希望这个烦人精离他远远的，但她离家出走一个多月，杳无音信，那点儿身为兄长的心理作祟，他还是担心的。

池芫的信用卡被停没几天，他就给她重新开了，哪里想到这烦人精还真这么有骨气，硬是不用他的卡！至于池父和池母，一个忙着生气，一个忙着看展，都不在国内，其实不存在担心不担心之说。

池芫之前的表现让他们生气和失望，他们存了心要让她吃点儿苦头再回去。池遇却知道，池芫是吃不了苦的，她小时候生病，打针也哭，吃药也哭，不给糖还是哭……可在外人面前，她总是安静、乖巧得像个天使。

“跟我回去，别再胡闹了！你回家好好反思，我就既往不咎。”池遇抿着唇，叹了一口气，板着脸，还是松了口。

“池遇。”池芫平静地叫了池遇的名字，“那个家，是你们的，不是我的。你早就放弃我了，不是吗？既然放弃了，就别假惺惺地让我回去了。再说了，我回去了，你的心肝怎么办？”

“我干涉不了你的恋爱、你的婚姻，那么同样的，你也没资格管我和谁在一起，在哪里，做什么。”池芫说完，伸手拉着沈昭慕便要走。

“站住！”池遇的脸色不大好，他没想到池芫离家出走一个月，变化这么大！

但她说的话一针见血，的确是他们放弃了她。当然，如果她悔改，他还是会将她当作池家的妹妹养着。但只是养着，其他的也给不了。

只是心里想是一回事，但被自己养大的妹妹这么直白地指出来，又是另一回事。

池遇死死地盯着池芫拉着沈昭慕的那只手，眉头紧蹙，语重心长地说：“我可以不管你，但你不能和他在一起。池芫，你不是小孩子了，别这么幼稚，你报复不了任何人，你这样只会害了你自己。”

池遇不知道池芫为什么会和沈昭慕纠缠上，但沈昭慕连一个正常人都算不上，她怎么能因为他是笑笑的哥哥，就和他凑到一块儿？

池芫听到这话之后，立马转头看了一眼沈昭慕，他抿紧了唇，她知道他听懂了。

池芫更生气了，转头愤怒地瞪着池遇：“池遇，我从前太依赖你，是不是给你脸了？你也说了我不是小孩子了，我何必为了你们这对碍眼的情侣搭上我自己的幸福？报复你们？你们配吗？”

池芫从来没有为了别人这么和他说过话，从来没有！

她只会因为自己对谁好而和他争执，吵得最多的就是因为他和笑笑在一起，她还为了他同爸妈争吵……这是池遇第一次见池芫站在一个外人的身边来指责自己。

池遇知道这种感受有点儿奇怪，但她现在的态度，是要和这个……不正常的人在一起？

池遇即使对池芫失望，也不希望她毁掉她自己的幸福。

“池芫，爸妈不会同意你和他在一块儿的。”不管她是交朋友还是谈恋爱，池家就她这么一个女儿，怎么可能让她和一个有病且随时会失控的人在一起？

池遇是了解池家父母的，沈昭慕那场“闹剧”已经传开了，沈家都放弃了他，这样的人，已经不符合他们心中池家女婿的标准了。

“反正在他们的眼中，我就是给他们丢人的女儿，也不在乎多一件让他们生气的事了。”池芫表情嘲讽，语气强硬道，“池遇，从此以后，我不管你和沈笑笑多么恩爱，你们恋爱也好，结婚也罢，我都不干涉了。那么能不能也请你，别再管我的事？”

池遇心中微微一凛，他知道池芫是不屑说谎的。但……人能在这么短的时间就放下执念吗？池遇不相信，这才一个月而已。

沈笑笑抿着唇，眼睛因为刚才哭过而红彤彤的。她也不信池芫能这么快转变心意，但她没有说话，她知道池遇此时心情不太好。

“别任性了……”池遇有很多话要说，但对着池芫，来来回回都是苍白却带着强势命令口吻的台词。

“管好你自己！池遇，我不打搅你的幸福，你也别来干涉我追求新的幸福，这样皆大欢喜不好？”

“池芫，你真……和我哥？”沈笑笑虽然觉得池芫是为了报复她，但池芫刚刚那个态度，太像是真的了……

“不行，哥，我送你回去……我和爸爸说了，等他气消了，就接你回去。”沈笑笑还是没放弃沈昭慕，她走过去，眼巴巴地望着沈昭慕，期待他的回应。

爸爸生哥哥的气，就是不肯将哥哥接回去，唐医生打电话来说不回去也有利于病情，所以她才放心，但妈妈不让她去探望哥哥。

现在，池芫不知道怎么接近的哥哥，沈笑笑觉得，爸爸给哥哥找的养病的地方一点儿都不安全……看这个情况，还是得将哥哥接回去！

沈昭慕漆黑的眼里带了几分不耐烦，他看着沈笑笑，无声地表达着拒绝，然后反手捏着池芫裙子上装饰的腰带。

池芫安抚性地摸了摸他的帽子，小声地对他说："我们马上走，就等我一会儿，好不好？"

沈笑笑看到这一幕，被气得不行，她眼睛一红，又是一副要哭的表情："哥！"

沈昭慕捂住耳朵，表情不太高兴地瞪了她一眼。

"行了！你们也看到了，我们不比你们感情差呢！"池芫对沈昭慕很满意，然后朝着池遇和沈笑笑得意一笑，又补了一句，"我们还要去吃冰激凌呢，拜拜！"

池芫带沈昭慕上三楼找了一家人少但装修不错的奶茶店，给沈昭慕点了一杯沙冰，给自己点了一杯冰奶茶。池芫喝了一口，餍足地眯着眼叹了一声。夏天吃冰，简直太舒服了。

因为奶茶店人少，沈昭慕又戴了耳机，所以他很放松，看起来一点儿都不像是随时会失控的样子。池芫单手托着下巴，望着他拿着勺子挖冰吃的专注模样，不由得嘴角上扬。

至少目前看来，只要不接触密闭空间，不听到吵闹的声音，他看起来就是个又乖又聪明的少年。

"沈昭慕，你说你请客，钱呢？"将奶茶喝完，池芫故意逗着意犹未尽的少年，声音轻轻软软的。

沈昭慕抬起头，眨了眨漆黑的眼眸，随后忙拿出手机："有钱的。"

几分钟后，池芫看着自己账户里忽然多出来的五万元钱，一脸震惊。沈昭慕居然这么有钱？他还知道怎么转账？！

池芫吃惊地用手机发消息问他："你哪来的这么多钱？"

沈昭慕很喜欢面对面发消息这种聊天模式，手指快速打字："好多人给的，沈先生、沈笑笑。"

其实沈昭慕作为沈家唯一的儿子，沈父没有在钱财上克扣他，毕竟每年过年的时候，就连沈笑笑都有那么多红包，所以沈昭慕并不缺钱。

银行卡还是沈笑笑帮他申请的，信用卡也有，只是他不用，也没地方用得上。

池芫："你知道物价吗？这两杯……"

沈昭慕："我看到了，一杯 15 元，一杯 17 元，加起来 32 元。"

池芫："……那你给我五万？！"

沈昭慕抬头，奇怪地看了眼池芫，随后找到银行余额提醒，将页面给池芫看——上面显示着剩余七位数的余额。

沈昭慕见池芫一脸不解，想了想，继续打字："看你好像，没钱了。"

他刚才听了听，她好像和他差不多，都没有办法在家，但她更惨，奶茶钱都没有了。

两人捧着没喝完的奶茶离开了奶茶店，一边喝一边逛。

因为答应了要给沈昭慕买礼物，现在手头上又有钱了，池芫就拉着人进了一家服装店。

这家店主打的是运动系列的衣服，池芫直接朝情侣专区走。店员看到她和沈昭慕，眼睛一亮，忙迎了上去，满脸带笑地说着好听的话："两位买情侣装吗？这位小姐和先生真般配，要不看看这边的新款？"

池芫对于店员的误会表示很满意，笑容满溢地点了点头。至于沈昭慕，他咬着吸管，目不斜视地发呆，完全沉浸在自己的世界里，看起来就是个无心逛街但不得不陪着女友的男友。

"沈昭慕，你喜欢哪个颜色？"池芫跟着店员来到新款区。

沈昭慕愣了愣，刚要指向黑色，就被池芫打断："不行！你衣柜里的衣服不是黑色就是灰色，太单调了。"池芫指着另外一件暖黄色的卫衣，"要不买这件吧！"

池芫一眼就看中了这件。暖黄色，修身的款式，男款胸口印着"男朋友"的英文单词，女款胸口印着"女朋友"的英文单词，简单明了。

沈昭慕看着这刺眼的颜色，嘴角翕了翕，想要摇头表达拒绝，但池芫已经将卫衣放进篮子里了。

然后池芫又让店员带她找了情侣款的 T 恤，这次，她选了黑色："我选一个，你选一个，公平了吧？"

沈昭慕看到黑色的 T 恤，表情回暖，点点头，池芫便开开心心地去付钱了。

“我们要不要在外边吃饭？”两人难得出来一次，太像约会了，池芫不禁有些飘飘然，舍不得回去。

但话音刚落，池芫的手机就响了，是负责送饭的阿姨打来的。

“大少爷呢？你把他带去哪儿了？姑奶奶哟，你别折腾我了，求你快将大少爷送回来吧……”阿姨来公寓送饭却发现没人，去按池芫家的门铃，也没人应，忙打电话来问。

池芫这才后知后觉地发现，已经过了送晚饭的时间了……

“阿姨，我们在外边吃饭呢！不信？我一会儿给你打视频呀！行了行了，实话告诉你吧，我今天碰到你家小姐沈笑笑了，她都知道我带着你家少爷出来玩了，你怕什么？不信你去问她啊！”

那边阿姨不依不饶的，池芫又不是个温软的性子，直接不耐烦地说了一堆，然后按掉了电话。结果她一回头，却发现沈昭慕不见了。

“沈昭慕！”池芫吓得灵魂都要出窍了。

她光顾着和阿姨争论了，就这么一晃眼的工夫，人竟然不见了！

现在是下班高峰期，又是饭点，商场门前的人越来越多，池芫踮起脚在人群中搜寻，却没能找到沈昭慕的身影。

池芫咬着唇，走回商场，她急得眼睛都红了，还拿出手机把沈昭慕的照片给门口的保安看。保安仔细回忆了一番，然后说：“我看到了，他好像朝卫生间的方向去了。”

池芫立刻松了一口气，朝卫生间赶过去。可刚走到门口，她就听到里面传来男男女女闹哄哄的争论声。

“喂，你这人是不是有病啊？自己不会关水龙头吗？”

“这人模狗样的大小伙子，怎么能这么浪费水呢！”

“快叫保安来……”

池芫听到这儿，想也不想地直接往里冲，推开围着洗手台拍照的人群：“让开，都让开！拍什么拍？给我放下！”

沈昭慕缩成一团蹲在洗手台一侧，捂着耳朵，也不喊叫。周围的人，尤其是那个负责拖地的阿姨正杵着个拖把，对着他指指点点，一脸的刻薄相。

池芫看了一眼洗手池旁边的水渍，又看到泡在水里的降噪耳机时，猜到了大概。

池芫心疼极了。她捡起耳机放到口袋里，然后轻轻摸了摸沈昭慕的脸以示安抚。但一想到这群人看到他这般模样，不是上前帮忙而是指责和取笑，她就气得胸口疼。

“看到别人身体不舒服，你们不帮忙就算了，还拍照取笑？都给我删了！不然我会找律师起诉你们。”池芫转头又盯着那个拖地的阿姨，“还有你，商场给你钱不是让你嘴碎的，你既然负责清扫厕所，就别在这儿推三阻四的，要不然，我就要找你们商场的负责人好好反馈反馈了！”

池芫一边轻轻拍抚沈昭慕的背，一边气势汹汹地骂着围在这儿的一群人。

有些人到底是心虚，看到池芫出现后，便逃之夭夭了，另外一些人也将手机放下，删掉了刚拍的照片。

但也有几个人，眼神猥琐地盯着池芫精致如画的脸，表情微妙，在池芫生气之后依旧污言秽语说个不停。

池芫咬牙，拿起手机就给池遇打电话：“池遇，如果你还当我是妹妹，就给我立马过来！我在商场一楼的厕所——这里有人要猥亵我！”

这商场本就是池遇名下的产业，不找他处理，找谁处理？

而且沈昭慕身上的T恤都湿了，商场的冷气又很足，万一他感冒了怎么办？

池芫的这个电话，叫剩下的人吓了一跳。

打完电话，池芫又低头哄着沈昭慕，她的声音又轻又柔，和刚刚满是冷硬的口吻完全不一样。

其实在她出现后，沈昭慕就镇定下来了。他咬着牙，知道自己不能大叫，如果叫，就会和那天宴会上一样，会被别人当作疯子对待……他不想池芫讨厌他。

“池芫！”池遇来得很快。

池遇正带着沈笑笑在停车场，刚打算送她回学校时，就接到了池芫语气暴怒的电话。

池芫的话让池遇眉心一跳，几乎是下意识地，就对沈笑笑说：“你在车上等我，我有点儿事先去处理一下！”然后飞奔着往一楼赶去。

“喂，小丫头片子，你乱说什么呢？谁要猥亵你了？！”男人在池芫打电话后，表情就变了，一副凶相。

池芫却冷不丁地朝他身后看去，一眼就看到了气喘吁吁的池遇：“交给你了，你摆平。”

池芫扶着沈昭慕，脸上满是心疼的表情，完全没有对着池遇时，抬抬下巴一副吩咐的模样。

池遇胸口起起伏伏，只觉得要炸了——这个胳膊肘这么快就往外拐的丫头！

但他看了一眼乱糟糟的洗手间，立即嘴角一扯——胸腔里的怒气有发泄的地方了。

出租车上，池芫将新买的T恤扔给沈昭慕，然后将司机赶下车，自己也下车，等他换好了衣服再上车。

看着他安静的模样，池芫说不出来的难受，她抿着唇，轻声说：“你去厕所要跟我说一声，知道吗？我刚刚找不到你，都快吓坏了。”

虽然池芫的声音轻柔，但沈昭慕看出来她生气了。他发现自己很容易看出池芫的情绪，因为她喜形于色，不是个很有耐心的人。她和别人说话的时候，都是火药味十足，但在他面前，却总是很有耐心。

沈昭慕想，她应该是在意他的。这就是朋友吗？没有血缘，没有多年相处，但她对他很好，比那个沈先生对他还要好，更比沈笑笑懂他。

池芫并不指望沈昭慕开口说什么，甚至她觉得他下次还是会像今天这样做……池芫不禁烦躁地抓了抓头发。

她有些挫败，甚至有些自责，是她太自信了，他的病情不是一朝一夕就能改善的，但她急于用这种方式，强行让他接触外界。

池芫脑海里回想着他蹲在地上无助地抱着头，被那群人围在中间，不敢喊也不反抗的样子，心情就有些压抑。

忽然，一只手伸了过来，池芫一怔，一回头就对上沈昭慕漆黑的带着淡淡疑惑和焦急的眸子。他手指上，沾了一滴眼泪。

池芫的手机振动了一下，是他发来的消息：“你哭了？”

她抬手摸了一下，湿的，她居然哭了？

池芫吸了吸鼻子，就这么直勾勾地望着他，说："是啊，你害的。下次你不打声招呼就跑，我就再也不理你了……"

闻言，沈昭慕眸子缩了缩，一个劲儿地摇头。

"对不起，我当时有拉你，是想跟你说的，但你打电话的时候好像很生气……"

这一段文字他打得磕磕绊绊的，抿着唇，一张脸有些紧绷，看起来很是严肃认真，像是怕池芫真的不理他了，竭力地解释和道歉。

池芫感到有些意外。因为和沈昭慕相处的这一个月以来，他的情绪都很淡，除了表达不愿意，他对于她的情绪并没有这么在意。但现在，他居然因为她哭了而这么急切地解释……到底是哪里变得不一样了？

"叮！目标人物好感度 +8，当前好感度 58。宿主，临门一脚了，加油！"

哦，不一样在这儿啊！池芫懂了。她心里高兴，面上也就破涕而笑了。她捉住沈昭慕的手，然后放在自己脸颊上，轻轻贴了贴。

"我原谅你了。不过你下次不能这样了，我会担心的。任何事情都没你重要。"她声音很轻，沈昭慕却听得一清二楚。

都没你重要……

沈昭慕的脑子里就像是有个喇叭，在一遍遍重复这几个字。

他的脸慢慢地变成了浅粉色，眼睛亮晶晶的。

池芫看他这个样子，不禁乐了，伸手捏了捏他的脸。

沈昭慕就这么一眨不眨地望着她，光从这双带着亮色的眼睛里，就可以看得出他的心情。

池芫将耳机拿出来，用纸巾吸掉水，确定干了之后，放进自己的耳朵里先试了一下。还好，是防水的，还可以用。

池芫重新给沈昭慕塞上耳机，眉眼弯弯地笑道："下次再有人吵你、骂你，你就凶回去。别怕，反正我们不和他们做朋友，我也不会嫌弃你凶巴巴的……"

她大概知道沈昭慕为什么一声不吭了。之前沈家宴会上，沈家将他的突然发作当作一场闹剧，可对于他这个当事人而言，那些取笑的目光却是没有办法当成闹剧的。

沈昭慕："好。我也不嫌弃你凶巴巴的。"

她擰人的时候，还挺凶的，不过不是粗鲁的那种凶，就是……像一个高高在上的公主一样。

白心疼他了！居然觉得她凶？她是美貌文艺的画家好吗？

系统："自己清醒点儿，找面镜子照一照？"

池芫："消失吧！"

系统："你看吧，这都不需要镜子了。"

回到公寓时，池芫没想到，沈笑笑和池遇也在。他们身后，是怒目而视的阿姨。

池芫嘴角勾了勾，有了沈昭慕这张王牌，她还真不怕沈笑笑。至于池遇？不好意思，也没放在眼里。

"哥，你没事吧？"沈笑笑是跟着池遇过来的，自然也听池遇说了商场发生的事。她担心地看着沈昭慕，想要确定他没事。但她又有些怕沈昭慕，因为，她不止一次见过沈昭慕发狂时的样子。

沈昭慕不想理睬她，他的眼睛直勾勾地看向池遇。他不喜欢池遇盯着池芫的眼神，就好像池遇是池芫很重要的人，所以他可以用这种训斥的目光盯着她。

池芫也不管这二人，只看着阿姨，露出一个堪称温柔的笑："阿姨，我饿了。饭菜给我吧，我带沈昭慕进去吃饭。"

阿姨瞥了她一眼，表情一言难尽。

好端端的池家大小姐，居然跑来和她杠上了，真是不知道这个池小姐是怎么想的。

沈笑笑过来后，碰到了一脸气急败坏的送饭阿姨。池遇听到阿姨说池芫天天在沈昭慕这儿蹭饭，脸色顿时就不好看了。

没想到池芫这次这么强硬，宁可厚着脸皮去蹭饭，也不肯认错回家。但他又对阿姨瞧不上池芫的行为感到生气。

池遇的脸色一变，沈笑笑就知道他是什么意思了，立马呵斥了阿姨，顺便问清楚了沈昭慕的近况。

听到沈昭慕和池芫最近都待在一起，并且身体有所好转之后，沈笑笑的心情变得很是复杂。

她哄了那么多年的哥哥，对她从没什么好脸色，但池芫只用了一个月，就叫他乖乖吃饭、睡觉，甚至还得到了他的维护，成功走进哥哥封闭的世界里。

这对沈笑笑来说，是很大的打击。

但她又感到几分开心，这说明哥哥的病是有转机的，只是他们用错了方式，或许池芫能帮哥哥……只是，她不敢相信池芫。

池芫那么疯狂地执着于池遇，这样的人，会真心对待她哥吗？池芫连自己都照顾不好，吃饭都要靠蹭……沈笑笑表示怀疑。

而池遇的心情就更糟糕了，他搞不清楚池芫的变化。她因为蹭饭喜欢上沈昭慕了？这也太匪夷所思了！

可是他想起今天池芫在电话里维护沈昭慕的语气，又叫他无法怀疑。

这简直就是一团糟……不过，有一点池遇可以确定，那就是沈昭慕这种情况……不适合池芫。

池芫是他带大的，她什么性格，他再清楚不过，或许她是图一时新鲜，但她绝不是个能照顾别人、忍让别人一辈子的性子——她自己都是个公主呢，还指望她让着别人？

“池芫，跟我回家！”他池家的千金，混在外边租房子，因为吃不起饭而去蹭沈家的，这传出去像什么话？爸妈要是知道了，估计要气得吃降压药。池遇绝不容许这样的事发生。

池芫懒得管他，直接从阿姨手里接过了保温桶，然后拉了拉沈昭慕的衣服：“开门呀！”

沈昭慕之前不会开密码锁的门，沈家没有人教他。但是万一哪天他出去了，进不来怎么办？他又不会说话。所以，池芫耐着性子手把手地教会了他。

沈笑笑震惊地看着沈昭慕轻松地开了门，再看了看沈昭慕手里提的购物袋——

“池芫，我哥还病着，你能不能别使唤他……”

“你哥哪里病了？他有手有脚，力气比我大，让他提点儿东西怎么了？这些是我送给他的礼物，他不应该提着吗？”池芫摊了摊手，走进去，又退回来朝沈笑笑“无辜”地说着，“谁还不是个小公主呢！我在家的时候，你池遇哥哥也不让我提东西呢！”

说完，她恶劣地冲沈笑笑一笑。

池遇看到之后，神经立即紧绷起来：“池芫，少说两句！”

“我就不！池遇，搞不好哪天你要随着沈笑笑喊我一声嫂子的！”

池遇咬牙，从齿缝中吐出三个字：“你做梦！”就冲她这嚣张的态度，他就不同意这门亲事！必须搅黄了！

池芫进门后直接往沙发那儿一坐，使唤着“勤劳的小蜜蜂”沈昭慕：“我想喝水，给我倒杯橙汁。”

沈笑笑和池遇被气成了“河豚”。

沈笑笑生气于沈昭慕的听话，池遇生气于池芫现在一点儿淑女气质都没有了。

池芫拢了拢头发，看着气鼓鼓的两个人，笑了：“要喝点儿什么吗？沈昭慕，给你妹妹和准妹夫倒两杯——柠檬汁吧！”这两人都需要吃点儿柠檬。

将橙汁递给池芫后，沈昭慕并没有给两人倒什么柠檬汁，而是双手搭在膝盖上，就坐在池芫身边。

沈笑笑现在没有办法形容自己的心情：她最亲的哥哥，和她最讨厌的女人，现在在一起了……

以前，当池遇维护自己对付池芫时，她觉得自己是幸福的，但没想到有一天，自己会受到和池芫之前同样的待遇。

沈笑笑深吸一口气，尽量用最温柔和善的语气对沈昭慕说：“哥，我跟爸爸说一声，接你回去……”

沈笑笑话还没说完，沈昭慕便直接走到门口，将门打开。

沈笑笑一脸蒙，不解地眨了眨眼睛。

池芫没忍住，笑出声来：“他的意思是，你不用说了，可以走了。”

沈笑笑脸色一变，气鼓鼓地瞪着池芫：“你瞎说！哥哥肯定是想和我回去的！”她有些不确信，但还是期待地看着门口的沈昭慕。

沈昭慕皱着眉，冲沈笑笑摇头，然后指着门外，无声地表达着赶人的讯息。

沈笑笑彻底崩溃了，她哇的一声哭出来。

沈昭慕吓了一跳，忙捂着耳朵，脸色瞬间变得苍白。

池遇轻轻拍抚着沈笑笑的后背，温声哄着："笑笑，别哭了。你哥……他不是赶你的意思，他或许只是不想回去……"

他没有沈笑笑这么单纯，他不相信沈家家主都将亲生儿子赶出来了，还会将人接回去——除非，沈家这个大少爷还有利用价值。

所以在池遇看来，如果为了沈昭慕好，最好是不要接他回去。

池遇太清楚这中间的门门道道了，沈昭慕这样的人，没有父母的宠爱，又没有争夺的能力，怎么能在大家族中生存？

更别说沈笑笑的父亲是个和池家父母一般无二的人，池家尚且因为池芫的叛逆就将她赶出家门了，沈昭慕……情况估计更糟一些。

池芫冷眼看着池遇耐心温柔地哄着沈笑笑，内心毫无波动。

她铁青着脸，走到门口，将沈昭慕拉到沙发上坐下，轻轻拍了拍他的脑袋，轻声问："耳朵疼了？"

池遇抿着唇："他怎么了？"他不是乐天心大的沈笑笑，池芫这么紧张，而沈昭慕捂着耳朵一副很难受的样子，他心里隐约有些猜疑。

池芫没好气地瞪了池遇一眼，然后目光像刀子一样定在靠着他抽噎的沈笑笑身上："沈笑笑，陈媚将你瞒得太好了，但你是傻子吗？你要是真关心你哥，你就会发现他对声音很敏感，稍微嘈杂的声音，就能让他头痛失控。

"你那个好妈妈，把你当公主宠着，却这么对待沈昭慕！你自己看看，从前在你们沈家，沈昭慕的状态有现在这么好吗？"

沈笑笑怔住了，下意识反驳："不……不是的，我妈妈对哥哥……"

沈笑笑一直都知道妈妈不喜欢哥哥，为了这个她和妈妈吵过很多次了。但是妈妈答应过她，就算不喜欢，也不会亏待哥哥，因为哥哥也是沈家的孩子……

可她真的不知道，哥哥对声音这么敏感……

沈笑笑像是忽然醒悟了什么，脸上一阵青一阵白又一阵红——原来是这样……

沈笑笑走了，没有大哭大叫，而是红着眼睛，忍着眼泪，在沈昭慕面前深深地鞠躬：“哥哥，对不起。我、我回去问问妈妈……我，我不是不关心你……”

她只是相信了陈媚给她的所有信息。一直以来，沈昭慕的病情都被陈媚隐瞒着，唐医生对沈昭慕很好，但他也不敢得罪陈媚。

所以，沈家人从未将沈昭慕当作正常人来看待，她甚至因为沈昭慕的冷淡，而暗自委屈埋怨过他。现在这一切却被一个她最讨厌的女人撕开了真相的一角。

原来哥哥，是真的没法喜欢她啊……她还想给哥哥唱歌、念故事，甚至觉得声音大一点儿，可以唤醒他，让他走出封闭的世界……

沈昭慕没有理会沈笑笑，他甚至还有些后怕地往后退了一步，下意识要抬手捂耳朵——这个妹妹声音又尖又大，吵得他耳膜疼。

沈笑笑落寞伤心地跟着池遇走了。

池遇走到门口，又回头看了一眼池芜：“池芜，我会告诉爸妈你在这儿。”

池芜没忍住，对他翻了一个白眼，最后那点儿淑女气质也丢了：“你去说啊！你以为他们会管吗？我不会回去的。”

看着紧闭的门，池芜耸耸肩，回头看着沈昭慕，笑了一声后无辜地说道：“他们怎么一个个都这么不经揍呢？”

沈昭慕眨了眨眼，拿了一副拼图，就在桌边开始拼起来了。

池芜觉得人生真是寂寞如雪，一个能打的都没有。算了，还是陪沈昭慕拼图吧！

谁知，刚上手，池芜就被沈昭慕嫌弃了。

沈昭慕看着她乱拼的那一块，嘴角抿着。算了，不发脾气，她笨点儿就笨点儿好了。

沈昭慕默默地将池芜拼错的那几块抠了出来，看了眼背面后，又扫了一眼拼了一小半的拼图，然后精准地将拼错的那几块放到了正确的位置上。

沈昭慕见池芜又要祸害他的拼图，忙转过身，用背挡住了她“罪恶”

的手。

这要是换了别人，敢碰他的拼图和打搅他，他早就怒了，像池芫这样已经是特殊待遇了。

池芫却准备得寸进尺。

“好哇，沈昭慕，你不和我玩——”她故意稍稍扬了声音，然后猛地朝他背上扑过去，脚勾着沙发垫子，半个身子压在他身上，长发顺势落在了沈昭慕的脸颊上。他痒得伸手去拂，却被池芫反手抓住扣在他身后，然后她轻轻跳上了他的背。

“你还敢不敢嫌弃我？嗯？你画画时，我都没嫌弃你呢！”

沈昭慕憋红了脸，不知道是因为急还是因为害羞。池芫贴他这么近，叫他感觉怪怪的。他想起身，但池芫死死地抓着他的手。他没办法，便有些着急地站起来，没想到一下将池芫整个人都带了起来。

“啊——”池芫轻叫了一声，却没有摔地上，而是将沈昭慕带着一起摔在了沙发上。

“你，你起来……”池芫脸蛋儿红红的，被压得喘不过气来。沈昭慕虽然瘦，但好歹也是一米八几的个头，分量不轻。

沈昭慕整个人都僵硬着，脸也红了起来，漆黑的眼里有一层淡淡的雾气，紧张忐忑地望着池芫，眼神无声地写着：是你把我拉倒的。

都什么时候了还纠结这个！池芫没好气地瞪了他一眼：“再不起来，我就亲你了！”

沈昭慕眼睛瞪大，因为他俩离得近，眼睛都快成斗鸡眼了。

“噗——”池芫没忍住，笑得胸口起伏。

沈昭慕一脸茫然，歪了歪头，表情单纯无辜。他戳了戳池芫的脸颊，手指陷了一块，柔软得不可思议。

和自己脸的触觉不太一样……沈昭慕觉得新奇，又伸手戳了戳，像得了趣的孩子。

池芫不笑了，推搡了他一下：“喂，差不多得了，你别把我的脸戳破了！”

“起开，你知道你这叫什么吗？”池芫伸手，扯着他两边的脸颊，将他俊秀的脸扯得微微变形，带着几分玩笑几分撒娇的声音说着。

沈昭慕眉心拧了一下，似乎是被池芫掐得不舒服。于是立马起身，缩到了沙发角落里，离池芫远远的。

他拿出手机来，给池芫发了微信："你说你要亲我。"

他发完，又立马补充："男女有别，不能随便亲的。"

池芫看着这几条消息，一时不知道作何反应。

她爬起来，一脸严肃地朝沈昭慕走过去。结果，这人立马捂着脸，只露出两只眼睛，生怕被偷亲一样。

"谁要亲你了？你又不是我男朋友，想得美！"池芫被他逗乐了，抄起枕头，轻轻往他身上丢过去，然后穿上拖鞋朝沈昭慕的书房走去。该画画了，她可没忘了自己还有一个"不知名但年轻貌美的画家"的头衔呢。

沈昭慕的书房又大又整洁，里面有个巨大的书柜，整整齐齐地摆放着各种各样的书，还有好些是已经绝版的。池芫之前好奇问过他是怎么买到的，结果他说，要么是他要什么，写下来让管家去买，要么是沈笑笑知道了千方百计给他搜集的。

自从来过沈昭慕的书房，池芫就强行侵入了这块净土。她将画画的工具都抱过来，在落地窗前折腾出了一片办公区。她的东西并没有多整齐地摆放在那儿，但整个书房依旧意外地很和谐。

沈昭慕一开始并不乐意自己的领地被池芫侵占，但池芫只要开始画画，就是几个小时，他对她的这种专注很崇拜。

池芫刚坐下，沈昭慕就进来了，他走路很轻，整个人没有什么存在感地蹲在一边，静静地望着池芫画画。

池芫嘴里叼着一根笔，手里也拿着一根，纤细的手腕翻动，手指灵活又细致地勾勒描绘。

原身主要画油彩画。池芫之前送了沈昭慕一幅向日葵的画，他很喜欢，颜色艳丽鲜明，充满了生命力，他直接挂在卧室了。

然后他就让池芫教他简笔画，他不喜欢手上弄到颜料。池芫得了空就教他简笔画，画些卡通的小人儿，容易上手又不花时间。她陪他拼拼图，教他画画，而她画画时，他就乖乖在一边安安静静地看着。

池芫也算是小有名气，她的画卖得还不错，但因为原身内心世界空虚又浮躁，其实没有什么很好的作品，说白了就是“假大空”，没有什么内涵和深意。感官上很好，画功不错，却没有灵魂。

但池芫来了之后，画的画便更贴近生活，她总是画些植物、风景，颜色也天马行空，有时候兴致来了，直接用颜料乱画一气。

结果还真有人看中了她的“涂鸦”作品，说是孩子看了很喜欢，能够透过颜色看到自由和快乐的气息。

池芫这次画的，是一个人，一个男人，白色的T恤、黑色的裤子。她没有画五官，将脑袋和身子画上之后，就开始画手的细节。

沈昭慕微微歪头，书柜的玻璃映出他的模样——他穿的是黑色T恤。

她画的不是他。

这个发现，让沈昭慕有些低落。白色上衣和黑色裤子，沈昭慕最先想到的是池遇。

沈昭慕摸了摸自己的胸口，有种钝钝的疼。

“啊——”

沈昭慕忽然短促而烦躁地叫了一声，吓得池芫笔都掉了。她忙转过身，吐掉嘴里的笔：“怎么了？哪里不舒服？”

沈昭慕一把扣住池芫的脑袋，脸凑上去，重重地在她唇边——啃了一口。

池芫一头雾水，她捂着被啃痛了的嘴角，控诉地瞪着罪魁祸首。

沈昭慕想起刚刚的举动，耳朵都红了。他摸了摸裤子口袋，没找到手机，顿时有些着急，眼睛都红了。

池芫看出来他要做什么，虽然有些生气，但她还是将自己的手机递过去：“用我的。”

沈昭慕咬着唇，用池芫手机的微信对话框页面打字，打完了也不发，就这么递给池芫。池芫看了一眼，好几行呢，不发出去怎么看？她接过手机，点了发送，然后再看。

“我不是故意的……我，我也不知道我怎么突然就这样了。你别生气，也别咬我，我再也不亲你就是了！”

池芫看完这段，恨不得立马一手机砸在他的脑壳上！

好，好得很！

池芫捏着手机，眯着眼，轻柔地笑了一声，看起来像极了天使：“好啊，以后千万别想亲我，不给。”

沈昭慕短暂地蒙了一下，然后点了点头。

“你出去，我要画画，你吵到我了。”池芫站起来，将沈昭慕拉起来，然后推着他将人赶出去。

沈昭慕一脸无辜：我又不说话，怎么会吵到你？

池芫看见他侧着头呆呆的模样就来气，鼓着腮帮子道：“你呼吸声太大了！”

沈昭慕信了，然后捂着口鼻，头也不回地去客厅了。

沈昭慕离开书房之后，池芫就专心画画，画完后，她也不急着上色，而是将半成品的画用画布遮住。

沈昭慕还是很有教养的，不会偷看别人的隐私——当然，这不是沈家教的，而是他本身就不喜欢看别人的隐私。他这种沉浸在自己世界里的人，很难对别人的事产生好奇心。

“你书房里那幅画很重要的，不要碰，知道吗？”池芫对在客厅玩手机的沈昭慕说道。

沈昭慕抬头，漆黑的眼里一片澄澈，情绪不怎么高涨地点了点头。

不碰就不碰，反正画的也不是他。

池芫挑了挑眉梢，有些不明所以——他还闹上脾气了？

池芫懒得惯他，她看了一眼时间，打了个呵欠，对他说：“现在很晚了，我回去睡觉了。你早点儿休息，知道吗？我知道你不喜欢听我唱歌，那你就早点儿睡，要不然……”

池芫的话充斥着满满的威胁意味，沈昭慕想起她昨天那首即兴改编的《青藏高原》，忙从沙发上站起来，直接回卧室了。

池芫撇嘴，居然嫌弃她唱歌难听！

池芫刚回到自己家，手机就响了。她一看，是池父打来的，按掉。过了一会儿，池母又打来一个，再按掉。又过了一会儿，池遇打来了。池芫翻了个白眼，怎么？是觉得池遇的分量更大？打过来她就准会接？

池芫直接将手机关机，世界一片清净，她拿了睡衣就去浴室洗澡了。

池家这边，池父铁青着脸，池母抿着唇一脸肃然，两人都看着站在客厅里，给池芫打电话的池遇。

“怎么样？”

“这个逆女接了吗？”

池遇听着手机里传来的冷冰冰的已关机的提示音，嘴角抽了抽，声音艰涩：“关机了。”

“逆女！”池父气得直按眉心，一副心脏病随时要发作的样子。但实际上，他心脏好得很。

“她太过分了！”池母脸上带着淡淡的怒气，伸手扶了扶眼镜框，声音又冷又干。

池遇忽然想起池芫白日里的那句——你以为他们会管吗？

他当时觉得她不可理喻，无理取闹，现在他却深深感受到了池芫那句话里的讽刺。

或许吧，这对父母在各自的领域里功成名就，有着很好的声望，可是，在教养孩子上，还不如他这个半路捡回来的哥哥靠谱。

池芫已经在外面一个月了，他再生气、失望，也还是稍微打听了她的去处，可是这两人今天好不容易落地回家了，直到他提了一句才想起来还有个亲生女儿在外头。而他们也没有一句关心她过得好不好的话，只有谴责。

池遇揉了揉眉心，给池芫发了一条短信，就当是他对这个妹妹，最后的心软吧……

池芫第二天睡到中午才醒。主要是，手机关机了，没有人吵她，闹钟也没开。所以等池芫醒来看到池遇发的短信时，已经是十几个小时后的事了。

池遇：“爸妈很生气，你快回来吧，别继续惹他们生气了。”

池芫直接回了句：“气就气吧，让他们想开些，就当没我这个女儿。”

池遇没想到池芫这次这么犟，又担心她在外面没钱用，只好给她转账，还命人将她的信用卡快递送过去。

助理觉得总裁宠妹妹的方式还真是，给钱，给卡，但又傲娇——自己开车送过去不就行了嘛，还快递……不懂有钱人的操作。

他哪里知道，池遇是怕池芫当面又撑他。池芫那嘴皮子，让池遇至今都有些阴影。

池遇的担心，显然又多虑了。池芫没有立马接收转账，是因为她找沈昭慕去了，手机又开的静音模式。她正笑眯眯地接过阿姨送来的保温桶，得，这回居然是两个。

等吃完饭，池芫才想起来看一眼手机。

到了傍晚，她又收到一个匿名快递，看到里头有五张副卡时，池芫嘴角都快扬到耳朵了。对方不留名，但池芫知道是谁。上面没写密码，池芫也知道，是池遇被领养那天的日子——他一直感念池家的收养之恩，并且当真做到了涌泉相报。

拿了钱，池芫礼貌地回了句："多谢。"

池遇等了一天，就等来这两个字，顿时又是一阵胸闷气短，却又对她没有任何办法。

"邓助理，你去市中心买一套房子，环境好些，物业专业点儿的，尽快。"

深夜，池遇的特助接到了临时任务，给池大小姐买了一套房子。

彼时，睡得没心没肺一夜无梦的池芫，还不知道自己一朝醒来名下将多出一套价值好几百万的房子。

这天，唐医生打电话预约上门问诊。

唐医生四十来岁，高高瘦瘦，戴着一副黑框眼镜，穿着一身白大褂，提着个箱子。

沈昭慕坐在沙发上，抱着个画板，手中握着水彩笔，正在画花花草草。

唐医生有些惊叹，沈昭慕如今的精神面貌比之前好太多了。他现在没有因为常年缺乏睡眠和饮食习惯不当的惨白脸色，以及青黑的眼圈，甚至脸上透着一股红润，看起来，是极健康的样子。

"唐医生，请坐，喝水。"池芫从厨房冰箱里拿了一瓶矿泉水递给唐医生，然后自然地坐在沈昭慕身边。

这个娴熟自然的举动，叫唐医生眼镜片后的眼睛眯了起来。他在留意沈昭慕的反应，但沈昭慕专注于画画，旁边多了个人，还说了话，他都没有任何抵触的情绪，依旧沉浸在自己的世界里。

改变太大了！唐医生心中充满了感慨。

第七章
她的小哑巴会说话了

“池小姐，这是你画的？”唐医生坐在沈昭慕对面的椅子上，他稍稍打量了一下客厅，发现了一些变化。

比如电视机上方挂了一幅向日葵，颜色鲜艳浓郁，充满生机，和欧式冷淡风格的装修格格不入，却又好像是注入了不一样的灵魂，莫名地给人一种很融洽的感觉。

池芫顺着他的目光看向那幅画，点点头。

沈昭慕还挺喜欢这幅画的，天天看。画家嘛，不管名气多大，自己画的画能被人喜欢，就是一件值得开心的事。池芫也不例外，尤其这个人还是沈昭慕。

唐医生见她眉眼清亮，看向沈昭慕时，眸光泛柔，心中那个猜想好像一下子就得到了验证。

“池小姐，你能让沈大少停下来配合治疗吗？”唐医生将声音压得极低。

池芫闻言，不假思索地便点头了。在她看来，这并不是一件多难办到的事。于是，她伸手直接夺过了沈昭慕手中的画板。

这会刺激到沈少爷吧！

唐医生几乎下意识地捏紧了椅子，随时准备打镇静剂。

但出乎意料的是，沈昭慕没有发作。他只是不大高兴地抬起头，拧了一下眉梢，不解地望着池芫。可以看得出，他对池芫这个举动，并没有新鲜的诧异感。

所以说……不是第一次发生这样的事了？

池芫很是敷衍地摸了摸沈昭慕的头，将他细软的头发揉乱了，然后随口一诌：“你这画得不对，我给你看看……啊，唐医生来了，你和他聊聊？”说着，她抱着画板，又抢过他手里的画笔，往沙发一侧挪过去，开始“检查作业”。

偏偏这么烂的借口，沈昭慕还很是配合地点头，无声地答应了。

唐医生表情怪异地看了眼池芫，心想：这么漂亮有才气的小姑娘，怎么说话透着一股骗子的气质呢？

古灵精怪——硬要给个好听点儿的词形容的话，他也只能这么说了。

不过，想到沈昭慕就是在这样的环境下逐渐恢复的健康生活习惯，唐医生又一时啼笑皆非。枉他辛苦那么久，研究了那么多病例，却没想到这么个复杂严重的病患，竟可以用这种另类的招数来应对。

说是聊聊，其实大家都懂，沈昭慕根本不可能开口回应什么。于是，接下来都是唐医生一个人在说，沈昭慕只需要点头或者摇头。

在唐医生不和他聊病情时，沈昭慕对唐医生其实是有些熟悉和亲近的。但当唐医生和他聊起病情，不管对方如何小心翼翼地掩饰，用着多耐心温和的口吻，只要提到沈昭慕忌讳的点，他整个人就像是一只竖起刺的刺猬一样。

唐医生还以为池芫已经让沈昭慕敞开心房了，哪里知道，他还是和从前一样，警惕心极强，只要触及他不愿意说的点，整个人立马就变了。

池芫都感受到沈昭慕散发出来的生人勿进的气息了。她忙将画板放下，和唐医生交换了一个眼神，唐医生对她摇了摇头。

但刚摇完头，唐医生就见沈昭慕忽然急促地啊了一声，明显地带着敌意。

唐医生头皮发麻，因为沈昭慕抄起了桌上的水杯……这下，不等唐医生给眼色，池芫就身体快过脑子地行动了。她一把握住了沈昭慕拿起杯子的那只手，然后整个人像只树袋熊似的，跳起来挂在他背上。

“沈昭慕，不许打人哟！”她软软的声音就落在沈昭慕的降噪耳机边上，带着穿透耳膜的力量，可是语调却和平时一样的漫不经心，不带紧张，也不带呵斥。

沈昭慕表情一变，原先凶狠的眼神顿时涣散。

这一变化，唐医生全程看在眼里，不禁吃惊地张大了嘴巴。谁能想到，小姑娘对着男朋友撒娇耍赖的招数，居然对沈昭慕也这么管用！

一直以来，大家不是将他当个危险物品，就是当成弱者。包括唐医生本人，也是同情沈昭慕居多。可就在刚刚，他忽然理解为什么池小姐能这么快就接近沈昭慕了。

因为坦诚和对等的陪伴，甚至是她无形中将自己弱化，将他放在正常人的行列中，并且将他当作一个强者来崇拜、撒娇和依赖。

池芫将水杯放回桌上，然后松开沈昭慕，又伸手捏了捏他的耳垂。

“唐医生是关心你呢，没有别的意思。你不想回答呢，就不回答好了。不过不可以凶人家，更不能动手。”一点儿都不把自己当外人的池芫一句句地叮嘱着，然后像是怕沈昭慕不肯点头似的，又补充了一句，“你能做到的话就点点头。如果你保证做到，我就送你一份你绝对会喜欢的礼物！”

果然，这话一出，沈昭慕那僵硬的脑袋立马灵活了——向礼物低头。

过了好一会儿，唐医生才呼出一口气，扶了扶眼镜框，严肃地对池芫道：“池小姐，我们单独谈谈。”

池芫将画板递还给沈昭慕，便跟唐医生一块儿出去了。在房子里谈，多半会被沈昭慕听见。她知道，唐医生肯定是要和她谈沈昭慕的病情。

“池小姐，你觉着沈少爷的病情好转了吗？”唐医生压低声音，开口便问。

池芫愣了一下，迟疑地回道：“好点儿了……吧？”她不是医生，网上查的资料也给出没有什么可行性的建议，只说如果病患愿意接触别人了，就是好转的开始。

见她这迷茫的样子，唐医生也不意外，只叹了一声：“一定程度上来说，如今的沈少爷比从前大有好转了。他从前不管是饮食还是作息，都不按医嘱。其实我从前和沈先生说起过，沈少爷这个病主要是因为童年的阴影，如果家人能够多多陪伴，他的病并不难治。你也看到了，他和一般的病人不同。

“他非常聪明，也并非对外界的声音一无所知，就像你说的，他对声音非常敏感，这虽然对他来说有些难受，却是一件好事，至少，他无法一直在自己的世界里而不管外边的声音，所以这也是个突破点。

“可以说，如今你撬开了一角。但我刚刚试图和他沟通，发现他只是小范围内地走出来，不，准确来说，是你走进他那个壳中，他却还没走出来。”

池芫挑了挑眉梢：“你的意思是？”

“既然他信任你、亲近你，那么池小姐，我这里有一个法子，虽然有些冒险，不过成功率很高，只要你能配合，也许要不了多久，他就能和正常人一样了。”唐医生说着，面上有些跃跃欲试的激动。

“不行，我不能答应。”池芫直接给了出人意料的回答。

“为什么？你不希望他恢复正常？你难道不想和他谈一段正常人的恋爱……”唐医生直接点出了池芫对沈昭慕的心思，如果不是喜欢，哪个年轻漂亮的女孩子会接近一个被家族放弃又患有精神疾病的男人？

池芫正色：“你都说要冒险了，我不同意。他是个人，不是实验品，我们不能替他做决定——就算我喜欢他，也不行。”

她坦荡地承认了自己的心思，也明确地拒绝了唐医生所谓冒险的治疗方案。她大概能猜到，应该是刺激疗法，或者直接来个旧地重游，让沈昭慕再经历一次当年的噩梦。

那不行，就算这家伙一辈子都这么病着，她也不能冒这种风险。万一没治好，那就是二次伤害。

“你也说了，陪伴也有效，虽然效果不是很明显，但我有的是时间陪着他，我觉得就这样也挺好的。”池芫对唐医生直接道。

唐医生心情有些复杂。这种事原本是应该和沈先生那边说的，可是唐医生知道，沈先生并不待见这个儿子，更别说配合治疗了。

病人需要的是亲属和朋友的陪伴，符合这点的，从前沈小姐勉为其难可以算得上，但每次刚接触，她就被沈少爷歇斯底里地赶走了。

现在有个不会被沈少爷当作入侵者赶走的对象，他自然是希望池芫配合治疗。哪里想到，池芫是真的非常在意沈少爷，甚至拒绝了他说的极有可能康复的治疗方案。

唐医生哭笑不得地摇了摇头，表情却多了分欣赏：“我现在懂沈少爷为什么这么快就接纳你了。”

她是他见过最尊重和最心疼沈少爷，也是唯一一个心无芥蒂地将他当个普通人对待的人。或许他一直以来忽视了这一点，沈少爷不是普通的病人，但缺的正是最普通的生活和环境。

“好吧，现在也就你关心他了。既然你不愿意，那就再看看吧。”唐医生扶了扶眼镜，“回去我再给你发一份文件，都是一些温和的治疗方案。”

送走唐医生，池芫的手机就响了。又是池氏夫妇打来的，池芫想点拒接，结果不小心按错了，点了接听。她还来不及挂电话，那边就飞快地说了一句：“你敢挂试试？我让你哥断了你的卡！”

池芫咬牙："您有什么指教，池先生？"

"逆女！"池父中气十足地吼了一声，"你是想气死我吗？"

池芫没有什么情绪起伏："听您这肺活量，气是气不死的，不出意外还能活个好几十年呢。"

这话一出，那边安静了十秒钟，随后便是更加暴怒的一声："池芫！"池父微微吸一口气，又吐出来，"你给我回家！过几天有个慈善晚会，你跟我和你妈去参加。"

池氏夫妇在文人中还算小有名气，为了进一步打出名声，他们经常参加各种晚宴。这次是因为一个才得过奖的画家提起池芫，说是很欣赏她的画作水平，想要见一见她。

池氏夫妇当然愿意结交这些人了，他们在国内待了这么多天，就是为了这个晚会。

"不去！别问，再见。"池芫干净利落地挂了电话。

她就说，肯定是有事求她，都不用问具体什么事。之前还嫌弃她丢了他们脸，现在居然打电话来让她跟他们去慈善晚会？是他们记性不好了，还是她失忆了？

池芫进来时，沈昭慕已经画完画了，正在给窗台上的多肉浇水。

她是不是忘了告诉他，多肉不需要浇这么多水的，别给浇死了啊！

"沈昭慕，我给你剪头发吧！"池芫看了一眼沈昭慕的头发，不算长，但也不短了，他又不愿意出去剪头发。

沈昭慕以前很害怕淋浴出水的声音，之前都要用海绵或者纸巾塞住耳朵，但其实不太管用。

不过现在有了池芫送的降噪耳机，情况稍微好一些了。

所以听说她要给他剪头发，沈昭慕便转身放下水壶，乖乖地点点头。

因为沈昭慕的配合，池芫兴奋地去浴室接了一盆温热的水，又拿了洗发水，让沈昭慕躺在沙发上，然后将凳子搬过来，把水盆放在上面。

"真乖。"池芫弯了弯眼，按了洗发水在手心搓出泡沫后，才往沈昭慕的头发上沾。

她的手指修长纤细，因为画画，没有留指甲，所以指头圆润，在沈昭慕头皮上轻轻按揉时，也不会刮伤他的头皮。

沈昭慕一开始还只是玩着魔方，一副任由池芫摆布的样子。在感觉到池芫轻柔的动作里带着说不出的温柔和珍惜后，他不知不觉就停止了转魔方。他微微后仰着头，直勾勾地盯着池芫。

她脸上的笑容很温柔亲切，那是沈昭慕从没在别人脸上看到的神情。

池芫专注于洗头，一低头，就对上一双澄澈的眼睛，不禁挑眉：“怎么了？我抓疼你了？”

沈昭慕忙摇头，结果直接将头上的泡沫蹭到了池芫手腕上。

池芫佯怒：“不许乱动，不然不帮你洗了！”

她一开口，沈昭慕立马就不敢动了，眼睛都直溜溜的，一点儿都没有一开始嫌弃池芫吵的那个高冷模样了。

池芫感觉好笑，一边给他清洗，一边不忘笑道：“让你别动头，没说不让你眨眼睛，傻不傻？”

沈昭慕缓缓地扬起了嘴角，一个极浅的笑转瞬即逝。

“好了，坐好了。”池芫唇角始终扬着，扶着沈昭慕坐起来，拿了干净的毛巾给沈昭慕擦头发，将他头发擦得半干了才放下毛巾。好在是夏天，不然还要用吹风机。

池芫拿了剪子，聚精会神地剪起了头发。

事实证明，池芫在画画上或许有天赋，可是在剪头发上，对不起，随便哪个托尼老师都要比她强。

当然了，她只负责剪短，也不管造型——沈昭慕有这张脸撑着，哪里还需要什么造型？反正她不嫌弃。

她将沈昭慕的刘海儿也剪短了些，然后把他脸上、脖子上沾到的碎发弄干净了，免得他不舒服。

最后，池芫努了努嘴巴，学沈昭慕平时的样子，歪了歪脑袋：“好了。要不要照照镜子？我觉得挺好看的。”

沈昭慕是听不懂池芫的话外之意的。不过他很配合地走到浴室镜子前，看了一眼自己有些粗糙的新发型，头发短一些，的确舒服方便很多。

所以，他点了点头。

也不知道是认同池芫说的好看，还是表达自己对这个发型的满意。反正，皆大欢喜。

“我就说，没有本小姐这双手干不来的事儿！”

沈昭慕不知道她为什么这么高兴，不过她开心，他也跟着开心。于是，他又重重地点点头。

池芫这边和沈昭慕玩得不亦乐乎，池家则是风雨欲来的压抑。

“池遇，明天你就带我和你妈去接那个逆女！”池父看着手机，气得拍桌子。

池芫本以为就是个不起眼的晚宴，池父这般一言堂的老顽固，在她这儿被下了面子，肯定不会再来热脸贴冷屁股了才是。

哪里想到，对方竟自己找来了。不仅来了，还是拖家带口地前来，气势汹汹的。

彼时，池芫还在沈昭慕家中，两人正在下棋——飞行棋。

“不行，不行！你不能走这个，不能踩我！哎呀，你给我收回去！我就这一员大将在外奋战了！”

沈昭慕不只是智商高，他还手气好。他一开始就掷出了四个 6，将他的棋都放出来了；然后一连摇的几个数，都比池芫的大。没一会儿，后面的棋就追上池芫的了。池芫眼见着自己最后一枚棋就要被他踩回大本营，干脆直接伸手抓着他那只要落棋的手，开始耍赖，明媚的眼里满是央求。

沈昭慕只好收回了手。不过，他微微努了努嘴角，拿出手机就给她发消息：“又作弊了。”

这怎么能叫作弊呢？情侣间的小耍赖，是情趣好吗？池芫鼓了鼓腮帮子：“你画画没我画得好，我也是鼓励你呀！那同样的，你比我会玩这个，是不是该适当地让让我？”

她本来就生得清纯精致，声音也好听，一撒娇就带着一股懒洋洋、娇滴滴的腔调，饶是沈昭慕，也抵挡不了她这招。

他低头打字：“那好吧，再让你一回。”

然后，他将自己的棋收回去三个，只留一个在外和池芫角逐。

等池芫第不知道多少次被沈昭慕踩回去时，对面的门铃响了。

沈昭慕因为戴着降噪耳机，没有发现。池芫则侧耳听了听——还真是对面自己家的门铃响了。

她走到门口，顺着沈昭慕家的猫眼往外看，就见西装革履的池遇一脸生无可恋地跟在一男一女身后，却没有和那对男女一样望着她家的门，而是望着沈昭慕家的门。

池芫吓了一跳，有那么一瞬间，她甚至以为池遇顺着猫眼看到她了。

要不要开门？池芫下意识摇头，不要。

她转身走到沈昭慕身边，凑到他身边小声道："我爸妈来了。"

她爸妈？沈昭慕忙给池芫发消息："你哥哥也来了吗？"

还不知道他内心所想的池芫："对啊！我爸妈还有他，我家三大魔头齐聚了。"

沈昭慕："那你怎么办？吵不过吧？"

他脸上的担忧是真真切切的，池芫却还没反应过来自己误导了他什么："对呢！我对付池遇那个闷葫芦倒是不在怕的，可我妈是个文豪啊，她说教起来我可能搞不赢——更别说我爸了！"

沈昭慕听完之后还是一脸蒙。

就在池芫打算继续说的时候，这边的门铃也响了。她看了一眼沈昭慕，沈昭慕也看着她。

然后，池芫很没有骨气地将他推出去当挡箭牌了，并且给他发消息："你开门，然后将手机上的字给他们看，就说我不在家，你不知道我去哪儿了。"

沈昭慕犹豫了一下，他不想见外人。但池芫拉着他的手，一顿撒娇卖萌下来，沈昭慕根本没有办法拒绝。

池芫躲进洗手间，耳朵贴着门，留意着外边的动静。

沈昭慕将门打开了，然后，池父难掩怒气的一声呵斥响彻楼道："逆女！你编谎也编个靠谱的！别躲了，快给我出来！"

池芫还没反应过来，就听见池遇先是安抚池父，然后没好气地对躲起来的池芫解谜："出来吧！你用微信给他发消息，再让他给我们在聊天对话框那儿打字……蠢不蠢？"

不是她蠢！她怎么会想到沈昭慕这个智商超群的家伙，竟能做出这种事呢？匪夷所思！

池芫灰溜溜地从洗手间出来，一抬眼就对上沈昭慕无辜又慌张的眼神。他冲她摇头，然后伸手指着门外。

池芫白了他一眼：“你别暗示了！你太没用了，让你帮忙打掩护嘛！”

“逆女！你要气死我啊你！”池父捂着心口，手指还抖起来了。

“倒也不必。骂人的词亘古不变，每次生气都像是要当场去世一样，实际上身体比我这个年轻人还要强壮……”

“池芫！”妆容精致完美的池母眯了眯眼，上下扫了眼池芫的着装以及她此时的神态，吸了口气，“我怎么教导你的？！”

她一直希望池芫当个名门闺秀，知书达理，温婉乖顺。结果呢？除了脸符合，其他的全乱了套了。

池父更是气得脸都青了。

池芫这话的确不敬，池遇都瞪了她一眼：“池芫，不能这么和爸妈说话。”

“池芫，池芫，池芫，你们有把我当作女儿或妹妹吗？”池芫忽然嘴角一扯，仰着脸，毫不掩饰自己的讥讽，“你们就知道将你们的规矩体统框在我身上，从不关心我喜欢什么，我讨厌什么，我想要什么——甚至池先生、池太太，身为你们唯一的女儿，就因为我不符合你们女儿该有的标准，你们无视我、冷待我、仇恨我……你们扪心自问，这么多年，你们有给过我父母的爱和温暖吗？”

池芫身子微微发抖，就像是原身在控诉这一切一样。

她抹了下微红的眼角，将快要掉落的眼泪飞快抹去，然后对沈昭慕微微哽咽一声：“一会儿可能有点儿吵，你先回房间看书好不好？”

沈昭慕摇头，伸手轻轻地摸了摸池芫的脑袋。池芫鼻子一酸，忙避开了。

池父抿着唇，神情因为她这番话而显得有些深沉。不过池母那张精致的脸上却只有愤怒：“我们给你生命，给你优渥的条件，你还有什么不满足的？你有半点儿回报吗？让你学画画，你半途而废？让你学礼仪，你阳奉阴违。你哥不是我们亲生的，可这么多年都是他在支撑这个家，他都知道孝顺和感恩，怎么我十月怀胎生下的你却只是个白眼狼？你少在这儿抱怨和委屈，我们没什么对不起你的！你跟我们回去，好好闭门思过，等你什么时候悔过再说这些。”

果然，比起池父千篇一律的怒斥，池母的话才是真的令人心寒。她拿捏着十月怀胎的生育之恩，便能将原身所有的委屈和难过全部打碎。

生下你，给你钱，让你学画画，学礼仪，都是为你好，你不知恩图报，你是白眼狼……原身就是在这样的无奈下郁郁而终的吧！

比起池遇这根救命稻草的流失，更让原身绝望的，是她的父母竟是这么冷血又功利的人。在他们眼中，她应当活在他们塑造的人设之下，像个完美的瓷器娃娃，就连笑容都要符合他们的心情。什么自由和追求，那些都不重要，他们的满意才最重要。

“池太太不愧是文坛巨星啊，你口诛笔伐的本事，用在你女儿身上也一样字字见血……”池芫冷呵了一声，嘲讽道，“你们可以去领养一个女儿，让她变成你们喜欢的标本，还可以拿养育之恩要挟。至于我，不好意思，太有个性和灵魂了，是个失败的标本。”

啪——池芫话音刚落，池母直接扬手给了她一个巴掌。

这一巴掌没留半点儿余地，池芫脸上麻麻的，嘴角也被牙齿磕了一下，很疼。耳朵也嗡嗡响，耳鸣了。

真狠。池芫心中啧了一声，眼睛却有些想下雨。她吸了吸鼻子，甩了甩头发，若无其事地将脸偏过来。

池母这一巴掌让池父眉梢微微一跳，但不觉得有什么不对，只有池遇微微蹙了蹙眉心。

沈昭慕却是反应最大的。他知道池芫平日里总是嚷着她的脸和手有多么精致完美，现在却被人打了脸。他想都没想，伸手推了一把池母。

池芫是他的朋友，任何人都不能欺负她。

池母穿着高跟鞋，被沈昭慕这大力一推，差点儿就往后摔了一跤，还是池遇眼明手快给扶住了。

池母原本因为打了池芫的那一点点不自然也顷刻间没了，沉着脸：“池芫，你看看你现在和什么人混在一起？就这样精神有问题、毫无教养的人，你还和他不清不楚，你真是令人失望！”

“池太太！”池芫下意识将沈昭慕护在自己身后，她被打了，她亲爹看热闹，她哥……不提也罢。只有沈昭慕这个小傻子，会生气，会着急，会心疼，还会替她打抱不平。池芫就像是护崽子的母鸡，原本有些低落的心情一瞬间变得斗志昂扬。

“你的教养又有多好？仗着会写几篇文章就觉得处处高人一等了？你以为你是谁？你打我骂我我忍了，但你对着一个身体不好的外人指责什么？你自己为老不尊，还说别人没有教养？”

池遇按了按眉心，忽然发现，不惹沈昭慕还好，一提及沈昭慕，原本挨打也没什么反应的池芫，瞬间火力全开。

“池……小芫，你少说两句。妈，你消消气，有什么事我们坐下来好好谈，一家人不要伤了和气。”

“谁跟她一家人？！”

“我可不敢高攀！”

母女俩同时看向池遇，冷不丁地齐齐开口。

“我最后再问你一遍，你跟不跟我们回去？”池父脸色铁青，往前一步，怒目而视地对池芫下最后的通牒。

池芫眼睛都不眨一下：“那我就最后告知你们一遍，我不回去！”

她这油盐不进的态度，叫池氏夫妇气得就要摔门而出。但池母最先反应过来，她拉了拉池父的手，然后冷淡地看向池芫：“不回去可以，但过两天的晚宴必须参加，不然，你哥给你的卡全部停掉。”

来了，池母就知道用她的弱点拿捏她！

池芫深吸一口气，看向池遇：“你怎么说？”

刚给的卡，就想停掉？还是不是男人了？还是不是霸总了？她眼神里的鄙夷快要溢出来了。池母也看向池遇，两人同时将压力集中到了他身上。

“不过是陪爸妈去一趟晚宴，不需要你做别的。这样，你去的话，我再给你打一百万……”说完，池遇又觉得自己失言了，池芫哪里会稀罕他的钱？这不是侮辱她吗？

“成交。”结果，池芫居然木着脸点头了。

“我还有个条件——之前的卡不许停，不管我和爸妈闹不闹别扭！不好意思，我现在穷到卖画为生了。”

卖画为生……池父脸上臊得慌：“你、你堂堂池家的大小姐，怎么开口闭口都是钱？俗不俗气？！还卖画为生！我们送你去学画是为了让你变卖的吗？”

池母没说话，但表情和池父如出一辙，满是嫌弃。

池芫翻了个白眼：“你们不俗？不俗别用我哥的钱啊！有本事你们的字和书都免费送啊！什么慈善晚宴？沽名钓誉！我就是这么俗气，怎么了？哥赚钱不辛苦吗？你们没用他的钱吗？怎么，现在开始嫌他的钱不够风雅了？”

“阿遇，你别听这丫头的，她就是存心挑拨！”但池母没有被池芫几句话糊弄，她立马表明立场，“这些年都是你在辛苦赚钱，我和你爸都知道的。”

“你住嘴！”池母一向能言善辩，几乎没有对手，哪里想到有一天遇到的对手，居然是她自己生下来的！

对上池母凶狠的眼神，池芫无所畏惧地耸耸肩，然后推搡着夫妻两人往外走，一边不忘对池遇明示：“钱记得先打到我卡上，礼服很贵的——当然，你要是愿意出礼服的钱，就再好不过了。”

池遇将心中的无奈按下，吐出一口浊气，无奈道：“放心吧，我会让秘书安排。你少说两句吧。”

求求你闭嘴！钱，给你；嘴巴，给我闭上！

得到池遇明确的示意后，池芫立马积极配合地在嘴巴上比了个“拉拉链”的手势。

池芫吵完架，只觉得自己喉咙都干了，刚做了个摸喉咙的动作，面前就递过来一瓶矿泉水。

沈昭慕安静地望着她，眼神里没有崇拜和佩服，只有担心。她刚刚被她妈妈打了，还哭了，又吵了那么久，肯定很累了。

池芫被他这么一瞧，立马哭诉：“沈昭慕，我的脸好疼啊……是不是毁容了？你给我弄条热毛巾让我敷敷脸吧！”

沈昭慕立马照做。

池遇给她的钱很快就到账了，他还不忘发微信跟她说，让她加秘书的微信，选礼服。

念在他效率不错的分儿上，池芫勉为其难地回了句：“最好的感谢就是我尽量不往你和沈笑笑面前凑。”

池芫很聪明，池遇最担心什么，她就消除他的担忧。他的确是不希望她再做些什么不合时宜的事了，所以对于池芫的保证，池遇心里松了口气。

再说沈昭慕，那天的“世纪大战”，似乎给他留下了阴影，表现在于——时时处处把池芫当个易碎的娃娃对待。

以前都是池芫叫他做什么他就做什么，现在他居然会主动去做了。就好比，池芫搬个画架，他立马从沙发上蹿起来，替她扛去书房。池芫去冰箱那儿打算拿瓶水，他直接冲过去，将冰箱里的水啊饮料啊都拿出来让她选，等她选完后，他还给她拧瓶盖……

因为沈昭慕，池芫就连做 Spa（水疗）都是让美容师上门服务的。

池芫的卧室有个超大的落地镜，她照了照自己的脸，十分满意。好在那天的敷毛巾和滚鸡蛋是有效果的，要不然明天晚上真带着张肿脸出门，多丢人啊！

“沈昭慕，明天我不能陪你吃晚饭了，你在家乖乖等我好不好？我尽量早点儿回来。如果我晚上十点还没回来，你就先睡觉，好不好？”

池芫欣赏完自己的盛世美颜后，想起来自己还没和沈昭慕说自己要参加晚宴的事情，也不知道他会不会生气。

沈昭慕表情微微顿了顿，抿着唇，漆黑的眼里有一丝郁色闪过——他是不愿意她出去的。

但好像只有他是最奇怪的那个——别人都喜欢往外跑，只有他想在一间房子里待到天荒地老。

不能限制她的自由——她父母和她哥哥限制她，她就生气离开了，如果他……不行，她不可以跑。

沈昭慕咬着自己的下唇，就在池芫有些担心他是不是要发作时，却见他很快恢复了木然的表情，冲她微微点了点头。

池芫松了一口气，走上前勾着他的脖子，踮起脚就在他的唇上亲了一下。

“叮！目标人物好感度 +10，当前好感度 68！”

池芫顺利地离开了公寓楼，却没发现，沈昭慕在她走后，脸色立马沉了下来。

他耷拉着脑袋，噔噔噔地踩着池芫给他买的带指压板的拖鞋来到卧室，将窗帘拉开，然后推开落地窗，走到阳台，站在栏杆处，巴巴地往下看。

穿着简单的蓝色裙子的池芫上了一辆兰博基尼。他抿着唇，见到池芫嘴角晃人的笑，依稀猜到了驾驶座的人。

沈昭慕的手指抠着栏杆，漆黑的眼睛一眨不眨地目送那辆车驶离他的视线。

“你怎么来了？助理呢？”池芫上了车后，才知道开车的是池遇，不禁诧异。她只拿了个手包出来，一会儿直接去做造型的地方换礼服。

等她系好安全带，池遇才驶动车子，语气淡淡地说道：“助理有事。”

“哦。那家里不是有司机？”

“……司机要接爸妈。”他斜了她一眼，“怎么？不乐意我来接你？”

要不是助理有事请假了，他还不乐意过来接这么一个嘴巴不饶人的妹妹呢！他还没嫌弃，她倒是先埋汰起他来了。

“撇清干系，不想闹绯闻。”池芫耸肩，说着，她又补了一句，“免得沈笑笑又大喊大叫哭倒长城。”

被她这夸张的形容弄得一噎，池遇沉住了气：“她还小，你别总气她。”

池芫冷哼：“谁还不是个宝宝了？你都有脸老牛吃嫩草了，我说两句怎么了？”

他就不该和她说话！

见池遇吃瘪，池芫咯咯笑得像个战斗鸡：“怎么？戳心窝子了？啧，你这承受能力不行啊！”

“住嘴，接下来都不要讲话了。”池遇深吸一口气，差点儿一脚踩上刹车。

“凭什么，我就要讲——”

“再多说一个字，停掉一张卡。”池遇冷飕飕地递了一个眼刀子过去。

池芫立马安静了。

池芫心里骂着池遇是资本家德行，面上却一派安静乖巧，时不时拿出手机和沈昭慕聊天。

池芫："在干吗呢？"

那边很快就回了消息。

沈昭慕："想你了。"

池芫虽然没发出声音来，但表情太生动了，叫一旁开车的池遇无法忽视："看什么这么兴奋？"像只猴子似的，真是越来越不像池芫了。

池芫头也不抬地回："看我男朋友的情话。"

池芫不想理他，刚好车停下，她解开安全带，推开车门就下车去做造型了。

晚上七点，国际大酒店一楼门口。

池芫穿着雾蓝色的高定礼服，手拿高奢品牌手包，步态优雅又大方地下了车，一下来，就晃了门口接待的侍者的眼。另一边，池父池母也好生捯饬了一番，依旧是一个一丝不苟、儒雅非凡，一个雍容贵气、优雅知性。

池遇不爱参加这种宴会，将她送到便走了。所以，池芫只能跟着池父池母一起进场。

池母表面功夫堪称一绝，上前温柔又不失礼地伸手替池芫假意整理了一下耳环，然后伸出手，要池芫挽着她进去。

池芫装作没看见的样子，绕过她，挽上了池父的手臂。一挽上，池芫就感觉对方浑身僵硬了——看，这就是池父比池母"可爱"的地方了。

池父略显不自然地扯了扯嘴角，露出一个职业假笑，然后带着笑容精致的池芫进场。一侧的池母在池芫不给她面子之时，脸色稍沉了一些，但很快又恢复如常。

一家三口，看起来极为和谐地进了大堂。因为颜值上的确是这里头最亮眼的，所以他们一进门就得到了四面八方的注目。

一个头发梳得一丝不苟，身穿银灰色西装，打着宝蓝色领结，看起来衣冠楚楚的年轻男人手里拿着香槟走来，和池父池母寒暄着："二位总算是来了，这位便是二位同我说起的令千金吧？"

男人一双桃花眼肆无忌惮地打量着池芫。

池芫数着酒店大堂墙壁上的纹路，压根就没看这人一眼，直到池母不动声色地扯了扯，池芫这才蹙了蹙眉，微微不耐地将目光转过来。

“陈先生，这便是我那不争气的女儿，和你一样学画画，却远不及你的画作水平。”

这个陈姓画家五官平平，但胜在衣品好，看起来衣冠楚楚，也勉强称得上青年才俊。

池芫扫过一眼，没有接话。

“哪有。我看过池小姐的画，很有个性，就是匠气略重，意境不足，但在国内，这样的年纪和水平，已经很出色了。”这名陈姓画家目光在池芫身上流连，笑着点评。

池母脸色一正，掐了一下池芫的手臂：“池芫，你这孩子，怎么这么害羞呢？这便是你很是敬仰的那位年纪轻轻就拿了今年国外新锐画家奖的陈画家，陈独修陈先生。”

池芫干巴巴地接了句：“陈画家好，久仰久仰。”

池芫吊儿郎当的态度，气得池父又要捶胸，但场合不对，他也只能忍下。

池母却善于打圆场，她立即故作亲昵地看了一眼池芫，随后对面色有些尴尬的陈独修解释：“陈先生莫要见怪。小女就是这般顽劣的性子，她私底下和我们说很崇拜你的，刚刚是和你玩笑呢。”

陈独修闻言，面上又恢复了笑意，看了眼池芫，又看向池父和池母：“若是池小姐愿意，我可收她为学生。我虽不才，却也还能当半个老师指导一二的。”

池母不等池芫开口说话，立马回道：“那再好不过了。陈先生，我和我先生看到几个熟人，先去打声招呼。小芫啊，你和陈先生探讨探讨，如何？”

池芫一边嘴角扯了扯，极轻地哼了一声。

池母假装看不到池芫眼里的轻蔑，挽着池父的手臂，对着陈独修颔首，随后留下池芫。

“池小姐除了画画，还会些什么才艺？”陈独修手里端着香槟，也不喝，只用一双脸上唯一出彩的桃花眼不住地朝池芫身上扫。

池芫左顾右盼，就是不看他，想也不想地回：“下棋。”

陈独修闻言，眼中一亮：“下棋？这个很好，我最近和一个国手下过几次围棋，不知何时能和池小姐切磋切磋？”

池芫这回将目光投向陈独修，嘴角抽了抽：“谁跟你说我下围棋了？”

“那你下的什么棋？”陈独修不禁心中紧张，他就会一点点围棋，象棋也下得不多，其他的便不会了。

池芫漫不经心道：“飞行棋、五子棋啊……”

陈独修嘴角的笑意僵了僵：“池小姐真会讲冷笑话。”

“没跟你讲笑话，我不只下的棋你不喜欢，我的爱好你也不喜欢。我喜欢半夜鬼哭狼嚎地唱歌，哦，我喜欢的画家其实挺多的——但是呢，都作古了。”

池芫每说一句，陈独修的脸就难看一分，但这些都没什么，最后一点，直接让他黑了脸。

这什么意思？喜欢名画家，瞧不上他这个新锐画家！

陈独修顿时如一盆冷水浇下来，对着池芫也没了一开始的涵养和兴趣：“不可理喻！”说完，气冲冲地走了。

池母回来时，见池芫一个人坐在角落玩手机，不禁问道：“陈先生呢？”她环顾四周，发现陈独修被一群人簇拥着，离这儿很远，顿时嘴唇抿成一道直线，“问你话呢，池芫！”

“你自己找。”池芫正在和商家聊天，问她订制的东西还有多久能完成，眼角余光都没舍得分给池母。

池母压低声音，竭力克制着怒气：“池芫，你怎么和我说话的？！我好心带你来结交新锐画家，提高你的素养和名气，你就这么对我？”她简直不能相信，这是她生出来的女儿，除了外形，完全不像！

池芫收起手机，抬头对上池母吃人的眼神：“是为我好，还是想用我来换取你们二老的名声啊？”

池芫没有待到晚宴结束。

原本池父池母就是想通过池芫结交知名画家，眼见被池芫搞砸了，他们面上无光，也不好意思再往陈独修面前凑，便同几个故交聊了一会儿，等再回头找池芫时，却发现她已经走了。

气得原本要帮池芫物色对象的池母又一阵心梗，面上却只能故作无奈地对好友解释："真是不好意思，这丫头啊，不善和人打交道，格外害羞。"

对方也知道池母是个什么人，面上笑呵呵地附和，夸了池芫几句，心里却是有些轻蔑的。

这些人都是人精，心下如何，面上半分不露。所以池母并没有发现自己在无形中已经成了这群人眼中的笑话了。

池芫走到门口时，因为低头给沈昭慕发消息，没看着路，撞到了人。她下意识抬头，便对上一张吊儿郎当的戏谑的脸。

"哟，这不是大名鼎鼎的美女画家池芫吗？"男人穿着红色的西装，梳了个大背头，手里把玩着一只昂贵的打火机。

男人长了一张风流倜傥的脸，身后跟着两个衣冠楚楚但眉眼一看便不是什么正经人的公子哥儿，在他身后，一左一右地拦住了池芫的去路。

池芫下意识皱眉，这男人她还真认识，周家的独子周燃，他父亲是地产界的大亨。

池芫和他有些过节，当初周燃要追池芫，但那时候池芫根本不理他不说，还戏弄了人家。

没想到，他们会在这儿遇上，也算是冤家路窄了。

池芫自然地退开些距离，表情淡淡的："抱歉，不小心撞到你了。我还有事，再见。"

周燃一边玩着打火机，一边打量着她。不得不说，池芫完全长在了周燃的审美上。

他舔了下唇角，那蠢蠢欲动的心思又死灰复燃。没拥有过的美人，就显得格外不一样了。但这是池遇的妹妹，周燃舌尖抵着牙，池遇不是个好打发的。

他给自己两个跟班使了个眼色，让他们去接他今晚的一个女伴，然后看着池芫便笑得风流迷人："别急啊，你去哪儿？我送你？"

"不用，我哥过来接我。"池芫知道周燃是不敢惹池遇的。如今大家都知道池家和沈家的孩子在交往，搞不好就是强强联合了，池芫搬出池遇，多少能让周燃忌惮些。

不过她低估了对方的劣根性，她越是不理睬，周燃越是心痒痒。他抬手就要摸池芫裸露在外的白皙圆润的肩膀，却被池芫敏锐地避开了。他也不尴尬，调笑道："别啊，我爸妈和你爸妈前不久还一块儿喝茶呢，大家都是朋友，怎么这么见外？"

池芫低头看了眼手机，沈昭慕给她回了个可爱的表情图。已经过去好几分钟了，她再看时间，九点了，再不打车回去，就要晚了。

刚好叫的车来了，她二话不说从周燃伸过来的手臂下方穿了过去，踩着高跟鞋健步如飞地来到车门前，拉开车门，上车，关门，一气呵成。

池芫出了电梯，先去沈昭慕的家。

她动作娴熟地输入密码进去，却发现客厅漆黑，没有点灯。她按了下墙壁上的开关，小声地唤道："沈昭慕，你睡了吗？"

奇怪，这才十点，他怎么会睡这么早？不是说了要等她的吗？

池芫没在客厅找到沈昭慕，卧室也没有人，床上一点儿褶皱都没有，昭示着上面没有躺过人。她心跳不可抑制地加快了一些。可是找遍了整个房子，她都没找到沈昭慕。

池芫面色白了白，脚步有些趔趄地往外走，一边拿出手机给沈昭慕打语音电话。因为沈昭慕很怕这个铃声，池芫从没打过电话给他。

池芫一边打开自己家的门，一边拨电话，结果在自家的沙发上，就看到了沈昭慕的手机，屏幕亮着，发出不太悦耳的声音。

她立马打开灯，客厅没有人。她将通话挂掉，然后打开卧室的门，终于在她的房间，找到了差点儿害她报警的家伙。

沈昭慕手边放着一本书，卧室开着灯，晕黄的光洒在他白皙的脸上，落下柔和的光晕。他坐在池芫买的那块毛茸茸的地毯上，半个身子都趴在床上，头枕在手臂上，脸朝着门外，乖得不行。卧室隔音效果很好，他又戴着耳机，是听不见外头那么细微的声音的。

池芫蹑手蹑脚地走过去，从柜子里拿出一件小披肩给他盖上。没想到刚盖上，沈昭慕就醒了。

沈昭慕还维持着趴在床边的动作，漆黑的眼睛睁开，带着几分小鹿一样的迷茫，懵懂地盯着池芫瞧，然后直接起来就抱住了她。

池芫脚上的高跟鞋还没脱下，一个没站稳，就朝着床上倒了下去，连带着紧紧地抱住了她的沈昭慕也一块儿跌入柔软的大床上。

沈昭慕愣愣地压在池芫身上，望着她，漆黑的眼里纯净得没有任何杂质。

“起开，你太重了！”池芫伸手推了推他，刚要爬起来，对方就朝着她的唇落下一个并不轻柔的吻。

池芫哭笑不得地推开他，然后没好气地抹了下嘴唇。

沈昭慕乖乖站好，像个犯错罚站的小学生一样，紧张地抠着他 T 恤的下摆。池芫看了一眼，是情侣同款的那件。她坐在床上，踢掉脚上的高跟鞋，嘶了一声，鞋子磨脚，她脚后跟都被磨红了。

沈昭慕也看见了她脚上的磨痕，忙从客厅电视机下方拿了药箱，又拿起被他遗落在沙发上的手机，小跑着回到卧室。

池芫瞧见他手里的家庭药箱，不禁莞尔：“算你有良心。”然后像个公主似的，直接坐在床上，伸出脚，指挥着沈昭慕给她上药，“你帮我涂点儿碘伏，然后把红霉素软膏拿出来。”

沈昭慕用棉签蘸了碘伏，在她红红的脚后跟处均匀涂抹，池芫被刺激得吸气缩脚。

沈昭慕见上药不便，直接一只手按住了她的小腿，固定着让她没法动弹，然后另一只手继续涂抹碘伏、软膏。涂完一只脚，再去涂另一只。他专注得就像在拼拼图一样，安静又认真。

涂完之后，沈昭慕就去洗手间洗手了。池芫挪到客厅看电视，见他从洗手间出来，拍了拍自己身边的位置，示意他过来坐下：“明天天气好，我们出去写生吧！”

沈昭慕盯着她亮晶晶的眸子一眨不眨，然后目光下移，抬手指了指她的脚。

“没事，都涂了药了。”池芫笑着拉过他的胳膊，硬核撒娇地左右摇了一下，“行不行嘛？答应我，答应我，快点儿答应！”

沈昭慕脸上罕见地露出了池芫平时哭笑不得的那种表情，他学着她的样子，嘴角下拉，又上扬，而后老气横秋地摇了摇头。

池芫乐了，直接歪倒在沙发上，两条腿在沙发上上下跷着，笑得有些没有形象。

于是，沈昭慕又呈现了一遍哭笑不得又无奈摇头的表情，还叹了一口气。

池芫愣了一下，然后捂着肚子，笑得花枝乱颤。

沈昭慕将笑得快要从沙发上滚下去的池芫捞了起来，然后整理了一下她滑下来的睡衣带子，耳朵都是红的，表情却很是正经。

池芫笑得脸儿红红，眼里泛着泪花，一副娇俏明丽的模样。见沈昭慕这般，她又乐不可支地凑上去，亲了亲他的脸颊，声音软软的："明天去写生好不好？"

池芫对自己的撒娇大法极度自信。果然，沈昭慕迟钝地点了点头，像极了被美色迷晕头的昏君。

池芫为了外出，很早就起床了，还专门和沈昭慕穿了情侣装。好在沈昭慕也很喜欢这种两人一模一样的装束。

池芫给沈昭慕戴好鸭舌帽后，就和他一起抱着画板和架子，带着零食和水，出门了。

天气很好，池芫化了个淡妆，T恤外还套了件防晒衣，戴着副墨镜，看起来一点儿都不像是要去写生的，如果不是穿得比较休闲，倒像是去走秀的。

上了车，池芫将森林公园的地址报给司机。

今天不是周末，所以去森林公园的人应该没有那么多，那边风景不错，她想在湖边树荫下写生，顺便带沈昭慕接触接触外面的风景。

到森林公园后，池芫领着沈昭慕熟门熟路地朝湖边走。她一边走，一边对浑身紧绷、局促不安的沈昭慕介绍："我高中的时候，放假就来这儿写生，这里人少，环境好，视野开阔，很适合写生。"

池芫领着沈昭慕到树底下，拿出折叠的小马扎摆好，然后让他坐好，再拿出矿泉水递过去："渴不渴？"

沈昭慕接过矿泉水，拧开了，却没有喝，而是回递给池芫，示意她喝。池芫嘴角弯起，接过水喝了一口，又放回小篮子里。

让沈昭慕将画画的工具全部拿出来后，池芫也坐下，用素描笔开始勾勒。

沈昭慕坐得笔直，依旧有些拘谨和警惕地望着四周。湖边虽然人少，却也不是一个人都没有，三三两两的年轻人、老年人在湖边散步、休息。

他拧着眉，很是严肃地看过去，还瞧见一对情侣在那儿难分难舍地亲吻。

池芫发现之后，强行拽过沈昭慕的手臂，伸手捏了捏他的脸颊，气鼓鼓地道："怎么？那女生很好看？比我好看？"

沈昭慕忙摇头，摇得十分剧烈，就跟拨浪鼓似的，极力表达着他的观点。他都没看清那女生长什么样……不过，他知道，芫芫是最好看的。

"所以你刚刚确实是盯着人女孩子看了？"池芫压着想要疯狂上扬的嘴角，故作不满意地哼了一声，将头转过去，背对着他。

沈昭慕顿时手足无措。池芫背对着他，那他就看不到她的神情和动作了。他想去扳池芫的肩膀，但又怕自己动作太粗鲁，更惹她生气，急得脸都红了。

池芫没有看到这一幕，她刚要回头吓唬他一下，就听见低哑的声音从她身后响起——

"不是的。"

沈昭慕见池芫肩膀在抖，还以为她在哭。

池芫不敢置信地回头，眼睛瞪得圆溜溜的，一眨不眨地盯着沈昭慕的唇，说话都有些结巴了："你、你刚刚开口说话了？"

天啦！她的小哑巴居然开口了？！

相比于池芫的激动，沈昭慕却是松了口气，嗯，没哭就好。

沈昭慕慢了几拍，突然回神——刚才，他好像真的开口说话了？！

他愣愣地抬手，摸了摸自己的喉结，有些呆愣。他已经快要忘记自己原来不是真的哑巴了……就在刚刚，他像一个正常人一样在表达。

以前每次他想说话时，明明做了口型，可是他的声带怎么都不肯发出声音来，久而久之，他就放弃了。

池芫这回是真的哭了，喜极而泣。

虽然她和唐医生表明不会逼他，甚至做好了一辈子他都这样的准备，但当看到他有可能好转的希望时，池芫还是忍不住开心起来。

沈昭慕看她哭了，吓得忙用指腹去抹她的眼泪。他表情凝重，艰难地从齿缝中发出两个音节："不哭。"说话磕磕巴巴的，就像小孩子第一次张口，牙牙学语时那样笨拙、稚嫩。

池芫眼泪流得更凶了，她直接扑进沈昭慕怀里，抱着他的腰，一边抽噎一边道："太好了，太好了……你会说话了！沈昭慕，太好了！我真高兴，替你高兴……"

高兴？会说话就这么高兴吗？

沈昭慕脖子湿漉漉的，有些不自然，但没有动，他感受到了，她是因为过于高兴才哭的。

是为他高兴。

沈昭慕嘴角上扬，轻轻地抱了抱池芫，而后僵硬地拍了拍她的后背，声音很轻："嗯。"

有了第一次开口，后面的也就没有那么难了。尽管他还是不习惯热闹，不喜欢说话，可是芫芫这么高兴的话，他愿意努力试试——他喜欢看她开心。

第八章
是她治愈了他

池芫的写生以失败告终。

她干脆不画了，就看着沈昭慕画。

她单手托着下巴，笑眯眯地望着一丝不苟地画湖水、树木、草丛的少年。湖边的风缓缓吹来，从他短短的头发上轻柔地掠过，像是一个柔软的吻落下，随后又消散了。

沈昭慕拿起绿色的颜料，一笔一笔地晕染。池芫不禁抿唇一笑，因为她嫌弃他总是用黑白灰，这家伙现在倒是开始尝试别的颜色了。

池芫静悄悄地站起来，拿起手机给他录视频、拍照，打算一会儿发给唐医生看看。

沈昭慕将颜色填完，一回头，刚好对上池芫的镜头。他的脸上还沾了颜料，看起来可爱极了，池芫笑了一声："看这里，剪刀手会不会？好了好了，你那是比拳头……别比了，还是笑一下吧。"

"我们合拍一张吧？"成功将沈昭慕的注意力引开了，池芫索性继续霸占他画画的时间，用手肘轻轻地杵了杵他的胳膊，一边打开手机的自拍模式。

沈昭慕其实很少拍照，通常是别人拍他。而且拍照时，他会像一只紧张的刺猬一样，浑身不舒坦，更别说合照了。

沈笑笑从前为了拉他合照，给他买了好多绝版的书，沈昭慕都没答应。书照收，照不拍。然后沈笑笑就沮丧地哭了，哭完发现沈昭慕看她的眼神更加嫌弃了。

不过如果是池芫提出来的话，沈昭慕还是愿意的，因为池芫说："你真好看，我也好看，我们好般配呀！拍出来我要发朋友圈，我们一定是最般配的一对。"

她已经以他对象自居了。沈昭慕最近上网频繁，知道情侣是要一直在一起，她会一直陪伴他的那个人。所以听池芫这么说，沈昭慕立马配合，他看着手机摄像头，腼腆地笑着，有些僵硬。池芫笑起来却像是个天使，美好又自然。

池芫忽然转过头在沈昭慕的脸上亲了一下，然后趁着沈昭慕表情呆滞的时候又拍了一张。

等池芫翻看相册时，沈昭慕也将画笔放下了，凑到池芫身边，抿着唇，紧张又期待地跟着一块儿看。

“你看你，哈哈哈，这张好傻啊——”翻到其中一张时，池芫指着傻乎乎地望着镜头的沈昭慕说。

沈昭慕鼓了鼓腮帮子，伸手捏了下她的脸，就像她每次气急败坏时捏他一样。只不过池芫的脸软软的，比捏自己的脸手感好多了，他忍不住，又捏了一下。结果没控制好力道，池芫的脸上留下了一道红印子。

池芫吸了口气，鼓着脸，回头瞪他。他立马将手背到身后，漆黑的眼睛无辜地望着她，然后张嘴无声地说：“对不起。”

池芫看懂了这个口型，哪里还会生他的气，只是略显失望：“你怎么不说话了？”

沈昭慕闭上嘴，没有再开口。他还是不习惯。

但池芫很快就将这点抛之脑后了，没事，循序渐进嘛，今天已经有很大的进步了。

池芫让沈昭慕自己在旁边画画，她自拍，然后挑选照片，发朋友圈。

她的朋友圈停留在原身离开家的那天，之后便一直没有再更新了。所以，当这组照片出现在朋友圈时，立刻引发了轰动。

不为别的，池芫太好看了，但她原来总是矜持文静地笑着，淑女优雅，让人难以接近。可是现在照片上的池芫，笑得灿烂又明媚，多了一丝烟火气。当然，重点是，她身边有个极为清秀帅气的男孩子。

池芫的好友大多也认识沈昭慕，于是，大家震惊了——池家那个眼高于顶的大小姐居然和沈家那个有精神疾病的儿子在一起了？

这让人难以置信，所以有人直接留言问：“这是谁呀？”

池芫很有耐心地一个个回：“男朋友。”

池遇看到共同好友留下的评论以及池芫的回复时，已经是当天晚上了。他心情复杂地给池芫发消息：“你疯了？”

池芫没回。

同样觉得池芫疯了的，还有正在某娱乐会所和狐朋狗友玩的周燃。他没有加池芫的微信，但包间里有个女生有。

周燃脸上满是玩味和阴鸷——拒绝他，却看上了沈昭慕？

池芫那条朋友圈的后续，她自己没关注，至于其他人怎么想，她也不在意。但没想到，不怕贼偷，就怕贼惦记。

池芫不知道周燃是从哪里知道的她的微信，还一直要加她，她本来是不想通过的，结果手滑了一下，不小心就点到了同意。

那头，周燃立马发过来一句语音："池芫，听说你和沈家那小子好上了？"

池芫刚想把人拉黑，那边忽然打了视频电话过来。她想也不想，拧眉拒接。

大晚上打视频电话，居心何在？他不会又看上她了吧？

池芫直接将人拉黑，然后关机，睡觉。

第二天，池芫在沈昭慕那儿吃完饭，刚打算睡一会儿，手机就响了，是周燃的电话。池芫抿着唇，她原本有周燃的手机号码，但后来她换了卡，按理来说，周燃不会知道她这个号码。

池芫按掉电话，但手机马上又弹出了一条短信："在你家楼下。出来，不然我就去找沈昭慕了！"

池芫看完短信之后，下意识看了一眼沈昭慕，他直勾勾地望着手机，也不知道有没有看到。她有些尴尬，又有些心虚。

池芫知道周燃犯起浑来什么都做得出来，而沈昭慕不是这种无赖的对手。她只能烦躁地抓了抓头发，套上防晒衣，穿着拖鞋，拿了手机出去。

"我下楼倒个垃圾，一会儿就回。"为了让自己说的话有可信度，池芫将茶几旁边没什么垃圾的垃圾袋提走了。

沈昭慕默默看着合上的门，眉心拧出一道深深的褶皱。他都看到短信了，她还骗他说是倒垃圾……周燃，是个男的吧？

沈昭慕眼里凝聚了一团风暴，漆黑又压抑。他手中还有一片拼图，被他紧紧地攥着，拼图坚硬的一角直接划破了手掌，霎时，鲜血顺着手掌滴在干净的地板上。

沈昭慕咬着唇，带着几分压抑的怒气朝卧室走去，拉开落地窗，站在阳台上往下看。下面停着一辆敞篷车，一身紫色西装的男人戴着墨镜，靠着车门，一条腿支着，怀里还抱着一大束火红的玫瑰花。

沈昭慕手中的拼图直接嵌入肉里。尤其是在看到池芫走到那人面前时，他脑海里那根名为理智的弦立马断了。

池芫看着眼前这个骚包的男人，眼里的嫌弃都快要化为实质了：“周少，你找我什么事？”

池芫手里提着一个垃圾袋，穿着修身的棉裙，踩着一双拖鞋，黑发披着，脸上素净，没有一点儿脂粉气。

周燃将墨镜微微往下拉了拉，毫不掩饰自己贪婪的眼神。

啧，果然是对自己没意思。

他见过的女人比认得的字还要多，什么样的没见过？打个照面，他就能知道那些女人对他有没有意思。

他饶有兴味地舔了下唇。素颜好啊，素颜才是最考验颜值的。池芫素面朝天也精致得像天使，皮肤白嫩得像是剥开的鸡蛋一样。尤其是这双清高的看不上自己的眼睛，如果被他欺负得狠了，流下害怕的、求饶的眼泪，那该多好看啊……

池芫眯着眼：“不说话？那请便。”

“等会儿。”周燃将墨镜取下，丢进车内，然后上前两步，离池芫极近，他身上那浓郁得呛人的男士香水就这么窜入池芫的鼻子里。

“池芫，都是聪明人，就别跟我装傻了。虽说你不缺钱，出身也算好，但沈家那个，你就别去猎奇了。我看上你了，怎么样，试试看？”

在周燃看来，池芫能看上沈家那个有精神疾病的小子，就不至于看不上自己。

“周燃，你离我远点儿，别脏了我呼吸的空气。”池芫说完就要走，周燃却伸手抓住了她的手腕。

楼上，沈昭慕呼吸都停了下来，他狠狠地瞪着男人那只抓住池芫手腕的手，眼珠子仿佛都要瞪出来。好一会儿，他才咬着唇，转过身回到客厅。

于是他也就错过了，池芫反手将垃圾袋扣在周燃头上的那一幕。之后，池芫将垃圾袋捡起来，冲被她打蒙了的周燃冷冷道：“我警告你，少来招惹我！不然，我不介意让你爸看看你在游轮上怎么疯的高清视频。”

“池芫！你给我等着！”周燃在后头咬牙切齿地咆哮，池芫却充耳不闻地进了电梯。

池芫回到沈昭慕家后，发现这家伙正安静地坐在地毯上拼拼图，和她离开时没什么两样，便放下了心。池芫没打扰他，直接进浴室洗手。她搓了几遍，觉得将那恶心的香水味冲走了，才满意地出来。

咔嚓——沈昭慕手中的拼图直接断成了两截。

她没有和他说话，都不解释，难道她很在意那个男的？

沈昭慕感觉胸口像是被针刺了一样难受。他不能接受她和别人好，哪怕只是见面。

池芫洗完手后就在他旁边坐下，视线落到他身上，忽然，在一处定住——血？地板上……哪儿来的血？

她上上下下扫过沈昭慕，最后发现，他左手手指上都沾了血，但没有看到伤口。池芫呼吸一紧，他看似在拼拼图，可是拼图只是没有逻辑地拼凑在一块儿，他还只用了右手，左手呢？

池芫伸手去抓他的左手手腕，便瞧见那伤口居然是在手掌心。那儿还有两截拼图，且扎进了肉里，手掌心的血都干涸了。池芫看着那血淋淋的伤口，不禁眼角一红。

"你，你怎么把自己弄成这样啊？"池芫气得眼泪都快流出来了，但一抬头，就见沈昭慕漆黑的眼里满是叫她感到压抑的阴鸷和占有欲。

"你怎么了？我先去拿医药箱给你处理伤口——"

可她话还没说完，就被沈昭慕直接扑倒。他用带着伤的手死死地扣着她的后脑勺不让她动弹，然后凶狠地吻了下去。这个带着惩罚的愤怒的吻，叫池芫浑身一颤，她不明白他怎么了，但依旧配合地抱住了他。

沈昭慕想起湖边的那对情侣，吻逐渐变得温柔缠绵起来……

晚上。

池芫一脸的愤恨，咬着被子坐了起来，气得给了旁边某人一拳头。沈昭慕痛得哼了一声，他半合着眼，脸色苍白如纸。

见状，池芫恶狠狠地剜了他一眼："少装了，我还没喊呢，你喊什么！"

说着，她就丢了一个枕头过去，沈昭慕伸手要挡，最后却无力地垂下，一动不动。

池芫马上将枕头挪开，只见沈昭慕苍白的脸上带着诡异的红，呼气声很重，她伸手摸了一下他的脸——

“你怎么发烧了？！”池芫看了眼外面的天色，已经黑了。

池芫套上衣服，赶紧打电话问池遇要从前池家家庭医生的电话。她绕到床的另一边，扒开沈昭慕的左手，便见他手掌心的伤口都发红了，应该是后来洗澡的时候伤口泡了水，感染了。拼图也不知道干不干净，会不会引起破伤风。

池芫不知道他体质这么弱，心急如焚地给家庭医生说了病情，家庭医生说半个小时后到，让她先给他的手简单消下毒。

池芫将医药箱提过来，又帮沈昭慕把衣服穿好。看到他手掌那副惨状，她心里的气不但没有消，反而怒涨。

“该！让你不学好！好好的单纯少年学什么霸道总裁那套！”池芫一边骂，一边任劳任怨地用酒精给他的伤口消毒，拿了毛巾给他擦脸后，又拧干热毛巾搭在他的额头上。

这时，系统慢悠悠地上线：“宿主，我觉得你可能没听到好感度提示音，要不要我再报一下？”

池芫懒得理他：“不想听。”

系统却嬉皮笑脸地说：“恭喜宿主，当前好感度80了哟！”

家庭医生来时，池芫已经将凌乱的床整理了一下，只是沈昭慕脖子上的抓痕……不好意思，这个没法子掩盖。

家庭医生是个三十多岁的年轻男人，还是池遇的学长，他职业素养不错，从头到尾没乱看也没乱问。给沈昭慕处理完伤口，又打了一针破伤风后，他便拿了消炎药给池芫：“按照医嘱吃，伤口别再沾水。”

池芫点头，接过药放在沈昭慕的床头，然后送医生出去。

到门口时，男人才握拳假咳了一声：“这几日让他先歇着，别剧烈运动。”说完，医生怕池芫不好意思，立马补了一句，“有什么事再给我打电话。我先走了，你回去守着他吧。”说完，脚踩风火轮似的溜了。

池芫只求这个医生职业素养再高一点儿，别多嘴告诉池遇才好。要不然，她耳根子别想清净了。

回到卧室，池芫看着躺在床上像个睡美男一样一无所知的男人，忍不住伸手掐了一把他的脸。

沈昭慕半夜醒了一回，口渴，想喝水，干咳了几声，别过头却看见披着外衣就坐在地毯上靠着床睡着了的池芫。

他动了动手指，却发现左手被包起来了。他脑子昏昏沉沉的，很疼。

他直勾勾地盯着晕黄的床头灯，然后眨了眨眼睛。

他试图起身倒水，可刚起来，池芫就醒了：“你做什么？！”

她揉了揉困顿的眼，嗓音还有些哑，沈昭慕脸“噌”的一下就红了。回想起之前那些画面，沈昭慕羞愧地低下头，右手揪着被子，一副无颜面对池芫的样子。

池芫嘴角抽了抽，扶着酸疼的腰起来：“喂，我们现在是角色调换了吗？”

沈昭慕惊慌地望着她，神情无辜极了。

池芫冷笑一声，不上当。他就拿外表来欺骗她幼小无知的心灵吧！白天凶猛得跟头狼似的，这会儿倒是像一朵小白花一样表现得柔弱无辜起来了！

不等沈昭慕反应，池芫便起来了。沈昭慕见她抬脚就要往外走，以为她生气了不想理他，急忙伸手去拉她，试图挽留她。

“不走……”他的声音又干又哑，听起来像是八十岁的老人。

池芫看了一眼他被包成粽子一样的手，没好气地道：“我只是去给你倒水。”

沈昭慕闻言松了一口气，将手收了回去，眼睛亮晶晶地盯着池芫的背影。池芫被他盯得心里毛毛的，忙将之前等医生时烧好的水倒入水杯中，温度刚好。她把水杯递过去，沈昭慕却抬了抬自己的左手。

“你是只有一只左手吗？”不能用右手？

沈昭慕认真地点头：“嗯。”

还真是只有一只左手，但她表达的难道是这个意思吗？

被成功带偏了的池芫，只好拿着杯子，顶着一张余怒未消的脸，动作温柔地将杯口朝沈昭慕的嘴唇倾斜，语气却十分不耐烦：“快喝！”

沈昭慕眼角弯了弯，直勾勾地望着池芫，然后乖乖低头喝水。他一点儿都没有被池芫的凶巴巴样子吓到，眼里满是亮晶晶的喜悦。

等池芫将水杯放下后，沈昭慕重新躺下，只是不肯闭上眼休息，气得池芫将被子往上一拉，直接蒙住他的头，将他那双炙热闪亮的眼睛遮住。结果，他又从被子里钻出脑袋来，嘴角轻轻勾起。池芫这才发现，他右边有一个酒窝。而他被水润过的声音终于有了几分少年的清澈干净，他张了好几次嘴，才终于喊出了这个称呼："芫，芫……"

池芫心里一烫，面上却只敷衍地"嗯"了一声，算是回应。

沈昭慕执着地又喊了一声："芫芫。"

池芫才不惯着他，喊破喉咙她都不会再答应的。

"芫芫，芫芫，芫芫，芫……"

"闭嘴，睡觉！"池芫被烦得用被子捂住他的嘴，凶巴巴地吼了一句。

沈昭慕眨了眨眼睛，芫芫好凶。但是，就算她凶，他也喜欢。

"傻子。"她伸手轻轻地揉了下他的头发。她没有离开，就坐在床边守着他。

沈昭慕眼睛亮了一下，听出她声音里带着的亲昵，忍不住伸出右手，也揉了揉池芫的头发，学池芫一样，宠溺地看着她，说道："傻子。"

"不睡觉？"

沈昭慕点头，怎么看都看不够她，哪里愿意睡觉。

池芫便嘴角一勾，将卧室的吊灯打开，抱着手臂，居高临下地睨着他："那行，算账吧。"

"为什么受伤了？"她冷冷地望着沈昭慕的眼睛，一副审讯犯人的架势。

沈昭慕想起什么，脸上忽然也冷了下来，咬了咬唇："你，骗我。"

"我骗你？我什么时候骗你……"池芫生气，但话没说完，就对上沈昭慕微红的眼睛，脑海中电光火石的，她想起了什么。

沈昭慕一定是看到周燃了。她想起自己为了不让他多想，跟他说去扔垃圾……不管，不是她的错，都是周燃害的！

"我没骗你，我是扔垃圾了。当然，我还顺便揍了一个人——别这么看着我，就是你看到的那个男的。他太欠揍了，我没忍住。"池芫说着，鼻子耸了耸，眉心皱了一下，似乎提起周燃就生理不适。

沈昭慕闻言，顿时眼里亮晶晶的，心里也开了花。

唐医生听说沈昭慕会说话，高兴极了。他觉得，这简直就是医学史上的奇迹！他开始尝试说服池芫带沈昭慕去他的诊所，看能不能让沈昭慕接受一次心理催眠，看看病情是不是好转了很多。

唐医生确定沈昭慕就在池芫旁边后，便让池芫将手机给沈昭慕，让她回避。沈昭慕不肯，但在她的眼神下屈服了。唐医生直接给沈昭慕打了语音电话，沈昭慕想挂掉的，但他还是忍着不舒服接了。

“沈少爷，你想不想娶池小姐？如果你想和她永远在一起，我希望你从那间房子出来，来我这儿接受全面的心理治疗。”唐医生温和又带着利诱的声音传来，他捏住了沈昭慕的命门，拿着鱼饵，尝试钓他这只大鱼。

沈昭慕沉默着，手却死死地捏着手机，微微颤抖。他想到芫芫下楼去见那个男人，而他只能在阳台远远地看着；想起自己发疯一样，差点儿伤害到芫芫的情形……

别人可以抱着花在楼下等芫芫，可是他只能躲在这间房子里，让芫芫陪着他。如果可以，他其实很乐意这样一辈子，待在房子里，让芫芫陪着他。

但他接触的知识越多，他就越明白，想要让一个正常人永远待在房子里陪着他这样的病人，是不可能的。

芫芫会讨厌他的。

“沈少爷，不管结果如何，池小姐为了你愿意留在那间房子陪着你，那么你愿不愿意为她做些什么？”沈昭慕没有挂掉电话，就说明他的话有效，唐医生忍住激动的心情，声音像是哄人睡觉时那样温和平静，却满满的都是诱惑。

沈昭慕动摇了。愿不愿意为她做些什么？他当然愿意。

“好……”过了好久，沈昭慕才发出这一个字的声音，这也是唐医生第一次听到他发病之外发出的声音。那么清越，就是正常少年的声音，动听又清晰。

“好，好，我答应你，我会尽最大努力，帮助你恢复！”自闭症患者如果愿意尝试去拥抱这个世界，那么，痊愈便指日可待了。

池芫不知道唐医生和沈昭慕说了什么，沈昭慕只是抱着他那堆拼图冲她笑。

笑得怪瘆人的。池芫搓了搓自己手臂上的鸡皮疙瘩。

接着，这家伙又将一个纸箱子拖到了客厅，里面全是他拼好的拼图，他将箱子推到池芫面前："给，送给你。"

"都送给我？"池芫指着自己，一脸的惊奇，"这可都是你的宝贝，你可想清楚了？"

最开始的时候，她碰一下他的拼图，他都要皱眉半天，现在居然舍得都送给她？

"礼物。"沈昭慕说着，又拿出一副拼好的玫瑰花图案的拼图捧在手中递给池芫，"花，送给你。"

不要别人的玫瑰花，只要我的。

他的眼神太直白炙热，池芫一眼便看懂了。

她又好笑又感动地伸手接过，然后摸了把他的头，鼻音很重："你怎么还记仇啊！"周燃送花这件事，她都快忘了，这家伙居然还惦记着。不过，真是又傻又可爱。

池芫看着沈昭慕这张脸，将拼图放下，伸手捏了捏他脸颊两侧的肉："你可别忘了，你有多喜欢我。"

沈昭慕任由她捏，然后张开手，抱住池芫。不会忘。我有多喜欢你，我永远都不会忘。

好一会儿，沈昭慕轻声开口："芫芫，唐医生。"

池芫身子一僵，摸了摸他的头发。他们现在的默契，她居然能从这种没头没尾的话里听懂他要表达的意思。

她动作轻柔，声音温柔："想好了？"

沈昭慕点了点头，下巴磕在池芫锁骨上，两人都是一疼。

池芫哭笑不得："你这要是个假下巴，这会儿已经戳没了。"揉了揉他的下巴，她眼神温柔似水，"那我陪你去。不过，你要答应我不要勉强自己，嗯？"

沈昭慕在池芫温柔的眼神中，找到了自己最后那一丝彷徨犹豫的情绪的解药。

——为你做任何事，都不勉强。

他伸手替池芫揉了揉锁骨，嘴角噙着笑，看起来一点儿都不像生病的人。或者说，他自己都没发现，他已经在用自己的力量，慢慢地治愈着他自己，而这力量的来源，是她。

唐医生见到沈昭慕后，脸上的笑容不禁放大。他让助理将该准备的东西准备好，便让他出去了。

“放轻松，这里很安静，也没别人。”唐医生见沈昭慕紧绷着，冲他安抚地笑了一下，鼓励地指着对面的椅子，“如果你准备好了，就坐上去，好吗？”

沈昭慕下意识朝身侧的池芫看过去，后者握住他的手：“没事，我在这儿陪着你？”

沈昭慕摇摇头：“我，自己。”他怕一会儿如果失败了，自己狼狈丑陋的一面会吓到她。

池芫一怔，然后看向对面的唐医生，无声地询问。

唐医生自然是希望池芫也出去的。

如果她在这儿，一定程度上可以让沈昭慕安静和配合，但他估摸着，沈昭慕还没进入正式治疗步骤，她便先不忍心喊停了。

于是，唐医生很乐意地将池芫请了出去。

小助理走过来：“池小姐，喝咖啡还是茶？”

池芫眼睛盯着紧闭的门，心不在焉地冲小助理笑了笑：“咖啡吧，麻烦了。”

池芫握着咖啡杯，却没有喝，明明是夏天，她的手心却有些凉。

“池小姐，沈先生是你男朋友吗？”助理见她时不时朝门那边看，猜到她是担心和紧张，便坐在旁边试图转移她的注意力。

池芫闻言，点点头，声音里总算是有了几分这个年纪的女孩子该有的天真和甜美：“嗯，是我男朋友。”

她说着，抿了一口咖啡，苦涩的味道将原本紧张躁动的心情也冲散了些。

“看得出来你很喜欢他。”助理见她终于放松了些，也跟着轻松起来，“你们很般配。”

原本池芫是不想和她聊天的，但对方这句话，让池芫眼睛一亮，随后愉悦地弯了弯眉眼：“谢谢。”

沈昭慕，你听到了吗？有人说，我们很般配。所以，不管你能不能好，我都喜欢你。

等待的时间因为有个会聊天的助理在一旁，倒也没有那么漫长。

过了许久，唐医生带着一身倦色地走出来。池芫立马站起来，紧张又期待地望着他。

唐医生露出一个复杂的笑容来：“池小姐，你进去看看沈少爷吧。”

闻言，池芫心里咯噔一下：“怎么了？是……失败了吗？”

唐医生顿了顿，才道：“不能说失败，但——没有完全成功。慢慢来，别急！你去看看他，我先去趟洗手间。”说实话，心理治疗对医生来说，也挺累的。

池芫二话不说，直接开门进去了。沈昭慕坐在躺椅上，看着窗外。池芫进去时，他将目光收回，缓缓地转过脸来。他面上惨白，似是受到过刺激，但见到池芫的一瞬间，他眼里的狼狈和惶恐便都散去了。

“芫芫。”他的声音沙哑，池芫甚至怀疑刚刚他又发作过。但在外面的她，完全听不见里头的动静。

池芫没有迟疑地疾步走了过去：“怎么样？有没有哪里不舒服？”

沈昭慕轻轻摇了摇头，握住她伸过来的手：“我没事。”

“沈昭慕，你、你好了？”说话这么顺畅了？池芫惊喜地瞪大眼睛，难道真的好了？

沈昭慕见她这么激动，不自在地摸了摸自己的额头：“不知道……”

治疗的过程体验并不好，沈昭慕不想告诉池芫。他知道她舍不得他受刺激，但的确是在一遍遍催眠的刺激下，他一遍又一遍地去经历那些噩梦后，开口变得不再那么艰难了。

“唐医生，他，他好了？”池芫也不敢给沈昭慕太大压力，只是等沈昭慕去洗手间时，才有些激动地问从洗手间回来的唐医生。

面对池芫热切的眼神，唐医生有些心虚地微微点头：“初步诊断，这次治疗对沈少爷的病情有很大的帮助。配合吃药、开导以及心理治疗，我想，很快他就能和正常人一样生活了。”

池芫微微松了一口气，她还是高兴的，毕竟这是个好消息。但她也没有因为唐医生的话就高兴得晕头：“刚刚他是不是受刺激了？”

唐医生手中的钢笔在纸上划了一下，留下一道痕迹。他讪讪地掩去不自然，然后扬起职业微笑：“适当的刺激有利于病情疏导。不过，你也看到了，这对他的身体没有影响。”

池芫却想起刚刚进来时，沈昭慕苍白的脸色和叫人心疼的眼神，不禁板着脸：“说好了温和疗法的。对身体没影响，不代表对心情没影响。唐医生，对你来说，他是病人，你想要治好他的急切心情我能理解，但也请你理解，我作为家属，我宁可他永远好不起来也不希望他痛苦的这种心情。”

如果好起来的代价是一遍遍刺激他，让他痛苦到麻木的话，池芫表示拒绝。

唐医生摘下眼镜，捏了捏眉心，好一会儿才叹了一口气：“好吧，池小姐，你真的很心疼沈少爷。”

沈昭慕在门外听到了两人的对话，他没有进去，而是在门外的长椅上坐下。他漆黑的眼睛里再也没有呆滞的神色，取而代之的，是一种坚定。

从诊所离开，池芫为了庆祝沈昭慕能正常说话，打算带他去吃一顿大餐。为了安静，池芫还特意找了家高级西餐厅。

“我们第一次一起出来吃情侣餐呢！像不像约会？”池芫点了一份情侣套餐，脑袋往前伸了伸，像是小朋友一样跟他凑在一块儿说悄悄话。

沈昭慕也学着她的样子，往前伸了伸脑袋，小声地回着：“不像，就是真的约会。”

她戳了戳沈昭慕的嘴角：“笑一个嘛，让我戳戳你的小酒窝。”

这要求幼稚又无聊，但沈昭慕依旧按照她说的，轻轻弯了弯唇角，那个小酒窝就出来了。

池芫戳了戳，眼睛亮晶晶的，带着笑：“这么乖？”

沈昭慕看着她，眼神温柔又宠溺：“听芫芫的。”他顿了顿，又补充一句，“只听芫芫的。”

轰！

——心动的声音。

池芫觉得，这句话是她听到的最动听的情话了。

这个世界的沈昭慕，有亲人，也有对他好的人，可是现在他说，只听她的……

她忽然有那么一瞬间有些自私地想，是不是因为他还病着，所以才会这么说。如果他病好了，知道沈笑笑这个妹妹其实对他也很好，会不会对她也好起来，也听沈笑笑的话？

光是想着，池芫的腮帮子就鼓起来了，她很小气的。

“记住了，以后都不要忘了你今天说的，只听我的。”就算你好起来，也不能食言哟！

沈昭慕不明白为什么池芫好像每次都要强调叫他别忘记他说过的话。他记性很好的。相反，芫芫的记性就很差了，经常丢三落四，好几次她自己家的东西找不到，还是他找到的。

她完全不用担心他记不住。她忘了，他都不会忘的。不过她说什么，他都点头答应。

于是池芫开开心心地给他切牛排，两人愉快地用完了餐。

在停车场等车时，一辆黑色的商务车在他们面前停下，池芫正看着手机，等她抬头时，已经被车上忽然跳下来的几个黑衣保镖带上了车。

“芫芫！”沈昭慕就在她身边，见状，想也不想，眼明手快地去抓她的手。

池芫吓了一跳，手机直接摔在地上，她拼命挣扎，但黑衣保镖直接将她提上了车。

“沈昭慕，危险！松手，松手啊！”池芫脸色“唰”的一下白了，还来不及反应，就见一个黑衣保镖要将车门关上，沈昭慕却死死地抓着她不肯放，那人见状，不耐烦地踹了沈昭慕一脚。沈昭慕痛得脸发白，却还是紧紧地抓着池芫的手，眼都急红了。

“你们放开我！你们这是犯法知道吗？！不许动他！”池芫急了，拼命地挣扎，却根本撼动不了身形魁梧的保镖，她只能红着眼冲沈昭慕道，“沈昭慕，松手！去找沈笑笑帮忙！”

见保镖要关上车门，池芫怕门会夹到沈昭慕的手，只能咬咬牙，主动撒开手。接着，车门被关上，车子立马驶离了停车场。

“沈昭慕！”池芫往回看，沈昭慕依旧在往前追。

直到看不见了，池芫还在往后看，哭得鼻子都红了：“你们知道我哥是谁吗？”

池芫用高跟鞋朝一左一右的保镖身上踹，下脚十分狠。

保镖硬生生挨了一脚，痛得脸都变形了，但忍着没有还手。池芫便知道了，这些人不敢动她，或者说，他们知道她是谁的。她更生气了，是谁要抓她？

很快，池芫就知道是谁了——池家夫妇。

池芫简直要气笑了。

她被直接带到了池家别墅。池家夫妇就坐在沙发上，一副高高在上，要审讯犯人的嘴脸。池芫环顾了一眼别墅，池母一眼看穿她：“别看了，你哥出差了。”

池芫咬牙看着池母保养得姣好的脸：“不用说，大作家，你的主意。这套把戏玩的，真是叫我佩服。”她这话毫不掩饰讽刺，眼神冰冷厌恶地射向池母。

池母对池芫的失望和讨厌也与日俱增，她看着池芫，就像是看着什么丢人现眼的脏东西：“你还有脸说我？你自己做了什么丢人的事，你不知道吗？”

池父坐在一旁，显然默许池母的一切行为，他沉着脸：“和沈家的那个断掉关系！你已经丢尽我们的脸面了，别再继续丢人了！”

池芫笑了，冷笑的：“我做什么丢你们的人了？你们二位真是有被害妄想症，脸皮十级厚！”

“闭嘴！”池母将保镖和用人都赶出去，然后走到池芫面前，指着池芫脖子上还没消下去的牙印，眼角发红，“你和沈家那个在一起，你知道我前天聚会，周家少爷怎么说的吗？他说要恭喜我不仅有个沈家的儿媳妇，还多了个沈家的女婿！”

周燃居然这么小肚鸡肠，被拒绝了，就玩阴招！

池芫咬了咬牙，但面对池家夫妇的指责，她冷静了下来。她得想办法出去，这对夫妻肯定是要将她关在家里的！

池芫很烦躁，没有手机，没有电脑，门一直被反锁。

到了晚上，池芫开始不安。不知道沈昭慕有没有受伤，不知道他有没有去联系沈笑笑。她被带走，他会不会害怕？会不会以为她是被绑架了被坏人带走的？

池芫坐在床上，饥肠辘辘，脑袋却越发清醒。显然现在池家父母觉得她丢了他们的脸，想要惩罚她，让她知道他们的厉害，想让她向他们求饶，然后当他们听话的乖乖女。

那她就满足他们好了。

当晚，池芫将热毛巾放在额头上，来来回回几次后，试了试温度，最后满意地倒在床上，冲外头喊了一声："来人啊——"

外边的用人立即醒了，打开门，就见池芫伸着手，声音很是难受地说着："让……我爸妈过来……我，我发烧了……"

用人听她声音不对，上前摸了摸她的额头，立马就去喊睡着了的池氏夫妇了。

楼上有了动静。不多时，被吵醒的池家夫妇下楼了。池父戴着眼镜，皱着眉头，不是很耐烦地对用人吩咐："去叫医生。"

池母却是拢了下睡袍，走过去，居高临下地看着难受地哼哼着的池芫，倨傲道："等等！池芫，你现在肯认错了吗？"

池芫想得很好，能屈能伸，女子报仇，多久都不晚："我认错了。能不能不关着我了？给我一部手机，周燃约了我周末看电影……我还没回他。"

她有些憋屈地看向池母，蹙着眉心，一副没有手机很是烦躁的样子。

池父一听说是周燃，眼睛微微一亮："你和周家少爷？"

池芫点了点头："周燃在追求我。但他太花心了，所以我这会儿还不能答应。"她用一副不以为然的口吻说着。

池母却是眯着眼，警惕地盯着池芫："是真的吗？周燃追求你？"她心里却已经开始算计了，周家富甲一方，又只有周燃这一个儿子，"用我的手机，你给周燃打电话，我看着你打。"

池芫根本不想给周燃打电话，她现在只想揍他一顿。但是池遇没回来之前，她能屈能伸。

池芫伸手接过了池母的手机，随后又皱眉："妈，凌晨四点，你确定让我现在打？”

“那等他醒了你再打。”说着，她无情地拿走了池芫手中的手机。

走之前，池母还不忘叮嘱用人：“一会儿医生来了，看着点儿。”

家庭医生来给池芫量体温，池芫将温度计放在腋下，然后咳嗽了一声，对用人吩咐了句：“再去倒杯水，口好渴啊！”

用人记着池母的吩咐，有些犹豫。

“你信不信我让我哥炒了你？”池芫瞪眼。

用人立马怕了，这个家开工资的人是池遇。

等用人一走，池芫便站起来，将温度计丢掉，去抢医生的手机。家庭医生一脸蒙，刚要开口，就听池芫不耐烦道：“别说话，要是让我爸妈听见了……”

听到这话，家庭医生立马不吭声了。

池芫抢了手机后，立马给沈昭慕发短信：“沈昭慕，我是池芫。我很好，我被我爸妈带回家了，你等我出来找你，千万别乱跑！不许受伤！乖乖吃饭、睡觉、等我，听到没有？要不我不要你了！”

快速发完后，池芫又将短信记录删了，然后拨通了她哥池遇的电话。

听到电话铃声，池遇原本有些起床气的，但看了眼来电显示，他还是接通了，谁知开口的却是池芫。他不禁蹙眉，难道又出什么事了？

“池芫，你又怎么了？”

“池遇，你赶紧回来救我！爸妈派人把我抓了，哦，这个医生现在还不给我药吃。妈说如果我不同意和周家联姻，就让我活活饿死、病死！”

“爸妈怎么……你等我回来！先治病吃饭！”池遇急急挂了电话。

池家夫妇怎么都不会想到，他们只是回去睡了个回笼觉，池芫就已经搬完救兵了。

他们为了让池芫就范，一早就没收了用人的手机，结果，千防万防，没防住家庭医生。

他们也不关心孩子，要不然就该知道，这家庭医生给池芫看了那么多次病，怎么会一点儿交情都没有？就连家庭医生其实是池遇的学长，他们都不知道。

再说另一头，傍晚时分，沈笑笑急匆匆地从学校跑出来，看到狼狈地坐在公园长椅上的沈昭慕时，不禁眼眶一酸。

哥哥第一次给她打电话，她原本很惊喜激动的，但是他第一句话就是："芫芫叫我找你，你能来找我吗？"

沈昭慕会说话了，沈笑笑很高兴，但同时，又很难受。因为哥哥开口，是为了池芫。她抱着一堆从学校门口便利店买的吃的奔过去。

"哥哥，你是好了吗？什么时候开始说话的？"将吃的放在沈昭慕腿边，沈笑笑看着沈昭慕，叽叽喳喳地问起来。

沈昭慕淡淡地看了她一眼："别吵。"

沈笑笑瘪了瘪嘴，小声嘟囔："不喜欢和我说话，干吗来找我？"

"芫芫说的。"

"池芫、池芫……哥哥，你就知道池芫，眼里还有没有我这个妹妹了……"沈笑笑抱怨着。

不过沈笑笑又马上想到她前两天收到的一封陌生邮件，是沈昭慕的病情诊断记录，里面明确标注了应该怎么照顾病人，吃什么药，不能吃什么。还写明了这些年，沈家人给沈昭慕吃的药和丢掉的药。

原来，妈妈真的对哥哥很不好，偷偷将哥哥的药换成了维生素，那天停电也是妈妈让家里的用人故意将电闸关了的。

她心里那个温柔善良的母亲，原来只是对她温柔罢了。此时，沈笑笑才知道自己有多天真，她从没怀疑过妈妈，也不够关心哥哥。

她知道那封邮件是池芫发的，尽管不想承认，可会这么关心哥哥的人，好像也就只有池芫了。

"芫芫不见了。"沈昭慕没理她，只呆呆地望着夕阳。

沈笑笑看过去，才发现他裤子都破了，膝盖那儿有一块擦伤。

她忙伸手去拉他，要送他去医院，沈昭慕却拂开她的手："芫芫不见了。"

他只重复着这一句。

沈笑笑又气又急："这样，我们先去处理一下伤口，然后我带你去找她，行不行？你现在这个样子，池芫看到了肯定不高兴的。"

果然，沈笑笑这么一说，沈昭慕空洞的眸子便是一颤，然后他站了起来，一瘸一拐的……

沈笑笑直接哭了："你怎么这么傻啊？都这样了还不去医院……"

沈昭慕却皱着眉："别哭了。"

沈笑笑打了个嗝，眼睛湿漉漉地望着他，心里一暖，哥哥果然还是在意她的……

"吵。"

哥哥不是她的哥哥，是别人家的好哥哥！

给沈昭慕处理好伤口后，沈笑笑便已经开始娴熟地利用池芫这个名字了——

"哥哥，吃饭。不然池芫会生气的。"

"哥哥，水也喝了吧，不然池芫……"

"哥哥……"

沈昭慕抬头，不解地望着她，眼神里写着：又要做什么才不会让芫芫生气？

沈昭慕不想和沈笑笑说话，只说池芫不见了，沈笑笑也没想那么多，以为他和池芫走散了，便不当回事。

结果，晚上的时候，沈昭慕越来越焦躁，不肯跟沈笑笑回去，坐在车上开始锤车窗，把司机吓了一跳。沈笑笑也吓到了，以为他又发病了。

"哥哥怎么了？你要什么，你跟我说，别锤窗户，手会疼的。"

"芫芫……带我找，芫芫。"沈昭慕头很疼，他觉得有些窒息，忽然觉得车子变成了一个小箱子，就像是……小时候那个令他险些死掉的箱子。

"啊——"他抱着头，忽然拿头去撞车窗。

"哥——"沈笑笑尖叫了一声，伸手去抓他的手。

池芫的短信，沈昭慕没有看到，他在医院里。

沈笑笑不明白为什么事情变成了这样。

她哭着给池遇打电话，说自己只是拖延了一会儿，没想到沈昭慕真的因为她没带他去找池芫便发病了。她又是内疚，又有些委屈。

池遇在电话那边说："池芫是被我爸妈叫保镖带走的。"

沈笑笑的眼泪立止，随后更是自责："难怪，难怪哥哥那么紧张地要找她……是我不好，我以为池芫在公寓，我总是下意识将哥哥当作病人……如果我把他当个正常人看，是不是就不会这么马虎大意了……"

"笑笑，不是你的错……只是，我们都对自己的亲人不够了解。"池遇的声音听起来有种动人的安抚能力，他叹了一声，"笑笑，你别急！等你哥醒了，你告诉他，池芫在池家很安全。我很快就回来了，别哭了。"

沈昭慕第二天中午才醒来。

"哥，你醒了！"沈笑笑出去买了吃的，回来就见沈昭慕不知何时已经坐在床上，伸手要去拔针。她忙将东西放下，"别，哥，我告诉你池芫的下落！"

沈昭慕的手立刻停下，但漆黑的眼冷淡地望着沈笑笑。

沈笑笑被他的眼神盯得羞愧地低下头，有些无地自容地挠了挠脸："这回是真的。池遇哥哥打电话给我了，他说池芫是被池叔叔和池阿姨带走的，她现在很安全，叫你别担心。对了，你不信的话，看看手机，池遇哥哥说，池芫给你发过短信的。"

为了让他相信，沈笑笑忙将他的手机递给他。

沈昭慕一听池芫没事，紧绷的那根弦微微松动，立马去开手机，但手机没电了。

沈笑笑又去给他借移动电源。开机后，沈昭慕便看到了一条陌生号码发的短信，点开，确认是池芫发的短信后，他终于长长地吐出一口气，嘴角微微扬起一个小小的弧度，酒窝若隐若现。

"吃的给我。"

沈昭慕将短信反反复复看了好几遍，才依依不舍地放下手机来。

他想给她回短信的，可是这不是她的号码。

但她说了，会来找他，不许他受伤，让他好好吃饭、睡觉。芫芫说的话，要听。他答应了的，不能忘了。肚子饿了，就要吃东西。

沈笑笑一时不知道该高兴还是该嫉妒，但还是欢欢喜喜地给沈昭慕递了盒饭和水。

池芫从用人嘴里问出，池遇去S市出差了，最早也要晚上才能回。

早晨八点，池母将手机给池芫，盯着她："给周少爷打电话。"

"周燃？小芫说你约了她看电影，问你今天有没有空呢！她手机坏了，借了我的。"

那边周燃沉默了一会儿，才道貌岸然地说着："是池阿姨啊！对，我是约了她，不过她好像不太愿意……欸！如果小芫愿意的话，我现在就来接她，可以吗？"

"可以。"池母故作矜持地淡然地回了一句。

"好啊，那你可快点来哟！"池芫忽然笑眯眯地望着池母，又甜腻腻地冲那边道——快点儿来让我揍你一顿啊！

周燃以为池芫是屈服了，于是故作深情地道："好啊，我现在就来。"

他就说，没有他周燃得不到的女人。

池芫的突然转变和配合，叫池母眯了眯眼睛："别想耍花样！就算你哥回来了，也没用。户口本在我这儿，我不同意，你就别想嫁给沈家那个。"

"系统，你不肯给我开金手指让我看沈昭慕，现在总能给我开一下，让我看看户口本藏哪儿了吧？"池芫呼叫系统。

这家伙越来越懒了，现在连个视频都不给她开了，说是为了让她好好走剧情完成任务，不能老是开后门，影响积极性。

她合理怀疑，它又偷偷看了一些什么了。

确实看了一些不能言说的东西的系统："我查到了，在她卧室的保险箱里。"

"商量一下，不让你直接给我凭空将保险箱变出来，但，密码提供一下？"

系统："这和直接给你有什么区别？"

池芫："区别可大了，我还要斗智斗勇想办法去她房间呢！"

系统："嗯？那你能去她房间再说吧！"

怎么回事？你这口气，不相信我的实力？

"你把心放回去吧，我和沈家那个就是玩玩。"池芫心里已经和系统达成了协议，面上却一副对池母提户口本这事感到可笑的神情，还翻了个白眼。

“快点儿收拾一下，一会儿周燃来了，别让他看到你这副样子。”池母冷淡地扫了一眼池芫清汤寡面鸡窝头的样子，皱着眉心，出去了。

用人有些心虚地站在门口，池芫忙倨傲地唤她进来：“过来帮我找衣服。”

池母闻言，只是回头看了一眼，没发现什么不对的地方。

“嘘，池老头呢？”池芫将门关上，对着战战兢兢的用人比了个噤声的手势，然后压低声音问。

“他在书房练书法。”

哦，那就是不在卧室了。

池芫将门打开一条缝，看着客厅的池母接了个电话后就出去了。

池芫瞄准了这个机会，踢掉鞋子，赤着脚，猫着腰，趁客厅一个用人低头打扫的空当儿，悄然就上了楼。经过书房时，池芫动作更加小心翼翼，然后便来到了父母的卧室门外。

她伸手轻轻地拧动门把手，只开了半个身子的宽度，然后侧身钻了进去。

“在哪儿呢？”她问系统。

“衣柜最下面的抽屉里。”系统见池芫这么紧张，也不禁跟着紧张激动起来。

池芫顺着系统的指示，找到衣柜下方的抽屉，拉开，果然看见一个保险箱。按照系统给的密码，她快速把保险箱打开了。她翻找到了户口本——至于珠宝金条什么的，她都没动。将户口本揣胸前内衣里，又将衣柜关好，然后就下楼了。

她刚回到房间，池母就进了客厅。

池芫乖乖换了一件白上衣和一条黑色阔腿裤，看起来简单又大方，还将头发扎了起来，化了个淡妆后，便挎着包出了房门。

池母坐在沙发那儿，一边优雅地喝着咖啡一边看书，一副书香门第大家闺秀的做派。池芫望了望窗外，小声嘀咕：“做作。”

池母回头扫了一眼池芫的打扮，又开始皱眉，明显不满意：“没有裙子吗？非要穿得跟秘书一样？”

池芫瞪眼，她这身不够飒，不够优雅？你家秘书能长我这个样子？

但她想到户口本，看池母的眼神都慈祥了不少：“周燃喜欢职业装。”说完，她腼腆一笑。

池母倒是听说过周家独子有些孟浪风流，没想到还喜欢职业装……但转念又觉得理解了，毕竟是周燃。

周燃到了之后，大摇大摆地就进来了，手里把玩着车钥匙，毫不掩饰地打量起池家的别墅。这轻慢的姿态，让池母微不可察地皱了下眉心，但对方毕竟是周家独子，她压下心头的不豫：“周燃来啦！”

“池阿姨。”

“你母亲可还好？”

周燃对池母这文绉绉的聊天方式很是不适，咳了咳，下意识朝池芫看去，有些敷衍地回了句：“好得很，没病没痛能吃能喝。”

池母被这回答弄得一噎，干笑了一声：“是吗？那就好。坐吧。”

“不用了，阿姨，我来找池芫的。我们可以走了吗？”虽然池芫化了淡妆，但周燃对她穿着睡衣，趿拉着拖鞋，素面朝天都感兴趣，就更别说打扮后了。他上下扫了一眼池芫这一身行头，嘴角噙着一些说不明的笑意，然后甩了甩车钥匙，当着池母的面就冲池芫抛媚眼。

池芫嘴角压了压，余光瞥见池母隐隐要发青的脸，心情都好了不少，连带着对周燃的态度也好了一些：“走吧。”

“还没吃早饭呢，这么早就走？要不留下一道吃个饭再出去吧。”池母被落了面子，语气淡了些，但还是端着她池家主母的架子，漫不经心地将咖啡放下，朝周燃温和又淡然地笑笑。

“出去吃也一样啊，阿姨别麻烦了。”周燃显然没有体会到池母在给自己找回颜面，直接拒绝了她的提议。

池芫嘴角终于上扬了：“好啊，我们走吧，刚好饿了。”

池母到底还是要在周燃面前维持她的大度雍容人设，起身说道：“那好，路上小心，玩得开心。”

她看着池芫，给了个警告的眼神，暗示她不能在外头给池家丢脸。

池芫立即上前，挽着周燃的手臂，冲池母摆摆手：“走了。”

上了车，周燃正要殷勤地给池芫系上安全带，结果后者手速非常快，抢在他手伸过来之前迅速系好了。

周燃也不觉得尴尬，伸手就要去摸池芫的脸，池芫毫不客气地一巴掌打上去，叫周燃痛得缩回了手。他看着自己手背上红红的掌印，不可思议地瞪着池芫：“卸磨杀驴？！池芫，你有毛病啊！”

见他单手开车，池芫为了自己的安全着想，没有撑他，只是淡淡道：“好好开车，别动手动脚的！我可不想和你一块儿出车祸。”

周燃觉得池芫什么都好，就是这张嘴不得人喜欢，不开口时是文文静静的美少女，一开口就成了恶毒的巫婆。

“去哪儿吃？”周燃安静了半小时就沉不住气了，看向一旁安安静静坐着的池芫，嘴里哼起了小曲儿。

“不是兜风？先转一圈。对了，手机借我用一下。”池芫摸着腿上的小包，眼眸一转，语气自然地说着，同时伸手问周燃要手机。

“干吗？”周燃见她伸出白嫩嫩的小手，就有些手痒，但一想到刚刚也是这只手，一巴掌打得他差点儿离开这个世界，他又规矩了，只装作故意听不懂一样地问她，“你自己没有吗？”

池芫看着他，笑容妩媚甜蜜，撒娇地说着：“人家想看看你手机里有没有别的女孩子照片嘛……”

吱——周燃猛踩了一脚刹车，将车停下了。他按着自己的小心脏，脸上满是兴奋。这个女人就是欲擒故纵，跟他玩手段呢！看吧，这么快就露出狐狸尾巴了！

于是，他将手机给了池芫：“我可没有这个爱好。给你吧，真是小顽皮。”

池芫强忍着不去摸自己手臂上被恶心起来的鸡皮疙瘩，待拿到手机后，就给沈昭慕发短信。

但她表面上假装打开摄像头，侧过身将手机举高，对着周燃笑道：“我们去寒江路吧！你姿势帅一点儿，我给你拍几张照片。”

周燃立马开始做作地摆拍，掉入池芫的陷阱而不自知。

池芫举着手机，给沈昭慕发了一条长短信，然后迅速删除记录。最后她敷衍地给周燃来了个十连拍，再将手机还给他：“怎么样，帅吧？”

周燃拿过手机一看，的确拍了不少。但等他点开相册，人都差点儿没被她气晕过去。除了第一张，其他都是模糊到连本人都不认识的图……

这什么破技术！还是学美术搞艺术的呢！

他狐疑地看了眼池芫，后者却嘴角挂着笑，看起来心情很好的样子。他便又原谅她了，算了，人无完人。

沈昭慕收到了池芫的短信后，高兴得一下抓住沈笑笑的手："快，带，带我去沈家！"

哥要回去了？沈笑笑一惊："好，好，我给爸爸打个电话？"

"不，回去拿东西，就，就走。"沈昭慕摇头，眼睛亮晶晶的。

回家拿什么？他的拼图和书不都差不多全带走了吗？

沈笑笑有些蒙。

"这哪儿有什么餐厅？"

大半个小时后，周燃将车子停下，池芫抱着手臂站在路边，他走过来，扫了一眼附近，一个商场都没有，都是些小餐馆。

池芫看了他一眼，又转过头，将小包包挎肩上，拍了拍他的肩膀："好孩子，你可以走了。"

周燃不解地看着池芫："你说什么？"

池芫抬手看了一眼手表，扬起一个堪称慈爱的笑容："虽然你坑了我，但也算是帮了我一把，我不跟你计较了。"

周燃依然一脸迷茫，甚至因为池芫神神道道叫人听不懂的话而有些不耐烦了："你这女人说什么呢？池芫，你别告诉我你在耍我！"

"这还需要我告诉你吗？"池芫抱着手臂，用看傻子的眼神望着他。

这也太迟钝了！周家得亏就一个儿子，但凡再多生一个，家产肯定跟周燃没什么关系了。

池芫朝周燃身后看去，眼睛倏地一亮，也就没留意周燃的手，她抬手就要冲那边跑过来的人打招呼。结果，对方猛地跑起来，眼睛凶巴巴地瞪着她这边。

直到锁骨被碰到，池芫才反应过来。她一低头，抬手就要朝周燃手上招呼。

"别生气嘛，摸一下怎么了？又不会少块肉……"周燃话还没说完，就见面前的池芫收回手，笑眯眯地往一边站了站，抱着手臂看着他。

而周燃还没回过神，就一个狗吃屎地趴在地上了——被人推的。他觉得自己的鼻梁骨都摔歪了。

周燃一阵号叫后，挣扎着爬起来，气急败坏地想要看看是哪个不长眼的东西敢碰他周大少，结果，就看到了沈昭慕冷若冰霜的脸。

沈昭慕见他爬起来，又是毫不留情地一推。周燃这次有了防备，只是踉跄了一下而已。他被沈昭慕挑衅了两次，气得就想撸袖子打人。

“芫芫，东西拿来了。”沈昭慕献宝似的将手里提的袋子递给池芫，如果他身后有尾巴，这会儿应该已经摇起来了。

池芫踮起脚，笑眯眯地抬手摸了摸他的脑袋：“真棒！我们进去吧。”

然后沈昭慕就牵住池芫的手，朝身后的民政局走去了……

民政局？沈昭慕？

周燃忽然开始怀疑人生了。

所以，他是当了一回丘比特，亲自送池芫来民政局，让她和沈昭慕喜结连理？

周燃这才后知后觉自己被耍得有多彻底：“啊啊啊——你们给我等着，我不会放过你们的！”

而此时，小情侣已经填好了登记表，在甜蜜蜜地聊天。

“你知不知道这里是干什么的呀？”池芫写下自己的名字时，不忘用笔轻轻地碰了碰沈昭慕的手背，小声问。

但沈昭慕像个乖巧的小学生一样，一笔一画地写着，嘴角抿紧，眉头紧蹙，很是严肃认真。听到池芫的话，他用宠溺的眼神看着池芫，又摸了摸她的脑袋：“别闹，婚姻大事要严肃。结婚登记，我知道。登记了，你就跑不了了。”

池芫被沈昭慕严肃的样子逗笑了，咳了一声：“好哇，你扮猪吃老虎呢，原来什么都知道——那你知不知道，我们俩就这样结婚了，两家知道了是要翻天的。”

从民政局出来之后，池芫看着红彤彤的两个小本子，嘴角疯狂上扬。

沈昭慕看着捧着结婚证一脸幸福开心的女孩儿，也跟着笑起来，伸手就从后面将人抱住：“芫芫，我——爱你。”

池芫一怔，而此时，系统上线了：“叮！好感度 +10，当前好感度

100，恭喜宿主！任务完成啦！”

“沈先生，我现在是你太太了，开心吗？”池芫一开心，回头就想奖励说了情话的男人一个吻，结果，对上的却是一张嘴角微微抽搐，略显冷淡的脸。

“老板？”池芫的笑容凝固在脸上，手一抖，结婚证就掉在地上了。她张张嘴，有些尴尬地唤了一声。

沈昭慕松开抱住女人纤细的腰的手，抿着唇，一脸想训人，但又一时间因为脑子里乱七八糟的记忆而不知从何说起的样子。

半晌，他弯身捡起地上的结婚证，塞到一脸已经确认眼前人是谁的池芫怀里：“收好，丢了扣股份。”

回到公寓，池芫一点儿都没有刚结婚的喜悦。她踢掉鞋子，毫无形象地倒在沈昭慕家的大沙发上。

“欸——”她甜甜的小沈就这么没了。一想到现在名义上的丈夫是这么个人，她瞬间就不开心了。

“怎么？”沈昭慕去厨房拿了两瓶水，一瓶拧开放在她面前，一瓶则灌进了自己的嘴里。他微微仰着脖子，喉结上下滚动，看起来性感极了。

池芫有些出神，明明人还是这么个人，可换了个芯子就完全不一样了。奸商这……浑身斯文败类的气质，都快要溢出来了。

扑通！扑通！池芫听见自己不听话的心脏在疯狂跳动。可恶，要完！

池芫按着胸口，极其幽怨地瞪着沈昭慕：“你就不能再早一点儿醒？”

沈昭慕抬起手，用手背轻轻拭了拭嘴角的水渍，然后眉梢轻抬，嘴角一勾，会错意了：“不晚。”

“晚了。”池芫蹙眉凝视着他，在他愉悦的神色中，她毫无所觉地补了一句，“要不是你，本来今晚是我的新婚夜……”

你来了，就只能分床了，真是人间惨剧，领证当天，就要分床。

沈昭慕突然明白过来，自己理解的和池芫想表达的是两个截然相反的意思，不禁咬了咬牙：“怎么？你很喜欢这具身体？”

这么瘦弱，哪有他本体的身材好？要不是灵魂碎片不能选择寄体，他怎么会看得上这样没用的一个寄体？

池芫拿了个抱枕抱在怀里，才觉得有了勇气和奸商叫板：“他挺好的，多听我的话啊，喜欢我喜欢得不得了。”

说着，她又叹着气抓了一下自己的头发，有种丈夫被反派干掉了，她忍辱偷生的错觉。她真是太可怜了！

沈昭慕立马就想回一句“怎么，我不够喜欢——”，但话在心里打了个转，便生生哽住。他不喜欢这样没心没肺的女人，喜欢她不是糟践自己嘛。

于是，这对名义上的新婚夫妻冷战了。实际上是苏醒过来的沈昭慕单方面冷战。

躺在大床上，沈昭慕闭上眼，一动不动，好一会儿却烦躁地翻了个身。看着漆黑的窗外，他深深皱起了眉头。他又翻了个身，想着心无杂念马上入睡，但一闭上眼，脑海中不可抑制地闪过很多画面。

她那么个没心没肺的人，对着原身，却十分耐心。但怎么他一回来，她就变脸了？

尽管他没醒，可每个位面他的灵魂碎片都有附着在寄体身上，他只是被封存记忆，但不代表这些不是他啊……

池芫正睡着呢，忽然听到敲门声，着实被吓了一跳，立马开灯坐起来：“谁？谁？”

“我。”带着淡淡不豫的一声回应，叫池芫提心吊胆的心和胆都归位了。

她下了床，揉了揉自己的脸，彻底清醒了。

一打开门，池芫就见沈昭慕穿着她选的那套睡衣站在门口，抿着唇，眼里带着几分烦躁地望着她。

这厮又怎么了？她没惹他啊。

“池芫。”沈昭慕吸一口气，轻轻呼出，才找回自己身为老板的气势，语气干巴巴地说着，“你知不知道每个世界的这些沈昭慕，身上都有我的灵魂碎片，也就是说，虽然不完整，但我的记忆封存在这些碎片内……”

池芫古怪地看了他一眼：“知道啊，这不是一开始就知道？”

反射弧这么长，现在才和她讲这些？

她还知道，随着她收集的碎片越来越接近本体数量，沈昭慕醒来得就越快。

看池芫还没意识到他要表达的意思的样子，沈昭慕忽然就有些泄气：“你明不明白我的意思？我是说，你喜欢的，其实就是每个我——”

池芫捂着小腹，弯着腰，哈哈大笑起来：“哈哈哈——哎哟，老板你到底想表达什么啊？你该不会想提醒我，别对你太迷恋，你只是个赚钱机器，不谈情不说爱吧？”

池芫笑得直不起腰，沈昭慕的脸色却一点点沉了下来。

他算是知道什么叫对牛弹琴了，和这个女人就不能好好说话，会把自己气到不行。

“我问你，你对着我每个寄体都能这么全心全意，为什么换了我，就——态度变了？”

池芫歪了歪头，笑得红扑扑的脸上满是疑惑：“这还用问？”

你自己对我什么态度心里没数？还恶人先告状来倒打一耙！

“虽然这些寄体和你都有关系，但还是不一样的。我用真心换他们的真心，但我快要享受爱情的时候，你就来了，还臭着个脸。要不是你是我上司，我会忍你？”池芫翻了个白眼，大着胆子，冒着掉股份的风险，说了真心话。

沈昭慕愣怔住，真心换真心……她的意思是，她喜欢那些真心喜欢她，好感度满级的“沈昭慕”，嫌弃他的到来打搅了她甜甜的恋爱？

不知怎么，明明这些都是他，但沈昭慕忽然就心里泛酸得很。头一次，对这些他瞧不上眼的“影子”产生了一种名为嫉妒的情绪。

沈昭慕正要说什么，池芫的手机突然响了。

“喂，池遇？哦，家里爆发‘世界大战’了？啧，周燃这个大嘴巴，我就知道瞒不过今晚！”

池芫冲着沈昭慕笑得一脸明媚：“老板啊，你不是说要我对你好点儿吗？那……要不你表现一下？”

沈昭慕下意识眯着眼，打量眼前变脸飞快的女人，总觉得不能答应……但最终还是答应了。

不过，他唯一的条件，就是要池芫发朋友圈，昭告天下，她和他结婚了。

池芫觉得这没什么，甚至为了气池家夫妇，还将他们从黑名单里解除出来，然后发了张结婚证的照片出去。

周燃是第一个知道的，他鼻青脸肿地回家后就让他妈打电话给池母，他妈知道后，气得直接不顾表面交情，就将池母一通数落。

因为听到池芫领证这事，池母久久都不能平复心情，所以，一向能言善辩的她，竟然生生被骂了半个小时，才想起来对方说的话有多难听，可刚要回嘴，对方直接不客气地将电话挂了。

池母气得将手机摔了。

池父刚好下楼倒茶，瞧见她这副气急败坏的样子，不禁疑惑地问："怎么了？"

"你生的好女儿！她居然骗我说要和周燃出去看电影，结果却诓骗周燃送她到了民政局，她就带着沈家那个领证登记了！"

信息量有点儿大，池父站在楼梯那儿，久久不能回神。他嘴巴张得大大的，好一会儿，手中的杯子落下，砸了个粉碎，同时粉碎的还有他的理智。

"这个死丫头！她胆子大了！不对——户口本不是在你那儿吗？她怎么领的证？"池父拍着自己的胸口顺气，然后想到关键的点，不解地看向池母。

他的话叫池母一怔，然后她脸色青了又白，忽然想起什么似的，就往楼上跑，她要确认一件事。

几分钟后，整个池家别墅都响彻着池母和池父如出一辙的暴怒声。

池母最后尖利的嗓音，叫风尘仆仆赶回家的池遇神情一震。他忽然发现，自己一路上担心妹妹被父母关起来受折磨的念头简直就是滑稽。

池芫没把爸妈气死就不错了，还能被人关起来束手就擒？他就不该对这丫头抱有同情心！

池遇几乎有些同手同脚地走到了沙发那儿，然后给池芫打了电话。

"你给我回来，还有沈昭慕，你们一块儿，两家必须见面好好谈谈这件事了。"

第二天中午，国际酒店大门前，沈笑笑抿着唇，穿着一身粉色的公主裙，但整张脸都愁云惨淡的，她身侧，池遇一身黑色的西装，表情也和西装一个色。

然后，备受瞩目的新婚夫妻姗姗来迟。沈昭慕率先下了车，他穿着浅咖色的休闲装，看起来多了几分成熟气质，眼神很是锐利，少了憨傻之气。

他打开车门，池芫从车里下来，她穿着一身战袍一样的大红裙子，脚踩着十厘米的恨天高，无比精致的烈焰红唇妆，笑容明媚地挽着一脸淡然的沈昭慕的手臂。

沈昭慕低头看了眼她脚上尖细的高跟鞋，不禁拧眉，低声道："鞋跟太高了，走路当心点儿。"

池芫拢了拢长发，一股栀子花的香气萦绕："今天是你的主场，怕什么！"

沈昭慕看了眼自己带来的文件夹，嘴角翘了翘，神色带着几分睥睨一切的孤傲："嗯，我搞得定。"

包厢内，沈家和池家两对夫妇，正表情同步地板着脸坐在里头。

包厢门拉开，几双眼睛，除了陈媚，都唰唰唰地瞪过去，结果却对上沈笑笑讪讪的笑脸。他们又将仇视的眼神收回——沈笑笑是大家共同的宠儿。

毕竟沈笑笑是池家夫妇满意的儿媳妇，又是沈家夫妇宠爱的宝贝女儿。两家因为池遇和沈笑笑这一双儿女的定亲，之前正式见过面，还算关系不错。但现在，又因为另一双儿女见面，却又完全变了氛围。

如果上次会面是相谈甚欢，那这次就是剑拔弩张。

池芫挽着沈昭慕的手坐下，慢条斯理地将餐巾叠好，拿起菜单就开始点菜："嗯，来份三文鱼，罗宋汤我也喜欢，还有他们家的牛排——"

"池小姐，恐怕暂时不能点菜了，还是先聊正事吧。"陈媚声音温柔地开口。

"陈女士，今天要聊也是双方父母聊吧。你是哪位啊？代表我老公的谁在这儿发号施令呢？"她声音更甜，又年轻。

对着这样故作天真娇俏的女孩子，陈媚手指紧紧地攥着，眼底闪过一丝阴鸷。

沈父一听池芫这话便不高兴了："池小姐，你是晚辈，怎么能这么同长辈讲话？你既然嫁给了我儿子，那我夫人便是你婆婆。"

"婆婆？我婆婆已经去世很多年了。沈先生，长辈要有长辈的样子，你都没怎么管过自己儿子，就不要来说这些了吧。"

包厢里，除了沈昭慕，其余人都面色尴尬地看着池芫，再次为自己的所见所闻感到震惊。所以，这是个炮仗吧，谁的面子都不给？

池芫说完，忽然"呀"了一声，扯了扯沈昭慕的袖子："老公，今天不是你的主场吗？我好饿，我点菜了，你和他们吵吧。"

池芫说完，就叫来服务员，开始点菜。

众人开始相信，她真的是过来蹭饭顺便气他们的，一点儿都没有要让两家人接受他们结婚的意思。

至于沈昭慕，他忽然拿出文件夹，厚厚的一沓文件被他分成几份拿出来。

首先针对的就是池家夫妇。

"二位那个慈善基金会很久没去打理了吧？或许你们该着急的不是芫芫结婚的事，而是该去追帮你们管理基金会的人，他现在已经准备携款逃跑了。"沈昭慕开口，声音低沉，语气平静地揭露着，"如果二位想要继续在上流社会沽名钓誉，最好是不要再干涉我们夫妻俩的事了。因为，我查到的远不止这些。怎么样，想要我读出来吗？"

池父一把将文件拿过来，翻了翻，然后脸色青白。他不敢置信地看向一旁的池母，后者也是同样的神色。因为，这里头还有些不为人知的资料，只是具体是什么，只有沈昭慕知道了。

"沈先生，作为你名义上的儿子，我想告诉你，我的病好了，但对你的遗产我并不感兴趣。当然了，你还是看看陈女士做了些什么，再好好考虑立遗嘱时怎么分配你的这些财产吧。"

沈父手中收到的是一沓照片，是陈媚早年和别人的照片，尺度……有些一言难尽。

陈媚看见后，震惊又慌乱地站了起来："老公，这些，这些都不是真的！我，我可以解释的……"

"你这不知检点的女人！"沈父是个要面子的，如果只是从前还好，问题是这些照片里还有前不久陈媚和某影视公司老总暧昧的照片。

最后，池芫这顿饭还是没能吃成。两家父母互相怨怼，沈父给了陈媚一巴掌，还掀了桌子，池父怪池母不小心，上了骗子的当，害得他们的基金会出了问题，池母怪池父一个男人没有担当过于懦弱。

沈昭慕看着一个杯子飞来，拉着池芫就起身到了门口。

池芫看着里面的“战况”，好一会儿，才傻傻地转过脸看着他，缓缓抬手，比了个大拇指：“厉害啊！”

“你怎么查到的？就一晚上啊——”走出包厢外，池芫还是有些不敢置信，这也太快了！

沈昭慕扫了她一眼：“让系统想法子连夜拷贝出来的。”

至于陈媚这事，得益于沈昭慕的耳朵，很多该听见的和不该听见的，他当初都听见了。他昨晚先整理了一下，再去查陈媚的往事，那些被压下来的照片，他花了一笔钱才买到的。至于沈氏的一些账目问题，他看了看公司近年的财报就看出来了。

池芫忽然幽怨了：“为什么你让系统帮你干活就这么容易，我让它做点儿事它就像个废物一样？”

对于池芫的怨念，沈昭慕只是淡淡地挑了下眉，嘴角弯了弯：“权限如果给多了，你还会老老实实做任务吗？”

“走吧，带你去吃牛排。”沈昭慕聪明地将这个话题揭过。女人如果要跟你算账，那真的是没完没了，尤其是池芫这种翻旧账可以翻出几十个世界的……他决定花钱消灾，请饭抵债。

果然，池芫一听说要去吃牛排，立马忘了刚刚的问题。她摸了摸肚子：“我刚才看到国际酒店的牛排就很想吃牛排，结果，欸……”

沈昭慕叫了车，闻言，淡淡地看着她，然后忽然就笑了：“这就不是你该担心的事了。”

毕竟，只要有池遇和沈笑笑在，事情应该会得到解决。

车来了，沈昭慕拉着池芫的手臂，将人带上车。

沈昭慕将双手枕在脑后，一派闲适：“再说了，跟他们纠缠干吗？正好，我很少旅游，可以去度蜜月，就当给自己放个假了。”

池芫最后还是踏上了和沈昭慕一块儿公费旅游的旅途，两人领证的第三天便跑了。以至于池遇和沈笑笑去公寓找人时，已经查无此夫妇。

再然后，池家夫妇老实了，大概是一辈子的好名声不想被沈昭慕毁了。

沈父和陈媚离婚了，据说陈媚是净身出户的，但沈笑笑不会不管亲妈，但这都是后话，也和沈昭慕、池芫夫妻俩无关了。

许久以后，沈昭慕带着池芫回到公寓，看到书房里那幅画，上面的布被风吹走了，上面是少年拼拼图时专注的样子。

原来，她画的是他。

而池芫当初说的礼物，就是这幅画的拼图。如果是原来的沈昭慕，应该会很高兴，并且迫不及待地要拼完，但……

现在的沈昭慕表示，他很讨厌这种浪费时间又没有意义的事情。所以，他将拼图搁置了。

池芫很生气："你拼不拼？"

沈昭慕扶了扶眼镜框，继续低头看财经报纸："不拼。"

"我的心意啊——你不拼？你是人吗？你顶着小沈的身份，要履行他的义务！"池芫气鼓鼓地叉腰。

沈昭慕见她这么坚持，无奈地将报纸放下，走到装拼图的箱子面前："一共多少块？"

这么一箱，他有种不妙的感觉。他嘴角微抿，默默抽回了自己的手。

池芫一把按住，笑得不怀好意："还好吧，也就一千零一块。"

沈昭慕抬头，看着面前狐狸一样的女孩儿，不禁乐了："池芫，公报私仇？我也会的。"

他这么一笑，池芫就知道了，他的公报私仇……大约是扣股份警告。

她鼓着脸："不行，拼不完这个拼图，你就休想去下个世界！"

于是，沈昭慕花了大概半个多月，才将拼图拼完。拼完后，池芫才满意地说要去下个世界。

只是她离开时，没看到男人将那被他嫌弃的说拼完就烧了的拼图默默装起来。

"001，保管好拼图。"沈昭慕呼叫了系统后，才闭上眼，灵魂碎片从体内飞出……

番外二

我太太就是我幸福的开关

池芫开了个人画展，来的人……感觉都像是沈昭慕请来的托儿。

为什么这么说呢？她这些年虽然靠着新颖的画风在网络上拥有了一些粉丝，但终归不能和名家比，办这个个人画展也不是为了赚钱，她只是想将卖画的钱都捐给“自闭儿童保护协会”。起初没什么人来，但最近，来了些人，且时不时还问她沈昭慕的事，这叫她不得不怀疑。

如今的沈昭慕已经不是那个会将他自己关在房间里拼拼图的孤岛了。他和池芫结了婚，愿意去接触外边的世界，也愿意热爱这世上所有的美好事物。

婚后，他还帮池家二老解决了基金会的难题，偶尔还帮池遇这个大舅哥在公司的事上出出主意。至于沈笑笑，他不怎么搭理，但也不排斥了。沈父和沈笑笑的母亲离了婚，沈父原本想退休将公司交给沈昭慕的，结果沈昭慕却一副“我宁愿当池家的上门女婿，也不为你卖命”的模样，将沈父气得不行，当下就催着沈笑笑学习接管公司。

沈昭慕时不时和池芫一起去福利院，陪那里的小朋友做游戏。池芫会讲故事，但每次她张嘴想唱歌时，沈昭慕就会捂住她的嘴，无奈地看着她，恳切地希望她不要唱——她有画画的天赋，却没有唱歌的天赋，偏偏她还不自觉，说什么当初她就是靠唱歌吸引了他的注意力，让他没有一直封闭在自己的世界里……

沈昭慕很想告诉她，那是因为她唱得太难听了，他没法不注意到这么一位被恶魔啃过嗓子的歌者。但这苦他来受就行了，还是放过这些小朋友吧。

被捂嘴次数多了，池芫便歇了唱歌的心思，只当个安静的美女画家，教小朋友画画。

外界很多人对这年轻夫妻俩醉心于公益事业这事持怀疑态度。有人说他们是沽名钓誉，但这两口子就是我行我素，从不辩解，只默默坚持着他们想做的事，坚持到那些说闲话的累了、闭嘴了，都依旧乐此不疲。

话暂且说回来，池芫看着来来往往的观众进场，不禁低头给沈昭慕发消息：“你背着我做了什么？怎么这么多人来？还说是慕名前来？慕你的名啊？”

沈昭慕回复得很快：“没做什么，是你的画好。”

池芫的画颜色鲜艳，充满了积极向上的生命力，沈昭慕想让全世界都看到他太太这么好的画作。

坐在电脑桌前的男人，伸手轻轻扶了一下防蓝光眼镜，然后浏览了一下他一条热度很高的博文下方的留言。

某某某：“老师，你说是你太太让你走出封闭的内心，这些年来看到你分享的这些关于你太太的文章，的确是看着你越来越外向和幸福了，那她对你来说是小太阳？”

沈昭慕觉着这条留言很用心，便也认真地回答了这位热心网友：“嗯，不止。对我来说，我太太就是我幸福的开关。没有她，也就没有现在的我。”

某某某：“好感动啊！你们的感情真好！那……是不是去你太太的画展就能看到老师你本人了？”

沈昭慕想起刚刚池芫发的那条短信，愣怔了一会儿后，清秀的脸上便露出了几分懊恼之色。是他疏忽了。

于是，沈昭慕又发了一条微博：“希望大家关注画展本身，以及画展背后的意义，我只是不希望她的心血白费，没有要博取关注的意思。谢谢大家。”

发完，他抬起手腕看了眼时间，该去接芫芫回家了。

沈昭慕合上电脑，起身拿了车钥匙，驱车去画展艺术厅外等候。

池芫和别人交谈时，不管别人问什么，她都是有说有笑的，面上没有半点儿不耐烦，哪怕有人问她要签名，她愣了一下后，也微笑着接过笔给对方签了。

沈昭慕站在车门前，看着这一幕，眼睛眯了眯，有些不大高兴。他老婆又对别人笑得这么甜，早知道他就跟过来了。

大概是他的眼神太热烈，池芫很快就有所察觉，抬眼便朝他的方向看了过去，随后招了招手，面上的笑容比方才更为灿烂，眼睛都是亮晶晶的。

沈昭慕看着这笑容，心便软了下来，什么闷气都没有了，而后大步流星地朝她走去。

池芫礼貌地拒绝了旁人合影之类的要求：“不好意思，我先生来接我了，我得回家了，谢谢大家的支持。”说完，便朝着沈昭慕一路小跑。

“你怎么这么快就到啦？我不是说我出来时可能人很多，你可以来晚一点儿吗？”

沈昭慕现在恢复得很好，但他还是不喜欢人多嘈杂的地方，所以池芫一般都不带他参加这种过于热闹的活动。

池芫挽着沈昭慕的胳膊，自然地贴着他，微微仰着头和他小声说话，语调带着几分撒娇。

沈昭慕很喜欢她眼里全然只有他的模样。他低头注视着她，伸手接过了她的包，声音很温柔：“不想你等。”

沈昭慕想她一出来就能看到他，想她每次想回家就能立马回，而不用等待。

简单的四个字，却叫池芫眉眼弯了弯，心里宛如泡了蜜一般甜。她跟着他一边往车门那边走，一边回道：“将心比心，我也不希望你辛苦等我啊……”

沈昭慕拉开车门，抬手替她挡着车门上方，等她坐进副驾驶座了，再绕到驾驶座那边，开门、上车、系安全带。

“等你不辛苦。”他等池芫将安全带系好，才发动车子回家。

“沈昭慕啊，你这小嘴可是越来越甜了啊——”池芫拿出手机，娴熟地打开某个软件，然后就刷到了他新发的那条微博。

这个傻子，还以为她不知道他默默做的这些事呢。其实她注册了一个小号，偷偷关注了他这个账号。

她看着他怎么变得开朗，怎么开始与自己和解，与这个世界和解。

他说她是他幸福的开关，其实，他也是她幸福的来源啊。他们两人、三餐、四季，携手便走过这完整且幸福快乐的一生，对吧？

这人间有时很无趣，但遇见彼此，人生便开始变得绚丽精彩起来。

番外三
幸福的一家五口

池芫和沈昭慕婚后过了一阵子浪漫的二人世界，经常去游戏世界里度蜜月，顺带拯救一下那些命运凄惨的人物。

直到觉得家里少了点儿人气后，夫妻俩晚上一合计，池芫便拍板决定，生一个孩子。

他们生了一儿一女，但这个家不能用一家四口来形容，准确来说是一家五口——沈昭慕、池芫、001、股股、份份。

两人的孩子小名取得尤为离谱，哥哥小名“股股”，妹妹小名“份份”，合起来可不就是池芫当初救沈昭慕的起因嘛！

沈昭慕起初是不同意的，一来是他觉得这小名叫得拗口，二来他认为池芫是想借这俩名字时不时翻旧账。

只可惜，他们家里的家庭地位十分明显——池芫有最终决定权。

于是，孩子的小名——“股股”和“份份”就这么定下来了。

对此，001 表示：凑合着叫吧，大名取好听点儿就行。

沈昭慕没有决定权，便只能被 001 这话安慰了。不凑合还能怎么办？天大地大，在他家他老婆最大。

婚后，沈昭慕就没有像从前那样一周七天都扑在工作上了，更多的时间，他都用来陪池芫，而等两人有了孩子以后，他更是将大部分精力花在家里了。

夫妻俩虽然一个不爱表达，一个喜欢口是心非，但都默契地想要给一双儿女完整又幸福的童年，想好好陪伴他们长大。

只是孩子好像成长得过于迅速和懂事了。

股股很聪明，人小鬼大，嘴巴很甜，谁看到了都夸他可爱有礼貌。池芫有时候看着逢人就说吉利话的儿子，不由得陷入沉思——他这是随了我？

有股股在，池芫每次回娘家都跟着沾光，能少挨一点儿亲妈的训，小家伙每次都将外公外婆哄得乐开花，哪还顾得上教育池芫这个女儿！

份份就有点儿不一样了，打小就性子冷、安静沉稳，她三岁就会教育两个哥哥——长不大的 001 和话多的股股。

她大多时候就一个人安静地拼积木和看书，不爱笑，话少，但一开口就很气人，这很像她爸沈昭慕。

“股股，这个家里你最喜欢谁呀？”池芫手放在身后，看着在家里儿童区拼拼图的俩孩子，俯身问道。

股股一双葡萄似的大眼睛立马转了转，好奇地盯着池芫背过去的手，然后倏地眼睛亮了起来，一张精致可爱的小脸上满是甜甜的笑：“当然是妈妈！”

池芫乐得嘴角上扬，但还是故作淡定地追问：“为什么呀？”

坐在沙发处看财报的沈昭慕闻言，微微抬了抬眸子，一眼就看穿了儿子的小把戏——机灵鬼，一定是为了妈妈藏在背后的奖励。

沈昭慕视线转了转，看着低头安静拼图的女儿，低声纠正：“左下第八块错了。”

“哦。”女儿听完，小脸紧绷着，唇抿成了一条直线，然后抠出错的那块，继续拼。

001伸出胖胖的机械手臂，还没帮忙呢，就被份份肉肉的小手轻轻拍开：“我自己来。”

与此同时，股股已经嘴皮子利索地回答了池芫的问题：“因为妈妈是这个世上最漂亮、最可爱、最优秀的人啊！股股没办法不喜欢妈妈！”

池芫扑哧一声就笑了：“乖儿子，有眼光！喏，奖励你新的拼图。这是用妈妈的照片订制的哟，早点儿拼完，送给妈妈做生日礼物，知道吗？”

股股的笑容立马不见了，他眨了眨眼：“就这个？”他以为的小零食、小玩具呢？

妈妈太坏了！这哪里是奖励，这分明就是惩罚！

轮到份份的时候，池芫则直接拿出了新买的洋娃娃套盒，递到她面前问：“份份，这个家里，你最喜欢谁呀？”

份份抬头看了眼漂亮的洋娃娃，眼神里飞快地划过一丝嫌弃。她一手一块拼图，小嘴轻轻一启：“哥哥。”

正在对着新拼图忧伤叹气的股股，立马开心了：“我也最喜欢妹妹！家里的每一个人我都最最最喜欢！”

儿子嘴巴甜得宛如抹了蜜，沈昭慕不自在地搓了搓胳膊：“免了。”

这招池芫对他用也就算了，臭小子还想给他灌迷魂汤？哼，不可能给他买新玩具车的。

股股一听这话，小脑袋又垂了下来，欸，这一家子可真难哄。

“为什么最喜欢股股啊？”池芫坐在女儿对面，对于这个答案并没有感到难以接受，甚至还挺高兴的，没想到孩子们这么团结友爱！

结果就听到份份云淡风轻地解释：“我说的哥哥，是沈念原。”

沈念原也就是001——这家里的一份子。它听到自己的名字时，大脑袋转了转，疑惑地问：“妹妹最喜欢的是我？”

份份没有回答它的话，只是低头继续拼拼图，默认了。

于是股股的幼小心灵再次受到冲击，他不能理解地凑到妹妹身旁，搂着她的肩膀，一副“哥儿俩好”的模样：“为什么啊？我这个哥哥对你不好吗？”

份份嫌弃地将他的手拿开：“你好吵。你还没大哥聪明。”

按照年纪，001的确是家里的大哥，股股在份份这儿只是“二哥”。

001高兴得在它的电子显示屏上弄了个笑脸的表情。

“它是机器人，当然比我这个小孩子聪明啊！但我长大了就比它聪明了！”股股据理力争，小脸涨红着继续道，“我可是人见人爱的，你怎么能不喜欢我？”

份份皱起小眉头，跑到沈昭慕身边坐着，不愿搭理股股。

“你别吵我呀！”小家伙严肃地叹了口气，然后看向沈昭慕，“爸爸，我长大了也能当总裁吗？”

见股股噘着嘴，池芫只好笑呵呵地抱起他哄了几句，但是眼里都是幸灾乐祸——这臭小子，也有被人嫌的时候啊！

沈昭慕将女儿抱到腿上，和她平视，耐心地反问：“你为什么想当总裁？”

听见父女俩对话的池芫，也好奇地凑上前，想听听女儿怎么说。结果就听到份份一本正经地回答：“有钱，还能让别人听我的。”

沈昭慕哭笑不得：“你是觉得现在家里很穷吗？嗯……为什么想让别人听你的？”

“不穷，但我当总裁了，爸爸妈妈就可以休息了。”份份难得说了长句子，三四岁大的娃娃，说话的逻辑十分清晰，“如果哥哥听我的，他就能不吵了吧？”

她这个“吧”多少带了点儿迟疑。

股股闻言，小脸蛋儿鼓起来：“哼，妹妹不喜欢我，那我长大了要当万人迷！”

池芫捧腹笑起来，直接倒在他们玩耍的垫子上：“哎哟——你现在不就是万人迷？还想怎么个迷法儿？”

股股觉得妈妈太过分了，先是忽悠他说好听的，现在又嘲笑他的梦想——妹妹说当总裁的时候，怎么妈妈就一脸认真和期待？

兄妹俩第一次闹矛盾，居然是因为志向不同。

“再怎么迷人也讨不到亲妹妹的欢心……欸，我可太难了！”股股躺在垫子上，两条小短腿踢踏着，活泼可爱极了。

“股股真可爱。”001 围着股股转了一圈，“不愧是我的弟弟！”

池芫白了它一眼：“好大儿，又往自己脸上贴金了！”

001 发出萌萌的电子音：“没有，我自己就是金属做的，不用贴金了。”

坐在爸爸怀里的份份唇角微微翘了一下：“哥哥们都笨笨的。”但是都很可爱！

沈昭慕看着这一家子，唇角的笑意怎么也掩盖不住。

这是他在外面为之奋斗的动力，也是他最终停靠的港湾。

夜里，夫妻俩将孩子哄睡着后，终于可以躺下了。池芫窝在沈昭慕怀里，忽然抬头道：“我怎么感觉俩孩子性格生反了呢？”

听到这问题的沈昭慕笑了笑：“你才发现啊？”

池芫撇了下唇：“之前不觉得。今天份份说长大想当总裁时，有那么一瞬间我觉得她是被你上身了。”

被妻子的说辞噎了一下，沈昭慕不禁伸手点了点她的脑门儿：“照你这么说，儿子更像是你的翻版！”

池芫听了，立马就乐了：“你这么一说，有点儿道理啊！儿子像我，女儿像你——完了，我那么漂亮聪明的闺女，怎么能随了你这德行呢？”

“我什么德行？”

孩子会一天天长大，他们也会慢慢变老，但只要这个家在，他们一家五口就是最幸福的。

001正守着股股和份份睡觉，忽然，小姑娘掀开小被子从床上坐了起来：“大哥，我刚刚想好了。”

“嗯？妹妹又想好什么了？”001的电子眼睁开，它看了眼熟睡的股股，怕吵醒他，小声地问道。

份份伸手摸了摸001的机器手臂，圆圆的小脸上满是认真：“我想当科学家，让你永远和我们在一起。我还要让爸爸妈妈长命百岁！”

哪怕是机器人，听到这话后，001也稍稍愣怔了一下，许久后，它低声道：“好，那001就永远守护这个家。”

股股翻了个身，被子滑落，001忙给他盖好。

这时，小家伙嘟囔的梦呓声忽然响起：“当万人迷，当医生，当总裁，当科学家……嗯，小孩子才不做选择呢……”

“哈哈——哥哥真是个笨蛋！”份份听了，捧着小肚子笑了笑，然后乖乖躺下睡觉。

梦想还是要有的，万一他们一家人都实现了呢？

（未完待续）